AUF DÜNNEM EIS

Übertragen Aus Dem Amerikanischen
Roman

NEW YORK TIMES BESTSELLER-AUTOR

CHERRY-ADAIR

Auf Dünnem Eis
Lizenzbestimmungen
Dieses Buch ist eine fiktionale Arbeit. Namen, Figuren, Orte
und Ereignisse sind entweder der Vorstellung der Autorin
entnommen oder werden in einem fiktionalen
Zusammenhang gebraucht. Jede Ähnlichkeit mit
tatsächlichen Ereignissen, Orten oder Personen, am Leben
oder verstorben, ist rein zufällig.

ISBN-13: 978-1937774783
ISBN-10: 1937774783

www.cherryadair.com
www.shop.cherryadair.com

Das neugeborene Kälbchen lag zusammengerollt im Stroh, während die stolze Mama es sauber leckte. Die Nacht presste ihre eisigen schwarzen Finger gegen die Fenster des hell erleuchteten, warmen Stalls, wobei die Erde draußen dick mit Schnee bedeckt war.

Erschöpft, aber glücklich versuchte Dr. Lily Munroe, das Jucken im Nacken zu ignorieren, dieses unheimliche Irgendwer-beobachtet-mich-Gefühl, das sie seit mehreren Stunden immer wieder befiel. Sie tätschelte die rostbraune Flanke der Kuh. »Du hast einen hübschen munteren Jungen. Gut gemacht, Peaches.«

»Peaches?«, fragte hinter ihr eine vertraute heisere Stimme. »Sie ist doch kein Schoßtier, Doc.«

Das Stroh raschelte unter ihren Füßen, als Lily herumwirbelte, die Hand an der Kehle. »Verdammt! Du hast mich zu Tode erschreckt!«

Groß, dunkel und lästig.

Derek Wright.

Eine Schulter an die Wandplanken gelehnt, sah er aus, als stünde er schon eine Weile da. Seine körperliche Präsenz traf Lily wie ein Schlag vor die Brust, und beim Anblick von ein Meter fünfundneunzig purem, kraftstrotzendem Mann flatterte ihr Magen wie üblich verräterisch. Sein schmales, schönes Gesicht war von der Kälte gerötet und das dunkle, glänzende Haar verführerisch vom Wind zerzaust, der draußen heulte.

Sie spürte den harten Herzschlag unter ihren Fingerspitzen, und hoffte, dass Derek ihn weder hören noch sehen konnte. Oder ihn dem Schrecken zuschrieb, den er ihr eingejagt hatte. Der Adrenalinschub ließ sie schwindlig werden. Sie kämpfte die körperliche Reaktion mühsam nieder und fing an, ihre medizinischen Instrumente und diverse andere Utensilien, die im Stall herumlagen, zu reinigen.

»Tut mir Leid«, sagte er mit seidiger Stimme. »Ich wollte dich nicht erschrecken.« Er sah nicht im Mindesten betrübt aus, und sie warf ihm einen finsteren Blick zu. Seine Lippen zuckten. »Du kannst dem Ego eines Mannes ganz schön zusetzen, Doc.«

»Mit deinem Ego ist alles in Ordnung. Es ist gesund wie ein Pferd«, teilte Lily ihm mit. Dieses atemlose, herzbeklemmende Gefühl würde nachlassen, wenn sie tief atmete und sich zusammenriss. »Vielleicht solltest du dir eine Glocke umhängen, wenn du so herumschleichst. Oder pfeifen. Oder stampfen oder so was.« Sie bückte sich nach den Geburtshilfehaken und den Ketten, die sie zuvor benutzt hatte, und verpackte sie in eine Tüte, um sie später zu sterilisieren.

»Ich bin nicht herumgeschlichen. Ich wollte dich nicht ablenken und habe gewartet, bis du mit allem fertig bist.«

Oh, er lenkte sie ab, aber sie würde sich das nicht anmerken lassen. War es das unterbewusste Wissen gewesen, dass Derek sie beobachtete, das sie die letzten paar Stunden umgetrieben hatte? Sie konnte sich nicht vorstellen, dass er sich so lange ruhig gehalten haben sollte. Sie sah ihm in die Augen. *Zing* machte ihr Herz. Sie wünschte sich nur, ihr Herz und ihr Verstand hätten synchron funktioniert.

»Du solltest wissen, dass ich im Ruf stehe, sehr leichtfüßig zu sein«, teilte er ihr, zuvorkommend wie gewohnt, mit. Seine dunkelblauen Augen blitzten unter schwarzen Brauen.

»Musst du auch sein, um dich aus all den Schlafzimmern rauszuschleichen, hm?«

Er schüttelte den Kopf und lächelte. Ein Lächeln, das seine Augen nicht erreichte, wie Lily feststellte. »Kein Herumgeschleiche. Keine Schlafzimmer. Aber ich tanze wie Fred Astaire«, stellte er unbescheiden fest.

Vermutlich tat er es. Für einen derart großen Mann bewegte er sich mit erstaunlicher Grazie. »Schön für dich. Könntest du ein Stück nach hinten tanzen? Du verschreckst Peaches und ihr Baby.«

Sie sahen beide die Kuh und das Kälbchen an, die gar nicht zu bemerken schienen, dass zwei Menschen in der Nähe waren. Derek taxierte Lily mit trägem Blick. »Fühlst du dich beengt, Doc?« Er zog einen Mundwinkel hoch, und Lily befahl sich, seinen Sexappeal zu ignorieren.

Derek ließ sie regelmäßig zappelig werden. Sie wollte an ihren Haaren zupfen, an ihren Kleiden, an ihrer Persönlichkeit. Alles an Derek war attraktiv. Aufregend. Überlebensgroß. In seiner Nähe fühlte sie sich wie ein kleines braunes Vögelchen. Er war Technicolor. Sie war Sepia.

Nicht, dass Sepia verkehrt gewesen wäre, sagte sie sich mit Nachdruck und ärgerte sich darüber, wie ihr in seiner Nähe zumute war und dass sie nicht wusste, wie sie dem entgegensteuern sollte.

»In deiner Nähe fühle ich mich immer beengt«, verriet sie ihm aufrichtig und warf ein unbenutztes Paar Operationshandschuhe in die Tasche. Sie stemmte sich seinem Charme seit Jahren entschlossen entgegen. Was nicht leicht war. Sie spürte seine Anziehungskraft. Spürte, wie ihre Gezeiten auf seinen Mond reagierten. Was bizarrer Unsinn war. Ihre Hormone benahmen sich daneben, weil er heiß war. Chemie. Sonst nichts.

»Warum, frage ich mich?«, sagte er sanft. Seine Stimme erinnerte Lily jedes Mal an dunkle Schokolade. Sie war geschmeidig und voll, mit einer leichten Rauigkeit, die wie die Zunge einer Katze über ihre Nervenenden schabte.

Sie richtete sich auf und sah ihn giftig an. »Lass das, ja? Ich gebe heute Abend keinen guten Sparringspartner ab. Ich bin erschöpft, hungrig und völlig verdreckt. Wenn du flirten willst, geh ins Haus, und ruf jemanden an.«

»Es ist Mitternacht.«

»Armer Junge.« Sie bückte sich nach ihrer Jacke, schüttelte sie ordentlich aus und hängte sie über eine Querstange. »Haben sich deine Damenbekanntschaften plötzlich alle in Kürbisköpfe verwandelte?«

»Könnte gut sein«, knurrte er.

Lily schüttelte den Kopf. »Du bist unverbesserlich.« Und charmant und witzig und gefährlich attraktiv.

»Wie heißt das Kälbchen eigentlich?«, fragte Derek und fletschte die weißen Zähne. Er zog sie ständig wegen der Namen auf, die sie den Tieren gab. Er hatte seinen Spaß daran, sie aufzuziehen, Punktum. Er schien auch genau zu wissen, wie weit er es treiben konnte, bevor er geschickt den Rückzug antrat. Raffinierter Kerl. »Pit?«

»Brad.«

Er lächelte, und Lily, die schließlich nicht aus Stein war, lächelte zurück.

»Nur du kannst einen mutmaßlichen Preisbullen nach einem Filmstar benennen.«

Er verstand es einfach. Natürlich. Lilys Lächeln schwand, und sie verkniff sich einen Seufzer. Im Gegensatz zu ihrem Ehemann hatte Derek einen abgründigen Sinn für Humor, und hinter dem schönen Gesicht steckte ein flinker Verstand. Was es verdammt schwierig machte, ihm zu widerstehen. »Was soll ich dazu sagen?«, nuschelte sie gedämpft und richtete sich weiter her. »Talent, eben.«

Sie stopfte das T-Shirt in die Jeans zurück, während sie sich aufrichtete und sich fragte, ob es im Laufe der Jahre leichter werden würde, ihm zu widerstehen oder ob es stets harte Arbeit bleiben würde.

Es war ein Vergnügen, ihn zu betrachten. Egal, unter welchen Umständen, er sah immer dunkel, elegant und kultiviert aus. Die heutige Nacht war da keine Ausnahme.

Er war absolut passend gekleidet, um in einer kalten Winternacht in einen Stall zu marschieren. Jeans, Stiefel und ein dicker cremefarbener Rollkragenpullover unter einer mächtigen Lammfelljacke. Passend gekleidet, aber irgendwie auch, als sei er den Seiten eines Hochglanzmagazins entstiegen.

Lily war sich ihrer klebrigen Jeans, ihrer mistbedeckten Stiefel und ihres verschwitzten Gesichts bewusst und zwang sich, nicht an Gott-weiß-was-da-in-ihren-Haaren-Hing zu zupfen. »Wie lange stehst du da eigentlich schon?«

»Ein paar Minuten. Soll ich dir helfen?«

»Danke, nein, alles bestens.« Doch sie war verschwitzt, schmutzig und besorgt. Sie mussten reden und zwar bald. Aber eine Frau, die es mit Derek aufnehmen wollte, hatte in Bestform zu sein. Und Lily war heute Nacht nicht annähernd in der Verfassung, ihren Partner auf die Hörner zu nehmen. Weder auf der persönlichen noch auf der geschäftlichen Ebene.

Abgesehen davon, musste sie erst sämtliche Fakten beisammen haben, und verdammt, *sie* wollte den Zeitpunkt und den Ort bestimmen. Er ließ sie nervöser als jeder andere werden, den sie je getroffen hatte, ihren verstorbenen, unbetrauerten Ehemann eingeschlossen. Und sie war sicher, dass er das absichtlich unterstützte.

Sein Tonfall hatte sich verändert, als er leise antwortete: »Du bist heute so nervös.«

Der Mann hatte eine viel zu gute Beobachtungsgabe. In seiner Nähe waren ihre Instinkte von Anfang an primitiv gewesen; sie verspürte das Bedürfnis, die Zugbrücke hochzuziehen, die Kampfstationen zu besetzen und die großen Kanonen aufzufahren. »Ich bin nicht nervös«, log sie. »Nur müde. Peaches und ich sind seit sechzehn Stunden auf.«

Er bedachte sie mit einem durchdringenden Blick, der ihr das Blut wie Champagner durch die Adern prickeln ließ. »Du siehst gut aus, wenn du müde bist.«

Sie schnaubte und schüttelte den Kopf. Er war wirklich unverbesserlich. »Sicher. Und *Eau de Rindvieh* ist auch total verführerisch.«

»An dir schon, ja.«

Sie prustete amüsiert, verschränkte die Arme und stellte fest, dass ihre Haltung praktisch herausschrie, wie nervös er sie machte. Also löste sie die Arme und schob die Hände in die tiefen Taschen ihrer Gummischürze. Er brauchte nicht zu wissen, dass sie sich seinetwegen wie ein Kaninchen im Angesicht einer Kobra fühlte; verängstigt, aber nichtsdestotrotz fasziniert. Sie legte den Kopf schief und sah ihn an. »Du trägst einen Ohrstecker.«

An seinem linken Ohrläppchen blitzte ein kleiner Saphir, der ihn wie einen schicken Piraten aussehen ließ. Das dunkle Haar, das seinen Kragen streifte, ließ sein Gesicht nicht im Mindesten weicher erscheinen. Seine Augen waren dunkel, fast marineblau und dicht von schwarzen Wimpern gerahmt. Sein Mund war unverhohlen sinnlich und hatte für jede Gelegenheit das passende Lächeln parat. Dieses hier war gleichermaßen spöttisch wie rätselhaft; es war höllisch verstörend und jagte ihr einen Schauder über den Rücken. »Gefällt er dir?«

Sie zuckte die Achseln; es hätte ihr gefallen, ihm das Ding auf der Stelle vom Ohr zu knabbern. Verärgert über sich selbst, machte Lily ein finsteres Gesicht. Um Himmels willen, wie erschöpft war sie eigentlich? »Von den Ranchern, die ich kenne, tragen kaum welche Juwelen«, spöttelte sie. »Die Männer jedenfalls nicht.«

Er lachte leise, kehlig und mit einem Unterton, der nichts mit ihrem Gesprächsthema zu tun hatte und Lily den Mund trocken werden ließ. »Stellst du meine Männlichkeit in Frage?«

Nicht nur absolut nicht, dachte Lily, sondern *zur Hölle,* nein. Derek Wright war durch und durch Mann. Er hatte eine magnetische Ausstrahlung, die Frauen wie Männer gleichermaßen anzog. Der Ohrring machte ihn nur noch attraktiver. Die Frauen machten sich seinetwegen ohnehin längst zum Narren. Er war sündhaft anziehend, reich und charmant. Und er glühte vor einer sengenden Sinnlichkeit, die die Frauen bei seinem bloßen Anblick dahinschmelzen ließ.

Es brauchte nur eines gewissen Blicks, einer suggestiv hochgezogenen Augenbraue oder eines Fingerkrümmens, und diese leicht zu beeindruckenden Frauen, die über keinerlei Selbstbeherrschung und Willenskraft verfügten, ließen sich wie brave Hündchen zu seinen Füßen fallen und warteten darauf, dass er ihnen den Bauch kraulte.

Genau wie Sean war auch Derek der wartungsintensive Typ.

Nein, danke. Hatte ich schon, brauch ich nicht mehr.

Der Trick war, ihn um jeden Preis auf Armeslänge zu halten. »Was machst du überhaupt hier?«

»Ich lebe hier«, teilte er ihr milde mit.

Das eigentliche Ranchhaus, in dem Derek lebte, lag dreißig Meter entfernt. Das protzige Haus, das Sean für ihr Eheleben gebaut hatte, war fünf Meilen entfernt. Das Ranchhaus hatte Charme und Charakter. Ihr Haus hatte eine teure*Einrichtung*. Sie hätte auf der Stelle getauscht.

»Hier im Stall um Mitternacht«, stocherte Lily nach.

»Hört sich wie ein Song an.« Er lächelte charmant, als sie eine Braue hochzog. »Okay, okay, ich wollte dich sehen.«

Lily drehte den Hahn auf und wartete, bis das Wasser warm war, um sich die sauberen Hände... noch sauberer zu waschen. Sie sah sich über die Schulter nach ihm um. »Ich dachte, du seiest mit - wie hieß sie noch? - in New York, um dir das neue Neil-Simon-Stück anzuschauen.« Derek mochte, ja, genoss die Oper, das Theater und sogar das Ballett. Er mochte auch Sport und Countrymusic. Am meisten aber mochte er *Frauen*. Es war ein gefährlicher Mann.

»Christine. War ich auch. Wir waren. Sind vor einer Stunde zurückgeflogen.«

Welcher Mann flog schon, nur um sich ein Stück anzuschauen, für einen Abend nach New York? Ein Mann mit einer zu vielseitigen Persönlichkeit, der für jede seiner Aktivitäten eine andere Frau hatte. Weswegen Lily ihr verdammt Bestes tat, ihn auf Distanz zu halten. Üblicherweise gelang ihr das. Aber Derek wollte offensichtlich nicht gehen. Und dem dringend nötigen Gespräch aus dem Wege zu gehen, half auch nichts.

Sie war absolut nicht in der Verfassung dazu, warnte sie sich. Aber, wenn nicht jetzt - wann dann? Sie konnte den kleineren Stein des Anstoßes genauso gut jetzt aufs Tapet und hinter sich bringen. Der andere, der große, konnte warten, bis sie sich mit Fakten und Zahlen gewappnet hatte.

»Ich hatte gestern ein sehr erhellendes Gespräch mit Angie Blaylock«, sagte sie beiläufig und sah sich nach etwas zum Händetrocknen um. Angie war eine von Dereks Verflossenen und die persönliche Assistentin des örtlichen Anwalts Barry Campbell.

»Süße, wenn du etwas über mein Liebesleben wissen willst, dann komm doch direkt zu mir.« Er sprach die Worte mit Augen und Stimme gleichermaßen. Sein Lächeln war lasziv und mehr als nur ein klein wenig arrogant, und er setzte schmeichlerisch hinzu: »Ich würde mich freuen, dir...«

Eine Frau konnte in diesen schimmernden blauen Augen ertrinken... Sie keuchte aufgebracht. »Mach dich nicht lächerlich!« Die Art, wie er mit ihr flirtete, machte sie wahnsinnig. Als hätte er noch Training gebraucht! »Angie hat mir erzählt, dass du Sean die eine Hälfte der Flying F erst überschrieben hast, als er vor drei Jahren als unheilbar diagnostiziert worden ist. Stimmt das?« Lilys Haut fühlte sich heiß und gespannt an, eine Mischung aus Verlegenheit und Verärgerung. Verdammt noch mal, Sean. Wie konntest du nur?

Derek warf ihr ein Handtuch zu. »So viel zum Thema Schweigepflicht.«

Seine Schnoddrigkeit machte sie rasend. »Verdammt!« Sie trocknete sich die Hände ab und beobachtete, wie das Kälbchen nach mehreren vergeblichen Versuchen wackelig auf die Füße kam und nach Milch suchte.

Lily straffte die Schultern und begegnete Dereks Blick, ohne mit der Wimper zu zucken. Gott, sie war nicht gut im Konfrontieren, was Derek aber unglücklicherweise fest im Repertoire hatte. »Sei ein einziges Mal ernst. Ist das wahr?«

»Und was, wenn es das ist?«

Lily zählte bis zehn, bis elf. Dann gab sie es auf. »Um Sean die Hälfte abzugeben, hättest du zunächst einmal die ganze Flying F besitzen müssen. Ich dachte, ihr wärt gleichberechtigte Partner gewesen.« Sie wischte sich die Haare aus dem Gesicht. Sie musste sich den Pony schneiden.

Was für ein verfluchtes Durcheinander hatte Sean ihr da hinterlassen? Schon wieder eine Lüge, dachte sie. Ihr Ehemann hatte sein Leben auf einem Berg voller Lügen aufgebaut. Und dass Millionen von Dollars wie Spielkarten die Hände gewechselt hatten, war nur ein Teil des Wirrwarrs, mit dem sie sich auseinander zu setzen hatte.

»Mir gehört eine Hälfte. Dir gehört eine Hälfte. Wo ist das Problem?«

»Sean hat mir gesagt - nein, vergiss es.«

»Sean hat dir was gesagt?«

Er mochte ein Lügner und Betrüger gewesen sein, aber was die Ranch seiner Familie anging, war Sean sehr leidenschaftlich gewesen. »Er war wütend, dass er dich dazuholen musste, um den Kauf der Ranch zu finanzieren.«

»Das leuchtet mir ein. Belassen wir es dabei.«

»Aber es stimmt so nicht.« Sie wusste, dass es nicht stimmte. Tief im Inneren wusste sie, dass Sean gelogen hatte. Auch wenn die Wahrheit ihn weitergebracht hätte, musste er regelmäßig irgendwelche wilden Geschichten fabrizieren, die ihn entweder als Helden oder Opfer dastehen ließen.

»Was willst du von mir hören, Lily? Dass ich vor sechs Jahren die ganze Ranch gekauft und Sean erlaubt habe, sich als Eigentümer zu bezeichnen?« Derek zuckte die breiten Schultern. »Mir war es egal, und ihn hat es glücklich gemacht. Was ist schon dabei? Die Hälfte der Flying F gehört dir. Das war von vornherein der Plan.«

Wessen Plan? Seans? Lily hätte gern geglaubt, dass ihr Ehemann so weitblickend gewesen war, aber das war ein harter Brocken. Daher auch der Name Flying F. Ein gestreckter Finger für seinen Vater, der die Ranch lieber per Express zur Hölle gejagt hatte, als sie seinem einzigen Kind zu hinterlassen. Sie sah Derek lange an. »Aber warum...«

»Jesus, Lily.« Seine Augen blitzten, und er zog den Mund zum Strich. »Wen, in Gottes Namen, interessiert das? Niemanden. Lass es gut sein. Welchen Unterschied macht es für den großen Gang der Dinge, wie es dazu gekommen ist? Keinen. Sean und ich wollten beide, dass du die eine Hälfte bekommst. Das Geschäft ist erledigt. Leb damit.«

Lily kämpfte gegen Müdigkeitsanfälle, riss sich zusammen und bedachte ihn mit einem Blick, der ihn förmlich an die Wand pinnte. »Du bist es vermutlich gewohnt, dass auf deinen Befehl hin alle springen, aber es gibt Neuigkeiten, Sportsfreund: Ich bin keine von deinen Angestellten. Ich springe nicht, wenn du ›spring‹ sagst.«

»Als ob ich das nicht wüsste«, sagte er wehmütig. Er bedachte sie mit einem langen Blick. »Dann kämpf meinetwegen mit mir um die andere Hälfte und tritt mich in den Arsch.«

»Das hat einen perversen Reiz an sich«, sagte Lily. »Danke, aber, lieber nein danke.« Sie lehnte ihre Rückseite an die Spüle, schob die Finger in die Vordertaschen ihrer Hose und sah ihm dabei zu, wie er durch den Stall marschierte.

Peaches muhte, als er sie umrundete und ein paar kleine Holzfiguren holte, die auf einem Balken standen. »Die sind unglaublich.« Seine langen Finger strichen über Lilys zehn Zentimeter hohe Schnitzfigur von Diablo.

Sie zuckte lächerlich erfreut die Achseln und registrierte schmerzlich berührt, wie sein Daumen fast schon zärtlich über den hölzernen Bullen glitt, während er die Schnitzerei in den Händen drehte. Es war so ganz Derek, sich auf die eine Sache zu stürzen, auf die sie wirklich stolz war, und geschickt das Thema zu wechseln.

»Nur ein kleiner Zeitvertreib, während ich hier herumhänge und darauf warte, dass meine Patientin ihren Job erledigt. Was die Ranch angeht ...«

Die wenigsten Leute wussten von ihrem Hobby, und es war ihr auch recht so. Das Holzschnitzen war etwas Persönliches und gehörte ihr allein. Es erschien ihr befremdlich intim, dass ausgerechnet Derek Wright ihre Arbeiten berührte und geradezu liebkoste.

»Du solltest keine übereilten Entscheidungen treffen; lebe eine Zeit lang damit, und finde heraus, wie es sich anfühlt.« Er hielt die Schnitzerei ins Licht und drehte sie in alle Richtungen. »Mein Gott, die Details sind verblüffend. Schau dir diesen Gesichtsausdruck an. Der Bursche ist sauer und stürmt gleich los.« Er sah sie an. Das Licht brach sich in ihren Augen und brachte sie zum Funkeln. »Du könntest sie verkaufen, Lily, und ein Vermögen damit verdienen.«

»Es ist nur ein Hobby, und ich *habe* bereits ein Vermögen«, erinnerte sie ihn trocken. Seinen Verfehlungen zum Trotz hatte Sean sie als reiche Frau zurückgelassen, weswegen sie die Nachricht, dass er nicht einmal Teilhaber der Ranch gewesen war, auch so verblüfft hatte. »Die Sache mit der Ranch war also Seans großes Geheimnis, hm?«

Derek zog die Augen zusammen. »Sein - was?«

Vielleicht war es das gar nicht gewesen. Verdammt. »Nichts.« Plötzlich fühlte sich der Stall, die Ranch, zur Hölle, ganz Montana beengt an. Lily konnte es nicht erwarten, zum Iditarod-Rennen aufzubrechen. Allein. Nur sie und die Hunde. Meilenweit von allem entfernt, das ihr wehtun konnte. Sie hatte es satt, jedem vorzumachen, sich selbst eingeschlossen, dass alles bestens war. Sie wollte ehrliche Emotionen und keine Täuschungen mehr. Sie musste weg von der Ranch, weg von der Erinnerung an Sean, weg von Dereks irritierender Präsenz.

Was sie brauchte, war Einsamkeit, Hunderte von Meilen davon. Die würde sie während der nächsten paar Wochen bekommen.

»Ich weiß, dass Sean kurz vor seinem Tod irgendetwas im Schilde geführt hat.« Lily faltete das feuchte Handtuch, drapierte es über den Rand der Spüle und sah sich nach etwas anderem um, mit dem sie ihre Hände beschäftigen konnte. Sie konnte die Schnitzereien in der Tasche verstauen, aber Derek stand ihr im Weg. »Ich schätze, es war die Sache mit der Ranch. Danke, dass du seinen Stolz geschont und so getan hast, als gehöre sie zur Hälfte ihm. Aber ich bin wirklich nicht daran interessiert, Teilhaber einer Ranch zu sein.« Sie streckte die Hand aus. »Gib sie mir.«

»Ich kaufe dir die Figur von Diablo ab«, sagte er beiläufig, während sein Daumen auf dem Rücken des kleinen Bullen hin und her glitt. »Du solltest sie in New York oder so ausstellen. Im Ernst, Lily, diese Schnitzereien sind fabelhaft. Die Leute werden dir die Tür einrennen, um deine Arbeiten   kriegen. Es wäre eine ordentliche Einnahmequelle.«

Lily ließ die Hand sinken, löste den Blick von seinen langen gebräunten Fingern, dem langsam streichenden Daumen, und sah ihm ins Gesicht. »Du kannst ihn behalten.« Keiner besaß eines der Stücke, die sie die letzten Jahre über geschnitzt hatte. Nicht einmal ihr Vater. Sie kämpfte den kleinen Hitzeschauder nieder, der sie bei der Vorstellung überkam, dass Derek etwas besitzen solle, das von ihr stammte. *Unsinn. Es war nur ein Stück Holz.* Sie hatte Dutzende, Hunderte davon zu Hause.

»Deine Einstellung zu den Schnitzereien ist sehr schmeichelhaft. Aber, nein, danke. Es ist bloß ein Hobby, und das soll es auch bleiben. Abgesehen davon, könnte ich mich morgen zur Ruhe setzen, wenn ich wollte. Will ich aber nicht.« Sie hegte den Verdacht, dass Sean die obszöne Menge Geldes, die unter ihrem Namen auf einer Bank auf den Cayman Islands lag, illegal erworben hatte. Sie würde das Geld zurückgeben, sobald sie wusste, wem es tatsächlich gehörte. »Ich liebe meinen Beruf, vielen Dank. Und ich habe das Einkommen aus dem Hundetraining. Sobald ich vom Iditarod zurück bin, falls ich zurückkomme, soll Barry...«

Er hörte auf, die kleine Figur zu streicheln und starrte sie an. »Was meinst du damit, *falls* ich zurückkomme?«

»Vielleicht bleibe ich auch in Alaska und mache eine Praxis auf. Und trainiere nebenbei Schlittenhunde.« Okay. Sie hatte es noch nicht richtig durchdacht. Aber es war eine Möglichkeit. Sie musste verdammt noch mal lernen, ihr Leben offensiver zu gestalten. Sie hatte die meisten ihrer siebenundzwanzig Jahre damit verbracht, in anderer Leute Kielwasser zu schwimmen. Ihr Vater war Tierarzt. Sie war Tierärztin geworden. Sean ...

»Das machst du doch hier schon.«

»Vielleicht brauche ich einen Tapetenwechsel.« Die Idee nahm Gestalt an wie ein talwärts rollender Schneeball.

»Um Himmels willen, Lily.« Er schob die kleine Schnitzfigur in seine Jackentasche. Sein großer Körper verströmte Wärme, als er näher kam und, typisch Derek, in ihre persönliche Sphäre eindrang. »Du reagierst über. Was spielt es für eine Rolle, wie es zu der Aufteilung der Ranch gekommen ist? Die Hälfte gehört dir, rechtmäßig und fair. Das Geschäft ist gemacht. Du kannst nicht einfach packen und abhauen.« Er sah sich um, als suche er nach jemandem, der ihm Recht gab. Aber die Kühe hätten nicht desinteressierter sein können. Und die Seiten des Kälbchens, das die Menschen gar nicht beachtete, wölbten sich beim Trinken.

»Du hast dein Leben lang hier gelebt.« Er suchte ihr Gesicht ab - aber nach was? »Du hast Freunde hier. Familie. Und verdammt, was ist mit deinem Vater?«

Lily zuckte die Achseln. »Ich würde ihn eben häufig anrufen. Abgesehen davon hat er Paula und Matt.« Vor elf Jahren hatte ihr Vater Paula Kruger geheiratet, deren Sohn Matt sein veterinärmedizinischer Assistent und Partner war.

Während der letzten paar Jahre schien jeder sie ohne Bedenken an den Rand zu drängen. Sogar ihr eigener Vater hatte ein neues Leben begonnen, das seine Tochter nicht mit einschloss. Es spielte keine Rolle, dass sie erwachsen war, sie vermisste die Vertrautheit, die sie seit Mutters Tod bei einem Flugzeugabsturz vor neunzehn Jahren mit ihrem Vater verbunden hatte.

Sie hatte nichts gegen Paula und Matt. Die beiden waren nette Menschen. Nette Menschen, die, ohne es zu wollen, einen zunehmend breiter werdenden Keil zwischen Lily und ihren Vater trieben. Aber sie musste sich insgeheim eingestehen, dass sie es zugelassen hatte. Das alles war Teil dieses »sich von anderen Leuten herumschubsen lassen«, das sie sich unbedingt abgewöhnen wollte. Es war noch nicht zu spät, die Beziehung zu ihrem Vater zu retten, und Lily war zudem entschlossen, auch zu sich *selbst* wieder einen Weg zu finden.

»Das ist nicht das Gleiche, wie mit der eigenen Tochter zu arbeiten«, murmelte Derek.

Lily lächelte, und ein Teil von ihr wusste die beiläufige Bemerkung zu schätzen. »Sie haben die Praxis ohne mich gut im Griff. Schau, Derek, das ist doch Zeitverschwendung. Ich verstehe nicht, aus welchen juristischen Gründen du das mit der Ranch getan hast oder wie es dazu kommen konnte. Ich nehme von dir jedenfalls keine Almosen an. Du und Barry, ihr werdet das ausklamüsern müssen.«

»Es ist kompliziert...«

»Ja. So wie alles, was dich und Sean angeht - anging.«
Sie schüttelte den Kopf und sah zu ihm auf.

Es gab gute Gründe, Derek nicht zu erzählen, was sie im
Laufe der Zeit über Sean herausgefunden hatte. Sie redete
sich ein, Derek aus Loyalität zu dem Mann, den sie
geheiratet hatte, nichts zu sagen. Aber in Wirklichkeit
wollte sie nicht bemitleidet werden oder die Erniedrigung
ertragen, dass irgendwer erfuhr, was für eine Närrin sie
gewesen war. Auch wenn es für Sean keine Bedeutung
mehr hatte, Lily wollte den zerschlissenen Rest von Würde
wahren, der ihr noch geblieben war. Sean mochte ein
Schürzenjäger und ein Esel gewesen sein, aber er war
darüber hinaus ihr Ehemann gewesen.

Und es gab einen anderen, weitaus zwingenderen
Grund. Wenn sie Derek davon überzeugen konnte, dass ihr
noch etwas an Sean lag, bestand die schwache Chance, dass
er den Wink verstand und aufhörte, mit ihr zu flirten.
Unglücklicherweise hatte er eine Elefantenhaut. Egal, wie
oft sie ihm sagte, dass sie nicht interessiert war, er liebte es
einfach, zu flirten.

Es war eine niederschmetternde Erkenntnis, aber
für *Derek* war Flirten nichts Persönliches. Er... er tat es
einfach. Er hatte das Flirten in der DNA.

Als sie ihn vor sechs Jahren kennen gelernt hatte, hatte
es nur eines Blickes bedurft, und es war, als sei eine Bombe
explodiert. Der Einschlag war total und vollständig. Sein
Aussehen, sein Charme und dann der körperliche
Einschlag, die chemische Reaktion; dieses *Ich kann es nicht
abwarten, mir die Kleider vom Leib zu reißen und dich
Haut an Haut zu spüren*, das Lily bis ins Mark schockiert
hatte - schockiert und, Gott helfe ihr, zu Tode geängstigt.
Alles, was so machtvoll, so intensiv war, musste gleichzeitig
gefährlich sein.

Alles, was ein Mensch derart verzweifelt haben wollte,
konnte ihm rasch wieder genommen werden. Ein Mensch
konnte innerhalb eines Herzschlags von Euphorie in
Verzweiflung verfallen.

Unglücklicherweise hatte sie die Zähne in ihn graben wollen, seine Haut lecken und schmecken wollen, die Fäuste in sein langes dunkles Haar graben und seinen Mund auf ihren zerren wollen. Sie hatte Vorsicht und Vernunft in den Wind schlagen wollen.

Nach ihrer ersten Verabredung mit ihm, erinnerte sich Lily schaudernd, hatte sie jede Menge Dinge gewollt, die allesamt schlecht für sie waren. Also war sie Derek davongelaufen und auf direktem Weg in den offenen Armen seines besten Freundes gelandet, was ihr ein ganz anderes Schlamassel beschert hatte. Und wenn das für eine Witwe keine traurige Feststellung war - dann wusste sie auch nicht mehr weiter.

Und die Wirklichkeit, die niederschmetternde Wirklichkeit war, dass Derek sie hatte gehen lassen. Er hatte nichts getan, damit sie es sich anders überlegte. Am Abend der Verlobungsfeier hatte er ihr charmant zugeprostet, und bei der Hochzeit war er Seans Trauzeuge gewesen, hatte gelacht und gescherzt und mit allen Frauen geflirtet.

Diese Hitze, dieses Feuer war also total einseitig gewesen. Du hast mich schon einmal zum Narren gehalten, dachte sie wehmütig.

Während sie verheiratet gewesen war, hatte er mit keinem Wort, keinem Blick irgendetwas versucht. Aber danach ... war die Hitze zurückgekehrt wie ein schwelendes Glimmen unter trockenem Herbstlaub, das nur darauf wartete, zu einem gigantischen Freudenfeuer entzündet zu werden. Wenn sie hier blieb, würde sie in null Komma nichts zu Asche verbrennen.

»Tu mir einen Gefallen«, sagte Lily leise, nahm die Schürze ab und warf sie zu den anderen Sachen in die Ecke. »Fahr dieses Jahr nicht beim Rennen mit.« Die mörderische, über tausend Meilen lange Strecke von Anchorage nach Nome war auch ohne Derek schon brutal und fordernd genug. Sie hatte bereits jetzt zu viele Fragen und zu wenig Fakten im Kopf. Sie wollte die Spreu vom Weizen trennen, ohne dass Derek ihr die Sinne benebelte.

Er zog eine Augenbraue hoch. »Und warum, zur Hölle, nicht? Hast du Angst, dass ich dich wieder besiege?«

Lily hatte ihn trainiert und ihm seine Hunde verkauft. Er war ein exzellenter Musher und schon zweimal schneller als sie gewesen. Er war ein starker Gegner, entschlossen, kampflustig und konzentriert. Sie hatte den Wettkampf immer genossen, aber dieses Jahr war es aus irgendeinem Grund anders. »Ich würde das Rennen gerne fahren, ohne dass du meinen Rücken angaffst.«

»Jetzt schmeichelst du dir selber, Doc«, sagte Derek sanft, ein Funkeln in den Augen. »So attraktiv du auch bist, wenn ich fahre, dann fahre ich, um zu gewinnen. Dürfte schwierig werden, *deinen* Rücken anzugaffen, wenn ich ein Riesenstück voraus bin.«

»In deinen Träumen, vielleicht«, blaffte Lily, die zwischen Belustigung und Verärgerung schwankte. »Ich will das Rennen mit voller Konzentration fahren. Wenn du dabei bist…«

»Ah, hab Dank, mein Herz! Soll das etwa heißen, ich lenke dich ab?« Er sah sie mit einem lasziven Blick an, der irgendwo in ihrem schmerzenden Körper eine Reaktion provozierte. Das war es, dachte sie, *genau* das war es, weshalb sie ihn dieses Jahr nicht beim Rennen dabeihaben wollte.

Sie wusste, wie sie mit Derek klarkommen konnte. Aber das hieß nicht, dass sie das *wollte*. Sie drehte angelegentlich den Ehering am Finger. Als sie seinen Blick an der Stelle spürte, stopfte sie die Hände schnell in die Taschen ihrer Jeans. Sie konnte durchaus so feinsinnig wie Mata Hari sein. Der Ehering war ihr Schutzschild, und sie setzte ihn rücksichtslos ein, um den Feind in Schach zu halten.

»Hast du denn kein bisschen Ernst in den Knochen?«, fragte sie verärgert.

»Oh, doch«, versicherte Derek mit einem durchtriebenen Leuchten in den blauen Augen und offenkundig nicht im Mindesten aus dem Konzept gebracht. »Ich habe etliche Knochen, die es sehr ernst meinen.«

2

Die Schlampe hatte nichts gesagt.

Noch nicht.

Er war schon seit Stunden hier oben, schwitzte wie ein Schwein und starb vor Durst. Das Heu piekte durch sein Sweatshirt, und seine verdammte Haut juckte. Zum Glück hatte er seine Allergie-Medikamente genommen. Der Himmel wusste, dass Heu ihn zum Niesen brachte. Und bei dem bloßen Gedanken an die Käfer und was sonst noch *im* Heu krabbelte, wollte er sich verzweifelt kratzen. Vielleicht bekam er eine Entschädigung für seine Mühen, und der Doc und Wright fickten. Was wenigstens interessant zu beobachten gewesen wäre und den abstoßenden Anblick der gebärenden Kuh wieder gutgemacht hätte.

Vielleicht konnte er sich ja etwas abschauen, dachte er und wurde von Sekunde zu Sekunde geiler, aber auch wütender. Casanova war nichts gegen Wright. Er hasste Wright. Hasste seinen ungezwungenen Umgang mit Frauen, seinen Charme, sein gutes Aussehen und all sein verfluchtes Geld.

Wright hatte eine verdammte Kugel in den Kopf verdient, einfach nur so. *Einfach nur so* war Grund genug, dem Arschloch das Hirn von hier bis in die Hölle zu blasen.

Er grinste ins Halbdunkel des Heubodens. Wenn das keine Überraschung gewesen wäre, sich nach unten fallen zu lassen und aus allen Rohren feuernd vor ihren Füßen zu landen?

Aber sicher doch, sann er vor sich hin, streichelte den Lauf seiner Heckler & Koch und hörte halb dem Gespräch unten zu. Er *konnte* sie *beide* auf der Stelle liquidieren.

Kein Lärm, kein Dreck. Ein hübscher Kopfschuss aus diesem Winkel, und es war schnell und endgültig erledigt. Er hatte den Schalldämpfer aufgeschraubt ...

Aber eine Kugel war eine Kugel. Und bei zwei Toten würde die große Dumpfbacke der Polizei aus der Stadt kommen und überall herumschwirren wie eine Fliege über dem Mist. Schwierig, zwei Leichen nach einem normalen Unfall aussehen zu lassen.

Nein. Es war nicht der Zeitpunkt, aus der Deckung zu kommen. Jetzt war Fingerspitzengefühl gefragt, sagte er sich mit Nachdruck. Fingerspitzengefühl.

In ein paar Tagen würden sie alle zum Start des Rennens mit Tausenden von Leuten oben in Anchorage sein. Es würde meilenweit nur unberührte Wälder und offenes Land geben.

Überall fremde Menschen, Seen und Flüsse; Gelegenheit genug, bei einem Lawinenabgang ums Leben zu kommen, zu ertrinken - oder... Die Möglichkeiten waren endlos und reizvoll.

So verschiedenartig, so kreativ. So *zufällig*.

»Ich schaue noch nach den anderen Mamas«, erklärte Lily und hörte sich forscher an, als sie aussah. »Wir sehen uns.«

Derek lehnte sich nach hinten an die Querstange und kreuzte die Knöchel. »Ich habe keine Eile. Lass dir ruhig Zeit.« Er verkniff sich ein Grinsen, als er ihren erbosten Blick auffing.

»Wie du meinst.«

Sie wirkte erschöpft, und er runzelte besorgt die Stirn, als sie in die nächste Stallbox ging und ihrer schwerfälligen Patientin gut zuredete. Er wollte die Arme um sie legen und ihren Kopf an seine Schulter drücken, während sie schlief. Aber Lily war Lily und hätte ihm eher eines ihrer grobschlächtigen Instrumente über den Kopf gezogen oder ihn mit ihrer scharfen kleinen Zunge attackiert, als sich jetzt von ihm anfassen zu lassen.

Bald...

Er hörte, wie sie nebenan einem der Kälbchen sanft zuflüsterte. Die Kühe, die von ihrem preisgekrönten Stier gedeckt worden waren, hatten bei der Geburt allesamt Schwierigkeiten gehabt. Diablo, das waren zweitausend Pfund erstklassiger Roter Brangus. Der Bulle hatte bei seiner Geburt selber schon fast hundert Pfund gewogen, und seine Kälber waren aus demselben Holz. Gut für Dereks Zuchtprogramm, aber die Hölle für die Tierärztin, die Diablos großem Harem bei jeder schweren Geburt beistehen musste.

Zusammen mit der Heizung machten die Lichter den Stall sehr anheimelnd. Draußen waren die Temperaturen auf deutlich unter den Gefrierpunkt gesunken. Lily hatte ihre Jacke abgelegt und während der Arbeit hie und da ein Sweatshirt oder ein Hemd abgeworfen. Sie trug jetzt Jeans, Cowboystiefel und ein ausgewaschenes hellblaues T-Shirt. Während sie nach ihren Patientinnen sah, streifte Derek die Lammfelljacke ab und warf sie über den mitgebrachten Picknickkorb.

Sie würde ihn ignorieren, bis sie ihren Job erledigt hatte.

Alles, was er tun musste, war abwarten.

Und darin war er Meister.

In ein paar Wochen würde er ihre ungeteilte Aufmerksamkeit haben, und sie würde sich mit ihm auseinander setzen müssen, ob sie wollte oder nicht. Anstatt ihren Widerstand niederzuwalzen, was er gerne getan hätte, würde er es diesmal locker und langsam angehen.

Derek wusste, es war ihr unangenehm, wenn er mit ihr flirtete. Aber er wollte verdammt sein, es bleiben zu lassen. Sie brauchte eine Aufheiterung. Sie musste sich entspannen und durfte das Leben nicht so ernst nehmen. Der Himmel wusste, die letzten Jahre waren für sie die Hölle gewesen. Ohne Spaß.

Aber das hier war ein Neubeginn. Und er würde dafür sorgen, dass sie bekam, was sie wollte. Was sie verdiente. Auch wenn Lily selbst nicht wusste, was das sein sollte, dachte er mit schwarzem Humor.

Er war sich bei ihr nie ganz sicher, was Tarnung war und was echt. Er vermutete, dass vieles von dem, was sie über Sean erzählte, nur ein Vorwand war, ihn in Schach zu halten. Die Vorstellung, dass sie es für nötig befand, eine wie auch immer geartete Barriere zwischen ihnen beiden aufzubauen, ließ ihn raubtierhaft grinsen. Das hieß, sie war nicht immun.

Er würde sich von ihr mit jedweder Rhetorik eindecken lassen, bis er ihr zeigen konnte, dass die Barriere unnötig war. Zur Hölle! *Jede* Barriere zwischen ihnen beiden war unnötig. Entweder sie schlug nach ihm wie ein Kätzchen nach einer verflixten Biene, oder sie versuchte, ihn zu ignorieren.

Nur eines war sie nicht, immun. Gepriesen sei ihr süßes starrsinniges kleines Herz! Sie kämpfte ebenso hart gegen sich selbst wie gegen ihn.

Der einzige Grund, warum er sie hatte gehen lassen, war sein Glaube an ihre Liebe zu Sean gewesen, und er hatte sich vormachen lassen, Sean erwidere Lilys Liebe aufrichtig.

Sie hatten sich alle geirrt.

Er drehte die zierliche Schnitzfigur des Bullen in den Händen und genoss es, die glatte Kühle des Holzes unter den Fingern zu spüren. Sie war so damit beschäftigt, den Menschen, die sie liebte, Gutes zu tun, dass Derek sich fragte, wann sie das letzte Mal etwas für sich selbst getan hatte, nur um des schieren Vergnügens willen, sich *selbst* glücklich zu machen.

In ein paar Wochen würde sie eine sehr glückliche Frau sein. Dafür würde er sorgen.

Er hätte wetten können, dass sie sich viel Zeit ließ, um nach den frisch gebackenen Müttern zu sehen, doch jetzt, wo die Kälber da waren, war kaum noch etwas zu tun. Nach zehn Minuten war sie zurück.

»Immer noch da?«, fragte sie missmutig, hob ihr Flanellhemd vom Boden und schüttelte es aus.

»Ich wüsste nicht, wo ich lieber wäre«, teilte er ihr aufrichtig mit und bewunderte die Muskeln ihrer schlanken Arme und die Art, wie der weiche Stoff des T-Shirts sich an die sanfte Wölbung ihrer Brüste schmiegte. Ihr seidiges hellbraunes Haar war völlig zerzaust. Halb im Zopf, halb draußen. Ihr Pony streifte die Wimpern. Sie war selbstvergessen und höllisch sexy. Sie sah aus, als sei sie gerade aus dem Bett geklettert, verwuschelt und mit schläfrigem Blick.

»Wie wäre es mit Tahiti?«

Er stellte sich Lily vor, wie sie golden und nackt auf dem sonnengebleichten Strand lag. »Ich könnte uns in zehn Stunden hinbringen.«

Sie schüttelte den Kopf. »Manche Leute müssen für ihren Lebensunterhalt arbeiten.« Sie drehte geistesabwesend ihren Ehering und schaute sich um, ob alles in Ordnung war, bevor sie ging. »Warum fliegst du nicht schon mal voraus«, schlug sie vor und schlüpfte in ihr Hemd. »Ich komme nach.«

»Wenn die Hölle zufriert?«

»Wenn Schweine fliegen können«, sagte sie zeitgleich.

»Dein eigener Schaden«, konterte er lächelnd.

»Ich weine heute Nacht bestimmt in die Kissen«, versicherte sie.

Das Licht brach sich auf dem schlichten goldenen Reif an ihrer linken Hand, während sie das Hemd zuknöpfte. Sean hatte *4 ever* eingravieren lassen. Derek wusste es, denn er hatte den Ring mit Sean zusammen ausgesucht und dabeigestanden, als er graviert worden war. Und Sean hatte ihn und die drei Verkäufer die ganze Zeit über mit der Geschichte von der Kellnerin unterhalten, die er am Abend zuvor abgeschleppt hatte, um die Nacht mit ihr zu verbringen.

Derek hatte gewusst, dass Seans Ansichten verdreht waren. Er hatte dem Kerl nie wirklich vertraut. Aber da war es schon zu spät gewesen. Derek war, weiß Gott, nicht prüde. Wenn sein Kumpel jede Frau in Montana und jenseits der Grenze bumsen wollte, dann war das Seans Sache. Aber dass er alles fickte, was sich bewegte, und Lily gleichzeitig einen Ring an den Finger steckte, reichte, Derek wünschen zu lassen, Seans verlogene Visage in Grund und Boden zu malmen.

»Würdest du das Licht ausmachen?«, sagte Lily, bereit zum Gehen. Die Deckenlampen im Stall waren so hell, dass er die Sommersprossen auf ihren geröteten Wangen zählen konnte. Er betätigte den Hauptschalter, und der verwinkelte Stall tauchte in ein sanftes gelbliches Leuchten.

»Das hätten wir. Ich habe dir etwas zu essen mitgebracht.« Er zog die Jacke weg und griff nach dem Picknickkorb.

»Hast du das?« Lilys Haselnussaugen, die immer ein wenig argwöhnisch waren, wenn sie ihn ansah, weiteten sich. Sie sah sich nach ihrer Jacke um. »Danke, aber ich schnappe mir zu Haus irgendwas.

»Nein, wirst du nicht. Komm schon. Nimm dir noch zehn Minuten, und iss mit mir. Ich bin am Verhungern. Wenn du nichts essen willst, bleib einfach nur da, und leiste mir Gesellschaft.« Er drängte sie sanft in Richtung des Picknicktischs. »Du bist diejenige, die *mir* beigebracht hat, rechtzeitig Energie zu tanken. Du isst jetzt besser etwas und praktizierst, was du predigst.«

Anfangs hatte er sich nur für Hunde interessiert, weil sie Lilys große Leidenschaft waren und er so die Chance hatte, etwas Zeit mit ihr zu verbringen. Aber je mehr er über den Sport gelernt hatte, desto mehr Freude hatte er daran gehabt. Und sich mit Lily zusammen zu freuen, hatte es noch besser gemacht.

Sie blieb wie angewurzelt stehen. »Verflucht noch mal, Derek. Du wirst das Rennen fahren, oder?«

»Verdammt, ja.« Er behielt das entspannte, aufreizende Lächeln bei und wusste, dass sie das ärgern würde.

Als sie trotzdem lachte, freute ihn das. Dieses Lachen war dieser Tage eine Seltenheit. Genau wie der scharfe kluge Glanz in ihren Augen, als sie ihn halb belustigt, halb verärgert ansah. »Was soll ich bloß mit dir machen?«

Er runzelte die Augenbrauen und wollte sie einfach nur grinsen sehen. »Wie viele Vorschläge darf ich machen?«

»Ich hau dir eine rein, wenn du nicht damit aufhörst, mit mir zu flirten.«

»Fesselst du mich vorher?«

Sie sah ihn durchdringend an. »Hast du ...? Vergiss es.«

Derek lachte. »Ich habe meine eigenen Handschellen. Willst du spielen?«

»Ich habe meinen eigenen Pflock. Soll ich dich draußen für die Kojoten festbinden?«

Er schüttelte den Kopf und feixte. »Das ist was anderes. Aber ein Spielchen spiele ich gern.« Er bedurfte all seiner Kraft, nicht die Arme um sie zu schlingen und ihr Lächeln zu kosten. Sie schüttelte den Kopf und machte ein gespielt finsteres Gesicht. Lily hatte Mumm und einen hintergründigen Sinn für Humor. Außerdem war sie stachelig, streitlustig und unerhört loyal - eine absolute Zumutung -, und er wollte alles davon. Alles von ihr. In seinem Leben, in seinem Bett.

Er hatte genug von der Warterei.

Wenn das Rennen zu Ende war, würde es heißen: Auftrag erledigt.

Aber immer schön der Reihe nach. »Setz dich«, sagte er und klappte den Deckel des Korbs auf. Sie umrundete den Tisch und setzte sich gegenüber auf die Bank.

»Okay, dann gib mir was zu essen«, sagte sie.

»Ja, Madam.« Er packte Annies Gaben aus.

Lily hatte keine andere Wahl. Alle Wright-Männer waren Krieger, und Derek war da keine Ausnahme. Er war ein Krieger und ein Charmeur. Ein Taktiker und ein Fußsoldat. Sie stand unter Belagerung. Sie wusste es nur noch nicht.

Diesmal musste alles seinen geordneten Gang gehen, damit sie ihm nicht noch einmal davonlief. Erst Freunde, dann Liebende. Er hatte sechs Jahre lang gewartet. Was waren da ein paar Wochen?

»Gut.« Die Hände in den Schoß gelegt, sah Lily ihm zu, wie er den Inhalt des Korbs auf ein blau kariertes Tuch legte. Er hatte nicht gedacht, dass er damit durchkommen würde, sonst hätte er Wein und Kerzen mitgebracht. Nächstes Mal.

»Wenn du darauf bestehst, das Rennen zu fahren«, sagte sie und beäugte die in Folie verpackten Sachen auf dem Tisch, »kann ich dich nicht daran hindern. Versprich mir einfach, dass du deine Sache alleine machst und mich in Ruhe lässt.«

Schwierig, wo doch *Lily* seine Sache war, dachte Derek und lächelte innerlich. »Ich fahre nicht nur mit«, erklärte er ihr fröhlich, »ich werde auch deine Zeit unterbieten. Wieder mal.«

»In deinen Träumen«, geiferte sie. »Was hat dir Annie für mich mitgegeben?« Sie stemmte die Fäuste in den Rücken und dehnte die verspannten Muskeln.

Ihre Nippel fühlten sich unter dem dünnen Baumwoll-T-Shirt, über das sie das Flanellhemd gezogen hatte, wie harte kleine Kiesel an. Der Anblick verursachte Derek ein Ziehen in den Lenden. Er würde sich nie daran gewöhnen, wie intensiv sein Körper auf sie reagierte.

»Hier.« Er griff nach ihrem Sweatshirt, schüttelte das Heu ab und reichte es ihr. »Da du nicht in Bewegung bist, ziehst du es besser an, bevor du dir noch eine Lungenentzündung holst. Das Hemd reicht nicht. Und woher willst du wissen, dass Annie den Korb gepackt hat? Woher willst du wissen, dass nicht ich es war?«

Sie zog kommentarlos das Sweatshirt über, und eine seidige Haarsträhne blieb an ihrer Wange kleben. Derek widerstand der Versuchung, sie wegzustreichen.

»Weil das hier keine Verführungsszene ist, Wright. Weil es hier um mich geht. Die verwitwete Mrs. Munroe. Deshalb.«

Derek war mit Tischdecken fertig. Seine Haushälterin hatte ihm wortlos den fertig gepackten Korb in die Hand gedrückt, nachdem er einmal zu oft in die Küche gestapft war, um durchs Fenster zum Stall hinüberzuspähen.

»Wer sagt, dass das keine Verführungsszene werden soll?« Eine Sekunde lang sah er etwas in ihren Augen, das ihm den Atem verschlug, dann war es wieder fort.

»Können wir das mit dieser unsinnigen Flirterei ein für alle mal klären?«, schnappte sie und griff sich ein Folienpäckchen, ohne zu wissen, was drin war. Sie vergaß häufig zu essen, doch wenn sie es tat, machte sie es mit Leib und Seele.

»Wir wissen beide, dass du gar nicht wirklich an mir interessiert bist. Und selbst wenn du es wärst, aber ich weiß, du bist es *nicht*, wäre es viel zu früh. Es ist gerade mal sechs Monate her.«

»Unsinn. Versuch es, es wird dir gefallen.« In Seans Fall waren sechs Monate Trauer schon zu lang. Derek sah zu, wie sie in das Sandwich herzhaft reinbiss. »Sechs Monate sind genug«, teilte er ihr mit und wünschte sich, sie hätte ihn so betrachtet, wie sie das mit dem Brot tat. »Höchste Zeit, sich wieder zu verabreden.«

Sie gab einen grunzenden Laut von sich. »Und was soll das bringen? Ich heirate eh nie mehr...« Gott, war das gut ... Sie stoppte, um zu kauen und zu schlucken. »Abgesehen davon, mit wem sollte ich mich hier in der Gegend wohl verabreden? Pop Skyler? Wie alt ist er? Achtzig?« Sie schüttelte den Kopf. »Sechs Monate sind kaum die angemessene Trauerzeit. Und wer hätte schon für so was Zeit?... Von dir einmal abgesehen, natürlich.«

»Da haben wir doch gleich die Lösung. Geh mit mir aus. Damit ist das Problem gelöst.«

»Oh, bitte.« Sie schüttelte den Kopf. »Das haben wir bis zum Abwinken diskutiert. Du verschwendest deine Zeit. Ich bin gegen dich immun. Wir haben es schon einmal versucht, erinnerst du dich? Hat nicht geklappt.« Sie schraubte den Deckel von der Thermoskanne und goss zwei duftendem Becher von Annies fabelhaftem Kaffee ein. »Nein, danke. Du kannst dich meinetwegen flächendeckend auf die weibliche Bevölkerung Montanas verteilen.«

»Hast du Angst?«

»Vor dir?«, höhnte sie. »Versuchs mit *kein Interesse.*«

»Und ob du interessiert bist«, sagte er leichthin, und seine dunklen Augen glitzerten im bernsteinfarbenen Licht, während er ihren Hals musterte. »Ich kann deinen rasenden Pulsschlag sehen, direkt an deiner entzückenden Halsgrube.«

Lily verdrehte die Augen und widerstand mit bewundernswerter Selbstbeherrschung dem Drang, den verräterischen Puls mit der Hand zu bedecken. »Das ist die Vena cava superior, wie man sie bei den meisten menschlichen Wesen vorfindet«, sagte sie kalt wie Eis. Zumindest an der Oberfläche. »Bei deinen aufgeblasenen Party Pattys allerdings nicht.«

Derek lachte. »Party Pattys? Existieren solche Mädchen wirklich?«

Sie schenkte ihm einen nachsichtigen Blick.

»Komm schon, Lily. Gib mir eine Chance. Teste deine Selbstbeherrschung, und geh mit mir aus, bevor wir nach Alaska aufbrechen. Zur Hölle, du hättest vielleicht sogar Spaß.«

»Hätte ich nicht.«

»Warum nicht?«

»Weil ich nicht ausgehen will. Mit dir nicht. Und auch mit sonst keinem«, sagte sie ruhig und suchte sein Gesicht nach einer Reaktion ab.

»Aber du warst am Mittwoch mit Don Singleton beim Essen.«

Ja, ja, die Buschtrommeln. Sie machte sich nicht die Mühe, ihn zu fragen, wer der Informant war. Es hätte jeder aus dem Dipsy Diner sein können. »Ich wollte noch ein Stück Kuchen essen, nachdem ich im Futtermittelladen war. Und da war er. Wir saßen am selben Tisch. Wohl kaum eine Verabredung. Aber nach Pop wäre Don für ein Rendezvous sicher meine zweite Wahl.«

Dereks Miene kühlte um einige Grade ab.

Spiel, Satz und Sieg, dachte Lily befriedigt und nahm einen Schluck vom rasch kalt werdenden Kaffee. Zeit, nach Hause zu gehen. »Es war ein langer Tag.« Sie stand auf und holte ihre Jacke. »Bist du die nächste Zeit zu Hause oder flüchtest du irgendwoanders hin?«

Er überhörte die Frage. »Ich weiß, dass du Sean geliebt hast, Lily. Aber du wirst irgendwann anfangen müssen, dein Leben wieder zu leben.«

»Mein Leben ist exakt so, wie ich es haben will, aber danke für die gütigen Vorschläge.« Lily ließ ihn ihre Ungeduld spüren. Der Mann war genau so gnadenlos wie Beasly, der Bullterrier von Mrs. Simpson. »Tut mir Leid, dass dein enormes Ego keine Abfuhr erträgt. Aber so ist es nun mal. Du kannst mich ja ins *Guinness Buch der Rekorde* eintragen lassen, als einzige Frau, die jemals *nein* zu dir gesagt hat.«

Lily hatte sogar dann noch schöne Augen, wenn sie sauer war. Sie waren von einem tiefen Haselnussbraun, lang bewimpert und leuchtend. Und Derek verbrachte viel zu viel Zeit damit, über sie nachzudenken.

»Ich muss dir et...« Sie verwarf die Worte mit einer fahrigen Handbewegung und schüttelte den Kopf. »Vergiss es.«

Derek stand auf. »Nein. Was wolltest du sagen?«

»Das kann warten.« Lily hielt die Hand vor den Mund und gähnte. »Ich bin heute Abend zu müde für weitere Auseinandersetzungen.« Sie beugte sich vor, nahm noch ein Sandwich, biss hinein und kaute kaum, bevor sie schluckte.

»Setz dich wieder hin, und iss fertig, bevor du gehst. Wann fährst du nach Anchorage?«

Sie setzte sich zwar nicht, nahm aber noch einen Bissen.
»Gleich in der Früh.«

»Morgen früh?«, fragte er stirnrunzelnd und fügte, als
sie nickte, hinzu: »Warum denn das, dass Rennen startet
doch erst in drei Wochen?«

»Erstens, weil ich fahre. Und zweitens will ich vor dem
Start die paar Wochen noch trainieren.«

»Jesus, Lily. *Flieg.* Es ist eine höllisch lange Fahrt von
Montana nach Alaska. Besonders zu dieser Jahreszeit.« Er
reichte ihr ein weiteres Sandwich, als sie mit den anderen
fertig war. »Ich kann uns Ende nächster Woche beide nach
Anchorage fliegen.«

Lily zog die Folie ab und biss in das dritte Sandwich.
»Du fährst vorher noch weg? Du bist doch gerade erst
zurückgekommen.«

»Geschäfte.«

»Sicher. Krumme Geschäfte. Nein, danke. Ich will nicht
warten.«

»Dann lass dich von einem meiner Männer hinbringen.«

»Nein, danke«, sagte sie, den Mund voller - *hm!* -
Schinken auf Roggenbrot.

»Du willst nicht fliegen.«

»Richtig. Ich will nicht... Es überrascht mich, dass Annie
bei all den Hochzeitsvorbereitungen noch Zeit gehabt hat,
mir ein Picknick zu machen.«

»Sie hat jede Menge Hilfe.« Derek wollte weder über
seine Haushälterin noch über die bevorstehende Hochzeit
seines Vaters reden. Er wusste, dass Lily Angst vorm
Fliegen hatte. Sie war als Kind bei dem Flugzeugabsturz
dabei gewesen, bei dem ihre Mutter gestorben war.
»Fliegen ist absolut sicher«, sagte er sanft. »Komm einfach
ein paar Mal mit mir rauf - lass mich dir beibringen, ein
Flugzeug zu *steuern*! Die Angst verschwindet, sobald du ein
Gefühl der Kontrolle hast.«

»Es ist keine Angst«, sagte Lily brüsk. »Es ist eine
Phobie. Ich arbeite daran.« Sie biss erneut in ihr Sandwich
und wechselte, kaum dass sie geschluckt hatte, das Thema.

»Für eine fast sechzigjährige Frau, die es in sechs Wochen mit hundert Hochzeitsgästen zu tun kriegt, kann es gar nicht genug Hilfe geben.« Sie legte den Kopf schief und ließ den langen seidigen Zopf über die Schulter fallen. Derek wollte sich den glänzenden honigbraunen Strang um die Hand winden und ...

»Warum muss er ausgerechnet mitten im Winter heiraten?«

Weil es der einzige Zeitpunkt war, an dem seine Söhne sich gleichzeitig hatten freinehmen können. »Das musst du ihn selber fragen.«

»Du könntest das Rennen sausen lassen und zum Helfen hier bleiben«, schlug Lily vor und griff nach dem Kaffeebecher.

Jetzt war er mit Schnauben dran. »Und dich gewinnen lassen?« Lily wollte offenbar nicht über das, was sie im tiefsten Inneren beschäftigte, sprechen. Also konnten sie genauso gut diese Alaska-Sache regeln. Er würde ihr unter keinen Umständen erlauben, nach Alaska aufzubrechen, ohne dass er in greifbarer Nähe war. Und er würde sie unter verdammt überhaupt keinen Umständen nach Alaska *fahren* lassen. Nicht kampflos, jedenfalls.

Er prustete erbost. »Ich gewinne dieses Jahr sowieso. Warum ersparst du dir nicht die Peinlichkeit?«

Es war ein Vergnügen, ihre Wangen sich röten und ihre Augen funkeln zu sehen, weil sie in Gedanken ganz beim Rennen war und Sean kurzfristig vergessen hatte.

»Du wirst verlieren«, lachte sie.

»Komm her, und gib mir die Hand darauf.«

Sie zog die Augen zusammen. »Warum?«

Derek streckte die Hand aus und zog Lily auf seine Seite des Tischs. »Sitz!«

Lily landete mit dem Hinterteil neben ihm auf der Bank. »Wuff!«

»Es fasziniert mich immer wieder, wie so kleine Hände so unerhört stark sein können«, sagte er, verschränkte seine Finger mit ihren und massierte mit dem Daumen ihre

Handfläche. Er ignorierte, dass sie die Hand wegziehen wollte, und massierte weiter, bis sie ihre Augenlider nach unten schlug und ihre Wimpern nervös flatterten. Er verkniff sich ein befriedigtes Seufzen und setzte die spontane Massage fort.

Die Frau arbeitete zu hart. Er drehte ihr Handgelenk, arbeitete gegen den Widerstand und bearbeitete ihre Finger zwischen seinen. Ihre Haut war zart und fein wie die eines Babys, aber sie hatte ein paar bedenkliche Schwielen auf der Handfläche und Dutzende feine weiße Narben, vermutlich vom Schnitzmesser. Ihre Hände waren genauso schlank und kräftig wie ihr Körper. Ihre Nägel waren kurz geschnitten und unlackiert. Lily legte die Finger um seine Hand, und das Gefühl schoss ihm direkt in die Lenden.

»Gut. Das fühlt sich fabelhaft an. Wenn es das ist, was du mit deinen Frauen machst, ist es kein Wunder, dass du sie mit dem Stock abwehren musst.«

Locker bleiben. »Handmassagen gibt es nur für Frauen, die die Nacht damit verbracht haben, ein Kalb zu holen.«

»Mm.« Lily schloss die Augen und tat so, als schnarche sie.

»Okay«, sagte er. »Wenn die Dame während einer sinnlichen Handmassage einschläft, ist es an der Zeit, dass sie nach Hause geht.«

Er hatte Recht. Es war höchste Zeit. Aber, oh, sie wollte den gemütlichen Stall nicht verlassen, um bei diesem eisigen Wind nach Hause zu fahren.

»Fahr nach Hause, und schlaf dich aus«, sagte Derek leise und hasste es, den friedvollen Moment zu verderben, aber er konnte die Erschöpfung in ihrem Gesicht sehen.

»Mm-hm«, stimmte Lily zu, ohne die Augen aufzumachen.

»Träum weiter, Doc.«

Lily hob die schweren Lider. »Du hast Recht. Ich brauche etwas Schlaf.«

Er erhob sich, als sie aufstand, ebenfalls. Dann nahm er ihr den schweren Parka aus der Hand, schüttelte das Heu ab und half ihr hinein.

»Danke.« Sie zerrte achtlos an ihrem Zopf und zippte den Reißverschluss zu.

»Übernachte doch hier. Warum Zeit mit Fahren verschwenden, wenn du genauso gut hier schlafen kannst?«

»Es sind nur fünf Meilen. Das schaffe ich schon. Ich kampiere eh mit den Hunden draußen.« Sie warf ihm einen Blick zu. »Und du solltest das auch tun.«

Er zuckte spöttisch die Achseln. »Ich ziehe mein warmes, bequemes Bett vor, solange ich es noch habe. Während des Rennens ist Zeit genug, mit einer Schneedecke zu schlafen.«

»Du bist ein ziemlicher verwöhnter Kerl, Derek Wright«, hielt ihm Lily leicht indigniert vor.

»Ich kümmere mich lediglich um mein leibliches Wohl«, erwiderte Derek abwesend, zupfte die eine Seite ihres Kragens zurecht und zog den Zopf ordentlich aus dem Parka. Das Haar fühlte sich kühl, glatt und weich an, und - o Gott - es duftete süß. Seine Finger verweilten kurz, bevor sie die seidige Länge freigaben.

Lily kümmerte sich voller Sorgfalt um ihre Tiere, aber für sich selbst nahm sie sich kaum Zeit. Sie hatte nicht die geringste Spur von Eitelkeit an sich. Kein Make-up, kein Parfüm. Nur der saubere Duft von Seife und die unglaubliche Textur ihrer Haut. Und ihre Augen leuchteten strahlender als tausend Diamanten.

Er ging neben ihr und öffnete das Tor so weit, dass sie beide durchpassten. Die kalte Luft traf sie wie ein Eispickel. »Bist du sicher...«

»Ja, andererseits...« Der Schnee lag dick und kristallen auf dem Grund. Die eiskalte Luft machte Lilys Worte förmlich sichtbar. Sie sah sich stirnrunzelnd um. »Was ist mit meinem Truck passiert?«

»Er steht in der Garage.«

Sein Vormann Ash hatte ihn reingefahren. Lily war in einer Gischt aus Schnee und Kies zum Halten gekommen und hatte den Truck mit laufendem Motor und halbwegs eingeparkt vorm Stall stehen lassen. Lily eben. Wäre er so stehen geblieben, wäre er jetzt jedenfalls nicht angesprungen.

Es hatte vor etwa einer Stunde zu schneien aufgehört, und das Mondlicht ließ die strahlend weißen Schneewehen wie Diamanten funkeln.

Ihre Stiefel knirschten im Takt, während sie zur Seite des Ranchhauses marschierten, die eine Achter-Garage für Dereks Autosammlung beherbergte.

»Jungs und ihre Spielsachen.« Als Derek die Tür aufstieß, spähte Lily in die beheizte Garage und schüttelte den Kopf.

»Aber es gibt immer ein Spielzeug, das man nicht haben kann, nicht wahr?«, sagte Derek leise.

3

Alles war perfekt. Oder wäre es gewesen, wenn Derek in Montana geblieben wäre.

Lily betrachtete die Menschenmenge, während eine Fernsehreporterin und ihr Team Kameras und Ausrüstung aufbauten, um sie zu interviewen. Sie hatte die Startnummer 29 gezogen, und bis jetzt war in der wogenden, aufgeregten Menge, die die Straßen säumte, nichts von Derek zu sehen.

»Fertig?«, fragte die attraktive blonde Moderatorin, die einen ausgemergelten Mann im Schlepptau hatte, der in der einen Hand einen Puderquaste und in der anderen einen Kamm hielt. »Danke, Stan, es geht so. Nein, danke, meine Haare sind großartig. Lily? Könnten Sie sich neben den Schlitten stellen? Wir schwenken im Gehen das Gespann ab und unterhalten uns.«

»Sicher«, antwortete Lily folgsam und winkte ein paar Bekannten zu, mit denen sie sich viel lieber über das Rennen unterhalten hätte, als vor aller Augen bei einem Fernsehteam aus San Francisco zu stehen. Aber nur wenige Frauen fuhren das Rennen, und obwohl ihr vor der laufenden Kamera nicht wohl war, war die Publicity doch gut für den Sport.

»Dreiundsiebzig Teams haben sich hier in Anchorage am Start des Iditarod-Rennens eingefunden«, begann die KPIX-Moderatorin. »Wie sie sehen können, sind die Zuschauer bester Stimmung.« Sie lächelte. »Bei uns ist jetzt Dr. Lily Munroe, eine Tierärztin aus Montana, die das Rennen... zum wie vielten Mal fährt?«

»Zum fünften Mal«, entgegnete Lily freundlich.

»Dr. Munroe hat das Iditarod bereits einmal gewonnen und war seither stets unter den ersten zwanzig platziert. Eine erstaunliche Leistung. Die Geschichte des Rennens zeigt, dass die Hälfte der Teams, die sich hier an der Forth Avenue versammelt haben, kaum hoffen können, das Ziel zu erreichen. Warum ist dem so, Lily?«

Lily lächelte in das kleine rote Licht. »Man würde es nicht Rennen nennen, wenn es jeder gewinnen oder wenigstens zu Ende fahren könnte«, sagte sie locker. »Ganz zu schweigen vom *Gewinnen* oder einem Platz unter den ersten zwanzig. Den meisten geht es vor allem darum, die mörderische Strecke zu schaffen. Mit den Hunden an der Ziellinie in Nome unter der berühmten knorrigen Rottanne durchzufahren ist für viele von uns Sieg genug.«

Lily beantwortete die meisten Fragen mechanisch. Der Lärmpegel machte ein eingehenderes Interview fast unmöglich. Fans, freiwillige Helfer, Fotografen, Radio- und Fernsehteams drängten sich an der Startlinie, während über den Köpfen bunte Fahnen flatterten. Laute Rufe mischten sich mit dem Stimmengewirr Tausender Zuschauer, und das Bellen und Jaulen der Hunde, die endlich laufen wollten, gab dem Ganzen einen zirzensischen Anstrich. Adrenalin war die Droge der Wahl, und alle waren high davon.

Die Reporterin und ihre Crew marschierten an Lilys Gespann entlang, während Lily die Zugleine, die Zentralleine und Teile des Schlittens erklärte sowie die Hunde vorstellte. Paarweise hintereinander an den Schlitten geschirrt, maß ihr Gespann von den Nasenspitzen der beiden Leithunde Arrow und Finn bis zum Ende des Schlittens gute fünfundzwanzig Meter. Länger als ein großer Truck. Die Hunde waren heiß und wollten los.

Lily konnte es gleichfalls nicht erwarten, ihr Können auf die Probe zu stellen, und zu sehen, wozu die Hunde fähig waren.

Der Duft von Kaffee und heißer Schokolade hing verführerisch in der kalten Luft. Sie umkreiste ihr Gespann, murmelte den Hunden aufmunternd zu und prüfte, während die Kamera ihr folgte, zum millionsten Mal das Geschirr. Sie lächelte und antwortete auf die Fragen der Reporter, doch in Gedanken war sie bei dem, was vor ihr lag.

»Erzählen Sie uns vom Rennen. Was, glauben Sie, steht Ihnen bevor? Ist es wirklich so gefährlich, wie alle sagen?«

Lily lächelte. »Das Rennen ist, vom logistischen Standpunkt aus gesehen, praktisch *unmöglich*. Aber Jahr für Jahr nehmen die Musher wieder daran teil. Die Gespanne starten hier im Zentrum von Anchorage und müssen es den ganzen Weg bis hinauf nach Nome schaffen - ein Distanz von über elfhundert Meilen - und das in ungefähr zehn Tagen.«

»Eine unglaubliche Strecke, die die Hunde da laufen müssen. Und diese Schlitten wiegen wie viel? Über dreihundertfünfzig Pfund?«

»Ungefähr, ja.« Lily schaute sich um. Wo, um Himmels willen, war Derek? Sie hatte ihn gestern Abend beim Bankett kurz gesehen, aber seitdem nicht mehr. War er fort? Auf einer seiner mysteriösen Geschäftsreisen? Gut.«

»Die Hunde ...?«

Lily konzentrierte sich wieder auf die Reporterin. »Man muss sich permanent um sie kümmern«, erklärte sie. »Sie bekommen jede Stunde einen Happen zu fressen, und die Musher müssen viele Zwischenstopps einlegen. Die Hunde müssen gut gepflegt werden, bekommen neue Booties an die Füße und alle vier Stunden eine volle Mahlzeit. Die Verletzten müssen nach Anchorage zurückgeflogen werden, wo sich Strafgefangene um sie kümmern, bis ihre Eigentümer sie abholen, manchmal erst Wochen später. Geschirre müssen geflickt oder ausgetauscht, der Schlitten repariert werden - die Liste ist endlos.«

»Hört sich sehr anstrengend an, auch für die Musher. Wann kommen *Sie* denn zum Schlafen?«

»Wenn wir Zeit haben«, sagte Lily lächelnd. »Schlafmangel ist auf dieser Strecke Berufsrisiko. Auch Halluzinationen sind ziemlich verbreitet.«

»Hatten Sie schon einmal Halluzinationen?«, fragte die Reporterin begierig. Sie hoffte vermutlich, von Lily irgendwelche gruseligen Sachen zu hören.

»Letztes Jahr ist ein blauer Welpe vor mir hergelaufen, der sich irgendwann in einen sprechenden Esel verwandelt hat«, erzählte Lily mit unbewegter Miene.

Die Frau lachte. »Hat er irgendetwas Interessantes gesagt?«

»Dass ich ein schönes langes Schläfchen brauche.« Lilys Tonfall war trocken.

Sie unterhielten sich noch ein paar Minuten lang über die Strecke und das Rennen, dann gingen die Frau und ihre Crew ein Stück weiter die Startaufstellung entlang, um jemand anderen zu interviewen.

»Bist du jetzt ein Filmstar?«, fragte hinter Lily eine Männerstimme. Sie drehte sich mit einem Lächeln um, das ein wenig verrutschte, als sie Don Singleton erkannte. Er sah wie ein Linebacker aus; breite Schultern, kein Hals und Quadratschädel, dazu die Mütze und die dicke Jacke. Lily war ein paar Mal mit ihm ausgegangen, bevor Sean und Derek vor sechs Jahren die Flying F gekauft hatten, aber es hatte nicht gefunkt. Trotzdem hatte er eine mehr als freundliche Unterhaltung beginnen wollen, als sie einander zufällig im Dipsy Diner getroffen hatten.

»Hallo, Don, wie geht's? Alles klar?«

»Musste zwei Hunde rausnehmen«, sagte er beiläufig. »Hab dich gestern Abend, nachdem wir die Nummern gezogen haben, gar nicht mehr gesehen, kleines Mädchen. Wo bist du gewesen?«

»Ich bin ins Hotel zurück. Vom zu langen Feiern bekomme ich Kopfschmerzen. Hi, Susan. Tom.« Lily begrüßte Bekannte vom letzten Jahr, und die vier unterhielten sich eine Weile, bis Don davonschlenderte, als ihm klar wurde, dass er Lily nicht exklusiv für sich bekommen würde.

»Sie mussten dieses Jahr wieder die Schneepflüge holen, sehe ich«, sagte Tom McGuire, ein dreimaliger Iditarod-Sieger, und musterte die fünfzehn Zentimeter dicke Schneeauflage auf der Straße. Die Räummannschaften hatten ihre normale Tätigkeit umgekehrt und am Tag zuvor tonnenweise Schnee auf die Main Street gepflügt.

»Trotzdem prophezeien sie Schnee und eisige Temperaturen«, bemerkte Susan genüsslich. »Die Hunde wird es freuen.« Sie ging in die Hocke und kraulte Dingbat am Ohr. »Na, du großer Junge, Lust auf ein bisschen Auslauf?« Dingbat stupste sie mit dem Kopf ans Knie. Er wäre bis ans Ende der Welt gelaufen, wenn Lily ihn gelassen hätte. »Wollt ihr zwei einen Kaffee?«, fragte Susan Lily und Tom.

»Nein, danke«, sagte Lily. Sie hatte das ganze Jahre für das Rennen trainiert. Sie wollte *los*.

»Ich komme mit«, sagte Tom zu Susan. Die beiden verabschiedeten sich und gingen zusammen weg.

Lily zog die Mütze tiefer ins Gesicht. Es war bitterkalt. Sie hatte in etwa das gleiche wie alle anderen an. Unterwäsche aus Polypropylen, schichtenweise Thinsulate und Oberbekleidung aus Gore-Tex, dazu Handschuhe aus Wolfsfell und Eskimostiefel aus Seehundfell. Die Startnummer rundete das Outfit ab. Es war nicht neueste Mode, aber frieren würde sie nicht.

»Dieses Jahr«, teilte Lily den Hunden mit und atmete die kalte frische Luft tief ein, »werden wir gewinnen.« Sie spürte es förmlich in den Knochen.

»Du bist recht zuversichtlich, wie?«

Die viel zu vertraute tiefe Stimme war viel zu nah. Sie bildete sich ein, die Titelmusik aus *Der Weiße Hai* hören zu können, und spürte ein hohles Gefühl im Magen.

An ihrem Kinn zuckte ein Muskel. Sie wappnete sich und drehte sich um. »Gerade denkst du noch, man ist vor aller

Unbill sicher...« Sie rückte die Mütze etwas zurück und blitzte Derek an.

Er tat verletzt. »Lily, du tust mir weh.«

»Gute Idee. Warte, ich hole mein Messer.« Sie hatte *tatsächlich* ihr Schnitzmesser im Stiefel stecken. Er lächelte. »Nun, geh schon«, forderte sie.

»Das hier ist eine öffentliche Straße«, erklärte er.

»Und ein überfüllte dazu. Ich versuche, mich zu konzentrieren.«

»Dazu hast du noch genug Zeit.« Er musterte sie von oben nach unten. »Du bist gestern früh gegangen.«

»Kann es sein, dass du nach mir gesucht hast?«, fragte sie argwöhnisch. Himmel, hatte sie einen Fleck im Gesicht? Er sah sie so durchdringend an, als wolle er ihre Poren zählen. »Denn falls du es getan hast, war es unnötig«, sagte sie und widerstand der Versuchung, sich über die Wange zu wischen. »Ich bin dieses Rennen öfter gefahren als du und komme gut allein zurecht.« Sie drehte sich um und zog überflüssigerweise an den Haltegurten herum, die sich straff über ihre Vorräte spannten.

»Ja, ich habe nach dir gesucht«, teilte er ihr sanftmütig mit und setzte, als sie sich nach ihm umdrehte und etwas sagen wollte, hinzu: »Und bevor du mir den Kopf abreißt, ja, ich weiß, dass du absolut kompetent bist und erfahren genug, alleine klarzukommen.«

»Dann kann ich dich ganz offensichtlich nicht brauchen, oder?«

»Wir werden sehen. Ich habe jedenfalls meinen Spaß daran, nach dir Ausschau zu halten. Ich sehe dich eben gerne an, Punkt. Ignorier mich einfach, wenn du willst.«

Ihn zu ignorieren war unmöglich. »Ich will, dass du gehst.«

Seine Augen fixierten ihre. Dann streckte er die Hand aus und strich ihr eine lange Strähne aus den Augen. Lily zitterte, als seine behandschuhten Fingerspitzen ihre Haut streiften, und sie zuckte zurück - *nachdem* er die Strähne unter ihrer Mütze verstaut hatte. Sie bekam Gänsehaut.

Sogar eine derart beiläufige Berührung von ihm war machtvoll. Sie konnte das nicht brauchen. Wollte das nicht. Derek war ohnehin schon tiefer in ihr Leben verstrickt, als gut für sie war.

»Ich bin noch früh genug weg«, sagte er grinsend. »Aber nicht weit.«

Großartig. »Ich habe jetzt keine Zeit zum Quatschen. Und du auch nicht. Solltest du nicht längst bei deinen Hunden sein?«

»Denen geht es gut. Ich bin nur vorbeigekommen, um dir viel Glück zu wünschen.«

»Gut, ich dir auch. Auf Wiedersehen.« Sie zog Finns Gurt fester, und der schier gefesselte Hund sah sie über die Schulter an, als wolle er sagen: »Hey, er war absolut in Ordnung so, wie er war.« Lily lockerte den Gurt wieder und kraulte den Hund entschuldigend hinter dem schlappen Ohr.

»Was für eine Nummer hast du eigentlich gezogen?«, fragte sie. Mr. Universum trug keine Startnummer. Die 72 hoffte sie. Lass ihn so weit wie möglich hinter mir starten!

»Die 17.« Sein Lächeln sagte ihr, dass er genau wusste, woran sie gedacht hatte, und höllisch zufrieden war, sie enttäuschen zu können. »Deine Verbissenheit überträgt sich auf die Hunde.«

Nur zwölf Teams zwischen ihnen beiden? Nicht annähernd genug. Dennoch war er mit einer solchen Vorgabe gut unterwegs. »Setzen!«, schrie sie den Hunden sinnloserweise zu. »Es ist nicht meine Verbissenheit, die sie antreibt. Das machen sie alles selber. Und all die Menschen schreien zu hören, verstärkt ihren Drang nur noch. Das ist einer der nervigsten Abschnitte des ganzen Rennens, dieses Warten.«

Der Sprecher rief: »Startnummer 12. Zehn-neun-acht...«

Derek lächelte, die Zähne weiß im gebräunten Gesicht. »Immer diese Ungeduld, Doc. Das Gute kommt zu dem, der warten kann.«

»Spricht der Meister der Geduld«, spöttelte Lily leise. Derek hatte die Ausdauer einer Springmaus. Er blieb für ein paar Wochen auf der Ranch, dann verschwand er wieder und kehrte ein paar Tage oder Wochen später ohne Erklärung zurück. Er war entweder fit und braun gebrannt oder erschöpft, als sei er im Krieg gewesen. Schien anstrengend zu sein, Millionär und Playboy zu sein. All diese Frauengeschichten forderten halt ihren Tribut.

Erst kürzlich war er von einer seiner mysteriösen Reisen zurückgekehrt. Er hatte einen Teil des Trainings sausen lassen, um sich mit irgendwem einzulassen - wahrscheinlich mit einem vollbusigen Luder namens Bambi. Offenkundig war er irgendwo gewesen, wo es heiß und sonnig war, dachte Lily, und ärgerte sich wieder einmal über seine Bräune. Er war zwei Wochen fort gewesen und gerade noch rechtzeitig zur gestrigen Party wieder aufgetaucht. Gerade noch rechtzeitig, um ihre kleine Seifenblase zum Platzen zu bringen. Sie war schon fast überzeugt gewesen, dass er das Rennen sausen ließ. Doch er hatte sie enttäuscht. Einmal mehr.

Da stand er und war bereit, an einem Rennen teilzunehmen, bei dessen Vorbereitung sich die anderen fast ein Bein ausgerissen hatten. Doch Derek erzielte mit wenig Aufwand überragende Resultate. Egal, was er tat. Während die Normalsterblichen unablässig mit ihren Hunden trainierten und sich Monat für Monat an ihre körperlichen Grenzen trieben, reiste Derek herum. Und weil Lily seine Hunde liebte, trainierte sie sie zusammen mit ihren, wenn er fort war.

Falls er dieses Jahr gewann oder auch nur annähernd dem Sieg nahe kam, würde sie - sie wusste nicht, was sie tun würde. Aber es würde nichts Erfreuliches sein.

»Du würdest staunen, wenn du wüsstest, wie geduldig ich sein kann«, sagte Derek.

»Woher willst du das wissen? Du hast dein ganzes Leben lang nie auf irgendwas warten müssen«, sagte Lily süßlich.

»Liebes, es gibt jede Menge Dinge, auf die ich warte.«

Sie zog es vor, das dunkle Glimmen in seinen Augen und das heiße Gefühl in ihrem Unterleib zu ignorieren.

»Was soll das für eine Geduld sein, wenn du nur am Strand liegen musst und irgendwelche Dienstboten um dich rumhüpfen?«

»Du hast keine besonders hohe Meinung von mir, oder, Lily?«

»Stört dich das?«

»Und was, wenn ich ja sage?«

Dann hätte sie ihm nicht geglaubt, sagte sie sich. Derek war keineswegs an ihr interessiert. Das Flirten lag in seinen Genen. Gefährlich wurde es erst, wenn sie dumm genug war, auf sein Geschwafel hereinzufallen. Was er empfand, war höchstwahrscheinlich Mitleid. Die Witwe seines besten Freundes. Armes, einsames Ding. Sei nett zu ihr, und streichle ihr Ego mit einem harmlosen kleinen Flirt. Aus irgendeinem Grund ging ihr die Vorstellung, dass er aus Mitleid um sie warb, heute ganz besonders auf die Nerven.

»Schau, Derek, ich weiß, du versuchst einfach nur, nett zu sein, weil du glaubst, dass ich gerade jetzt einen Freund brauche. Fein. Wunderbar. Danke. Wir sind Freunde. Aber ich muss mich jetzt wirklich konzentrieren, also falls es dir nichts ausmacht ...«

»Wirklich nett ...« Seine Stimme verklang, als könne er nicht glauben, dass sie das tatsächlich gesagt hatte, aber es kümmerte Lily nicht. Sie warf ihm einen flüchtigen Blick zu und fuhr fort, unsinnigerweise das Hundegeschirr zu prüfen.

»Gibt es einen speziellen Grund, dass du so versessen darauf bist, mich loszuwerden?«, fragte Derek milde und lehnte sich an den Haltebügel ihres Schlittens. Er stopfte die Hände tief in die Taschen seiner Lammfelljacke und betrachtete sie, als könne er ihre Gedanken lesen.

Sie brauchte die Einsamkeit - den weiten Raum, wo es nur sie, die Hunde und das Überleben gab -, um den Kopf freizubekommen. Um die Frau zu finden, die sie einst gewesen war. Bevor Sean und die Probleme alles zugedeckt hatten, was sie einst gewesen war, bis sie irgendwann eine Fremde aus dem Spiegel angestarrt hatte.

Lily drehte sich seufzend um und sah zu Derek auf. »Muss ich es dir auf ein Plakat malen? Ich will keine Gesellschaft. Ich will keinen Besuch. Ich will…«

»Dich nicht«, brachte er den Satz für sie zu Ende, und seine Augen funkelten noch, als seine Miene sich schon verfinsterte. Er nickte, rührte sich aber nicht. »Das ist deutlich genug, Lily. Ich lasse dich in Ruhe.«

Irgendetwas blitzte in seinen nachtblauen Augen auf. Schmerz? Enttäuschung? Sie seufzte. Was immer es war, es konnte keines von beidem sein. Sie hätte am liebsten die Hand ausgestreckt und ihn berührt; sie widerstand der Versuchung. Das da war Derek. Er war weder verletzt noch enttäuscht. Sie hatte ihm bloß einen Strich durch die Rechnung gemacht. »Tu das.«

»Fürs Erste«, setzte er unerbittlich hinzu. »Ich gebe dir das Rennen, aber dann setzen wir uns hin und führen ein ernsthaftes Gespräch.«

Lily straffte den Rücken. Wollte er ihr gestehen, dass er in den Schwindel mit dem Bullensperma verwickelt war? Sie versuchte, seine Gedanken zu lesen, aber Dereks Miene war wie üblich undurchdringlich. »Worüber?«, fragte sie argwöhnisch.

»Deine Zukunft.«

Wie, bitte? Sie zog die Augenbrauen hoch. »*Meine* Zukunft?«

»Das, was danach kommt.«

»Um Himmels willen, Derek!« Lily konnte nicht anders, sie lachte. »Willst du jetzt nicht nur lästig, sondern auch noch kryptisch werden? Wovon redest du? Nach *was*?«

»Nach dem Rennen. Nach Sean.«

»Also, ich hasse es, dir das sagen zu müssen, Freundchen, aber du bist der Letzte, mit dem ich meine Zukunft diskutieren möchte«, teilte sie ihm hitzig mit, und die Wut vertrieb ihre Belustigung.

»Wir sind Partner, Lily. Das macht mich zu einem Teil deines Lebens. Ob dir die Konstellation gefällt, spielt keine Rolle. Es geht lediglich um die Frage, *welche Art* von Partnern wir sind, und das weißt du.«

Lilys Herz pochte bis in die Kehle hinauf, und ihr Mund wurde trocken. Matt Kruger, ihr Stiefbruder, hatte ihr geraten, kein Wort zu irgendjemandem zu sagen, bis sie wussten, wer alles in den Betrug verwickelt war. Derek auch? »Versuchst ... versuchst du, mir zu drohen?«

Er zog die dunklen Augenbrauen hoch. »Hat es sich danach angehört?«

»Du weißt, dass es das hat.« Die Vorstellung, dass sie den schönen, elegant gekleideten Derek in eine Gefängniszelle sperrten, hatte einen enormen Reiz. Provoziere mich ruhig, dachte Lily, und rieb sich im Geiste die Hände.

»Tapfere Worte für eine Frau, die sich für den einfachen Weg entschieden hat, weil sie Angst vor zu viel Leidenschaft hat.«

Lily ballte die Fäuste in den Taschen, um ihn nicht zu schlagen. »Ich habe Sean geheiratet, weil ich ihn geliebt habe. Nicht, dass dich das überhaupt etwas angeht.«

»Aber davor warst du mein.«

Ihre völlige, grenzenlose Verblüffung ließ sie nichts mehr wahrnehmen, die Kälte nicht, die Menschenmenge nicht, die Gerüche nicht und das Rennen nicht. »Du egoistischer Arsch! Wir haben uns dreimal getroffen! *Dreimal.* Und falls es deinem aufgeblähten Ego nicht klar sein sollte, davor habe ich mich dreimal mit Don Singleton getroffen, und das hat auch nicht funktioniert. Sean hat mich einfach umgehauen. Was du nicht geschafft hast.«

»Ich habe es gar nicht versucht«, sagte er mit tiefer, leiser emotionsloser Stimme. »Und sag die Wahrheit: Sean war schlicht der Weg des geringsten Widerstandes.«

»Mein Gott.« Lily sah zu ihm auf, fassungslos über die unangemessene Attacke. »Wie kannst du so etwas sagen? Er war dein bester Freund!«

»War er das, Lily? Oder warst du nur blind und hast nicht gesehen, was direkt vor deiner Nase passiert ist?«

Drei Jahre Zorn kochten wie Lava hoch. »Du willst wissen, was ich gesehen habe, Derek? Ich habe *gesehen*, dass keiner von euch beiden sonderlich viel gearbeitet hat. Ich habe *gesehen*, dass du deine sozialen Aktivitäten erst zurückgeschraubt und dich um die Ranch gekümmert hast, als Sean krank wurde! Das ist es, was ich gesehen habe. Also erzähl mir nicht, ich hätte nichts *gesehen*. Das habe ich!«

»Ich schätze, das ist jetzt der falsche Zeitpunkt, dir zu sagen, wie schön du bist, wenn du wütend bist«, sagte er mit unbewegter Miene. »Schlagen ist nicht, Süße. Die Kameraleute warten nur darauf, irgendwelche gepfefferten Bilder nach Hause schicken zu können.«

»Ich habe mein Leben lang niemanden geschlagen«, knirschte Lily mit zusammengebissenen Zähnen. »Aber es gibt immer ein erstes Mal.« Sie trat einen Schritt zurück aus seiner Reichweite. Sie bebte vor Wut.

Sie sah sich kurz um. Die Menge hatte ihnen großzügig Platz gemacht. Ihre Wangen liefen vor Verlegenheit rot an. »Ich habe nie zuvor jemanden so gehasst, wie ich dich im Moment hasse«, sagte sie mit gesenkter, von Tränen der Wut erstickter Stimme. »Hau einfach ab, und lass mich, zur Hölle, allein.«

»Für den Augenblick, ja. Aber wir sind noch nicht fertig. Noch lange nicht.« Er stemmte sich vom Schlitten ab und grub die Hände in die Taschen. »Wirf eine Münze, und sieh dir die Kehrseite an, Lily. Du wirst möglicherweise staunen.« Er schlenderte davon.

Verfluchter Kerl! Lily sah ihm nach und hielt den Blick auf seinen breiten Rücken geheftet, bis die Menge ihn verschluckt hatte. Hätten Blicke töten können, er wäre erledigt gewesen. »Grr. Arroganter Bastard.«

Ein paar tiefe Atemzüge und die entsprechende Zahl von Mordgedanken später war ihr Sinn für Humor wieder da, was sie ein wenig beruhigte. Sie brachte sogar ein Lächeln zuwege.

»Freust du dich?«, rief Matt, der unvermittelt neben ihr auftauchte. Beim Lärm der Stimmen, dem Geplärr der Lautsprecher und dem Gebell der Hunde hatte sie ihn nicht kommen hören. Lily lächelte und zwang sich die verstörenden Gedanken an Derek aus dem Kopf. Sie würde keine Zeit mehr damit verschwenden, über Männer, speziell über diesen einen, nachzudenken. »Warum nicht?«, fragte sie. »Es ist ein herrlicher Tag, die Hunde ziehen an den Leinen und wollen los, und ich habe die Party, im Gegensatz zu manch anderem, früh genug verlassen, um noch etwas Schlaf abzukriegen.« Sie beäugte ihren Stiefbruder genauer. »Du siehst ein bisschen durch den Wind geschossen aus.«

Matt war einer der ehrenamtlichen Tierärzte, die sich während des mörderischen Rennens um die Hunde kümmerten, und würde vorfahren, um an den Kontrollpunkten auf die Ankunft der Musher zu warten. Aber erst fuhr er mit ihr auf dem großen Schlitten die heutige kurze Etappe mit, die nicht in die Wertung kam, und half ihr, die Ausrüstung zum ersten Etappenpunkt zu transportieren, wo morgen der offizielle Start erfolgte. Danach würde er sich entweder per Flugzeug oder per Schneemobil zu den Kontrollpunkten begeben.

Matt lachte. »Genau so fühle ich mich auch. Es ist verdammt hell hier draußen.«

Groß und schlaksig, mit dickem braunem Haar und einem schiefen Lächeln war Matt ein gut aussehender Mann, vor allem aber war er ein harter Arbeiter. Zum Glück für sie alle hatte er vor, in Montana zu bleiben, um in der Nähe seiner Mutter zu sein. Matts tierärztliche Fähigkeiten waren ein echter Pluspunkt für die Praxis Lilys und ihres Vaters. Auch wenn es für drei Tierärzte streng genommen nicht immer genug Arbeit gab.

Doch ihr Vater war hingerissen von Matt, und Lily war
froh, einen Bruder zu haben. Dass das Kind in ihr sich
gegen Matts Nähe zu ihrem Vater wehrte, hieß nicht, dass
die Erwachsene den Bruder nicht zu schätzen wusste.
Zudem war Matt, als Sean krank wurde, ein Glücksfall für
die Ranch gewesen. Lily würde es ihm immer danken, dass
er ihr so geholfen hatte.

»Wo hast du deine Sonnenbrille?«, fragte sie.

Er griff sich an die Nasenwurzel, zog eine Grimasse und
holte eine dunkle Brille aus der Tasche. Er setzte sie auf
und seufzte vor Erleichterung, als der gleißende
Widerschein des Sonnenlichts auf dem Schnee erträglich
wurde. »Wenn du jetzt noch dafür sorgen könntest, dass
die Leute ein paar hundert Dezibel leiser schreien...«

»Mutter Natur wird dir in ein paar Stunden mit
absoluter Stille helfen«, kicherte Lily und suchte dann die
Gruppe der Musher unbewusst nach einem vertrauten
dunklen Haupt ab. Sie sollte sich vermutlich entschuldigen,
derart die Beherrschung verloren zu haben - oder auch
nicht, dachte sie irritiert. Übernimm die Kontrolle, Lily
Marie, spornte sie sich an. Übernimm einfach nur die
verfluchte Kontrolle über dein Leben. Und wenn du
ausflippen willst, dann darfst du das.

Na, also. Aktiv werden. Sie fühlte sich schon besser.

Ihre Hunde sprangen, tänzelten in dem zunehmend
enger werdenden Korridor zwischen den Zuschauern und
drehten vor Aufregung fast durch. Sie brannten darauf
loszulaufen, und Lily verspürte den gleichen Druck, den
gleichen wilden Drang.

»Eine Sache noch«, hörte sie eine rauchige Stimme. Lily
riss den Kopf herum und sah Derek schon wieder neben
ihrem Schlitten stehen. Oh, du lieber Gott! Hatte er den
Wink nicht verstanden? Ihr Herzschlag beschleunigte sich.
Verdammt! »Nicht schon wieder!«

Seine blauen Augen funkelten. »Hast du mich
vermisst?«

»Nein.«

»Hallo, Matt«, rief er und ließ Lily dabei nicht aus den Augen. Er fischte irgendetwas Kleines aus der Tasche und hielt ihr ein Gewirr aus dünnen schwarzen Drähten hin. Seine Hand war gebräunt, groß, wohlgeformt und maskulin. Eine Hand, dachte Lily freudlos, die mutmaßlich enormen Schmerz verursachen konnte und einer Frau exquisites Vergnügen.

Lily hatte letztes Jahr, als Dereks Schwester und ihr Ehemann zu Besuch da waren, einen Blick auf den Mann hinter dem unbeschwerten Charmeur erhaschen können. Lily war zufällig in den Stall gegangen und auf Derek getroffen, der mit seinen beiden Nichten im Heu gelegen hatte, wo sie eine Katze und ihre neugeborenen Jungen beobachtet hatten. Lily war im Schatten stehen geblieben, einen Knoten im Hals. Beim Anblick der beiden kleinen blonden Mädchen, die vergnügt kicherten und sich an ihren angebeteten Onkel schmiegten, war sie vor Eifersucht schier geplatzt. Sie würde niemals Kinder haben. Sie war damals, aufgrund von Seans Erkrankung, in der lieblosen sexlosen Karikatur einer Ehe gefangen gewesen.

Derek hatte lachend die Hand ausgestreckt und die Jüngere am Pony gezupft. Die Kleine war in Kriegsgeschrei ausgebrochen und hatte sich auf den Rücken ihres Onkels gestürzt. Und der vornehme Derek Wright hatte sich, ungeachtet des schwarzen Cashmere-Pullovers und der Designer-Stiefel, im Stroh gewälzt und die kleinen Mädchen mit seinen großen Händen geneckt und zappelnd über sich gehalten.

Er war so liebevoll und nett mit den Kindern umgegangen, dass Lilys Herz vor Sehnsucht geschmerzt hatte.

Ein anderes Mal hatte er mit Eis in der Stimme einen Hilfsarbeiter zurechtgewiesen, der zu einem der Pferde grob gewesen war. Der Mann war angetrunken und streitsüchtig gewesen, und Derek hatte ihn zusammengestaucht und gefeuert, ohne auch nur die Stimme zu heben. Der Ausdruck in seinem Gesicht hatte ihr ein Frösteln über den Rücken gejagt. Sie hatte nie zuvor eine solche Unerbittlichkeit und Kälte erlebt.

Würde sich der echte Derek Wright bitte melden?, dachte Lily trocken. Nachdem sie ihn mit den Kindern gesehen hatte, hatte sie eigentlich mehr wissen wollen. Doch sie war so schnell sie konnte nach Hause gefahren und hatte sich im Geiste für ihre Reaktion die ganze Zeit über in den Hintern getreten.

Sie ließ die Hände in den Taschen stecken. »Nein, danke.«

»Du willst nicht einmal wissen, was es ist?«

»Nein, will ich nicht. Geh weg.«

Lily sah zu, wie er mit erstaunlich zarten Handgriffen die Drähte entwirrte.

»Das hier ist ein Headset. Ich möchte, dass du es von morgen an bis zum Ende des Rennens trägst.«

»Verdammt, ich dachte, du bist ein kluger Junge und wüsstest, dass Mädchen lieber Juwelen bekommen als Elektronik«, säuselte Lily. Verflucht. Er war zu nah. Sein Atem roch nach dem Kaffee, den er getrunken hatte, seine Haut nach Seife und seine Hände? Was, zum Teufel, machten seine Hände da?

»Lass das! Untersteh dich, mir die Mütze... Verdammt, es ist kalt. He! Wage es nicht, mir dieses Ding in die Haare zu stecken.« Lily schlug seine Hand weg. »Ich werde das nicht tragen!« Dereks Stimme im Ohr zu haben, das hatte ihr auf ihrer Suche nach Frieden gerade noch gefehlt! Sie zerrte sich das kleine Headset vom Kopf und stopfte es Derek in die warme Hand zurück. »Danke für deine Aufmerksamkeit, aber von Leuten, die ich nicht mag, nehme ich auch keine Geschenke an.«

Seine Lippen zuckten. »Klemm es dir wenigstens an den Kragen. Hier, siehst du? Du brauchst es nicht einzuschalten, wenn du nicht willst. Nur für den Notfall. Bitte. Für mich.«

»Nimm es, Schwesterlein. Ist'ne gute Idee.«

Lily warf ihrem Stiefbruder einen erbosten Blick zu. »*Du auch, Brutus?*« Als Matt belämmert grinste, drehte sie sich wieder zu Derek um. »Ich mag die Stille. Dich tausend Meilen lang in mein Ohr quäken zu hören, macht mich nur verrückt.«

»Ich habe dich nur höflich darum gebeten.«

»Ja. Und genau das macht mich höllisch misstrauisch.«

»Komm schon. Lily. Muss ich es erst sagen?«

»Was sagen?«

»Ich würde mich, falls ich Probleme mit den Hunden bekomme, verdammt viel sicherer fühlen, wenn du in der Nähe wärst.«

Sie musterte ihn argwöhnisch. Er schien es ernst zu meinen. Und er galt schließlich noch als Neuling. »Okay«, sagte sie wider besseres Wissen. »Zeig mir, wie es funktioniert, und ich stecke es in meine Ta...«

»Du klemmst es an den Kragen. So.« Seine Hand streifte ihren Hals, was Lily von den Fußsohlen bis in die Haarspitzen erzittern ließ. Er klippte das kleine Mikrofon an ihren Kragen, dann gab er ihr die weißgraue Pelzmütze zurück. Sie setzte sie auf und starrte seinen Rücken an, als er durch die Menge davonschlenderte.

»Wow! Das war eine interessante Unterhaltung«, sagte Matt und betrachtete sie neugierig. »Was war los?«

Lily schlug sich die Mordgedanken aus dem Kopf und zuckte die Achseln. »Das war einfach nur Derek.«

»Hast du dich je gefragt, was wohl passiert wäre«, fragte Matt, »wenn du Derek genommen hättest statt Sean?«

»Nein.« Es war Jahre her, dass sie diese Entscheidung getroffen hatte. Und wenn sie je daran gedacht hatte - beiläufig, kurz, *flüchtig* - war sie immer erleichtert darüber gewesen, sich *nicht* weiter mit Derek getroffen zu haben. Sicher, Sean war nicht perfekt gewesen - nicht auf lange Sicht. Aber Derek hatte auch seine Macken. Halt andere Macken.

»Er ist viel zu reich, für meinen Geschmack«, sagte Lily.

»Am Reichsein ist doch nichts verkehrt.«

»Aber nicht so reich«, beharrte Lily. »Reich wie zu viel dunkle Schokolade auf einmal, reich wie zu viele Wolldecken in einer kalten Nacht, reich wie...«

Matt runzelte die Augenbrauen und verdrehte dabei amüsiert die Augen.

Zum Teufel, sie würde ihrem Bruder doch wohl nicht erzählen, dass Derek viel zu heiß war, um sich ihm ohne Asbestschild zu nähern!

»Ich dachte, du seiest ein bisschen in ihn verliebt gewesen.«

»Was? Keine Chance. Das war keine Liebe. Es war pure Verwirrung. Der Mann würde mit einem *Felsen* flirten, wenn der Wimpern und Titten hätte.«

»Hey, ich kenne solche Frauen.«

Lily grinste. »Tust du nicht.« Matt verabredete sich nur selten. Es gab in Munroe kaum allein stehende Frauen. »Warum machst du keine Praxis in Seattle auf, oder in Boise? Irgendwo, wo es Frauen gibt?«

»Ich bin glücklich, wo ich bin. Aber danke für den Versuch.« Er tippte ihr auf die Nase. »Angst?«

»Nur ein Idiot hätte keine«, gab Lily zu. »Glaub mir, ich habe einen gesunden Respekt vor wilden Tieren.«

»Ich habe Derek gemeint.«

Sie grinste. »Ich auch.«

»Er ist der *un*wildeste Mann, den ich kenne.«

»Hast du je seine Augen gesehen, wenn er etwas haben will?«

»Hm, nein.« Matts Mundwinkel zuckten. »Aber eines weiß ich«, sagte er. »Falls ich je in eine Zwangslage komme, wäre er der Mann, den ich hinter mir haben wollte.«

Sie sah ihren Bruder überrascht an. Ja, Derek konnte mitunter furchtbar bedrohlich wirken. Aber das war Einbildung. »Du machst Scherze. Er ist genauso unzuverlässig wie ...«

»Sean?«

»Ja.«

»Falsch.«

»Wie kannst du das sagen? Du weißt genauso gut wie ich, dass er immer, wenn man ihn braucht, auf irgendeinem exotischen Urlaubstrip ist.«

»Nicht immer. Und wenn er nicht da ist, hat er exzellente Leute da, die ihn vertreten. Ash, Sam, Joe.«

Lily runzelte die Stirn. »Die verfluchte Ranch gehört ihm. Er sollte da sein.«

Der Lärmpegel war plötzlich so hoch, dass sie kaum noch die eigene Stimme hören konnte, und sie begriff, dass sie längst selber schrien, um die Menge zu übertönen. »Merk dir das für später«, schrie sie und signalisierte ihm mit der Hand, dass sie sich jetzt auf das Rennen konzentrieren wollte.

Sie wollte Derek die nächste Woche über nicht *sehen*, nicht *sprechen* und nicht über ihn *nachdenken*.

»Startnummer 14«, rief der Sprecher, bevor er den nächsten Countdown begann. Alle zwei Minuten fuhr ein neues Team zur Startlinie, die Hunde an den Leinen zerrend, die Musher auf dem Bremsbügel stehend. Die Menge drehte schier durch, feuerte die Gespanne an und klatschte in die behandschuhten Hände. Alle drängelten sich um bessere Sicht, und der Schlittenkorridor wurde ständig enger.

»Hinsetzen, ihr Süßen«, rief Lily ihrem ungeduldigen Gespann zu, und ihr Atem kristallisierte, während sie ein letztes Mal alles prüfte. Die Vorfreude röhrte wie ein Güterzug durch ihre Adern und lief förmlich Amok. Sie gierte darauf, die Hunde in Bewegung zu setzen. »Wir sind gleich dran.«

4

Seine Herz raste vor Aufregung, auch wenn es noch Tage dauern würde, bis er es wagen konnte, seinen Auftrag zu erledigen. Es war eine Weile her, dass er jemanden getötet hatte. Doch wenn man die moralischen Fragen erst einmal hinter sich gelassen hatte, war Töten nichts anderes als eine besonders interessante Tätigkeit. Und eine Frau zu töten, insbesondere diese Frau, hatte einen besonders morbiden Reiz. Nicht, dass er die Wahl gehabt hätte. Entweder er brachte Lily Munroe um - oder er wurde selber beseitigt. Und er hegte nicht den geringsten Zweifel, wer von ihnen beiden gewinnen würde.

Es musste nach einem Unfall aussehen - was nicht besonders schwierig war. Aber das hieß nicht, dass er vorher nicht noch ein bisschen Spaß haben konnte.

Derek hatte sich die ersten drei Streckenabschnitte am ersten Renntag gut eingeteilt. Eineinhalb Stunden nach Knik, wo er Lily sehen konnte. Drei, vielleicht auch sechs Stunden nach Yenta Station, wo er das zweite Mal auf Lily treffen würde, dann sechs Stunden nach Skwentna, wo er anhalten, ein paar Stunden lang schlafen und ein drittes Treffen mit Lily arrangieren würde. Sie würde bis dahin zu erschöpft sein, um mit ihm zu streiten. Das war das Ziel, das er sich für die ersten vierundzwanzig Stunden gesetzt hatte.

Aber wie, zur Hölle, sollte das klappen, fragte er sich und war quasi auf Autopilot, denn die Hunde, die allesamt von Lily trainiert worden waren, folgten wie von selbst einer unsichtbaren Spur im Schnee. Es war bitterkalt. Er hatte

Lily seit mehreren Stunden nicht gesehen, aber dank des GPS wusste er exakt, wo sie war. Er fuhr weiter vor ihr her.

Es lief angenehm und locker. Er ließ die Hunde ihr Ding machen.

Jetzt war das Rennen wirklich im Gang.

Der einzige Grund, aus dem er hier war, der einzige Grund, dass er überhaupt angefangen hatte, sich für das Iditarod zu interessieren, war Lily. Sie waren niemals Freunde gewesen. Vor sechs Jahren hatte sie vor dem Futtermittelladen ein paar Heuballen auf ihren klapperigen Truck geladen. Ein einziger Blick hatte gereicht, und er hatte sie mehr gewollt als den nächsten Atemzug.

Jede Spur von Finesse war dahin gewesen, als sie zu ihm aufgesehen hatte und ihre Augen sich geweitet hatten. Gott sei Dank, hatte er damals gedacht, spürt sie es auch.

Aber seine Hitzigkeit hatte ihr Angst gemacht und sie davonlaufen lassen. Direkt in Seans Arme. Sean Munroe, der wie Derek sein wollte. Aber das war vorbei. Das hier war die Gegenwart. Und Derek hatte nicht vor, bei seinem Werben um Lily noch einmal ein paar Schritte auszulassen.

Aber er würde sie auf Warp-Geschwindigkeit beschleunigen.

Sie würde lernen, ihm zu vertrauen, und da sie hier draußen nicht vor ihm weglaufen konnte, würde sie es schnell lernen müssen.

Er hatte ihr sechs Monate gegeben. Mehr als genug Zeit, Sean zu betrauern. Derek hatte genug vom Warten. Es war Zeit, ihr ein paar Wahrheiten zu sagen.

»Hallo?« *Klick-klick.* Er hörte einen Fingernagel in seinem Ohr pochen. »Verdammt, wie schaltet man das verdammte Ding ein? Hallo? Hey! Derek?«

Sie hatte das Headset aufgesetzt. Der Verdruss in ihrer Stimme ließ ihn erfreut mit den Mundwinkeln zucken. »Hallo, Doc. Wie geht es dir?«

»Ich wollte nur sehen, wie das Ding funktioniert. Erstaunlich. Du hörst dich an, als würdest du direkt in mein Ohr flüstern.«

Noch tat er es nicht wirklich. »Alles in Ordnung?«, fragte er.

»Bestens.«

»Melde dich, wann immer du reden möchtest.«

»Will ich aber nicht«, sagte sie und hörte sich an, als bedaure sie, ihn kontaktiert zu haben.

Derek hörte das Knirschen, als sie versuchte, den kleinen elektronischen Hörer abzustellen.

Es funktionierte nicht, und er durfte mehr als eine Stunde lang zuhören, wie Lily ihre Hunde lobte.

»Ach, zur Hölle.«

»Wie?«, schrie sie und war offenkundig verblüfft, als sie im rechten Ohr seine Stimme hörte.

Er zog seine Baer aus der Tasche und entsicherte die Waffe. »Ein Elch.«

Ein Elchbulle mit einer Schulterhöhe von gut einem Meter achtzig stand reglos in einer Baumreihe. Die enormen Schaufeln zeigten, dass er noch jung war und das Geweih erst noch abwerfen musste, auch wenn die Paarungszeit sich schon dem Ende näherte. Ein junger Bulle konnte territorial agieren oder seine Gefährtin schützen. Himmel, es gab viele Möglichkeiten, ihn zu verärgern. Der Bulle drehte den massigen Kopf langsam hin und her, als nutze er die Ohren als natürliches Radarsystem.

Lilly fluchte in Dereks Ohr und befahl: »Leg dich nicht mit ihm an.«

»Vertrau mir, Süße«, flüsterte er der meilenweit entfernten Frau zu. »Ich will nichts mit ihm zu tun haben. Aber er steht zu nah an der Strecke.«

Es ließ sich nie vorhersagen, wie ein Wildtier reagierte, falls jemand in sein Territorium eindrang. Und so ein Elch mit Geweih und Hufen konnte einen Mann in Stücke reißen. Perfekt. Da wich man jahrelang allen Kugeln aus, um dann von Bullwinkle, dem Elch, umgebracht zu werden.

Er würde versuchen, sich lautlos wie ein Gespenst vorbeizudrücken. »*Gee!*«, beorderte er die Hunde nach rechts, hielt den Tonfall gelassen und sachlich. Die Augen nach vorne gerichtet, zielte Derek ganz beiläufig auf den Giganten zwischen den Bäumen. So weit, so gut.

Der Elch legte die Ohren an, und das lange raue Haar auf seinem Rückgrat stellte sich wie elektrisiert auf. Er warf den Kopf herum und trat auf langen dürren Beinen aus der Baumreihe. Lange dürre Beine, die etwas so Schwächliches wie einen Menschen und sechzehn Hunde ohne weiteres niedertrampeln konnten.

»Scheiße.«

Derek hielt die Waffe konzentriert und locker ausbalanciert in nur einer Hand, weil er die andere brauchte, um die Hunde zu kontrollieren. Ein Schuss würde sie mit Sicherheit durchdrehen lassen.

Das riesige Biest fing ungelenk zu laufen an. Es kam geradewegs auf ihn zu, den Schnee unter den Hufen aufstiebend, den Kopf gesenkt, die Augen weiß und wild.

Derek feuerte einen Schuss. Er zielte hoch, um das Tier zu verscheuchen. In der unheimlichen Stille hallte der Knall von der Schneefläche und den Bäumen wider. Der Krach lenkte den Elch kein Jota ab, doch er schreckte die Vögel auf. In einem Wirbel aus flatternden Flügeln und Gekreisch flogen so an die zwanzig kleine graue Vögel aus den Bäumen auf und schossen wie Schrotkugeln in den Himmel.

»Was ist los?«, rief Lily in seinem Ohr.

»Gib mir eine Minute...«

Er feuerte den nächsten Schuss. Der Schnee spritzte direkt vor den stampfenden Füßen des Elchs auf. Der Schuss war schon näher dran. Der Bulle blieb wie angewurzelt stehen, hob den Kopf und wich nicht von der Stelle. Derek bewunderte die stählernen Nerven des Elchs.

»Na, los, mein Junge, hau endlich ab«, murmelte er, während ihm die Optionen ausgingen. Der nächste Schuss würde tödlich sein müssen. Doch er zögerte, das großartige Tier zu töten, nur weil es sein Zuhause beschützte. Aber wenn er sich zwischen dem Elch und seinem eigenen

Hintern und dem Gespann entscheiden musste, würde der Elch daran glauben müssen.

Das Tier bewegte sich nervös, die Ohren nach hinten gelegt.

Die Hunde, die die Gefahr bemerkt hatten, knurrten und zerrten an den Leinen der Leithunde Max und Kryptonite, die das Gespann an der Bedrohung vorbeibringen wollten.

Clark und Twit fingen wie verrückt zu bellen an; ein paar andere Hunde stimmten mit ein. Die Ohren des Elchs rotierten wie Satellitenschüsseln. Ein Schritt vorwärts, den Kopf gesenkt.

Derek zog an den Leinen. »*Haw!*«, schrie er, um das Gespann nach links zu lenken. »Ruhig, Jungs«, sagte er sanft zu den tänzelnden Hunden. »Einfach dran vorbei und nicht hinsehen.«

Mehrere, offensichtlich verärgerte Tonnen Elch fingen wieder zu laufen an.

Der Schnee stob unter den tödlichen Hufen auf, als das Tier auf Derek zukam, den Kopf auf maximale Einschlagskraft gesenkt, und so nah, dass Derek das Weiße in den Augen sehen konnte.

»Mist. Zur Hölle, verdammt!«

Derek feuerte einen weiteren Schuss, doch der Schlitten wackelte, und der Schuss ging fehl. Der Elch kickte mit den Vorderläufen und traf die Seite des Schlittens - *Whom!* Für einen wütenden Bullwinkle war ein voll bepackter Schlitten gar nichts. Der Schlitten kippte, stürzte mit einem markerschütternden Schlag auf Derek und schleuderte nassen Schnee auf seine Brille. Der Schlitten war schwer mit Vorräten beladen und schützte Derek für kurze Zeit, während der wütende Elch sein genetisch programmiertes Angriffsmuster aktivierte.

»Ich sehe dich.« Lilys Stimme drang aufgeregt und sehr willkommen an sein Ohr. »Zumindest ist er nicht hinter den Hunden her.«

Ihre Stimme war direkt an seinem Ohr, aber zum Glück war nicht sie das Angriffsziel des Elchs. Und der Elch trampelte wenigstens nicht die Hunde in Grund und Boden. Noch nicht, jedenfalls. *Er* war eine andere Geschichte. Die Hufe, mit denen der wütende Elche den Schlitten attackierte, waren scharf und tödlich.

Da ertönte ein dumpfer vertrauter Knall, und der Geruch von Schießpulver waberte durch die kalte saubere Bergluft. Noch ein Schuss. Und noch einer. Der Elch brüllte und raste wie verrückt in die Baumreihe.

»Er ist weg.« Lilys erleichterte und leicht belustigte Stimme drang laut und klar an sein Ohr, während sich Derek den Schlitten und die Vorräte vom Körper stemmte.

»Meine Heldin«, keuchte er trocken und klopfte sich Klumpen aus nassem Schnee von Hose und Jacke, während er zusah, wie sie näher kam. Durch und durch Rancherin, wusste Lily genau, wie sie mit einem Gewehr umzugehen hatte, Gott sei Dank. Sie sah wie eine dick verpackte Amazone aus. Eine altertümliche Kriegerin in langer Fleecejacke und Fellstiefeln.

Und er war verdammt froh, sie zu sehen.

Sie lenkte ihr Gespann neben seines. Die beiden Leithunde Arrow und Max beschnüffelten einander erfreut. Derek hätte es mit Lily am liebsten genauso gemacht, aber er hatte ein wenig Angst, sie werde wieder zum Gewehr greifen.

Lily begutachtete Derek von oben nach unten. »Bist du verletzt?«

»Nur mein Ego.«

»Dann erholst du dich womöglich nie.« Sie trat auf den Bremsbügel und hüpfte vom Schlitten. Wortlos half sie ihm, seinen Schlitten aufzustellen, der kopflastig und unhandlich war. »Alles ordentlich gesichert, gute Arbeit.«

»Danke, Frau Lehrerin.« Er schaute zu den Bäumen, dem aufgewühlten Schnee und den abgebrochenen Ästen, wo der Elch durchgebrochen war. »Glaubst du, unser Freund ist fort?«

»Vermutlich schon. Ich habe ihn nicht getroffen, aber genug erschreckt, um ihn für eine Weile zu vertreiben. Warum? Willst du eine Pause machen?«

»Lass uns lieber ein paar Meilen hier wegfahren. Mein neuer Freund lauert eventuell zwischen den Bäumen und wartet nur darauf, sich zu rächen.«

Sie fuhren einige Meilen, bis sie ganz sicher sein konnten.

Derek war tatsächlich froh über die Rast. Und der Himmel wusste, dass Lily ziemlich erschöpft sein musste. Die letzten paar Jahre waren sehr schwer gewesen. Wenig Schlaf und jede Menge Stress. Erst jahrelang Sean zu pflegen, dann die Beerdigung; das forderte einen Tribut, auch wenn sie sich nie beklagt hatte. Nach Seans Tod hatte Lily ihre ganze Kraft in die Hunde investiert. Es mussten mittlerweile mindestens hundert sein. Die Hunde trainieren, dann wochenlang jede Nacht aufbleiben, um den Kühen beim Kalben zu helfen, dann Tag und Nacht das eigene Renntraining absolvieren, das jeden erschöpft hätte. Aber das hätte sie nie zugegeben.

Er hatte wenigstens den Vorteil der T-FLAC-Ausbildung und kam wochenlang mit nur wenig Schlaf aus. Er sah die müden Linien auf ihrem Gesicht. So wie er Lily kannte, würde sie sich bis zum Umfallen antreiben. Eine Pause, auch wenn es nur eine Stunde war, würde ihr gut tun. Und da es zwischen ihnen beiden einen stillschweigenden Waffenstillstand zu geben schien, würde er nehmen, was er kriegen konnte.

Klar, hätte er Lily gesagt, dass sie zu ihrem eigenen Besten rastete, hätte er sich vermutlich eine Kugel eingefangen.

»Freust du dich, dass dein Vater wieder heiratet?«, fragte Lily beiläufig, während sie das Gespann entlangging, die Booties an den Füßen der Hunde prüfte und ihnen die Ohren kraulte. Über die bevorstehende Hochzeit zu reden war unverfänglich. Es hielt ihren Blutdruck unten und war überschaubar. Die Hochzeit seines Vaters würde auf der

Ranch stattfinden, ein paar Wochen nachdem sie vom Rennen zurück waren. Lily hatte seinen Vater ein paar Mal getroffen, wenn er Derek auf der Ranch besucht hatte. Sie kannte auch Dereks Schwester Marnie und ihre Familie. Dann gab es noch irgendwo einen Zwillingsbruder und ein paar Brüder. Lily erschauderte bei der Vorstellung, dass die Brüder wie Derek waren und reihenweise gebrochene Herzen zurückließen.

Sie schwor sich, kein leicht entflammbares Thema aufzubringen, zumindest nicht jetzt.

Sie hielt mit geschultem Auge nach Verletzungen Ausschau, während sie das Gespann inspizierte. Die Hunde atmeten völlig normal und brannten darauf, weiterzulaufen. Doch sie mussten sich im Zaum halten. Genau wie sie. Sie waren gerade erst gestartet und hatten noch tausend zermürbende Meilen vor sich.

»Ja, tue ich«, beantwortete Derek die Frage nach der Hochzeit, während er ein paar trockene Zweige auf das kleine Feuer warf. »Sunny tut ihm gut. Er war lang allein, bevor er sie kennen gelernt hat.«

Lily checkte automatisch auch Dereks Gespann durch, bevor sie zu ihm ans Feuer kam. »Kodi zieht eine Spur den rechten Fuß nach, wir sollten das im Auge behalten, selbst wenn er das nur tut, um Aufmerksamkeit zu erheischen. Also kein Grund zur Sorge.« Sie zog die Handschuhe aus und rieb sich die Hände über dem Feuer. Sie stellte erfreut fest, dass Derek eine Kanne Kaffee über das Feuer gehängt hatte.

»Deine Mutter ist gestorben, als du noch sehr klein warst. Richtig?« Sie wusste, dass sie vieles gemeinsam hatten.

»Ja, aber Großmutter war für uns da. Hier.« Er reichte ihr einen dampfenden Becher. »Vorsicht, er ist heiß.«

»Ich füttere erst die Hunde...«

»Trink deinen Kaffee. Hab schon verstanden.«

Lily machte ein finsteres Gesicht. »Wir sollen einander nicht helfen.«

Derek portionierte das Futter in die Schalen und verteilte es die Reihen entlang. Die Hunde, die noch angeschirrt waren und standen, gruben die Schnauzen in die fett- und eiweißreiche Zwischenmahlzeit. Es war ihnen egal, wer ihnen das Futter hinstellte, Hauptsache, es gab welches. »Dumme Regel, wenn wir schon beide an der selben Stelle sind. Hunger?«

»Nein.«

»Vergiss nicht, was zu essen. Du hast für mich die Sache mit dem Elch erledigt, also könnte ich mich verpflichtet fühlen, irgendwann zurückzufahren und nachzusehen, ob du an der Strecke vor Hunger in Ohnmacht gefallen bist. Wie du mir, so ich dir, verstehst du? Vor allem, weil ich bald so weit weg sein werde, dass ich dir deine Hilfe nicht zurückzahlen kann. Ich werde dieses Rennen nämlich gewinnen.« Er sprach nicht vom Iditarod.

Lily schluckte empört den letzten Rest des heißen Kaffees. Er musste wie Lava in der Kehle brennen. »Ich bin mein ganzes Leben lang nicht in Ohnmacht gefallen. Und, nur um das klarzustellen: *Ich* gewinne das Rennen.«

Er ließ das so stehen.

Sie würden *beide* gewinnen.

Sie dachte selten ans Essen, aber Kaffee war lebensnotwenig. »Falls du es noch nicht bemerkt haben solltest, ich bin keine von diesen Vollblutfrauen, mit denen du dich üblicherweise triffst. Wir Straßenköter haben mehr Durchhaltevermögen als die Rassehunde dieser Welt.«

Sie verteilte den Rest des Hundefutters und stellte die beiden Schalen vor Dereks Wheeldogs, dem Paar, das direkt vor dem Schlitten lief, in den Schnee.

»Ich habe nichts an einem pfiffigen, treu ergebenen Straßenköter auszusetzen«, sagte er lachend. »Aber um das mal festzuhalten, Doc, du hast eine abwegige und völlig falsche Vorstellung von meinem Liebesleben. Du weißt, dass du mich gerne alles fragen darfst. Ich werde dir alles wahrheitsgemäß erzählen.«

»Wirklich? Wow!« Sie schenkte ihm einen gespielt bewundernden Blick. »Danke, aber ich denke, das lassen wir lieber. Der Straßenköter ist an diesem speziellen Thema nicht interessiert.«

»Nicht einmal, wenn ich verspreche, ihn zu kraulen?«

Sie hielt inne und bedachte ihn mit einem hoffentlich entnervten Blick, auch wenn tief in ihr etwas merkwürdig zu flattern begann. »Du willst jemanden kraulen? Versuch's mit einer deiner kurzlebigen Frauenbekanntschaften. Ich habe da eine Idee.« Lily kämpfte darum, den Sarkasmus klein zu halten. »Sie soll am nächsten Kontrollpunkt auf dich warten. Natürlich vorausgesetzt, sie findet Alaska auf der Karte.«

Sie richtete sich auf und setzte stichelnd hinzu: »Hast du dich genug ausgeruht? Ich nämlich schon. Ich möchte vor Einbruch der Dunkelheit in Skwentna sein.« Was nur mit einem Düsenantrieb machbar war. Aber sollte ihn die Vorstellung ruhig ins Schwitzen bringen.

»Es würde dich nicht umbringen, dir eine Stunde zu nehmen.«

»Das tue ich doch«, sagte Lily und zog die Stoffschichten am Handgelenk zurück, um auf die Uhr zu sehen. »Siehst du? Achtunddreißig Minuten, fast genau eine Stunde.«

Er schüttelte den Kopf und verkniff es sich, ihre Ungeduld zu belächeln. »Wir sollten dir eine Uhr ohne Mickymaus besorgen, Doc.«

Lily war so erschöpft, dass sie nicht mehr geradeaus sehen konnte. Fast in Trance, das Hirn abgestellt, kam sie nach Einbruch der Dunkelheit wie auf Autopilot am Kontrollpunkt in Skwentna an.

Sie hatte hundert Meilen geschafft.

Skwentna war ein kleines Dorf am gleichnamigen Fluss. Es war der geschäftigste aller Kontrollpunkte, weil praktisch alle Teams innerhalb von vierundzwanzig Stunden hier eintrafen. Ab morgen würden die Gespanne weit über die Strecke verteilt sein.

Die Delias - Joe, der örtliche Postmeister, und seine Frau Norma - fütterten bei jedem Iditarod an die vierhundert Leute ab, unterstützt von einer Armee aus Helfern, die alle nur die Skwentna-Sweeties nannten. Der Duft ihres berühmten Eintopfes lag in der Luft und machte Lily den Mund wässerig.

Auf dem Areal um das zweistöckige Blockhaus wimmelte es bereits wie im Bienenstock, es war laut und geschäftig. Lily zwinkerte ins Licht, das nach der langen Fahrt im Mondlicht viel zu hell war. Auch der Lärm war besonders laut, nachdem sie zuvor nichts anderes als den eigenen Atem und das sanfte Rauschen der Kufen auf dem Schnee gehört hatte.

Auf dem Eis ruhten sich müde Gespanne in Strohhaufen aus. Ganz in der Nähe starteten und landeten Flugzeuge, ein Dieselmotor röhrte unablässig, und Hunde bellten.

Lily ließ sich registrieren, schnappte sich ihren Strohballen, warf ihn auf den Schlitten und marschierte los, um ihre Futterbeutel zu holen. Matt war da und begutachtete ihre Hunde, während sie schweigend daneben stand, zu müde, sich zu bewegen.

»Du bist eine gute Zeit gefahren«, sagte Matt und prüfte Denys Pfoten.

Lily grunzte. Es waren mindestens schon zwanzig Gespanne da, die schneller gewesen waren.

»Wie war die Strecke?«, fragte Matt und reichte ihr einen Schokoladenriegel. Lily biss hinein, ohne die Verpackung richtig abzuwickeln. »Du bist ein Schatz. O Gott, ist das gut. Danke«, nuschelte sie, den Mund voller Schokolade. Nahrung der Götter. Nur Kaffee war besser. »Abgesehen von einem Elch, keine Zwischenfälle.« Sie schlang gierig den letzten Bissen hinunter. Der Zuckerschub war genau richtig.

Matt sah sie fragend von oben bis unten an, während sie kaute. »Alles in Ordnung mit dir? Hat sie angegriffen?«

»*Er*. Ja, er ist auf Dereks Schlitten losgegangen und hat wie wild getrampelt...« Sie hielt inne und gähnte. »Aber den Hunden geht es gut, der Schlitten ist in Ordnung, und Derek ist auch nicht verletzt. Glücklicherweise...«, Lily grinste teuflisch, »... bin ich zufällig vorbeigekommen, habe aus allen Rohren gefeuert und den Tag gerettet.«

Er zog die Augen zusammen. »Du hast ein Gewehr dabei?« »Natürlich. Die anderen etwa nicht? Hey, es war reines Glück, dass ich den Burschen nicht erschießen musste.«

»Derek?«, fragte Matt grinsend.

»Bring mich nicht auf irgendwelche Ideen.«

»Ich bin froh, dass dir nichts passiert ist, du Wunderfrau. Aber Dereks Stolz dürfte etwas abbekommen haben, weil du einspringen und seinen Hintern retten musstest.«

»Ja, er hat jetzt eine nette kleine Schramme«, erinnerte sich Lily erfreut.

»Hattest du Zeit, mit ihm zu reden?«

»Worüber?«

»Über irgendwas...«, sagte Matt abwesend, nahm Adams Hinterlauf auf und zog das Booty ab, um die Pfote zu prüfen, »... das Diablo angehen könnte.«

Den Schwindel mit dem Bullensamen. Lily runzelte die Stirn und sah Matt dabei zu, wie er einen nach dem anderen die Hunde inspizierte. Er machte das sehr gründlich. Sie lehnte sich an den Schlitten, zufrieden, dass er nichts fand, das ihr vielleicht entgangen war. Die veterinärmedizinische Untersuchung war obligatorisch, und der Befund musste gemeldet werden. Dass sie selbst dazu qualifiziert war, spielte keine Rolle. »Nein, aber das werde ich.«

»Wann?«

»Wenn wir zurück sind und die Fakten beisammen haben. Jetzt ist nicht der richtige Zeitpunkt. Aber, um ehrlich zu sein, Matt, gestern in Anchorage hatte ich das Gefühl, dass er etwas sagen wollte. Hat er aber nicht. Aber das Gespräch ist, offen gestanden, schlecht gelaufen, und ich bin dankbar, dass die Sache mit Diablo nicht zur Sprache gekommen ist.«

»Gut. Warte bis nach dem Rennen. Und ich möchte dabei sein, wenn du es tust«, sagte Matt grimmig. »Im Ernst, Lily, versprich es mir.«

Die Erschöpfung zerrte an ihr, und sie kämpfte dagegen an. »Warum? Glaubst du, er könnte mir irgendwie wehtun, weil ich es herausgefunden habe? Lass uns fair bleiben, es gibt noch eine kleine Chance, dass er nichts von den illegalen Geschäften weiß. Hast du daran schon gedacht?«

»Ja, habe ich. Und ich weiß auch, dass Derek dir nie wehtun würde. Aber das hier ist ein wichtiges Rennen, weswegen es vermutlich nicht der beste Zeitpunkt wäre. Wir haben jemanden, dem wir vertrauen können und der das alles genau durchleuchtet. Warte, bis sämtliche Ergebnisse da sind. Und versprich mir, dass ich dabei sein darf, wenn du das Thema ansprichst.«

»Okay. Danke, Matt.« Sie war nicht sicher, wem sie noch vertrauen konnte. Wer wusste sonst noch, dass Bullensperma unterm Tisch verkauft wurde? Diablos Samen war so gut wie Gold, preisgekrönt und unfassbar teuer.

Nach allem, was Lily wusste, liefen die illegalen Geschäfte schon seit Jahren. Sean war bis zu den Augenbrauen in den Schwindel verwickelt gewesen und hatte sich Lilys Gutachten und ihrer Sachkunde bedient, um sein Tun zu legitimieren. Alles ohne ihr Wissen. Die Vorstellung machte sie ganz krank. Das Geld aus Seans illegalen Transaktionen würde unangetastet auf den Cayman Islands liegen bleiben, bis Matt, Lily und der Detektiv den Behörden alle notwenigen Informationen zukommen lassen konnten.

Himmel, was für ein Durcheinander. Sie hatte keine Ahnung, wie viele Rinder mit gefälschtem Diablo-Sperma befruchtet worden waren. Es konnten Tausende sein.

Die Frage, ob Derek in den Schwindel verwickelt war, ging ihr seit sechs Wochen unablässig im Kopf um.

Sie hatte vor ein paar Wochen zwei Arbeiter belauscht, die beiden aber nicht gestellt, sondern damit angefangen, alle entsprechenden Unterlagen zu sammeln, die sie finden konnte. Je mehr sie fand, desto größer schien der Skandal zu werden. Das »Diablo«-Sperma war weltweit verkauft worden - nach Japan, Korea und Europa. Die Liste war endlos, das Ausmaß des illegalen Handels Schwindel erregend.

Ihrem Vater hatte sie noch nichts davon erzählt, aber Matt. Er hatte sie gewarnt, sich keinesfalls an die Behörden zu wenden, bevor sie gesicherte Fakten vorweisen konnte. Matt kannte einen Privatdetektiv, der einen Vorschuss erhalten hatte und feststellen sollte, wer involviert war, bevor Lily Anschuldigungen erhob.

Samenhandel war ein großes Geschäft. Mit der Konstitution einer Herde wurden riesige Vermögen verdient oder verloren. Und ein Bulle wie Diablo garantierte große, gesunde Kälber. Die Gewinne aus dem Verkauf seines Spermas gingen in die Millionen. Und irgendwer verkaufte minderwertigen Samen als Diablos. So brünstig der Bulle auch war, er hatte nur eine gewisse Menge an Sperma. Da draußen waren jede Menge kleiner Rinder mit falschen Stammbäumen unterwegs.

Lily hatte die letzte Zeit sehr viel genauer ihre Umgebung beobachtet. Wer hatte plötzlich viel Geld? Und was hieß eigentlich »plötzlich«? Soweit sie wusste, lief der Schwindel schon seit Jahren. Derek hatte gestern mit seiner Behauptung, sie bekäme nichts mit, schon Recht gehabt. Zu ihrer Verteidigung ließ sich sagen, dass sie kein Rancher, sondern Tierärztin war. Sean hatte die Bücher geführt, und nach seinem Tod hatte Derek das übernommen.

Wie hätte sie von den Vorgängen auf der Ranch wissen sollen, wenn es sich beide Männer zur Aufgabe machten, sie aus dem Tagesgeschäft herauszuhalten? Und die Wahrheit war, dass sie, abgesehen von ihrer Leidenschaft für die Arbeit mit Tieren, absolut *kein* Interesse daran hatte, die Ranch zu leiten. Derek hatte sowieso Geld. Er stammte aus reichem Haus und ging lässig damit um. Sein Lebensstil hatte sich, seit sie ihn kannte, nicht verändert. Im Gegensatz zu Sean hatte er nie mit Geld um sich geworfen. Andererseits, dachte Lily irritiert, machte der Mann häufig an exotischen Orten Urlaub. Zudem besaß er ein Flugzeug und mehrere sehr schöne Autos.

Aber Sean... Sean hatte auf viel größerem Fuß gelebt, als Derek es je getan hatte.

»Du scheinst an deinen geliebten Verblichenen zu denken.«

Lily zwinkerte. »Was?«

»Du scheinst an Sean zu denken. Du hast diesen Ich-möchte-dich-ausgraben-du-Hurensohn-und-auf-der-Stelle-um- bringen-Blick.

Lily zwang sich zu lächeln. »Habe ich nicht.«

Matt sah sie mitfühlend an, was Lily innerlich schnauben ließ. Es gab Geheimnisse, die wirklich besser geheim blieben.

»Eines Tages«, sagte ihr Stiefbruder, »wirst du einen guten Typen kennen lernen und bis ans Ende deiner Tage mit ihm glücklich sein.«

»Nicht einmal, wenn Brad Pitt mir einen Antrag machte, tue ich mir das noch mal an«, versicherte Lily erheitert und schob jeden Gedanken an virile, gutmütige männliche Wesen zur Seite. »Nein, danke. Ich habe meine Familie, meine Hunde und meine Massagedusche. Meine Welt ist in Ordnung.«

Matt lachte und hob die Hand. »Okay, ich habe verstanden. Aus der Witwe Munroe wird die alte Lady Munroe werden. Die mit den vielen Hunden, Sie wissen schon.«

»Das muss wohl ich sein.«

»Die Dinge können sich ändern...«

»Nein, warum etwas Gutes kaputtmachen. Wir sollten uns lieber darauf konzentrieren, für *dich* die perfekte Frau zu finden.«

»Wie wäre es fürs Erste mit ein paar *un*perfekten Frauen?«, alberte Matt.

Hinter ihnen drängten sich mehrere Gespanne, die darauf warteten, von den Tierärzten untersucht zu werden. Die Zeit für Privatgespräche war vorüber. Stattdessen musste Lily zu ein paar Leuten nett sein, die ihr wegen Seans Tod kondolierten oder über den Start des Rennens und das, was sie noch erwartete, plaudern wollten.

So müde sie auch war, Lily wollte nur raus aus der Menge und auf die Strecke zurück.

»Wann hast du das letzte Mal etwas gegessen?«, fragte Matt, während sich ein paar Musher zum Haus schleppten, um etwas zu essen und sich schlafen zu legen. »Der Eintopf ist wirklich gut«, setzte er hinzu, während er erneut das Gespann entlangwanderte, um Beine und Pfoten auf versteckte Verletzungen zu untersuchen. Lilys Huskys standen nach wie vor unter Strom und wollten weiter. Und solange die Hunde laufen wollten, tat auch Lily nichts weh. Sie wollte eigentlich nicht anhalten. Sie konnte auf dem Schlitten stehend schlafen, was sie schon oft unter Beweis gestellt hatte.

Es war hier viel zu voll für ihr strapaziertes Hirn, und ihr Magen knurrte. Sie konnte in der kalten Luft nicht nur den Rauch der Kochfeuer und den Dieseltreibstoff riechen, sondern auch den verführerischen Duft des Stews. »Ich fahre gleich weiter, sobald ich die Futterbeutel einsortiert habe. Das hier ist mir zu... zu viel.«

Matt zog die Augenbrauen hoch. »Zu viel was?«

Lily schaute sich um. »Zu viel Lärm, zu viel Licht, zu viel Aufregung.« Sie redete schon wie Derek. Was hatte das zu bedeuten?

»Fahr nicht zu lang«, mahnte Matt. »Du und die Hunde, ihr braucht Schlaf.« Er tippte ihr mit dem behandschuhten Finger auf die eisige Nasenspitze. »Und vergiss nicht, auch selber was zu essen!«

»Ja, Mama.« Sie lächelte. »Die Schokolade hält noch eine Weile vor.« Es war nett, einen großen Bruder zu haben. »Können wir fahren?«

»Ja. Gute Fahrt. Ich checke noch deine Futterbeutel. Wir sehen uns am Finger Lake.«

»Und ob wir das tun«, versicherte Lily. »Danke.« Sie schaffte es vielleicht noch, vier Stunden lang weiterzufahren und am nächsten Kontrollpunkt den ganzen Wirbel hinter sich zu haben.

Sie prüfte ein letztes Mal das Geschirr, umarmte Matt zum Abschied und teilte dem Kontrollposten mit, dass sie weiterfuhr.

»Los geht's, Kinder.« Die Hunde liefen wie auf Springfedern los. Lily lachte, als der kalte Wind ihr ins Gesicht schlug und hinter dem Schlitten in hohem Bogen der Schnee aufstob. Sie kehrte in die Wildnis zurück.

Es war die perfekte Nacht zum Fahren. Kalt, vom Mondlicht erhellt und mit festem, schnellem Schnee.

Den Magen voller Stew, lag er in seinem feuchten Schlafsack an der Wand des Blockhauses und versuchte, seine Gliedmaßen aufzutauen. Er war gar nicht so spät dran gewesen, doch sämtliche Plätze am Feuer waren schon belegt gewesen. Diese Verlierer.

Der Boden war hart. Er rollte herum, um eine bequemere Stelle zu finden. Er hatte eine unbeschreibliche Sehnsucht nach seinem eigenen Bett. Verdammt, er wollte sein Bett, einen fünften Scotch und eine weiche Nutte. Wenn auch nicht unbedingt in dieser Reihenfolge.

Aber er war nun mal hier. Mitten im verdammten Nirgendwo.

Sie hatte erschöpft ausgesehen. Und wenn schon, verdammt! Wer tat das nicht?

Er schloss die sandigen Augen. Machte sie wieder auf. Sie würde anhalten und schlafen müssen. So schnell sie auch war, sie würde, verdammt noch mal, anhalten müssen, und wenn sie's nur der Hunde wegen tut.

Er schob den Schlafsack zurück und sah sich in dem vom Feuer erhellten Raum um. Ausgebeulte Schlafsäcke so weit das Auge reichte. Alles schlief. Kein Gequassel, keine Party, keiner, der in die nicht existierende Glotze schaute. Wenn diese Arschlöcher anhielten, dann, weil es nötig war und nicht zum Spaß.

Er hatte gerade mal einen Tag hinter sich. Aber was für einen verfluchten Tag. Er hatte das Gekläffe und Gejaule der verfluchten Köter satt. Er hatte den gottverdammten *Schnee* satt. Die Landschaft war ununterbrochen weiß und grün, weiß und grün, weiß und grün, so weit das Auge reichte.

Und er hatte es gottverdammt noch mal satt, die ganze Zeit über zu frieren.

Er schälte sich aus dem Schlafsack und seufzte. Also wirklich, dieses Katz-und-Maus-Spiel hätte wenigstens ein bisschen Spaß machen müssen! Aber es war die Hölle. Er wollte es hinter sich bringen.

Er war nicht mehr daran interessiert, sich eine schöne Zeit zu machen. Er wollte nur noch, dass die Schlampe tot war und er seinen Hintern in ein warmes Flugzeug hieven konnte.

»Ich hoffe, du weißt es zu schätzen, dass ich es schnell durchziehe, Lily«, sagte er leise und zog Grimassen schneidend seine immer noch nassen Stiefel an.

Niemand regte sich, als er auf Zehenspitzen um die schnarchenden, schnaubenden, furzenden Typen herumschlich.

»Verlierer«, flüsterte er und öffnete die Tür in die schwarze Eiseskälte, die seine Augäpfel wie mit kleinen Eispickeln attackierte und ihm den Rotz in der Nase gefrieren ließ.

»Scheiß-Alaska.«

5

Derek zog den handtellergroßen Monitor des GPS aus der Tasche. Er hatte mit sich selbst gewettet, dass Lily keine Sekunde länger am Kontrollpunkt bleiben würde, als es dauerte, sich anzumelden, die Hunde untersuchen zu lassen und sich startklar zu machen. Er hatte die Wette gewonnen.

»Los, macht schon!«, spornte er die Hunde an, fester zu ziehen und Geschwindigkeit aufzunehmen. Er musste zwei Grad in südwestliche Richtung fahren, um Lily abzufangen. Er hatte die Strecke wegen der Unebenheiten verlassen, die vom Iron-Dog-Schneemobilrennen zurückgeblieben waren, das ein paar Wochen zuvor stattgefunden hatte. Lily würde die direkte Route nehmen, auch wenn sie über die tiefen Spurrillen fahren musste, die die schweren Rennmaschinen gegraben hatten. Lily konnte das nicht stören.

Er hatte noch mitgehört, wie sie am Check-in ihren Stiefbruder begrüßt hatte, dann hatte er sie abstellen müssen, um einen Anruf seiner Schwester entgegenzunehmen. Marnie hatte ein paar Fragen zu Vaters bevorstehender Hochzeit gehabt. Und ihr Anruf war wiederum von einem Anruf aus der T-FLAC-Kommandozentrale unterbrochen worden.

Er war wirklich froh gewesen, übers Geschäft reden zu können, anstatt die Hochzeit diskutieren zu müssen. So sehr er seine Schwester liebte, ein Mann brauchte nichts über Canapés und korallenrote Servietten zu wissen. Dennoch hatte es viel zu bereden gegeben, und all die neue Technologie machte es möglich, wo auch immer er war, zu telefonieren, zumindest von *diesem* Gerät aus. Der geschäftliche Anruf war ihm lieber gewesen, sicher.

Dennoch hätte er auf den Anruf aus dem Hauptquartier lieber verzichtet. Derek machte ein finsteres Gesicht.

T-FLAC oder Terrorist Force Logistical Assault Command, die verdeckt operierende Antiterrororgansiation, für die er arbeitete, hatte Hinweise auf einen möglichen terroristischen Anschlag in Nordalaska. Er war derjenige, der nah genug dran war. Wobei »nah« bei einem derart großen Staat relativ war. Es gab zwar keine Anhaltspunkte, dass das Iditarod oder einer der Teilnehmer als Ziel in Frage kamen, aber sie spielten mögliche Szenarien durch, und Derek sollte Augen und Ohren offen halten.

Ja, würde er. Aber im Augenblick erschien ihm ein Treffen mit Lily um einiges reizvoller, als sich mit irgendeiner nebulösen Bedrohung herumzuschlagen. Nicht, dass er nicht nach ungewöhnlichen Vorgängen Ausschau halten und sein Satellitentelefon eingeschaltet lassen würde. Aber solange sein anderes Leben ihn nicht einholte, und er hoffte, zur Hölle, dass es das nicht tat, hatte er noch eine weitere Operation am Laufen. Eine viel persönlichere.

Derek rückte den Ohrhörer zurecht, schaltete auf den anderen Kanal um und konnte Lily atmen hören. Dann fuhr er in gleichmäßigem Tempo in Richtung einer Stelle, wo sie über ihn drübersteigen musste, um an ihm vorbeizukommen.

Lily betrachtete ihn aus Seans verquerer Perspektive. Das machte es so schwer, seine beiden Leben auseinander zu halten. Auch wenn das Playboy-Image Teil seiner Deckung war, und er es gezielt pflegte: Jetzt störte es seine Pläne.

Lily wusste, sie war schon länger unterwegs, als gut für sie war. Zeit, anzuhalten.

Sie hatte die Route über die riesigen Buckel und tiefen Rinnen genommen, die vom großen Rennen der vielen hundert Schneemobile zurückgeblieben waren. Mit einem

Fahrzeug kein Problem, aber die Hundeschlitten des Iditarod hatten mächtig zu tun, wenn sie auf die menschgemachten Hindernisse stießen.

Sie hätte die Rinnen und kahlen Stellen umfahren können, aber das hätte sie mehrere Stunden gekostet. Stattdessen hatte sie es mit den nicht gerade idealen Bedingungen aufgenommen. Die vielen Meilen, die sie auf der miserablen, nervtötenden Route einsparte, waren die Kopfschmerzen und die zerbissene Zunge wert.

Sie fuhr bei Mondlicht und bewunderte mit brennenden Augen die schwarzweiße Landschaft. Sie musste anhalten, damit sie und die Hunde ausruhen konnten. Ein paar Stunden nur, mehr brauchte sie nicht, um sich zu erholen.

Sie zwang sich, die Augen weit offen zu halten, und trotzdem sah die Welt verschwommen aus. Plötzlich entdeckte sie zwischen den schwarzen Bäumen ein oranges Funkeln, das fast surreal war.

Sie zwinkerte. Es blieb. Ein paar Sekunden lang dachte sie, der orangerote Feuerschein sei eine Halluzination. Die Hunde nicht. Sie sahen dasselbe und rochen vermutlich schon den Rauch, denn sie entwickelten neue Energie und rasten auf das Leuchten zu wie Kinder am letzten Schultag aus der Schule. Lily ließ ihnen den Willen; so, wie sie diesen Sport kannte, waren sie am Feuer des anderen Mushers willkommen. Je näher sie kamen, desto stärker wurde der Geruch des Holzfeuers und des Kaffees; und da war noch etwas: ein köstlicher Duft, der ihr das Wasser im Munde zusammenlaufen ließ.

»Whoa!«, befahl sie den Hunden anzuhalten. »Hallo! Was für ein Feuer!« Sie trat auf den Bremsbügel, um das Gespann zu verlangsamen, und sie näherten sich mit lautstarker Begeisterung dem Lagerfeuer. Lilys Arme und Beine zitterten von der unaufhörlichen Bewegung des Schlittens und der Kraft, der es bedurfte, ihn zu lenken.

Schläfrige Hunde zogen den Kopf unter dem Schweif hervor und jaulten zur Begrüßung, während Lily das Gespann unter die schützenden Bäume lenkte. Eine große

Gestalt zeichnete sich gegen den Feuerschein ab und erhob sich, um sie zu begrüßen.

»Ordentliche Zeit.«

Verdammt. *Derek.*

Die Freude war in einem Atemzug dahin. Sie war zu müde für das hier. Lily hakte die Bremse los und schob wie eine Verrückte an, den einen Fuß auf dem Trittbrett, den anderen am Boden. »*Mush! Haw!* Weiter! Dran vorbei!«

So viel zum Thema Kaffee und ein paar Stunden ausruhen. Sie hatte ein schlechtes Gewissen, weil sie den Hunden befohlen hatte anzuhalten und den armen, erschöpften Tieren ein paar Sekunden später das exakte Gegenteil abverlangte. Aber sie konnte nicht bleiben. Nicht hier. Eine halbe Stunde weiter war für sie alle angenehmer.

»*Whoa!*«, befahl Derek ihrem Gespann und nahm Arrow an der Halsleine, als sie vorbeizulaufen versuchte. »*Whoa!*«, wiederholte er und ließ keinen Widerspruch zu. Die gut ausgebildeten Hunde blieben auf der Stelle stehen.

Derek schlenderte auf sie zu. »Netter Versuch, Doc.« Er hob mit einer Hand den schweren Strohballen von der Ladefläche und warf ihn in der Nähe seiner eigenen Hunde auf den Boden. »Ich habe mir gerade etwas von Annies Boeuf Bourguignon aufgewärmt, der Kaffee ist heiß, und das Hundefutter ist auch fertig.«

Lily roch den üppigen, himmlischen Duft aus Essen und Kaffee und bekam einen wässrigen Mund. Ihr Körper fühlte sich immer noch an, als sei er in Bewegung. Wie ein Matrose, der zu lang auf See gewesen war und an Land den Ozean unter den Füßen spürte. »Wir fahren«, sagte sie gepresst.

»Nein.« Die dicke Jacke und die schwarze Pelzmütze ließen ihn riesenhaft und unbeweglich wie einen Berg wirken. Er sah sie durchdringend an. »Sei kein Dummkopf, Lily. Du ruhst dich aus«, befahl er und packte sie am Arm, bevor sie ... was? Ihn schlug? Davonlief? »Jetzt.« Sein Tonfall war unerbittlich.

Geh zum Teufel, dachte sie streitlustig, bemühte sich aber nicht sonderlich, ihn abzuschütteln. Es wäre ein netter Trick gewesen, tatsächlich einzuschlafen.

Er suchte mit den Augen eindringlich ihr Gesicht ab. Lily stierte versteinert zurück. »Was soll das werden?«, wollte er wissen. Er runzelte die Stirn, und was er sah, gefiel ihm offenbar nicht. »Willst du dich umbringen?«

»Hast du den anderen Mushern, die hier vorbeigekommen sind, auch so lächerliche Fragen gestellt?«, geiferte Lily und versuchte, den Haltebügel auszuhaken, damit sie vom Tritt steigen und von ihm weg konnte.

Doch ihre steifen, kalten Finger rührten sich nicht. Sie schaffte es nicht einmal, mit der einen Hand die andere zu lösen. Noch länger in dieser Haltung, und sie vereiste. Dann würde man sie senkrecht begraben müssen.

Nur ein Derek ließ sich derart exzellentes Essen an die Kontrollpunkte vorausschicken. Der reichhaltige, würzige Duft des Burgunders und der Gedanke an die zarten Rinderstücke in der sämigen Soße waren zu verführerisch. Ihr Magen knurrte so laut und so lange, dass ein paar der Hunde sich umdrehten, um zu sehen, woher der Lärm kam. Derek fluchte leise. Sie standen Nase an Nase. Viel zu nah für Lilys Geschmack. Sein Gesicht lag im Schatten, doch sie konnte das teuflische Funkeln in seinen dunkelblauen Augen erkennen. Ihr stockte der Atem, als er die Hand ausstreckte und ...

... nach ihrer Hand griff. Er bog die behandschuhten Finger auf, bis sie den Bügel loslassen konnte. Sie seufzte erleichtert. Sie fühlte sich befreit und hatte das seltsame Gefühl, einer unbekannten Gefahr entronnen zu sein. Sie bewegte die starren Finger und stolperte vom Schlitten. Derek oder nicht Derek, die Bewegung tat gut.

»Geh und iss was. Ich kümmere mich ...«

Sie brachte einen finsteren Gesichtsausdruck zustande. »Und sorgst dafür, dass ich disqualifiziert werde? Oh, nein.«

»Gut. Dann kümmere dich selber um deine Hunde. Aber spar dir wenigstens die Zeit, und nimm von meinem Essen. Es ist genug da.«

Es wäre dumm gewesen, sich zu weigern. Und offen gesagt, war sie nicht sicher, ob sie noch warten konnte, bis ihr eigenes Essen heiß war. Sie hätte mittlerweile an allem genagt, das ihr in die Hände fiel. »Schön. Ich füttere meine Kleinen und bin gleich da.«

Sie holte das Hundefutter und den großen Topf vom Schlitten.

Derek nahm ihr beides ab. Lily wehrte sich nicht. Sie schaute ihm nur mit glasigem Blick zu, wie er das Futter und den Topf wieder auf der Ladefläche des Schlittens verstaute.

»Ich weiß, du willst das nicht«, sagte er leise, und seine Miene war schwer zu durchschauen. »Aber ich habe das Futter schon fertig. Stell es ihnen einfach hin, und dann iss selber was.«

»Aber ...«

»Tu es, um Himmels willen, bevor du mit dem Gesicht voraus in den Schnee kippst!«

»Danke.« Vor Erschöpfung taub, marschierte Lily die Reihen entlang, gab den Hunden Futter und Wasser und spürte die Hitze seines Blicks auf dem Rücken, während sie mechanisch ihre Arbeit tat.

Als sie fertig war, suchte sie die Beine und Pfoten der Hunde nach Verletzungen ab und packte die Hunde zum Schlafen in das Stroh, das Derek schon ausgebreitet hatte. Sie schaffte es kaum noch, einen Fuß vor den anderen zu setzten. Der erste Tag des Rennens schien jedes Mal unendlich lang. Sobald sie in Schwung gekommen war, war es nicht mehr so schlimm.

»Warum vergesse ich immer, wie furchtbar der erste Tag ist?«

Er lachte kurz. »Ist vermutlich wie beim Kinderkriegen. Meine Schwester behauptet, sie hätte nur deshalb mehr als ein Kind zur Welt gebracht, weil sie vergessen hätte, wie schwer die Geburt ist. Meine Mutter scheint sich zumindest nach dem fünften daran erinnert zu haben.«

Lily sah ihn an. Er wirkte jetzt, nachdem er seinen Kopf durchgesetzt hatte, nicht mehr ganz so Furcht erregend aus. »Schwierig, sich dich als Kind vorzustellen. Oder dass du eine Mutter haben sollst.«

Sein Mund zuckte. »Wie? Du glaubst, ich sei voll ausgewachsen vom Himmel gefallen?«

Sie lächelte dünn. »Eher unter einem Felsen hervorgekrochen, würde ich sagen.«

»Nicht ganz dein übliches Niveau, Doc. Normalerweise stutzt du mich auf elegantere Art zurecht.«

»Besser krieg ich es nicht hin, wenn ich so müde bin. Morgen ist ein anderer Tag.«

Er lachte, die Zähne weiß im dunklen Gesicht. »Armes Mädchen. Hol dir etwas Schlaf und bessere Laune.«

Seine leise, tiefe Verführerstimme jagte ihr einen Schauder über den Rücken. Verärgert über sich selbst, ging sie zum Feuer, um sich die Hände zu wärmen. Derek rückte zur Seite und trank seinen dampfenden Kaffee, während er sie beobachtete. Die Minuten vergingen. Die Hänseleien waren vorüber, die Stille regierte. Sein Schweigen nervte sie. Ein ganze Welt aus Worten schwebte unsichtbar zwischen ihnen in der Dunkelheit. Jede rasiermesserscharfe Anschuldigung hing wie Wäsche auf der Leine in der eisigen Schwärze, so gnadenlos und grausam wie die Eiszapfen, die um sie herum die Äste beugten.

Sie wollte ihm vertrauen. Sie wollte es wirklich. Aber Sean und seine Lügen hatten sie so verletzt, dass es ihr schwer fiel, einem derart ähnlichen Typ von Mann die Unschuldsvermutung zuzugestehen.

Es mochte ungerecht sein, Derek über Seans Kamm zu scheren, doch sie konnte nicht anders.

Es gab keinen Grund zur Annahme, dass Derek bei den illegalen Samengeschäften nicht der Oberschurke war. Der Himmel wusste, gerissen genug war er ...

Derek hatte seinen großen Schlafsack auf ein Bett aus Ästen gebreitet. Lily versuchte, nicht neidisch zu sein. Sie war erschöpft genug, ihn um einen Platz zu bitten. Ein Gedanke, der ihr nie gekommen wäre, wäre sie nicht so fertig gewesen. Dennoch verursachte ihr die Vorstellung ein angenehmes Hitzegefühl, erfüllte auf verdrehte Weise ihren Zweck. Auf dem Schlitten war ihr noch relativ warm gewesen, aber ihre Körpertemperatur sank, je länger sie hier herumsaß.

Sie fragte sich, wie sie mit einem Rest von Würde in die Horizontale kommen sollte. Ihr Schlafsack war noch an den Schlitten geschnallt. Sie brauchte nur einen Fuß vor den anderen...

»Hol ihn dir, bevor du noch kieloben gehst, Süße«, empfahl Derek grimmig und rührte sich nicht vom Fleck.

Richtig. Das musste sie wirklich, *wirklich* tun.

Sie sah ihn mit vor Erschöpfung glasigen Augen an, dann stolperte sie aus der dürftigen Hitze des Feuers zum Schlitten und schnallte den Schlafsack ab. Sie sah sich nach einem passenden Schlafplatz um, der keinem vorbeikommendem Musher im Wege war. Wenn sie das nicht vor dem Essen erledigte, war sie irgendwann so müde, dass sie sich zum Schlafen in den Schnee legte.

»Da drüben.«

Sie entdeckte ein zweites Lager aus Ästen, direkt neben seinem. *Keine Chance!* Sogar Erschöpfung hatte ihre Grenzen. »Das glaube ich kaum.«

»Ich oder der Schnee.«

»Schnee ist sicherer.«

»Mach dich nicht lächerlich.«

»Das ist zu nah an dir dran«, sagte Lily. »Viel zu nah.«

»Ich beiße nicht«, sagte er, die Augen auf ihren Mund gerichtet. »Zumindest nicht fest.«

Lilys Herz tat einen verrückten Hüpfer. Lächerlich. »Ich vermute«, sagte sie so lässig, wie es auf wankenden Beinen möglich war, »dass du deine Verführungskünste an mir ausprobieren willst, weil sich im Umkreis von ein paar hundert Meilen kein anderer weiblicher Humanoid findet. Ich habe Neuigkeiten für dich, Romeo: Du verschwendest deine Energie. Ich bin geimpft. Ich bin gegen dich immun, erinnerst du dich?«

»Jetzt auch?«, fragte er mit seidiger Stimme. Er erhob sich, ging zum Feuer und schenkte einen Becher dampfenden duftenden Kaffee ein. Dann kam er zu ihr. Seine großen gestiefelten Füße knirschten über den Schnee. Er reicht ihr den Becher. »Setz dich, und trink das.«

»Nein, ich ...« Sie begegnete seinem Blick und schüttelte den Kopf. Was stritt sie sich hier herum? Er hielt das Elixier der Götter in der Hand, und ihre Beine waren kurz davor einzuknicken. Sie setzte sich auf seinen Schlafsack, griff nach der Tasse und achtete darauf, seine Finger nicht zu streifen. Sie ignorierte das kleine aufgeregte Surren im Bauch, als stattdessen seine Finger ihre streiften. Nein, Aufregung war das nicht, sagte sie sich. *Verärgerung.*

»Wenn du immun bist, kannst vom Feind auch einen Kaffee annehmen.«

»Du bist nicht der Feind ...« *Exakt.* Sie nahm einen Schluck kochend heißen Kaffees.

»So ist es gut, mein Mädchen«, sagte er zufrieden, als sie den nächsten nahm. »Irgendwann, wenn du nicht gerade vor Erschöpfung umfällst, wirst du mich für den Kaffee loben müssen.«

Sie biss sich auf die Zunge. »Ich bin niemandes Mädchen.« Der heiße Becher wärmte ihre Hände. »Du prügelst auf ein totes Pferd ein. Schon wieder.«

»Trink«, instruierte er sie schroff. Er stand über ihr, und der Schein des Feuers flackerte in seinem Gesicht. »Weil du verwitwet bist?«

»Weil - ich meinen Mann geliebt habe und er gerade mal sechs Monate tot ist.« Sie nahm noch ein paar Schluck, und die heiße Flüssigkeit brannte ihr wohlig die Speiseröhre hinunter. Oh, ja. Genau so, wie sie es mochte. Dann fing Derek wieder zu sprechen an und ruinierte einen perfekten Kaffeerausch.

»Sean war, bevor er gestorben ist, jahrelang krank. Du hattest keinen Mann. Du hattest einen Patienten.«

Sie starrte zu ihm auf, angewidert von seiner ungeschminkten Wahrheit. »Es ist gemein, so was zu sagen.« Auch wenn es stimmte.

»Es ist die Wahrheit, und wir beide wissen das. Es war schrecklich für dich, das durchmachen zu müssen.«

»Nicht ich. Sean.«

»Er ist derjenige, der all die Aufmerksamkeit und all das Mitleid bekommen hat. Und du?«

»Ich bin nicht gestorben.«

Er warf ihr einen rätselhaften Blick zu. »Nicht?«

»Mein Gott, Derek. Das ist vulgär. Sogar für deine Verhältnisse.«

»Du *bist* noch am Leben, Lily. Wann wirst du anfangen, dir etwas für dich selbst zu nehmen?«

»Ich habe alles, was ich brauche. Es geht mir hervorragend. Danke, der Nachfrage.«

»Es könnte dir noch viel besser gehen ... glaub mir.«

Ihr Herz pochte wild, und ihr Mund wurde trocken. Sie leckte die trocknen Lippen und sah zu ihm auf. »Was meinst du damit?«

»Denk darüber nach«, sagte er leise, die Augen auf ihren Mund gerichtet. »Und während du das tust, richten wir dich für die Nacht her, bevor du noch im Sitzen einschläfst.« Er breitete in Sekundenschnelle ihren Schlafsack aus und zog den Reißverschluss auf. »Zieh die Stiefel aus und schlüpf rein. Es sei denn, du willst mit in meinen kommen. Dann hätten wir es viel wärmer.« Er lachte kurz. »Jesus, wenn Blicke töten könnten, wäre ich jetzt zu Asche verglüht. Also, dann rutsch in deinen eigenen Schlafsack. Wo sind die trockenen Socken?« Er betrachtete ihre Gesichtszüge und schüttelte den Kopf. »Lass es gut sein, ich finde sie schon.«

Er stapfte zum Schlitten und suchte nach ihrer Kleidertasche. Er sah nicht auf, und sie starrte die ganze Zeit über mit glasigen Augen seinen Rücken an, während er ihre persönlichen Sachen durchkramte. »In der linken Außentasche«, rief sie und fühlte sich so sonderbar ... so aufgekratzt, verdammt noch mal. Der Mann hätte einen Heiligen zum Saufen gebracht.

Lily rutschte den halben Meter zu ihrem eigenen Schlafsack hinüber und begann, die Stiefel aufzuschnüren. Dann streckte sie die Hand nach den Socken aus.

Er schüttelte den Kopf und ging neben ihr in die Hocke. »Wenn ich so müde wäre, dass ich meine Schnürsenkel zum Zopf flechte, würdest du mir dann helfen?«

Lily betrachtete ihren linken Stiefel. Anstatt ihn aufzuschnüren, hatte sie die Schnürsenkel zu einem Seil gewunden. Sie war vor Erschöpfung wirr.

Er streckte die frischen Socken in seine Jackentasche. »Leg dich hin«, befahl er, schob ihre Hände weg und schnürte ihr die schweren Stiefel auf.

Sie würde sich auf gar keinen Fall hinlegen! Er löste das kleine Problem, indem er ihr Bein hochhob, um ihr den Stiefel auszuziehen. Lily fiel nach hinten auf den weichen, isolierten Schlafsack. Es fühlte sich unerhört gut an, flach zu liegen. Sie machte die Augen zu und blieb, wo sie war. In ein, zwei, drei Sekunden würde sie protestieren, weil er ihr die Schuhe auszog wie einer schläfrigen Zweijährigen. Bald, sehr bald würde sie ihm sagen, was sie von seiner Naturburschentaktik hielt. Genau gesagt, würde sie ihn jeden Moment mit einer beißenden Tirade überziehen.

Als er den Stiefel abzog, biss die Kälte schneidend in ihren klammen Fuß und ließ sie das Bein wegziehen. Derek zog ihr die Socke aus, legte die warmen, nackten Hände um ihren Fuß und hielt ihn auf seinem harten Oberschenkel fest. Er massierte ihre eisigen Zehen, bis die Wärme zurückkehrte. Sie wusste nicht, was sich besser anfühlte, die Wärme oder die Fußmassage. Einen wundervollen Augenblick lang vergaß sie, dass sie ihn ja umbringen wollte. Er holte eine Socke aus der Tasche und zog ihr die warme Wolle über den Fuß.

Er berührte das kleine Messer, das in einem Fach in ihrem Stiefel steckte. »Glaubst du, du findest hier draußen Zeit zum Schnitzen, oder willst du es an mir ausprobieren?«

»Man kann nie wissen.« Im Moment konnte sie sich nicht einmal vorstellen, sich zu bewegen, vom Schnitzen ganz zu schweigen. Selbst um ihm ein kleines Stück abzuschneiden, hätte es mehr Energie gebraucht.

»Ich habe nie eine Frau getroffen, die das Stillsitzen so hasst wie du.«

»Hey, schau mich an. Ich schaffe es nicht mal, mir die Schuhe auszuziehen.«

»Mir gefällt es ganz gut, dich folgsam und ergeben unter den Händen zu haben.«

Lily klappte die Augen zu, während er ihr den anderen Stiefel auszog. »Opportunist. Ich bin vor Erschöpfung so schlapp wie ein Spültuch.«

Seine Fürsorglichkeit und seine Sanftheit verblüfften sie. Seit ihre Mutter gestorben war, als Lily acht gewesen war, hatte sich niemand mehr so um sie gekümmert. Ihr Vater hatte in der Praxis zu tun gehabt und sie oft genug daran erinnert, dass sie ein großes Mädchen war und kein Gehätschel brauchte. Er hatte Recht gehabt. Sie war tüchtig gewesen, hatte sich selber Essen gemacht, ihre Kratzer und Schnitte alleine verarztet und ihre Zahnarzttermine selbst eingehalten. Sie hatte sogar selbst die Rettung angerufen, als Cinnamon sie abgeworfen und sie sich den Arm gebrochen hatte.

Sie brauchte, um frische Socken anzuziehen, bestimmt keinen Mann. Aber, o Gott, Dereks warme Hände lullten sie ein und fühlten sich so gut an, dass sie beschloss, ihm noch zehn Minuten zu geben, bevor sie sich wieder wehrte.

»Erzähl mir, wie du mit Sean nach Montana gekommen bist und die Ranch gekauft hast.« Ihre Stimme hörte sich weit weg an, sie kämpfte gegen den Schlaf.

Er zögerte. »Hast du gewusst, dass Sean in Texas mein Vormann war?«

Lily runzelte die Stirn und schielte ihn mit unklarem Blick an. Es war weder der Ort noch die Zeit, das Thema aufzubringen. Aber wenn nicht jetzt, wann und wo dann?, dachte Derek frustriert. Sie hatte vor langer Zeit die Chinesische Mauer zwischen ihnen beiden errichtet. Entweder er trug sie Stein für Stein ab - oder er walzte sie mit dem Bulldozer platt, schnell und dreckig.

»Die Ranch in Texas hat dir und Sean gemeinsam gehört?«, fragte Lily, die Stimme so verschwommen wie der Blick.

»Nein. Sean hat ein paar Jahre für mich gearbeitet. Als er entdeckt hat, dass die Ranch seines Vaters zum Verkauf steht, hat er mich gefragt, ob ich interessiert wäre.« Gebettelt hatte er, gehandelt, ihn zu erpressen versucht.

Lily starrte ihn an, versuchte offenbar, den Verstand an das zu gewöhnen, was das absolute Gegenteil dessen war, was man ihr eingeredet hatte. Derek wusste, was Sean ihr erzählt hatte: Nachdem sein Vater ihn enterbt habe, sei er nach Texas gegangen und habe sich dort eine kleine, aber einträgliche Ranch gekauft. Und als er gehört habe, dass der Staat Montana die Ranch seines Vaters verkaufe, sei er nach Hause zurückgekehrt, habe die Ranch gekauft und seinen hochgeschätzten Vormann Derek aufgefordert, mit einzusteigen.

Sean gehörte zu den formvollendetsten Lügnern, die Derek je begegnet waren. Und er war vielen begegnet. Als Antiterroragent wie als Rancher. Derek hatte sich stets gerühmt, einen Menschen innerhalb weniger Minuten einschätzen zu können. Aber in Sean Munroes Fall war er gescheitert. Total gescheitert. Der Mann war ein pathologischer Lügner gewesen und der personifizierte Charme. Sean konnte einen Schwindel mit der Unschuld eines Chorknaben durchziehen, und man merkte es erst, wenn die Brieftasche fort war.

Sean hatte nach Reichtum gestrebt. Sein Vater hatte ihn enterbt und den Großteil seiner Ranch der Krebsforschung gespendet. Die Ranch war jahrelang nicht bewirtschaftet worden und nicht besonders viel wert gewesen. Die abgelegene Lage kam Derek entgegen. Er hatte ein Angebot abgegeben und sein Haupteinsatzgebiet von Texas nach Montana verlegt.

Es hatte eine Weile gedauert, bis Derek die Schuppen von den Augen gefallen waren. Aber da war es schon zu spät gewesen, Sean zu enttarnen. Sean hatte Lily kennen gelernt.

Und wenn schon er, die professionelle Spürnase, auf Sean Munroe hereingefallen war, wie in aller Welt hätte dann eine verliebte Frau das Lügengebäude dieses Mannes durchschauen sollen?

Lily rieb sich die Stirn. »Aber er hat gesagt …«

»Sean hat viel gesagt, das nicht stimmte.« Er hatte Derek jahrelang Sand in die Augen gestreut. Er war so gut gewesen. O Himmel, er war *unglaublich* gut gewesen. Sean Munroe hatte das Gesicht eines gefallenen Engels und hatte sich so ernst, so absolut überzeugend angehört, dass nicht einmal Derek gemerkt hatte, dass der Hundesohn ihn von vorn und hinten belog.

Eine Frau zu manipulieren, die ihn so leidenschaftlich liebte wie Lily, war für Sean eine Kleinigkeit gewesen. Sean hatte nur gelacht. Schlimmer noch, er hatte Derek damit aufgezogen. Und Derek hatte zum ersten Mal im Leben nicht die Macht besessen, die Situation zu bereinigen.

Die Frage, ob Sean sich Lily nur genommen hatte, weil er gewusst hatte, was Derek für sie empfand, brachte ihn fast um. Und gerade als Derek begriffen hatte, wie viele Lügen Sean verbreitet hatte und mit welcher List und Tücke er Lily erobert hatte, war bei Sean der unheilbare Krebs diagnostiziert worden.

»Aber wie habt ihr …«

Derek legte den Finger unter ihr Kinn und hob ihr Gesicht an. »Wir reden morgen weiter. Du kannst kaum noch die Augen offen halten, und ich will, dass du wach und aufmerksam zuhörst. Außerdem musst du noch essen, bevor du dich schlafen legst.« Er strich mit dem Daumen über ihr Kinn. Ihre Haut war kalt, doch die Berührung erhitzte sie. Er ließ die Hand sinken.

»Ich habe keinen Hunger.«

»Du bist eine lausige Lügnerin«, sagte er tadelnd. »Du hast einfach nicht mehr die Kraft. Egal. Du musst dich anstrengen. Wie willst du mich ausgehungert schlagen?«

Sie rutschte in ihren Schlafsack, zog ihn über die Schultern, machte von innen den Reißverschluss zu und schloss die Augen. »Morgen.«

»Du musst essen. Du kannst dich jetzt nicht schlafen legen.«

Lily drehte sich um. Arrow schnüffelte, wie die Leithündin es immer tat, bevor sie einschlief. Rio gähnte, und das Stroh raschelte. Ein Zweig schnalzte unter dem Gewicht des Schnees, ein leises ploppendes Geräusch. Der Feuerschein tanzte auf ihren Lidern.

Sie wusste, dass sie essen musste. Sie musste auf sich aufpassen, sonst war es schlecht für die Hunde. Aber verdammt, sie hatte es so bequem und zum ersten Mal seit Stunden wirklich warm. Ihr Atem wärmte ihr den Hals und die untere Gesichtshälfte. Zwischen der Pelzmütze und dem Rand des Schlafsacks schauten nur noch die Augen heraus. Sie würde die Hunde ein paar Stunden ausruhen lassen, vier vielleicht, dann würde sie das Gespann wecken, sich irgendwas zu essen schnappen und sich davonmachen, solange Derek noch schlief.

Ein Lächeln verbog ihr die Lippen, und sie sank in grauen Schlaf.

»Oh, nein, das wirst du nicht. Ich habe mich die ganze Zeit mit diesem Topf abgerackert, um dir das warm zu halten. Setz dich auf.«

»Geh weg, Derek«, jammerte Lily. »Hab doch gesagt, bin nich' hungrig.« Ihr Magen krampfte beim bloßen Geruch des Essens vor Hunger. Sie hätte die Schüssel und den Löffel gleich mit aufgegessen, hätte sie nur die Kraft gehabt. Unglücklicherweise hatte sie die nicht.

»Aufsetzen und Mund auf.«

Derek packte das Kopfteil des Schlafssacks und zog sie hoch.

»Bastard«, nuschelte Lily, ohne die Lider zu heben, die mittlerweile bleischwer waren.

»Mund auf.« »Ich will n...« Er schob ihr einen Löffel warmes Boeuf Bourguignon in den Mund.

»Kauen.« Sie kaute. Es war gut.

»Schlucken.« Er hörte sich amüsiert an.

Lily schluckte und machte wie ein Vogelkind gleich wieder den Mund auf.

Er lachte. Dieser süße kleine Dickkopf. Er fütterte ihr die ganze Schüssel. Sie brauchte nur den Mund aufzumachen, zu kauen und zu schlucken. Dann ließ er den Schlafsack sachte sinken, und sie lag wieder flach.

»Genug?«, fragte er und stellte die Schüssel auf seinem eigenen Schlafsack ab. Sie antwortete nicht. Aus wie eine Kerze. Derek schüttelte den Kopf und stand auf.

Er warf noch ein paar Scheite auf das Feuer, lief die Reihen der Hunde entlang und checkte kurz alle zweiunddreißig durch, bevor er die Stiefel auszog und neben Lily in seinen eigenen Schlafsack schlüpfte.

Er griff zu ihr hinüber, zog ihr die Pelzmütze ein wenig tiefer in die Stirn und stopfte das Kopfteil des Schlafsacks um ihr Gesicht fest.

Er blickte zum Himmel auf. Das Sternenzelt, von keinerlei Stadtlicht gedämpft, strahlte brillant und zum Greifen nah. Und durch das schwarze schützende Baumdach fiel glänzendes goldweißes Mondlicht.

Er drehte sich zur Seite und beobachtete Lily beim Schlafen. Die langen Wimpern warfen einen Schatten auf ihre Wange, und ihre Lippen waren leicht geöffnet. Derek unterdrückte die rasende Gier und hielt sich im Zaum. Die Vernunft gebot es. Jetzt jedenfalls. Er wagte nicht, sie zu bedrängen, auch wenn ihr Verhalten zuvor ihn ermutigt hatte.

Unfähig, ihr zu widerstehen, strich er ihr mit dem Finger ganz leicht eine Strähne von der Wange und flüsterte leise:

»Du wirst eine ziemlich harte Nuss werden, nicht wahr, mein Liebling?«

*L*ilys Träume waren von flüchtigen Bildern erfüllt. Sean. Diablo. Das Haus, das sie von der Sekunde an gehasst hatte, da ihr frisch angetrauter Ehemann sie über die Schwelle getragen hatte. Dereks Mund auf ihrem, sanft wie eine Brise. Die zarte Berührung seiner Hand, die warmen Finger in ihrem Nacken und an ihrem Hals. Die Lippen, die der Hand folgten. Sein Mund, der ihren streifte. Einmal, zweimal, dann die erwartungsvolle lange Pause - dann wieder. Das Warten auf den Raubzug.

Instinktiv öffnete sie für ihn den Mund. Er hatte sie schon einmal geküsst. Vor vielen Jahren.

Er hatte sie vor dem Kino geküsst, sie zwischen das kalte Metall des Trucks und seinem eigenen, hitzigen Körper geklemmt. Der Kuss hatte Lily bis ins Mark erschüttert. Gib es doch zu! Sie hatte sich vor all der Leidenschaft gefürchtet. Sie hatte Angst gehabt, er werde sie zu Asche verbrennen, und bis der Rauch sich gelegt hatte, schon längst wieder fort sein. Mit ihrem Herzen.

Mit Sean war sie auf der sicheren Seite. Zumindest hatte sie das damals geglaubt. Aber es war nur ein Traum, und Dereks Leidenschaft machte ihr hier, wo sie sicher war und alles nur Illusion war, überhaupt keine Angst. Sie öffnete den Mund und hieß ihn willkommen.

Sie ließ einen hilflosen Seufzer der Begierde hören. Eine Hitzewelle überrollte ihren Körper, als ihre Zunge die seine traf. Genau wie damals, ganz genau wie damals, nur noch besser. Sein Geschmack war so vertraut. Die Leidenschaft gezügelt, aber genauso verführerisch.

Lily gab sich ganz dem Wunder hin. Der Gefahr und der Lust. Sie wusste, er würde da sein, um sie aufzufangen, falls sie fiel. Sie bog den Körper an dem seinen durch. Während er sie sicher in seinen Armen wiegte.

Sicher? Nein - sie runzelte im Schlaf die Stirn. Derek war nicht sicher. Sean - nein, oh, Gott, nein. *Sean war nicht sicher...*

Sie wollte sich nicht fürchten. Sie wollte nicht nachdenken. Das war ein Traum. Träume waren nicht real.

Er küsste sie wieder. Ein langsamer, süßer, betörender Kuss, der sie bis ins Mark traf und ihren Körper schmerzen ließ. Die schweren Kleider erschienen ihr wie ein Gefängnis. Sie wollte seine Hände auf ihren spannenden Brüsten spüren. Zwischen den Beinen, wo sie sich heiß und feucht anfühlte. Sie wollte nackt bei ihm liegen und seinen Mund spüren, der ihren Körper hinunterwanderte ...

»Zieh die Jacke aus«, sagte sie ungeduldig an Dereks Mund hängend, während sie versuchte, die ihre zu öffnen.

»Nicht hier und nicht jetzt«, sagte er leicht belustigt und schob ihre Hände mit Leichtigkeit weg. »Du weißt, wie man die Selbstbeherrschung eines Mannes auf die Probe stellt, nicht wahr, Süße?«, setzte er trocken hinzu und streichelte mit dem Daumen ihre Wange. Lily schmiegte wie ein Kätzchen den Kopf in seine Hand. Sie litt. Sie sehnte sich. Sie wollte so sehr. »Wir machen weiter, wenn du wach genug bist und wirklich dabei. Versprochen.« Noch einmal streiften seine Lippen die ihren, dann spürte sie die Wärme des Schlafsacks, der sanft um ihren Hals gestopft wurde. Der Verlust seiner Berührung war schrecklich.

Sie wimmerte. Eine sanfte Hand strich ihr eine Strähne von der Wange und verweilte. »Frau meiner Träume, was soll ich nur mit dir machen?«

Warte, wollte sie sagen. Warte. Ich will ... ich will ... Aber der Schlaf überrollte sie mit überwältigender Kraft.

Lily wachte höchst widerwillig vor der Morgendämmerung auf. Der Traum war eine verschwommene Erinnerung. Albtraum war passender. Es spielte keine Rolle, dass sie den Traum genossen hatte. *Jeder* Traum, in dem Derek sie küsste, war als Albtraum einzustufen. Sie schaute sich auf dem Lagerplatz um, zögerte das Aufstehen hinaus und versuchte, den Traum zu vergessen.

Die Landschaft war schwarz und weiß. Nein, sie wollte nicht aus ihrem warmen Schlafsack heraus. Während der Nacht waren ein paar andere Teams dazugestoßen. Sie hatte nichts gehört. Hunde und Schlafsäcke lagen um das Feuer herum, das immer noch brannte und ein wenig Wärme spendete.

Derek lag neben ihr, das Gesicht in ihre Richtung, der Schlafsack einen halben Meter von ihrem entfernt. Er hatte die schwarze Pelzmütze bis über die Brauen gezogen, ansonsten war sein Gesicht den Elementen ausgesetzt. Spürte der Mann denn keine Kälte?

Sie ließ den Blick von den langen dunklen Wimpern zur gebogenen Nase, zu den scharf geschnittenen Wangenknochen wandern und auf dem Mund verweilen.

Sie erinnerte sich daran, wie seine Lippen sich angefühlt hatten. Erinnerte sich an seinen Geschmack. Daran, wie er sie an seinen Körper gedrückt hatte. An all das, was sie vor sechs Jahren empfunden hatte. Die sexuelle Energie zwischen ihnen hatte sie so geängstigt, dass sie in vollem Galopp geflüchtet war. Diese Art von Hitze konnte einen nur in die Flucht schlagen. So eine Art von Leidenschaft hielt keiner aus, überlebte keiner. Nicht lange jedenfalls.

Ein Teil der Anziehung war rein körperlich. Er war so ... groß. Er verströmte Kraft und Stärke. Sie hatte sich in seinen Armen völlig sicher und vor der ganzen Welt beschützt gefühlt. Es war lange, lange her gewesen, dass sie sich derart geborgen und sicher gefühlt hatte.

Und der Himmel wusste, dass sie versucht gewesen war, der Leidenschaft nachzugeben, die sie in seiner Nähe empfand.

Aber sie war zu klug, sich vormachen zu lassen, dass sie lange bei ihm sicher gewesen wäre. Sie kannte sich zu gut.

Sie wäre in dieser Hitze, dieser Kraft versunken und hätte -
wenn sie ihr unweigerlich genommen wurde - vergessen,
wie man auf eigenen Füßen stand.

Die Wahrheit war, sie konnte sich einzig auf sich selbst
verlassen. Sicherheit konnte von einem auf den nächsten
Atemzug weg sein.

Lily wusste, sie hatte ein Problem damit, zu vertrauen.
Der Tod ihrer Mutter war ein schwerer Schlag gewesen.
Dass ihr Vater wieder geheiratet hatte, hatte nicht geholfen,
und ihre eigene Ehe mit Sean hatte in einem Verlust
geendet. Nichts war für ewig.

Sie würde daran arbeiten. Das würde sie. Und eines
Tages würde sie sich wieder verabreden. Aber das hier war
weder der Tag noch der Mann. So verführerisch die
Aussicht auch war, dachte sie, und wollte die Zähne in seine
Unterlippe senken, während er schlief. Sie schüttelte sich
im Geiste durch. Kein Wunder, dass sie letzte Nacht von
Derek geträumt hatte. Gerissener Schuft! Es war sehr, sehr
dreist von ihm, sich so in ihre Träume zu schleichen. Und
er wäre nicht Derek gewesen, hätte er es nicht in
Technicolor getan. Die Ratte.

Sie war immer noch schläfrig und hätte auch noch Zeit
gehabt, aber ihre Blase spielte nicht mit. Und wenn sie
schon aufstehen musste, dann konnte sie genauso gut
gleich losfahren. In zirka einer Stunde ging eh die Sonne
auf.

Sie schob sich vorsichtig aus dem warmen Schlafsack
und bemühte sich, den Mann, der dicht neben ihr schlief,
nicht zu wecken. Vielleicht hatte er ja den siebten Sinn?

Sie zog die Stiefel an und verstaute den Schlafsack. Dann
sah sie sich schnell um und verschwand zwischen den
Bäumen.

Ihr Hintern würde gleich einen furchtbaren Schreck
bekommen, dachte sie und verzog das Gesicht. Egal, wie oft
sie es schon getan hatte, sie würde sich nie daran
gewöhnen.

Das diffuse Chiffongrau des Himmels warf weiche, samtige Schatten auf den Schnee. Lily sah auf. Es würde ein verschneiter Tag werden. Die Sonne würde sich nicht blicken lassen.

Eine Tasse Kaffee, ein Snack für die Hunde, und sie konnten fahren. Sie sah, dass ein paar andere Musher ebenfalls in das Wäldchen wanderten.

Vorhin hatten sich die Hunde noch nicht gerührt. Ihre Stiefel knirschten über den Schnee, und sie entschied sich zu warten, bis auch der verschlafenste ihrer Hunde sich regte. Das war Dingbat, der morgens auch als Letzter sein kleines Hundegeschäft verrichtete. Von gestern hing noch schwacher Kaffeeduft in der Luft und erinnerte sie daran, dass sie jetzt für eine Tasse Kaffee gemordet hätte.

Lily genoss den stillen Morgen und die Vorfreude auf den Tag, der vor ihr lag. Ihr Nacken prickelte, als ob jemand sie beobachtete. Unsinn. Hier wäre keiner so unverschämt gewesen, sie zu beobachten. Sie mussten schließlich alle irgendwann ins »Badezimmer«.

Sie ging im Geiste die Strecke zum Finger Lake durch und atmete tief durch. Die Luft roch berauschend klar nach Schnee, Pinien und Holzfeuer.

Lily entdeckte, weit genug von den anderen entfernt, einen praktischen Baum und begann widerwillig, aber hastig die Auspackzeremonie. Verflucht, war das kalt! Eisige Luft schlug ihr ans nackte Hinterteil, und sie versuchte sich zu beeilen.

Ein scharfes Knallen störte die Idylle. Einen Sekundenbruchteil später flatterten ein paar verschlafene Vögel aus dem Baum nebenan auf und verursachten ihr fast einen Herzinfarkt. Sie raffte ihre Klamotten und hielt sich an einem stacheligen Ast fest. Ein Kugel schlug neben ihr in den Baumstamm, splitterte die Rinde ab und spuckte Schneeklumpen durch die Luft.

Mein Gott.

Irgendwer hatte auf sie *geschossen*.

Das nächste scharfe Knallen durchzuckte die Reglosigkeit des Morgens. Das Geräusch schien von den Bergen abzuprallen und hallte unheimlich um sie herum wider.

Ping. Ping. Ping.

Lily sah sich gehetzt um. Woher kamen die Schüsse? Und welcher Wahnsinnige feuerte sie ab? Die morgendlichen Schatten lagen noch tief und undurchdringlich um die Bäume, in den Senken und Tälern der verschneiten monochromen Landschaft. Die Sonne war kaum zu erahnen, nur ein dürftiges, ausgewaschenes Licht erhellte die Spitzen der Gipfel und brach sich auf dem schwachen Weiß des Schnees.

Ein Kugel pfiff von hinten an ihr vorbei und verfehlte ihren Unterarm. Ein fassungsloser Schrei drang aus ihrer Brust. »Hey!« Sie versuchte, sich aufzurichten, zu rennen, sich zu verstecken, aber die Hosen hingen ihr um die Knie. Sie stolperte und kippte einfach so um.

»Ah!« Ihr nacktes Hinterteil schlug auf den Schnee. Blinder Zorn mischte sich mit einer fast körperlich greifbaren Angst. Sie kam fluchend auf die Knie und zog die Hosen hoch, kauerte sich dabei die ganze Zeit über zusammen und hielt den Kopf gesenkt.

»Zur Hölle, verdammt noch mal, du Idiot!«, schrie sie den unsichtbaren Schützen an, während sie weiter mit ihren widerspenstigen Kleidern und dem Schnee kämpfte. Sie fluchte, während sie mit zitternden Händen Schicht über Schicht zog. Wo, zur Hölle, war der Reißverschluss? Die vielen Stoffschichten schützten wunderbar vor der Kälte, aber sie waren der Terror, wenn man um sein Leben rennen sollte, vorher aber noch den eigenen Hosenbund suchen musste. Sie hatte schon sieben Schichten oben und fand den Reißverschluss immer noch nicht.

Einen halben Meter entfernt spritzte mit einer kleinen Explosion der Schnee auf.

»Zur Hölle, verdammt! Seh ich vielleicht wie ein verfluchter Elch aus?«

Rutschend und schlitternd versuchte Lily, die Füße unter sich zu ziehen, während sie sich mit dick behandschuhten Fingern mühte, den Reißverschluss zuzuziehen. *Komm schon, komm schon. Komm schon.*

Diese Ratte, wer immer das war! Dieses Miststück hatte sie vermutlich die ganze Zeit über beobachtet - o Gott! Das hieß, er wusste, dass sie kein Tier war. Dieser Irre! Was für ein krankes Spiel! Sie wünschte, sie hätte ihr Gewehr dabei gehabt. Dann hätte sie den Spieß umdrehen und ihrerseits ein paar Kugeln abfeuern können, um *ihn* zu Tode zu ängstigen.

Lilys Gesicht brannte vor Verdruss, ihr Hintern vor Kälte. Wann, zum Geier, hatte sie die Fähigkeit, sich anzuziehen, eingebüßt? Seit jemand wahllos auf sie feuerte, in etwa.

Sie zerrte sich mit den Zähnen den Handschuh von der Hand, um wenigstens ihre Hose in den Griff zu kriegen.

Als sie den Kopf senkte, um zu sehen, was sie da tat, fiel ihr der Ärmel auf. Alle Farbe wich aus ihrem Gesicht. Der Schuss hatte zwei dicke Schichten durchdrungen. Ihre heiß geliebte Lammfelljacke hatte zwei fiese runde Schusslöcher.

Dieser idiotische Hundesohn! Sie steckte einen Finger in das Einschussloch und starrte ihn an. Hatte er sie getroffen? Sie verspürte absolut keinen Schmerz. Beweg dich! Was, zur Hölle, machte sie bloß? Sie hatte nicht die Zeit, sich hinzusetzen und den Schaden zu begutachten.

Sie hockte geduckt und in einer dunklen Jacke auf dem unberührten weißen Schnee herum. Da konnte sie sich gleich eine rote Zielscheibe aufmalen. Der einzige Baum im Umkreis von zehn Metern war ihr kleiner Toilettenbaum. Kein Ziel für einen Kugel. Ihre Fußspuren zogen sich hinter ihr wie ein doppelter Pfeil den Hügel hinab an ihren Standort.

Trottel oder nicht, sie würde nicht hier sitzen bleiben und sich mit einem fremden, offensichtlich gestörten Jäger herumstreiten. Sie würde auch keine Zeit damit verschwenden, nach ihm Ausschau zu halten. Sie fing an, wie ein geköpftes Huhn zum Lagerplatz zurückzurennen.

Sie kam schlecht voran. Der Schnee war tief und schwer. Ihre Oberschenkelmuskel schmerzten, und ihre Lunge wollte bei jedem gefrorenen Atemzug platzen.

Der nächste pfeiiiiiiifende Schuss.

Dieser schlug ein Stück weiter, vorne links in den Schnee ein. Neue, panische Angst mischte sich in ihre Wut. Sie befand sich auf offener Fläche.

Wie weit war sie gelaufen, um die perfekte Stelle für ihr privates »Badezimmer« zu finden? Hundert verfluchte Meilen? Unter dem Baum hätte der Schütze sie noch für Wild halten können, doch jetzt, wo sie auf freier Fläche war, war sie unverwechselbar ein Zweibeiner von der menschlichen Sorte. Irgendwer hatte es auf sie abgesehen.

Der nächste Schuss. Er pfiff knapp an ihr vorbei. Viel zu knapp. Der Atem eine weiße Wolke, lief sie schneller und verschwendete keine Zeit damit, zurückzusehen.

Der nächste Schuss. Die Mütze flog ihr vom Kopf.

»Zur Hölle, noch mal. Aufhören!« Lily schrie im Laufen so laut, wie die schmerzenden Lungen es vermochten. Die Leute im Camp - Derek - mussten die Schüsse doch hören? Wo waren sie nur alle? Die Angst ließ das Blut in ihren Ohren rauschen und machte sie taub. Irgendjemand zielte von da oben direkt auf sie. Absichtlich.

Unmöglich. Lächerlich. Aber wahr.

Die Sicherheit lag dreißig Meter entfernt hinter einer dichten Baumreihe. Aber der Schnee war zu tief zum Rennen.

Der schwarze Umriss eines Mannes kam aus den Bäumen direkt auf sie zugelaufen. Lily schlug einen Haken und rannte in die andere Richtung.

»Lily! Runter! Runter mit dir!«

Derek. Gott sei Dank. Es bedurfte keiner weiteren Aufforderung. Sie ließ sich auf der Stelle fallen. Kopfüber in den harschigen Schnee. Es tat höllisch weh, aber sie drückte ihr Gesicht in den eisigen Grund und bedeckte mit den Armen den Kopf. Als hätte das eine Kugel daran hindern können, in ihr Hirn zu dringen.

Sie hob das eiskalte Gesicht und schrie ihm zu: »Pass auf.« Es folgte eine schnelle Salve. Eine Minute? Eine Stunde? Ein Jahr später - hörte Lily durch das Röcheln ihres Atmens das Geschrei der Musher. Sie eilten ihnen zu Hilfe! Yeah! Die Kavallerie war da.

Mit wehenden Jacken und schief sitzenden Mützen kamen die Musher den Hügel hinaufgerannt.

»Was ist los?«

»... Schüsse gehört.«

»Wer ...«

»Was zum Teufel ...«

Derek war bei ihr, bevor Lily sich aufrichten konnte.

»Bist du verletzt?«, wollte er aufgeregt wissen, legte eine große Hand um ihren Oberarm und holte sie mit einer einzigen flüssigen Bewegung auf die Füße. In der anderen Hand hatte er ein Gewehr.

»Wo bist du verletzt? Hat er dich erwischt?« Er drehte sie herum, inspizierte sie von vorne und hinten, sah den Ärmel mit dem Einschuss- und Austrittsloch, wurde weiß und schmallippig. Er fing an, ihr die Jacke auszuziehen.

»Halt! Es geht mir gut, es geht mir gut!«, schrie Lily, als er schon die Jacke in der Hand hatte und ihr den Pullover über den Kopf ziehen wollte. Es war eiskalt, und er versuchte, ihr die Kleider auszuziehen. »*Whoa*, großer Junge.«

Sie schlug ihm auf die Hand, aber er wollte so panisch wissen, ob sie verletzt war, dass er es nicht mitbekam. Schließlich packte sie seine behandschuhte Hand und hielt sie fest. »Es ist nur die Jacke. Ich bin okay. Ich bin okay.«

Die finstere Miene und der grimmige Mund sagten ihr, dass er ihr nicht glaubte. »Sicher?«

»Ja. Ich habe meine Lieblingsmütze verloren, und meine Jacke sieht aus, als habe eine größenwahnsinnige Motte ihren Hunger gestillt, aber ich bin okay.«

»Rob. Don. Sandy«, rief Derek über die Schulter und suchte ihr Gesicht wie mit Laserstrahlen ab. »Bringt sie ins Camp zurück, sucht sie nach Einschusslöchern ab und bleibt an ihr kleben wie Sirup.« Sein Furcht einflößend entrückter Gesichtsausdruck ließ ihr die Nackenhaare zu Berge stehen. Seine ausdruckslosen Augen schienen das Licht zu schlucken; sein Mund war grimmig.

Das war nicht der höfliche, charmante, entspannte Derek Wright, den sie kannte. Dieser Mann, dieser Fremde, war ein Krieger.

Die drei Männer kamen auf sie zugekeucht. »Ich kann allein zum Lagerplatz zurücklaufen«, sagte Lily mit Nachdruck. »Geht mit Derek.«

»Ihr bleibt bei *ihr*«, befahl Derek und zog einen Revolver unter der Jacke heraus. Er drehte sich um und lief links hinauf zu den Bäumen, das Gewehr in der einen, den Revolver in der anderen Hand.

»Heilige Scheiße«, sagte Rob Stuart ehrfürchtig, während Derek über eine Kuppe verschwand. »Ist er ein Cop?«

»N-nein. Rancher.« Sie machte mit zittrigen Fingern die Jacke zu. Sie hatte an Derek in den sechs Jahren, die sie ihn nun kannte, nie einen solchen Gesichtsausdruck gesehen.

Angespannt. Mörderisch. Furcht erregend.

Und dann ... leer. Kalt. Gnadenlos.

Lily zitterte. Sie fror bis aufs Mark. Und das hatte nichts mit dem langsam schmelzenden Schnee in ihren Hosen zu tun.

Don Singleton kam zu ihr und legte den Arm um sie. »Bist du verletzt? Hast du den Kerl gesehen?«

»Nein und noch mal nein«, antwortete Lily irritiert. Sie schob sich so beiläufig wie möglich aus seinem Arm. Oh, Lily, dachte sie plötzlich, spring über deinen Schatten. Sie musste über sich selber lachen. Ein wenig verletzte weibliche Eitelkeit war immer noch besser, als daran zu denken, was gerade passiert war. *Das* ließ ihr wirklich die Knie weich werden.

Die drei Männer nahmen sie schützend in die Mitte, die Gewehre in der Hand. Sie sahen interessiert Derek zu, der weiter oben auf die Bäume zulief, und spekulierten über den Schützen.

»Lass uns zum Camp zurückgehen, kleines Mädchen«, sagte Don. »Wir flößen dir einen heißen Kaffee ein, und du kannst uns erzählen, was da oben passiert ist.«

»Ja«, stimmte Lily zu. »Gehen wir.« Die Männer hatten allesamt ihre Gewehre mitgenommen. Was sie gleichfalls hätte tun sollen, verdammt. Sie hätte es besser wissen müssen. Aber sich Vorwürfe zu machen, brachte jetzt auch nichts. Sie konnte ohnehin nur an Derek denken, der gegen - gegen wen? - in die Schlacht gezogen war. Wie viel Munition hatte er dabei? Und wie viel davon war noch übrig? Und wo war er hergekommen? Er war weitaus früher dran gewesen als die anderen Musher.

Jetzt, wo es vorüber war, war ihr ein bisschen schwindlig. Es war doch bestimmt nicht Derek gewesen, der auf sie geschossen hatte? Nein, das war lächerlich. Die Aufregung und der eisige Hintern hatten ihren Verstand verwirrt. Die Schüsse waren von hinten gekommen, und Derek war vor ihr aufgetaucht. Er konnte es nicht gewesen sein.

»Das waren bestimmt nur ein paar Jungs, die dachten, sie könnten einen Elch erledigen oder so was », sagte sie mit Nachdruck. Sie lauschte halbherzig den wilden Spekulationen und verwarf den lachhaften Gedanken, dass die Schüsse gezielt ihr gegolten hatten. Aber es waren so viele Schüsse gewesen und dicht hintereinander. *Hatte* der Schütze auf sie gezielt? Oder hatte er einen anderen Musher im Visier und Lily hatte einfach nur Pech gehabt?

Irgendwelche radikalen Umweltschützer oder ein Iditarod-Hasser? Die konnten durchaus extrem sein. Aber würden sie so weit gehen, auf die Musher zu schießen?

Sie konnte sich nicht vorstellen, dass sie irgendwer *tot* sehen wollte. Es sei denn... Lily spürte die Galle in die Kehle steigen. Es sei denn, irgendwer wusste, dass sie an jenem Tag in der Scheune gewesen war. Es sei denn, irgendwer wusste, dass sie dieses Gespräch mit angehört hatte.

Gott. Konnte das möglich sein?

Konnte es einen Zusammenhang mit dem Samenschwindel geben?

Lily stopfte die Hände in die Taschen und zog die Schultern hoch, um ihre Ohren zu wärmen. »Danke, dass ihr mir zu Hilfe gekommen seid, Jungs. Ich brauche jetzt echt einen Kaffee. Und wenn dieser Typ gescheit ist, dann gibt er Fersengeld, bevor Derek ihn findet.«

»Blöde, verdammte Schlampe! Hast du das gesehen? Zappelt rum wie eine Flunder, und ich schieß eine ganze verfluchte Meile daneben.« Der Heckenschütze löste das Gewehr nicht von der Wange, als hinter ihm der andere Mann auftauchte.

Woher wusste der verdammte Heckenschütze, dass er hinter ihm war?

»Hast du den Verstand verloren?« Er konnte es nicht fassen, dass sie jemand anderen hergeschickt hatten, um den Job zu erledigen. »Was, zur Hölle, bildest du dir ein, Dummkopf? Wie soll ein Schuss nach einem gottverdammten Unfall aussehen?«

Der Schütze zuckte die Achseln und feuerte den nächsten Schuss ab. »Wen interessiert das, verdammt? Könnte ein Jäger oder so gewesen sein.«

»Könnte ein verdammter Trottel gewesen sein. Verzieh dich. Ich hab die Sache unter Kontrolle. Fahr heim, und sag das deinen Chefs.« Er hatte den ersten Schuss von unten gehört, war im Schneemobil hier hochgerast und hatte schon eine Ahnung gehabt, wen er vorfinden würde. Dieses seelenlose Arschloch, natürlich. Für ein paar Dollar machte der Kerl alles.

Woher hatte er gewusst, dass sie ihm jemanden wie den hinterherschicken würden? Weil er schlauer war, als der durchschnittliche Rancharbeiter, deswegen. »Hat dir irgendwer *gesagt*, dass du sie verdammt erschießen sollst?«, wollte er wissen, während der Kerl weiterfeuerte, als sei er nicht da. »Und was zur Hölle mischt du dich überhaupt in meinen Job ein?«

Der Heckenschütze drückte wieder ab. »Du hattest genug Zeit, den Job zu erledigen. Ich bin die Versicherung. Steh still, lecke Lily.« Er hatte ihr durchs Zielfernrohr beim Pipimachen zugeschaut. Netter Arsch. Kein Wunder, dass der erste Schuss daneben gegangen war, bei all dem Gewackel und der nackten Haut. Das hatte ihn heiß gemacht. Und dass hinter ihm jetzt dieser Dummkopf stand und ihm in den Nacken keuchte, machte es nicht einfacher.

»Verzieh dich, ja? Du lässt mich bloß daneben schießen, und dein Atem stinkt, als hättest du Rattenscheiße gefressen.« Er zielte und feuerte weiter. Es war, als müsse er eine Ratte in einem Labyrinth erschießen. Irritierend und zeitraubend. Und letzten Endes Verschwendung von Munition. Nicht, dass ihn das aufgehalten hätte. Es bestand immer noch eine Chance, dass er sie erwischte.

»Weißt du, was ich glaube? Ich glaube, es gefällt mir nicht, dass du mir in den Pott pisst.« Sie hatten dem Mann zehn Riesen bezahlt, damit er Dr. Munroe erledigte. Es war eine verfluchte Frage der Ehre. Er holte das Messer aus dem Hüftgurt und zog es dem Bastard mit einer schnellen, ungestümen Handbewegung über die Kehle.

Der Schütze würgte und gurgelte; das warme Blut quoll über seine Hand und das Messer. Der nasse Handschuh glitt ein wenig vom Griff des Messers ab, doch er schnitt dem Schützen noch einmal durch die Kehle. Ein Stück weiter unten diesmal. Das Blut schoss in hohem Bogen heraus und spritzte wie ein roter Konfettiregen auf den Schnee. Sein Herz raste. Verdammt. Das war cool. Wirklich. Absolut cool. Er stach wieder zu. Und wieder.

Der Trottel gurgelte, würgte sein eigenes Blut, kämpfte aber weiter darum, sich auf den Beinen zu halten. »Ruhe, Dummkopf. Gib einfach, verdammt noch mal, Ruhe. Das da« - er stach wieder zu - »ist dafür, dass du mir in den Pott gepisst hast. Und das da ist für den Haufen Scheiße, den du mir eingebrockt hast.« Das Adrenalin rauschte durch seine Adern. Verdammt. Er war unbesiegbar. Das hier war, verdammt noch mal, un-glaub-lich. Er liebte es.

Er hatte ein neues Hobby entdeckt. Besser als Geld. Besser als Drogen.

»Wuu-huu!«, lachte er und tänzelte herum, während er noch den zusammengesackten Mann in den Armen hielt. »Ich zieh das durch. Das mache ich.«

Die Knie des Schützen gaben nach - war auch Zeit, verdammt noch mal! - und hätte ihn dabei fast mit umgerissen. »Keine Kraft mehr, was, Volltrottel? So gern ich noch hier rumhängen und ein bisschen spielen würde, aber du hast den Boss verärgert. Und er wird bald hier hochkommen und dir den Arsch versohlen.« Bei der Vorstellung, was Wright vorfinden würde, sobald er hier auftauchte, lachte er laut. Mann. Der Ausflug fing langsam an, interessant zu werden. So viel war sicher.

Bevor er noch wusste, was er tat, stieß er dem Mann die Klinge aufwärts und bis zum Griff in die Nieren. Ein netter kleiner Trick, den er in Vietnam gelernt hatte. Der Idiot brach nun, ohne einen Mucks zu machen, auf dem Boden zusammen.

Er zog die Handschuhe aus und wischte sich an der Jacke des Toten die Hände ab. Dann zog er lässig die schönen, sauberen pelzgefütterten Handschuhe an, die der Mann praktischerweise in die Jackentasche gestopft hatte. »Danke, Mann.«

Er hob das Gewehr auf. Nett. So eins hatte er noch nicht. Er wog es in der behandschuhten Hand. Yeah. Wirklich nett. Kriegsbeute. Er würde es als Andenken mitnehmen.

Er hob es an und schaute durch das Zielfernrohr. Oh, ja. Da unten war der Teufel los. Was für ein Blödmann! Da kam Wright. Er drehte den Lauf ein wenig nach links und stellte auf Wrights Gesicht scharf. Tod und Teufel, wie gern hätte er diesen allwissenden, alles sehenden Kerl weggeblasen. Er betrachtete Wright durch die

Hochleistungsoptik. Sah ganz so aus, als schaue der Hundesohn ihn direkt an. Junge, waren seine Augen kalt!

Der Schreck schlug ihm auf den Magen. Er wehrte sich dagegen, konnte das Gefühl aber nicht ganz abschütteln. Wright*konnte* ihn mit bloßem Auge nicht sehen.

Aber er wurde nicht dafür bezahlt, diesen Rancher abzuknallen. Vielleicht würde er Wright später als Zugabe drauflegen. Falls er sich als Spielverderber erwies ...

Zeit, sich aus dem Staub zu machen.

Ein Jäger war das nicht, wusste Derek mit absoluter Sicherheit. Er kannte dieses Geräusch. Nur ein Hochleistungs-Gewehr mit großer Reichweite verursachte ein derartiges Echo.

Ein Scharfschütze.

Ein unfähiger Scharfschütze.

Er runzelte die Stirn. Jesus. Jemanden wie den kannte er bis heute nicht. Die Leute in seinem Geschäft, sogar die Schurken, mit denen er es zu tun hatte, arbeiteten im Großen und Ganzen äußerst akkurat. Bekam er es jetzt mit einem Amateur-Scharfschützen zu tun?

Jemandem, den er im zivilen Leben verärgert hatte?

Er verbiss sich ein Lächeln. Von Lily einmal abgesehen.

Er roch den Tod, bevor er ihn sah.

Sam Croft. Derek erkannte den Mann sofort, ging in die Hocke und tastete nach dem Puls. Es gab keinen. Nicht weiter überraschend. Es war ein Blutbad. Der Anblick der grauenhaften Gewalt ließ ihn bis ins Mark frösteln. Nicht, dass er derartige Szenarien nicht schon gesehen hätte. Allerdings nicht auf seinem Einsatzgebiet. Was ihn so erschütterte, war, dass dieser gewalttätige Tod zu Lily gekommen war.

Seine beiden Welten waren kollidiert.

Es war einer der wenigen Momente in seinem Leben, wo er Angst verspürte. Croft hatte für ihn gearbeitet. Ein ruhiger Bursche, der ziemlich zurückgezogen lebte. Ein guter Arbeiter. Abgesehen von ein paar Schlägereien am Freitagabend, wenn Zahltag gewesen war, hatte es nie Probleme gegeben. Keine ungewöhnlichen Vorkommnisse.

Was, zur Hölle, machte Croft in Alaska? War er derjenige, der auf Lily geschossen hatte? Es ergab keinen Sinn. Derek rollte ihn herum. Ein roter Fleck markierte die Stelle, wo der Stich in die Niere gegangen war. Himmel. Der Killer hatte verdammten Spaß an seiner Arbeit gehabt.

Und wer immer ihn getötet hatte, hatte genau gewusst, was er tat.

Aber warum Croft töten? Weil er auf Lily geschossen hatte? Oder weil er daneben geschossen hatte?

Derek erhob sich und studierte die Szenerie. Croft war vermutlich der Schütze gewesen. Er hatte genau hier gestanden... Derek betrachtete das Tal vom Standort des Scharfschützen. Er folgte Lilys Zickzackspuren den Hügel hinunter, malte sich ihr Entsetzen und ihre Panik aus. Er erinnerte sich an ihr weißes Gesicht und die verängstigten Augen.

»Bastard.« Er drehte sich um, studierte wieder die Leiche und die Fußspuren dahinter und versuchte, zu rekonstruieren, was sich zugetragen hatte, bevor er hier erschienen war. »Irgendwer hat sich von hinten angeschlichen, nicht wahr, Croft? Jemand, den du gekannt hast?« Derek betrachtete mit zusammengezogenen Augen die Fußspuren.

»Ja, ihr habt euch gekannt. Du hattest keine Angst vor ihm. Du hast dich nicht einmal richtig nach ihm umgedreht, oder? Er stand direkt hinter dir. Habt euch vermutlich ein paar Minuten lang unterhalten. Dann hat er dich von hinten gepackt und dir die Kehle durchgeschnitten.« Er sah sich das Spritzmuster an. »Immer und immer wieder. Um dich daran zu hindern, Lily zu erschießen?«

Derek versuchte, die Fußabdrücke im blutigen Schnee zuzuordnen und festzustellen, wer was getan hatte. Er versuchte, nicht an Lily zu denken, sondern wie der Agent, der er war. Kalt. Mechanisch. Losgelöst. »Oder um mir eine Warnung zu schicken?«

Er ging erneut in die Hocke und durchsuchte die Taschen des Toten. Das Scharfschützengewehr fehlte ganz offenkundig. Ein paar blutgetränkte Handschuhe lagen auf dem Boden. Doch außer der Leiche und den aufgewühlten Fußspuren der beiden Männer war auf dem Hügel nichts zu sehen. Keine Patronenhülsen, kein Hinweis auf die Identität oder die Absichten der anderen Person.

»Lass uns beide ein Schwätzchen halten, Freundchen«, sagte Derek grimmig und folgte den großen Schritten, die vom Tatort weg und tief in den Wald hineinführten. Der zweite Kerl war hergegangen und zurückgelaufen. Aus Abstand und Tiefe der Fußspuren zu schließen, war der Mann von mittlerer Größe und um die siebzig Kilogramm schwer. Er versuchte, die rudimentäre Beschreibung mit all denen zu vergleichen, die auf der Ranch mit Croft herumgehangen hatten. Es fiel ihm niemand ein. Der Kerl war ein Einzelgänger gewesen, wie viele der Männer, die auf der Flying F arbeiteten.

Die Morgendämmerung gab jetzt dem Schnee einen milchigen Rosaton und erhellte den chiffongrauen Himmel zu einem bleichen, weichen Rauchblau. Die Luft war kalt genug, einem Mann die Lungen zu zerschneiden, aber sie roch nach Pinie und war so frisch und berauschend wie der Duft frisch gemähten Grases an einem Sommermorgen. Derek war an Schnee gewöhnt. Mochte ihn sogar. Er hatte das Jahr zuvor einen hochklassigen Terroristen gejagt und dabei ein paar brutale Wochen östlich von Weißrussland verbracht, im Ural; er hatte es förmlich genossen, seine Kraft und seinen Intellekt an einem Mann zu messen, der in der unerbittlichen Gebirgslandschaft geboren worden war.

Er hatte den Knaben nicht nur geschnappt, sondern ihn zum Verhör den ganzen Weg bis nach Minsk geschafft. Nein, die Kälte störte ihn nicht. Um die Wahrheit zu sagen, in Montana mit seinen arktischen Wintern eine Ranch zu führen, war eine größere Herausforderung als alles, was ihm auf seinen Einsätzen begegnet war.

Die Frage war, warum hatte Croft auf Lily geschossen? Und war Lily tatsächlich diejenige, auf die er es abgesehen hatte? Wenn dem so war, dann war Croft, dem Himmel sei Dank, ein lausiger Schütze gewesen. Dennoch, er hätte sie schwer verletzen können. Absichtlich oder nicht.

Croft war kein professioneller Killer. Nicht einmal annähernd. Er schoss zu oft daneben. Dennoch pochte das Blut kalt durch seine Adern. Mit den Sachen, die Lily getragen hatte, und aus dieser Entfernung hatte er sie möglicherweise für einen Mann gehalten.

Für ihn?

Möglich, aber nicht wahrscheinlich, so der Kerl eine Zieloptik verwendet hatte, was Derek bei dieser Entfernung getan hätte. Dann hatte Croft genau gesehen, auf wen er zielte. Croft arbeitete für ihn. Er kannte Lily. Er hätte sie praktisch sofort erkennen müssen.

Abgesehen davon war es unlogisch, dass irgendwer Lily wehtun wollte. Sie hatte keine Feinde. Alle hatten sie gern. Sie war sanftmütig und schon fast zu hilfsbereit. Sie hätte sich lieber die Zunge abgebissen, als jemanden zu verletzen. Er war da offenkundig bei ihr die Ausnahme, dachte Derek wehmütig.

Croft konnte nicht absichtlich auf sie geschossen haben, wollte Derek den kalten Knoten der Angst aus seiner Magengrube verjagen. Nein. Aus irgendeinem Grund hatte Croft versucht, *ihn* aus der Deckung zu räuchern.

Lily war nur der Köder gewesen.

Aber wer hatte Croft getötet? Und, was noch wichtiger war, warum?

erek folgte der Spur den Berg hinauf. Er zog die Pelzmütze tief über die Ohren, während er den Fußabdrücken dieses zweiten Mannes nachstapfte. Es war ein steiler Anstieg. Lang gezogene Spuren und aufgewühlter Schnee wiesen darauf hin, dass der Kerl, auf seiner Flucht vom Tatort, hie und da ausgeglitten war. »Ja, du hattest es eilig«, knurrte Derek, »nicht wahr, du Bastard? Bist du vor dem Gestank des Blutes davongelaufen? Hast du ihm in die Augen gesehen, als er gestorben ist?«

Er kletterte zwanzig Minuten, bis er den Gipfel der Anhöhe erreichte und auf enge, schlittenähnliche Spuren stieß, wie die hochgezüchteten Polaris-XL-Schneemobile sie zogen.

Er blieb stehen. Es hatte keinen Sinn weiterzulaufen. Er folgte den Fahrzeugspuren mit zusammengezogenen Augen, bis sie über der nächsten Anhöhe verschwanden. Irgendwo da unten musste ein zweites Schneemobil zwischen den Bäumen versteckt sein. Er würde später ein Team losschicken, um Crofts Leiche und das Gefährt abholen zu lassen.

Das Satellitentelefon vibrierte auf seiner Brust, als er sich gerade auf den Rückweg machen wollte. Er hielt inne, um das kleine Telefon aus der Brusttasche zu ziehen. »Bitte kommen.«

»Auf Code drei hochgestuft«, sagte Darius, sein Controller, so klar, als stünde er direkt neben Derek auf der windgepeitschten Anhöhe. Es war jetzt mehr als nur eine

Warnung. T-FLAC hatte die Alarmstufe für Alaska um eins hinaufgesetzt.

»Die vier Ws?«, fragte Derek, während er weitermarschierte, was heißen sollte: Wer, wo, was, wann? Er hängte das Gewehr am Gurt über die Schulter, behielt die Bear aber weiterhin fest in der Hand. Er beschleunigte die Schritte. Nach allem, was er wusste, würde der Killer kehrt machen und unten im Camp auftauchen. Und obwohl Derek wusste, dass Lily und die Männer allesamt Waffen trugen, wäre ihm um einiges wohler gewesen, wenn er bei ihr gewesen wäre.

»Das Wer ist Oslukivati«, teilte Darius ihm mit. »Alles, was wir bisher haben, ist, dass sie bei dir in der Gegend gesichtet worden sind.«

Oslukivati war eine serbische Gruppierung, die für ihre Sachkunde bei schmutzigen Bomben bekannt war und ihre Freude daran hatte, Dinge in die Luft zu sprengen. Den Flughafen von Simbabwe hatte sie am Freitagmittag vor einem Feiertagswochenende gesprengt und dabei mehrere tausend Menschen getötet. Die Gruppierung war für die Bombardierung des südafrikanischen Konsulats in London und die völlige Zerstörung eines Bahnhofs in Prag verantwortlich. Üblicherweise wollte sie ihre Leute aus irgendwelchen Gefängnissen freipressen. Doch in den meisten Fällen dauerte es Jahre, diese Gefangenen überhaupt ausfindig zu machen, und dann handelte es sich um ein paar der gefährlichsten Verbrecher auf dem Planeten, deren Freilassung nicht verhandelbar war.

»Welche Forderungen stellen sie?« Letztlich konnte es Derek egal sein, aber ein gewisses Interesse hatte er doch.

»Haben noch keine gestellt. Bis jetzt.«

Unnötig, das noch zu erwähnen: Was immer diese Leute auch wollten, sie würden es nicht bekommen.

Ab jetzt war es ein Rennen, das sie gewinnen mussten, bevor noch irgendwas mit einem großen, spektakulären Knall in die Luft flog und Hunderte von Menschen starben.

»Die Alaska-Pipeline?«, fragte Derek, dessen Interesse geweckt war. Er liebte die Jagd. Und momentan war er auf der wichtigsten Jagd seines Lebens. Ein Terroralarm war das Sahnehäubchen auf den Eisbecher. Es bestand die Außenseiterchance, dass beides zusammenhing. Aber er bezweifelte es. Die wenigsten Leute wussten, dass er für eine Antiterrororganisation arbeitete.

»Nein«, sagte Dare in sein Ohr. »Nicht einmal in der Nähe der Pipeline. Den Gerüchten zufolge handelt es sich um etwas Größeres mit ›Oh, mein Gott!‹-Faktor. Dein alter Freund Milos Pekovic steckt bis zum Arsch mit drin. Persönlich.«

Pekovic. Der Name des Bastards reicht aus, die Narbe über Dereks Niere schmerzen zu lassen. Die Terrorgruppe war groß und weit verteilt. Dereks letztes Zusammentreffen mit Pekovic in San Cristóbal war sieben Monate her und hatte ihn fast eine Niere gekostet. Der Mann packte gern selber mit an und hatte seinen Spaß daran, sich die Hände schmutzig zu machen. Es war ein Wunder, wie er sich vom Blut immer wieder reinwusch. Dieser Terrorist war brutal, seelenlos und unaufhaltsam. Er war als der ›Butcher‹ bekannt, weil er, bevor er seine fanatische Gefolgschaft um sich geschart hatte, als Metzger gearbeitet hatte. Milos Pekovic und Derek schlichen seit neun Jahren umeinander herum. Und sie hatten beide die Narben, es zu beweisen.

Derek bildete sich nicht ein, dass der Anführer einer der fünf größten Terrororganisationen nur seinetwegen nach Alaska gekommen war. Aber falls Pekovic wusste, *dass* er hier war, gab es seinem wie auch immer gearteten Vorhaben den Extrakick, darauf wettete Derek.

Ihre Beziehung hatte sich schon vor langer Zeit vom Geschäftlichen ins Persönliche verlagert.

Derek fiel spontan nicht eine einzige Sache ein, die eine Terrorgruppe hier oben in Alaska hätte in die Luft jagen sollen. Wenn nicht die Pipeline, was dann? »Meine so genannte ›Gegend‹ ist zurzeit verflucht riesig. Können wir einen Ort eingrenzen?«, fragte er Darius, während er seinen eigenen Fußspuren ins Camp zurückfolgte.

»Arbeiten dran.«

»Den Zeitpunkt?«

»Jederzeit.«

»Jesus, Dare, du bist nicht gerade eine Fundgrube an Informationen.«

»Wir schicken deine Brüder schon ein wenig früher zur Hochzeit, mit einem Abstecher zu dir. Sie geben dir Rückendeckung, bis wir alle Informationen beisammen haben.«

»Gut zu wissen«, sagte Derek trocken. Dann hatten Michael, Kyle und sein Zwillingsbruder Kane, die Ende des Monats ohnehin hatten kommen wollen, jetzt eben Freiflüge. Nicht, dass sie darauf angewiesen gewesen wären. Sie arbeiteten alle für T-FLAC und hatten einander bei mehreren Einsätzen Rückendeckung gegeben. Derek war erfreut über die Neuigkeit,

»Der Geheimdienst arbeitet rund um die Uhr an der Sache«, sagte Dare. »Ich halte dich auf dem Laufenden.«

»Sonst noch was?«

»Momentan nicht.«

Er würden sich mit diesen nebulösen Informationen zufrieden geben müssen. Fürs Erste. Er informierte Darius schnell über den Schützen und die augenblickliche Lage.

»Hört sich nicht nach deinem Freund Pekovic an.«

»Die Sache mit dem Messer gibt mir zu denken. Aber Pekovic ist beherrschter. Er geht, wenn er tötet, gerne dicht ran. Das hier hat jemand mit Genuss gemacht, aber nicht mit Pekovics Detailversessenheit.« Pekovic nähert sich Lily besser nicht auf unter tausend Meilen, dachte Derek grimmig.

»Pass auf dich auf.« Darius stimmte Dereks Lageeinschätzung zu.

Sie beendeten das Gespräch. Derek marschierte zum Camp weiter und hatte ein sonderbares Gefühl, jetzt, da er wusste, dass sein Erzfeind irgendwo in Alaska war. Ein großer Staat, aber nicht annähernd groß genug, solange Lily da war. Kombiniert mit einem blutrünstigen Killer ergab sich ein Rezept, das für eine Magenverstimmung sorgen konnte.

Diese verfluchte Scharfschützensache machte ihm Sorgen. Es ergab einfach keinen Sinn. Er würde den Vorfall am nächsten Kontrollpunkt melden und die anderen Musher warnen, dass irgendwer entlang der Strecke Zielübungen gemacht hatte. Was Lily anging, schwor er sich, sie fest an der Leine zu behalten, ob es ihr gefiel oder nicht.

»Ich wette, die kleinen Lausejungs waren längst weg, oder?« Lily kam hinter einem Baumstamm hoch, sicherte ihre Waffe und schob sie in die Tasche. Derek stellte erfreut fest, dass sie nicht nur bewaffnet war, sondern sich mit dem Rücken an einen breiten Baum gesetzt hatte, von wo aus sie einen ungehinderten Blick auf die Lichtung hatte.

»Es war absolut nichts zu sehen«, sagte er und suchte mit den Augen die schneebedeckte Landschaft ab.

»Es können eigentlich keine Kinder gewesen sein«, murmelte Lily mehr zu sich selbst. »Die Leute hier sind schlau genug, nicht in der Nähe der Strecke auf die Jagd zu gehen.«

»Kinder waren es definitiv nicht«, sagte er und reichte ihr ihre Mütze, die er auf dem Rückweg gefunden hatte. »Die hätten Spuren hinterlassen.«

Er sah die besorgte Falte zwischen ihren Augenbrauen und hätte sich selber einen Tritt geben können. Aber auch wenn er nichts gesagt hätte, wäre sie bald selbst darauf gekommen. Sie war nicht dumm.

Ihr Wangen waren glänzend rot vor Kälte, was ihre lang bewimperten braunen Augen zum Strahlen brachte. Gesund, natürlich und auf eine unaufdringliche Art schön, die ihm den Mund wässerig machte und sein Herz hüpfen ließ.

Wann immer er Lily gesehen hatte, ob vor einem Monat oder einer Stunde, hatte es ihn wie ein Schlag in den Magen getroffen.

»Danke. Mir frieren schon die Ohren ab.« Sie setzte die Mütze auf. Der weiche grauweiße Pelz rahmte ihr Gesicht, und der seidige honigbraune Zopf fiel vorn über die dicke Jacke. Er träumte oft von diesen dicken Fluten hellbraunen Haares, die über seinen nackten Körper streiften. Diese Vorfreude brachte ihn fast um.

Er riss sich von ihr los. Beide Schlitten waren ordentlich bepackt, die Hunde waren bereit. Außer ihnen war niemand mehr auf der Lichtung. Die Wut, welche die letzten Stunden über unter der Oberfläche gebrodelt hatte, brach sich Bahn. »Wo«, sagte er mit bedrohlicher Stimme, weil er an die zwei verdammten Schusslöcher in ihrer Jacke denken musste, »sind die anderen?«

Lily stellte sich taub, goss dampfenden Kaffee aus der Thermoskanne und reichte ihm den Becher. Er nahm ihn stirnrunzelnd. »Ich habe den Männern gesagt, dass sie hier warten sollen, bis ich zurück bin.«

»Ich denke, uns ist allen klar, dass sie nicht deine Angestellten sind.«

»Man hat auf dich geschossen«, erinnerte er sie.

»*Daneben* geschossen«, sagte sie. »Abgesehen davon, habe ich Wayne hier«, sagte sie und tätschelte sanft die Jackentasche mit der Neun-Millimeter. »Ich habe ihnen geraten, ruhig loszufahren.« Sie trank von ihrem eigenen Kaffee, legte den Kopf schief. »Du hast doch selber gesagt, dass du da drau-ßen niemanden entdeckt hast, richtig?«

»Darum geht es nicht.« Er würde ihr nicht von Croft erzählen. Ihr ausgerechnet jetzt Angst einzujagen hatte keinen Sinn. »Aber *sie* hatten die Info nicht.« *Jesus* - er bremste seine Wut ein paar Gänge herunter. Es war unsinnig, sauer zu sein. Die drei Männer waren letztendlich Fremde und standen, wie Lily richtig erklärt hatte, nicht unter seinem Befehl. Trotzdem hatten sie nicht wissen können, ob der Schütze nicht zurückkehrte und Lily erneut als Zielscheibe benutzte. Er hatte gedacht, dass zumindest Don Singleton wie eine Klette an Lily kleben würde.

»Vermutlich ein paar hergelaufene Irre, die das Rennen stören wollen«, log Derek. Er würde Crofts wegen keine schlaflosen Nächte haben.

Ein Anflug von Angst, den sie schnell hinter einem Schluck aus dem Becher verbarg, flackerte in ihren ausdrucksstarken Augen auf. »Wir halten vorsichtshalber Augen und Ohren nach ihnen auf und melden sie oder ihn am Finger Lake.«

Verdammt. Sie sollte keine Angst haben müssen. *Niemals.*

»Wie ich sehe, bist du startklar«, sagte er schroff und kämpfte eine ungewohnte, giftige Mischung aus Angst und Sorge nieder. Darius ging der Sache mit Croft nach und auch dem mutmaßlichen Mörder; in der Zwischenzeit würde *er* wie Öl in der Revolvertrommel an Lily kleben. »Es erstaunt mich, dass du nicht auch vor mir losgefahren bist.«

Lily gab einen ungehobelten Laut von sich. »Oh, bitte, als ob ich dich linken müsste, um dich zu schlagen.«

»Nein, das würdest du nicht, nicht wahr, Lily?« Er ging zu ihr und legte die Hand an ihre Wange. Ihre Haut war eiskalt. Sie waren einander so nah, dass ihr Atem sich in der kalten Luft berührte.

Sie leckte sich die Unterlippe, ein glatter, geschmeidiger Zungenschlag ohne jeden Hintergedanken, doch er jagte ihm einen feurigen Stich in die Lenden.

»Sei jetzt bloß nicht zu nett zu mir.« Ihre Stimme war heiser, und sie sah mit weiten Pupillen zu ihm auf. Dass sie nicht wie üblich vor ihm zurückwich, war ein Geschenk.

Er streichelte mit dem Daumen ihre Wange; eine leichte, beherrschte Zärtlichkeit, wo er sie doch hart an sich reißen und ihren Mund unter seinem begraben wollte. Er strich noch einmal über ihre zarte Haut und sah erfreut, wie ihr die Hitze in die Wangen stieg und ihre Augen verschwommen wurden.

»Warum nicht?«, fragte er.

Sie runzelte ein wenig die Stirn, als bemerke sie jetzt erst, dass sie nur einen Atemzug voneinander entfernt waren und er ihr Gesicht streichelte. Aber sie wich nicht aus. Stattdessen bedachte sie ihn mit dem üblichen Ich-weiß-was-du-vorhastaber-es-berührt-mich-nicht-im-Geringsten-Blick.

Nur dass es vor Elektrizität knisterte, als ihre Augen einander trafen. Sie sahen einander an, und ihr Atem hing sichtbar in der eisigen Luft. »Ich hatte schon genug Adrenalinschübe, das reicht für heute«, sagte Lily mit einem leichten Zittern in der Stimme.

Oh, *dieser* Versuchung konnte er nicht widerstehen. Er umfasste mit beiden Händen ihr Gesicht, beugte den Kopf und gab ihr einen Kuss. Einen süßen, berauschenden Kuss. Mit nicht zu viel Zunge, nur gerade so viel, bis ihre versuchsweise mit ihm spielte. Sie schmeckte nach Kaffee und winterfrischer Zahnpasta.

Als er sie vor all den Jahren ins Kino und zum Essen ausgeführt hatte, hatte er sie härter und länger geküsst. Es war Sommer gewesen, und er hatte sich, trotz der vielen Arbeit auf der Ranch, die Zeit genommen, sie zu treffen. Sie hatte ein hell minzgrünes Sommerkleid getragen, die gebräunten, durchtrainierten Arme und Beine nackt. Ihre bloßen Füße in den Riemchensandalen hatten ausgereicht, ihm einen unangenehm harten Ständer zu bescheren. Er hatte sie auf dem Parkplatz des Kinos wie ein notgeiler Teenager an den Wagen gepresst. Sie hatte es ihm in gleicher Münze zurückgezahlt, hatte die Arme um ihn geschlungen und sich an ihn gepresst. Sie hatte ihm gierig ihre Zunge gegeben und hätte ihm, hätte er ihr nur Zeit gelassen, auch gewiss ihren Körper gegeben.

Stattdessen hatte sie tagelang seine Anrufe ignoriert, um dann mit seinem besten Freund auszugehen.

Nein, dieses Mal würde er sich mäßigen. Ihr Zeit lassen. Er zog unter Aufbietung all seiner Beherrschung die Hand weg. »Ich hoffe, du weißt meine Zurückhaltung zu schätzen«, sagte er heiser und streifte ihr einen letzten, federleichten Kuss auf die Lippen, bevor sie Luft holen konnte. Er nahm sie sachte bei den Schultern und schob sie in Richtung des wartenden Schlittens.

Er beobachtete noch, wie sich in ihrem Gesicht Verwirrung, Lust und Widerstand stritten, dann stapfte sie, ohne sich noch einmal umzudrehen, davon.

Er lachte wehmütig in sich hinein, während er auf seinen Schlitten stieg. Es würde eine Schlacht werden, aber zur Hölle, er hatte schon schlimmere Kriege geführt und gewonnen. Doch diese Schlacht war von größter Wichtigkeit.

»*Heja!*«, riefen sie gleichzeitig, und die Gespanne schossen wie düsengetrieben aus der Lichtung. Kopf an Kopf.

Derek lachte befriedigt, als Lily an ihm vorbeiraste. »Frustriert und verwirrt, genauso will ich dich haben, Süße«, rief er ihrem kleiner werdenden Rücken zu. »Frustriert und verwirrt.«

Lily spähte zu den tief hängenden Wolken hinauf. Es sah nach Schnee aus. Sie hatte Zeit gutgemacht und Finger Lake früh genug verlassen, um die schwierigsten Streckenabschnitte bei Tageslicht fahren zu können. Die Passage über den Gebirgskamm zum Red Lake und weiter zum Rainy Pass war außerordentlich zeitaufwändig zu fahren. Es war schon schwer genug, sie bei Tageslicht zu durchqueren. Bei Nacht wollte sie sich das nicht antun. Nicht bei einem Pfad, der über bewaldete Felsplatten nach oben kletterte, auf dem es Flecken voller Schlamm und vermodertem Laub gab.

Danach folgte die steile Abfahrt durch die bewaldeten Uferzonen des Happy River, dann ging es auf dem zugefrorenen Fluss selbst über die gefürchteten Terrassenstufen des Happy River. Es würde wieder ein langer Tag werden.

Im Moment sah es eher wie kurz vor Einbruch der Nacht aus, nicht wie Mittag. Doch den Hunden gefiel das Wetter. Minus dreißig Grad waren ihnen gerade recht.

»Wie läuft's, Doc?«, fragte Derek in ihrem Ohr. Es war sonderbar intim, ihn zu hören und mit ihm zu sprechen, ohne ihn direkt vor sich haben. Ehrlich gesagt, war es ziemlich angenehm, Gesellschaft zu haben. Normalerweise hörte sie Musik oder genoss einfach nur die Stille. Jemanden erzählen zu können, was es auf der Strecke zu sehen gab, war ... nett.

Auch wenn sie manchmal eine Stunde oder länger nicht miteinander sprachen, hatte es etwas ungemein Tröstliches, dass Derek, der sie mittlerweile überholt hatte, nur ein Flüstern entfernt war. Er machte sie auf Hindernisse aufmerksam oder sagte ihr, sie solle an der nächsten Biegung nach rechts sehen, wo sich ein Vogelnest auf Augenhöhe befand.

Es freute sie, dass er sich nicht scheute, sie um Rat zu fragen. Er hatte nur zweimal am Iditarod teilgenommen, und Lily war erfahrener. Zumindest in dieser Hinsicht. Er hatte nach dem letzten Stopp ordentlich Tempo gemacht und war ungefähr fünfzehn Minuten voraus. Nicht viel. Sie würde ihn einholen und ihm über die Schulter zuwinken, wenn sie ihn passierte.

Lily hatte sich beim letzten Stopp zwanzig kostbare Minuten Zeit genommen, um zu duschen und frische Sachen anzuziehen. Manche Musher duschten das ganze Rennen über nicht. Zu denen gehörte sie nicht. Es machte ihr nichts aus, schmutzig zu *werden*, sie hatte ein Problem damit, schmutzig zu *sein*. Derek offenbar auch. Er hatte unmittelbar vor ihr unter der Dusche gestanden. Als hätte er das noch erzählen müssen. Als sie die provisorische Duschkabine betreten hatte, hatte sie auf der Stelle den markanten Duft seiner Seife und seines Rasierschaums erkannt.

Es war erstaunlich und mehr als ein bisschen beunruhigend, wie vertraut er ihr war und wie viele intime

Details sich ohne Genehmigung in ihr Langzeitgedächtnis geschlichen hatten.

Sonderbar, sie schaffte es nicht, sich nur einen einzigen intimen Moment mit ihrem verstorbenen Mann ins Gedächtnis zu rufen, doch in Sachen Derek verfügte sie über einen ganzen Katalog lebendiger Bilder. Sie brauchte nicht einmal die Augen zu schließen, um sich daran zu erinnern, wie Dereks Hände sich anfühlten.

Sie gab sich im Geiste einen Klaps und kehrte in die Realität zurück. Er fuhr schon die ganze Zeit vor ihr her. Nervtötender Kerl. Sie musste zu ihm aufschließen und in überholen.

»Ich musste Ajax am Futterdepot zurücklassen«, sagte sie abwesend und hielt die Augen offen ... nach was auch immer. Die Schüsse von heute Morgen setzten ihr noch zu, und sie hatte permanent das Gefühl, beobachtet zu werden. Sie hatte sich zwar eingeredet, dass der Schütze nicht dem Iditarod-Trail folgte, doch eine kleine Ecke in ihrem Hinterkopf machte sich Sorgen. Vorhin, als sie angehalten und die Hunde begutachtet hatte, war sie die ganze Zeit über angespannt gewesen, hatte nur darauf gewartet, dass jemand auf sie feuerte.

Nichts war passiert. Natürlich nicht. Sie kam sich ihrer Paranoia wegen blöd vor. Aber die Stelle zwischen ihren Schulterblättern juckte nach wie vor, und paranoid oder nicht, sie hatte die Neunmillimeter griffbereit und das Gewehr, das sie aus dem Seitenfach des Schlittens geholt hatte, ebenfalls. Vorsicht war die Mutter der Porzellankiste.

»Wie geht es dem Hund?«, drang Dereks tiefe Stimme in ihr Ohr.

»Bald wieder gut.«

Ajax hatte es irgendwie geschafft, sich eine Klaue abzurei-ßen, und hatte furchtbar gehumpelt. Lily hatte angehalten, ihn in den Tragesack geladen und ihn am nächsten Checkpoint abgegeben, von wo aus man ihn nach Anchorage zurückfliegen würde. Es gab Musher, die das Rennen mit sehr viel weniger Hunden gewonnen hatten, aber Ajax war so verlässlich wie der Sonnenaufgang, hatte ein breites Kreuz und den festen Willen, eines Tages zum Leithund aufzusteigen, das wusste Lily. Genau wie sie wusste, dass ihre Leithündin Arrow ein Faible für Dereks Leithund Max hatte. Die beiden beschnüffelten einander ständig und hatten sich letzte Nacht sogar nebeneinander zusammengerollt. Vielleicht waren sie verliebt. Sie lachte. Es ging wohl eher um Lust. Das hatten Max und Derek gemeinsam.

»Was?« Dereks Stimme klang rauchig intim und als käme sie direkt aus ihrem Kopf.

Sie hatte vergessen, dass er sie hören konnte. »Dad beschwert sich häufig, dass ich die Hunde anthromorphogolisiere - falls es dieses Wort überhaupt gibt.«

»Da du praktisch mit ihnen zusammenlebst, finde ich es nicht sonderbar, dass du ihnen menschliche Eigenschaften zuschreibst«, stimmte Derek bei. »Schließlich kennst du sie vermutlich besser als die meisten Menschen.«

»Und ich mag sie zumeist auch mehr«, teilte Lily ihm trocken mit.« Sie zog die Augen zusammen. Hinkte Opal jetzt etwa auch? Sie würde die Hündin die nächsten ein, zwei Meilen im Auge behalten.

»Bist du deshalb Tierärztin geworden?«

Lily lächelte. »Deswegen und wegen der Unsummen, die ich damit verdiene.« Verglichen mit Seans war ihr Einkommen immer ein Witz gewesen. Er hatte sie ständig damit aufgezogen, dass sie als Bedienung im Dipsy Diner an der Main Street mehr verdient hätte. Für drei Vollzeitveterinäre war das County halt nicht groß genug.

Dennoch liebte sie, was sie tat. Matt und ihr Vater versorgten praktisch alle Tiere, die nicht auf der Flying F lebten. Die Ranch, die Hundezucht und das Training hielten Lily auf Trab. Dass sie Sean geheiratet hatte, hatte ihnen allen in den Kram gepasst. Sie hatte das Zuchtprogramm beaufsichtigt und die Herden vergrößert. Und als Sean und Derek einen Dreieinhalb-Millionen-

Dollar-Stier nach Hause gebracht hatten, hatte sie ihn Diablo getauft. Sie hatte jede Phiole seines Spermas beglaubigt - und Sean hatte bei den gefälschten Röhrchen ganz offenkundig ihre Unterschrift nachgemacht.

Natürlich hatte sie nichts davon gewusst. Sie hatte nur gewusst, dass sie ihren Märchenprinzen gefunden hatte, der sie liebte und den sie heiraten wollte. Sie hatte die Art geliebt, wie er sie neckte; die Art, wie seine braunen Augen sich erwärmten, wenn er bei ihr war. Sie hatte die Art geliebt, wie er flirtete und dass sie sich bei ihm wie eine begehrenswerte Frau fühlte, auch wenn sie Jeans und Arbeitsstiefel trug.

Sie war blind und naiv gewesen. Dumm und vertrauensselig.

Jetzt nicht mehr.

»Warum schnappst du dir dann nicht die Kriegsbeute und verschwindest nach Fidschi.«

»Ich hab es nicht mit dem Verreisen«, sagte sie und ergötzte sich an dem Licht, das den Schnee wie Schlagsahne aussehen ließ.

»Eure Flitterwochen habt ihr in Montreal verbracht.«

»Wir sind kaum aus dem Zimmer gekommen«, schwindelte sie, während ihr Wut und Erniedrigung die Brust abdrückten. Sean hatte an der Bar mit einer eleganten Rothaarigen geflirtet. Am zweiten Abend war er erst nach Mitternacht ins Hotelzimmer zurückgekehrt. Er hatte nach teurem Parfüm gerochen und sie daran erinnert, dass Männer nicht für die Monogamie geboren waren.

Lily hatte das Tablett vom Zimmerservice, das seit Stunden unberührt dagestanden hatte, über seinen teuren Anzug gekippt. Danach hatte sie Sean mitgeteilt, der Anstand gebiete es, wenigstens auf den Ablauf der Flitterwochen zu warten, bis man eine französische Nutte vögelte, die man an der Bar aufgerissen hatte.

Sie war völlig verzweifelt in ein anderes Zimmer umgezogen. Sie verabscheute Lügner.

Sean hatte schnell gelernt, dass sein liebendes Mädchen vom Land seine Eskapaden satt hatte und keinen weiteren Bullshit dulden würde.

Lily war wütend auf sich selbst gewesen, weil sie gegen alle Warnungen von außen taub und für seine Fehler blind gewesen war. Und Sean hatte jede Menge davon.

Der Mann, von dem sie geglaubt hatte, er liebe sie, war plötzlich völlig verändert. Sie war verletzt und verstört gewesen, hatte nicht mehr ein und aus gewusst. Sie waren in den Flitterwochen! Am Beginn ihres gemeinsamen Lebens! Und jetzt war dieses Leben vor ihren Augen in Rauch und Asche aufgegangen.

Verletzt. Zornig. Verwirrt. Sie war all das gewesen. Schlimmer noch, sie war sich dumm vorgekommen. Und, verdammt sollte er sein: benutzt.

Sie hatte ihre Flitterwochen damit verbracht, die Stadt der Verliebten zu erkunden. Allein.

Das war der Anfang vom Ende gewesen. Es war ihr wie Schuppen von den Augen gefallen, und sie hatte Sean als den Mann gesehen, der er wirklich war. Rückblickend war das allerdings nur die Spitze des Eisbergs gewesen. Sie hätte sofort wie von der Tarantel gestochen davonlaufen sollen, denn kurz darauf waren ihr die Hände gebunden gewesen.

Eine Woche nach den Flitterwochen war Sean vom Arzt zurückgekommen. Am selben Tag, an dem Lily in der Stadt bei ihrem Anwalt Barry Campbell gewesen war. Sie hatten in diesem unpersönlichen, überdekorierten Speisezimmer gesessen, vor einem Dinner, das keiner von ihnen beiden hatte essen wollen.

Lily war von gerechtem Zorn und tödlicher Ruhe erfüllt gewesen und hatte ihm mitgeteilt, dass ihre Ehe vorüber sei. Sean hatte niedergeschlagen und nicht halb so selbstbewusst wie früher gewirkt und ihr erklärt, dass er unheilbar an Krebs erkrankt sei. Lily hatte später herausgefunden, dass er bereits monatelang in Behandlung gewesen war.

Der Arzt hatte Sean noch sechs Monate gegeben.

Sie hatte ihm natürlich nicht geglaubt. Keine Sekunde lang. Doch am folgenden Tag hatte ein Besuch bei seinem Arzt die düstere Prognose bestätigt.

Lily hatte ihn nicht verlassen können. Sean mochte ein Dreckstück sein, sie war keines. Was immer sich zwischen ihnen zugetragen hatte, sie konnte einen sterbenden Mann nicht sitzen lassen, auch wenn sie ihn nicht mehr liebte. O Gott, sie hätte es gern getan, träumte sogar davon. Aber sie hatte nichts mehr von Sean gewollt, vor allem nicht das Schuldgefühl, ihn alleine sterben haben zu lassen.

Vielleicht war das ein Fehler gewesen. Vielleicht hätte sie ihn trotz seiner Erkrankung verlassen sollen. Hätte sie gewusst, dass aus den sechs Monaten drei lange, entsetzliche Jahre werden würden.

»Lily?«

»Was? Oh, hm - das Reisen. Als ich mit dem College fertig war, bin ich nach Mexiko gefahren.«

»Ich nehme dich nach Bora-Bora mit. Das Wasser ist von einem unglaublichen transparenten Türkis, und der Sand ist so fein, dass er unter den Füßen quietscht. Es wird dir gefallen. Hast du schon mal geschnorchelt?«

Trotz der klirrenden Kälte und ihres sichtbar in der Luft hängenden Atems überrollte Lily bei der Vorstellung, sich knapp bekleidet auch nur irgendwo in Dereks Nähe aufzuhalten, eine Hitzewelle. Ein Vision legte sich über die weiße Winterlandschaft. Ein Strand mit weißem heißem Sand, kristallklar türkises Wasser, die Schreie der Möwen. Und Derek, der nichts trug außer einem Lächeln und goldener Bräune.

»Hast du Probleme beim Atmen«, fragte er besorgt.

»Die Höhe ...«

»So hoch sind wir nicht. Ich habe die Hunde ein bisschen zu sehr angetrieben und war abgelenkt«, log Lily gepresst. An Derek zu denken, wirkte besser als eine Thermodecke. »Wo waren wir? Ach, ja. Das Schnorcheln. Letztes Jahr hat mich Zephyr in den Wassertrog geschubst, wenn das gilt. Doch glaub mir, was da im Wasser getrieben ist, hatte nichts mit tropischen Fischen zu tun.«

Derek lachte ihr ins Ohr, und sie lächelte über den tiefen vollen Klang. »Du fährst oft auf die Fidschi-Inseln, oder?«, fragte sie neugierig.

»Nicht so oft, wie ich gerne möchte«, sagte er abwesend. Was für ein Trottel war er eigentlich, fragte er sich wütend. Warum hatte er diese Flitterwochen ansprechen müssen? Dummer Vollidiot. Natürlich waren sie kaum aus dem Zimmer gekommen, Jesus. Sean hatte ihm nach seiner Rückkehr postwendend alle erotischen Details seiner kanadischen Flitterwochen erzählt. Die beiden hatten jede Sekunde im Bett verbracht. Und kaum eine davon schlafend. Verdammt und zur Hölle. Sogar jetzt, nach all diesen Jahren, hatte er noch die Bilder von Lily im Kopf und was sie auf ihren Flitterwochen angestellt hatte. Nur dass dabei *er* Seans Platz einnahm.

Er entdeckte eines der berühmten gelb reflektierenden Iditarod-Highwayschilder mit der *WATCH YOUR ASS*-Aufschrift. Er trat auf die Bremse, um das Gespann zu verlangsamen, fuhr vorsichtig weiter und versuchte, sich auf die vor ihm liegende Aufgabe zu konzentrieren.

»Ich weiß es zu schätzen, dass du nach Seans Erkrankung nicht mehr so häufig verreist bist«, sagte Lily in sein Ohr.

Sie waren bei T-FLAC nicht unbedingt in Freudentänze ausgebrochen, aber er hatte Lily mit der Sorge um Sean und all der Arbeit auf der Ranch nicht allein lassen können. Er hatte verdammt gute Leute auf der Ranch, darunter einen Vormann, dem er ein obszönes Gehalt bezahlte und zwar aus zweierlei Gründen: zum einen, weil er gut war, und zum anderen, weil er nicht wollte, dass irgendwer ihm Ash abwarb. Sein alter T-FLAC-Kumpel war unersetzlich, und das wusste er auch.

»Ich wollte einfach nur da sein, Lily. Für *dich*.«

Lily seufzte. Das Geräusch knisterte über das Mikrofon direkt in sein Ohr und von da in seine Seele. Er runzelte die

Stirn und wartete darauf, dass sie seine Fürsorglichkeit abtat, wie schon so oft zuvor. Aber das tat sie nicht. Vielleicht lag es an der Anonymität; daran, dass sie ihm beim Sprechen nicht in die Augen sehen musste, jedenfalls schien sie so aufrichtig zu sein, wie schon seit Jahren nicht mehr.

»Ich habe vielleicht nie viele Worte darum gemacht«, sagte sie mit leiser, wehmütiger Stimme. »Aber ich war dir sehr dankbar dafür, Derek. Ich weiß nicht, wie ich all das hätte schaffen sollen, wärst du nicht in der Nähe gewesen.«

Es freute ihn, sie das sagen zu hören, aber er wusste, dass sie es natürlich ohne ihn geschafft hätte. Eines der Dinge, die er so an ihr liebte, war ihr Rückgrat. Sicher, sie konnte höllisch stur sein - aber sie war loyal bis auf die Knochen. Sean hatte ihre ganze Loyalität gehabt und sie nicht verdient. Aber Lily lebte nach ihren eigenen Regeln, wie Derek im Laufe der Jahre festgestellt hatte. Ihr Kern war aus solidem Stahl. Sie konnte sich verbiegen, wenn sie musste, doch sie würde niemals brechen.

Es hatte ihm ein Loch ins Herz gerissen, sie mit ihrer Praxis, den Hunden *und* Sean kämpfen zu sehen. Aber sie war nicht aufzuhalten gewesen. »Du hättest es geschafft«, sagte er. »Du bist die stärkste Frau, der ich je begegnet bin, Lily.«

Er war nicht kaltherzig, doch Seans Sterben hatte sich gottverdammte drei lange Jahre hingezogen. Derek wusste, dass es für den Mann, den er einst seinen Freund genannt hatte, die Hölle gewesen war. Sean hatte jeder Stufe des langsamen Verfalls das Äußerste abgerungen. Er war weder tapfer noch stoisch gewesen. Und er hatte Lily jeden Schritt dieses schmerzhaften Weges mitgezerrt.

Sie war irgendwann selber bleich und ausgelaugt gewesen, hatte Sean klaglos gepflegt. Nie hatte sie mit einem Wort oder einer Geste verlauten lassen, dass sie für ihren sterbenden Gatten etwas anderes als hingebungsvolle Liebe empfand. Doch Derek war sich relativ sicher, dass Lily zu dieser Zeit bereits von Seans Missetaten gewusst hatte. Ihr Verstand war rasiermesserscharf. Wie hätte sie *nicht* von den anderen Frauen wissen sollen?

Die Frage war, hatte sie Sean auch weiterhin geliebt? Ihn wirklich geliebt, trotz allem, was sie wusste? Er glaubte es nicht, doch wie, zur Hölle, sollte ein Mann sich da sicher sein? Es wäre jeder Frau schwer gefallen, diese Weibergeschichten, die Lügen und die Machenschaften zu verzeihen. *Falls* sie von alledem gewusst hatte.

Warum hatte sie dem Hundesohn nicht in die Eier getreten und war gegangen?

Weil sie war, wie sie ist, dachte Derek mit einer Mischung aus Frustration und Bewunderung. Lily war eine loyale, starke Frau, die nicht einmal vor den schlimmsten Aufgaben zurückscheute, sobald sie eine Verpflichtung eingegangen war. Komme, was da wolle, sie hatte Seans Erkrankung mit ihm durchgestanden. Bis zum bitteren Ende. Wäre sie der Typ Frau gewesen, der Sean im Stich gelassen hätte - auch wenn der es verdient gehabt hätte -, sie wäre nicht die Frau gewesen, die Derek liebte.

Es machte sie zu dem, was sie war. Auch wenn Derek sie am liebsten geschüttelt hätte, so viele Jahre, wie sie an einen Mann verschwendet hatte, der sie nicht zu schätzen wusste.

In seine Bewunderung mischte sich die Sehnsucht, das schmerzliche Verlangen, geliebt zu werden. Von ihr.

»Weißt du ...«, hob Lily an, und von jeder Silbe baumelten die Warnflaggen, »es wäre leicht gewesen, Sean den Rücken zu kehren. Für dich genauso. Das haben wir gemeinsam.«

»Ich hätte dich niemals allein gelassen«, versicherte Derek. Irgendwo im hintersten Winkel seines Hirns wollte er Lily wissen lassen, dass seine einzige Sorge damals wie heute ihr galt.

»Du hast mitgeholfen, eine entsetzliche Situation erträglich zu machen«, fuhr sie fort. »Und es war nicht nur Seans Krankheit. Es war ...«

»War was?«

Er hörte ihren langen Seufzer, dann sprach sie weiter. »Nichts. Er war dein Freund, und er ist tot. Belassen wir es dabei.«

Derek hatte nicht die Absicht, Lily jemals die Wahrheit über Sean zu erzählen. Was hätte das bringen sollen? Was sie wusste - falls sie etwas wusste - war genug. Es gab so etwas wie einen Overkill. Nein. Er würde keine schlafenden Hunde wecken.

Lily war die Art von Frau, die er brauchte. Bedingungslos loyal, stark, unabhängig. Sein Leben war beileibe nicht normal. Er brauchte eine Partnerin, die mit seinem Beruf umgehen konnte. Die mit dem Getrenntsein klarkam und damit, nicht auf dem Laufenden gehalten zu werden. Lily hatte schlicht alles, was er sich je von einer Frau erhofft hatte.

Doch wenn sie eines verabscheute, dann belogen zu werden. Er würde ihr alles über seine Position bei T-FLAC erzählen müssen. Er hatte es schon viel zu lange aufgescho ... »Jesus!«

Er und sein Gespann waren die ganze Zeit talwärts unterwegs gewesen, waren im Zickzack durch den Wald gefahren, während er sich mit Lily unterhalten hatte. Plötzlich ging es einen steilen Abhang hinunter, und direkt vor ihm stand ein überflüssiges Warnschild. GEFäHRLICHE STRECKE.

Ach, nein! Er hätte blind sein müssen, nicht mitzubekommen, dass der Weg hinter der Kante eines Abhangs verschwand.

Nicht einmal Lilys warmes Lachen konnte die böse Vorahnung vertreiben. Derek stieg mit voller Kraft auf die Bremse und klammerte sich an seinem Schlitten fest.

»Du hast den Anfang der Happy-River-Terrassen erreicht, stimmt's?«

Ihre Stimme klang belustigt.

Er grunzte, sprach schnell ein leises Gebet, dann fuhr er sacht und vorsichtig über die Kante und diagonal über die Vorderseite einer extrem - allmächtiger Gott! - extrem steilen Stufe. Es bedurfte Nerven aus Stahl, nicht nach unten zu sehen.

»Bleib in der Spur.« Lilys Stimme war ruhig.

Sein Herz pochte so heftig wie damals in Bangkok, als er in einer Seitenstraße auf elf voll bewaffnete Gangster getroffen war. »Die ist nicht der Rede wert«, sagte er rundheraus und zog an der Leine. Es waren nicht genug Gespanne vor ihm, die eine Fahrspur hätten hinterlassen können.

»Lass die Bremse unten«, sagte Lily, »und vertrau den Hunden. Die haben das schon mal gemacht.«

Verdammt, *er* hatte es auch schon mal gemacht. Letztes Jahr. Aber es jagte ihm immer noch eine Höllenangst ein. Lieber täglich ein durchgeknallter, bis an die Zähne bewaffneter Terrorist, da konnte er wenigstens zurückballern. Hier konnte er nur beten und hoffen, dass seine Hunde zuverlässig waren und flink auf den Füßen.

Zwanzig Meter weiter kippte der Pfad fast weg. Er und sein Schlitten lagen fast schon auf der Seite. Die Muskeln in Dereks Rücken und Armen spannten und pochten, während er den Abwärtsschwung von Hunden und Schlitten zu kontrollieren versuchte. Seine Herz raste, sein Blick verschwamm und schärfte sich wieder.

Am Fuß der Stufe war ein flacher Abschnitt, das wusste er. Es erschien ihm unendlich weit bis dahin zu sein. Doch er behielt es im Kopf, während sie im Schneckentempo vorankrochen.

»Bist du schon unten?«, fragte Lily zehn Minuten später.

»Hast du etwa mein erleichtertes Seufzen gehört?«, fragte Derek amüsiert, während er das Gespann zum Halten brachte, damit sie sich vor der nächsten Serpentine noch einmal beruhigen konnten. Bis zum sicheren Grund hatten sie noch eine lange Strecke vor sich. Aber ein »Danke, lieber Gott« zu sagen und sich den Schweiß von der Stirn zu wischen war schon in Ordnung.

»Also, dann lass uns zu beten anfangen.« Sie fing selber zu keuchen an, als sie ein paar Minuten nach ihm den

Abstieg in Angriff nahm. »Und nicht nach unten sehen!«, mahnte sie ihn überflüssigerweise. Direkt neben ihm ging es fünfzehn Meter nach unten. Kerzengerade.

»Hör auf, dir meinetwegen Sorgen zu machen, und *konzentriere* dich, verdammt«, sagte Derek barscher als beabsichtigt. Ihm blieb vor Angst die Spucke weg. Lily war fast dreißig Kilo leichter als er, und so viel Kraft sie auch hatte, so viel Erfahrung sie über die Jahre erworben hatte, dieser Abschnitt der Strecke war ein Horrortrip.

Er realisierte, dass er den Atem anhielt und jedes Stück des Abstiegs durchspielte; jedes vorstehende Gebüsch, jede Kurve, jeden ... »Pass auf den abgebrochenen Ast auf, wenn du über die oberste Kante fährst«, erinnerte er sich. »Siehst du ihn?«

»Ja. Danke.«

»Bleib in der Spur.«

»Glaub mir, das tue ich.«

Er stellte sich ihre behandschuhten Hände vor, die fest den Haltebügel umklammerten. Den grimmig konzentrierten Ausdruck in ihrem Gesicht. Er konnte das Weiß in ihren Augen sehen und die Röte auf ihren Wangen.

»Ich. Komme. Ganz. Langsam. Runter », versicherte Lily, einen belustigten Unterton in der Stimme.

Derek schaute nach oben und wartete darauf, sie um die Kehre kommen zu sehen und wieder atmen zu können. Es war noch nichts von ihr zu sehen, aber die Wolken hingen zum Anfassen tief, schmutzig weiß, schwer und bedrohlich. Es würde bald schneien. Und zwar richtig. Verdammt.

He, lieber Gott, betete Derek im Stillen. Kannst du noch ein bisschen warten, bis Lily auf sicherem Boden ist? Amen.

»Ich könnte morden für eine Tasse Kaff... Was ist das!« Ein ohrenbetäubendes Knirschen schnitt ihr das Wort ab.

Hörte sich wie ein gigantisches Zerren an.

Riss es da eine der riesigen Kiefern aus der Verankerung?

Die Erde bebte. Dereks Hund fingen wild zu bellen an.

Noch während er lauschte, schoss ihm ein Gedanke durch den Kopf - Jesus! Das konnte nicht sein. Da war noch ein anderes Geräusch gewesen. Einen Sekundenbruchteil vor dem Röhren. Eine Detonation. Eine kleine nur, aber nichtsdestotrotz eine Detonation.

Hier oben lauerten alle Arten von Gefahr.

Er löste die Bremse, damit die Hunde, falls nötig, losstürmen konnten. Dann sprang er vom Schlitten und rannte hinauf zur Kehre. »Lily? Wo bist du?«

Als er um die Kurve kam, sah er etwas, das ihm das Herz stocken ließ und seinen ganzen Körper mit kaltem Schweiß überzog.

Die halbe Seite der Anhöhe brach vom Berg weg und stürzte in einer Wolke aus Schnee und Geröll auf die Schlucht zu.

Eine Lawine.

8

»Liii - lyyy!«

Das Herz im Hals, raste Derek um die Kurve, genau in jenem Moment, als die rollende weiße Wand mit der donnernden Gewalt eines Güterzugs auf die Hinterseite ihres Schlittens traf.

Jesus.

Er riss sich im Laufen mit einer Hand die beengende Jacke auf, spürte die eisige Kälte nicht, während er sich auf die Zentralleine zwischen den beiden Leithunden stürzte. Aus dickem Seil und mit Stahl verstärkt, lief sie das ganze Gespann entlang nach hinten zum Schlitten. Und zu Lily.

Seine Hand umschloss das kalte Metall, die Finger wurden sofort vor Anstrengung weiß. Seine Arm- und Rückenmuskeln pochten, während er sich mit aller Kraft darauf konzentrierte, Lilys Gespann festzuhalten.

Die Hunde heulten und bellten wie verrückt, sein eigenes Gespann antwortete von unten. Die Kakophonie aus Geräuschen ließ die Luft erbeben und erfüllte jeden Spalt der engen Schlucht. Für den Bruchteil einer Sekunde, kurz bevor alles zur Hölle ging, trafen sich ihre Blicke, und Derek sah den Schock und das Entsetzen in ihren angstgeweiteten Augen.

Dann fielen Lily und die Wheel Dogs, die dem Schlitten am nächsten waren, in einem Sturz, der ihm das Herz stocken ließ, nach hinten über den Rand des Abgrunds, gefolgt von einer Decke aus Weiß und Braun.

Derek keuchte, und sein Herzschlag torkelte, während er sie von jetzt auf gleich verschwinden sah.

Jesus! - ein Stoßgebet, keine Verwünschung.

»Halt dich fest«, schrie Derek in den aufkommenden Wind. »Um Himmels willen, halt dich fest!«

Er wusste nicht, ob sie ihn noch über das Mikrofon hören konnte. Er betete, dass sie es konnte. Er betete, dass sie am Leben war und bei Sinnen genug, um zu wissen, dass er sie finden würde.

Die dreizehn anderen Schlittenhunde rutschten rückwärts, kläfften wie wahnsinnig, wussten um die Gefahr. Sie kämpften um Halt, während der schneebedeckte Schlitten sie unerbittlich nach hinten zerrte.

Die Leithunde Arrow und Finn stemmten die Schultern ins Geschirr und kämpften darum, den Rest des Gespanns nicht in die Schlucht stürzen zu lassen, während von oben Schnee und Geröll auf sie einprasselten.

»Gute Hunde. Brave Hunde«, keuchte Derek, hielt die Zentralleine umfasst, grub die Absätze in die bebende Erde und versuchte, den Hunden zu helfen. Verdammt, er hätte selber Hilfe gebraucht, um das Gespann hochzuziehen.

»Wir schaffen das. Gute Hunde. Kommt. Noch einen Schritt. Und noch einen. Ja!« Die Hunde stemmte sich vorwärts, tapfer, stark und bereit, um ihr Leben zu kämpfen. Sie machten Fortschritte, wehrten sich dagegen, nach hinten zu rutschen. »Noch einen. Gute Hunde. Noch einen.« Opals und Denys Köpfe tauchten über der Kante auf. Derek hangelte sich am Gespann entlang und packte sie an den Halsleinen, spannte jeden Muskel, um sie auf ebenes Gelände zu ziehen. »Gute Hunde. Gute Hunde. Lily? Kannst du mich hören?«

Er lobte die Hunde unablässig und versuchte verzweifelt, sie auf festen Boden zu bekommen. In den aufgewühlten wei-ßen Wolken war nichts von Lily zu sehen. »Bitte, sei gesund«, murmelte er hinter zusammengebissenen Zähnen. »Lily, Süße, gib mir ein Zeichen.« Er erinnerte sich daran, dass sie da sein musste, an den Schlitten angeseilt war. Sie hielt sich bestimmt fest und tat alles, was sie tun konnte. Was praktisch nichts war. Er musste sich irgendetwas anderes überlegen. Etwas, das das Abrutschen des Gespanns endgültig unmöglich machte. Denn falls es abrutschte, würden sie alle sterben.

Derek schlug die Tür zum Angstzentrum seines Hirns mit lautem Knall zu.

Geh ja nicht da rein, sagte er sich, und war doch kalt vor Angst. Um Himmels willen, geh nicht da rein.

Er nutzte sein gesamtes Körpergewicht, um den Hunden zu helfen. Die Tiere arbeiteten ihm zu. Sie wussten, was Hilfe war, wenn sie welche bekamen. Aber sie hatten angstgeweitete Augen, und ihre Füße rutschten und schlitterten über den sich konstant bewegenden Boden.

Mit seiner Hilfe kämpften sie um jeden Millimeter, während die Erde grollte und bebte. Schnee und Geröll schoss empor, als wolle der Boden selbst sie abschütteln.

Es gelang ihm, sie Zentimeter um hart erkämpften Zentimeter vorwärts zu ziehen. Sein Rücken schrie. Seine Armmuskeln flehten um Gnade, aber er ließ nicht nach. Konnte sich und die Hunde nicht aufgeben lassen. Mehr mit Willens- als mit Körperkraft zog er sie so weit er konnte zur linken Bergseite, wo ein paar von ihnen vor Hagel aus Schnee und Geröll geschützt waren, doch sie rutschen einen guten Meter weiter ab.

Eineinhalb Meter.

Zwei.

Derek kämpfte um ihrer aller Leben, während er mit dem Gespann ins Rutschen geriet und wie auf Skiern über den Schnee schlitterte. »Nein«, schrie er und grub die Absätze in den Boden, zog Furchen durch den weichen Schnee und das Geröll. »Heja!« Als zögen sie nicht längst. Die Hunde gaben ihr Letztes. Mit bebenden Oberkörpern und hängenden Zungen, ihre Flanken zogen sich zusammen, ihr Atem mischte sich in die wirbelnden Schneeflocken.

Ein Fehlschlag war keine Option.

Mit fast übermenschlicher Kraft zog er die Hunde erneut nach vorn, machte verlorenen Boden gut. Rio und Grady hievten sich wieder nach oben. Er würde nicht loslassen. Er würde Lily und das Gespann nicht verlieren. Bei Gott, er würde nicht am Rand des Abgrunds stehen und ihren zerschmetterten Körper anstarren.

Finns und Arrows Vorderläufe hoben sich komplett vom Boden, während Derek mit all seiner Kraft zog. Er spürte jeden Muskel und jede Sehne arbeiten, und er dankte Gott für seine körperlichen Fähigkeiten und das gnadenlose Training. Er würde heute jedes bisschen seiner Kraft brauchen.

Es dauerte fünf Minuten, bis die Erde sich so weit beruhigt hatte, dass die Hunde ruhigen Stand fanden. Er hatte sie. Fest. Sie rutschten nicht weiter ab.

Und jetzt Lily. *Bitte, lieber Gott, Lily.*

»Ihr kriegt heute ein Extraleckerli«, teilte er den Hunden schnaufend mit und versicherte sich, dass sie nicht immer noch nach hinten gezogen wurden. Zufrieden, zumindest für den Moment, trat er einen Schritt zurück. »Festhalten. Stillgestanden.«

Er hatte die obligatorische Schaufel auf seinem Schlitten. Aber er würde nicht das ganze Stück zurücklaufen, um sie zu holen.

Er hatte keine Sekunde zu verlieren und warf sich praktisch auf die zerklüftete Kante des Pfads.

Schlitternd, rutschend, auf Händen und Füßen. *Halte dich tief über dem Boden, der Balance wegen.* Wo? Ein schneller Blick, und er hatte den baumelnden, schneebeladenen Schlitten lokalisiert. Er schob sich über den steilen Abhang. Der einzige Grund, vorsichtiger vorzugehen als sein kreischender innerer Alarm es forderte, war die Tatsache, dass, wenn er abstürzte, es auch Lilys Tod sein würde.

Er manövrierte akribisch, krebsartig, näherte sich dem Schneeklumpen, unter dem sich der Schlitten und seine kostbare menschliche Fracht verbarg, in den Abhang gegraben, bedrohliche fünfzehn Meter über dem Abgrund.

»Lily, sag etwas«, schrie er aus drei Metern Entfernung. »*Lily*. Sag etwas!«

Vor vielen Jahren, auf einem seiner ersten T-FLAC-Einsätze, waren Derek und sein Team in einem abgelegenen Hochgebirgszug der Anden ins Lager einer kleiner Terrorgruppe eingeschleust worden. Er war passenderweise fast vor Angst gestorben. Aber nie zuvor hatte er etwas erlebt, das dem blanken Horror so nahe kam wie das hier.

Seine Angst um sich selbst reichte nicht annähernd an die um Lily heran. Es war, als vergliche man eine Kaulquappe mit einem Killerhai.

Damals hatte eine Lawine ihn selbst verschüttet, drei von sieben Männer getötet und einem Mann Erfrierungen und einen Beinbruch zugefügt. Derek hatte eine gesunde, Furcht einflößend realistische Vorstellung davon, wie lange Lily unter diesen Schneemassen überleben konnte.

»Lily?«

Er arbeitete sich vor, prüfte die Textur des Schnees, der sie und den Schlitten bedeckte. Leicht und flaumig. Sie hatte eine höhere Überlebenschance, weil sie Luft bekam. Schwerer, nasser Schnee, wie es ihn hier gleichfalls gab, konnte zum Erstickungstod führen. Er hatte nicht einmal die Finger bewegen können, als er verschüttet worden war. Es war das erste Mal gewesen, dass ihm seine eigene Sterblichkeit bewusst geworden war.

Und es war, verflucht noch mal, nicht das letzte Mal gewesen.

Er redete weiter auf sie ein, brüllte Unsinn, während er das letzte Stück zurücklegte. Er musste glauben, dass sie ihn hören konnte, stellte sich vor, wie sie ihm schneidend auf alles, was er sagte, Antwort gab.

»Du wirst noch jede Menge Schwierigkeiten kriegen, so wie du mich aufhältst, Lily«, schrie er und suchte nach einem Zeichen, einer Spur von ihr. »Wenn du glaubst, du könntest mich so am Gewinnen hindern, bist du verrückt. Ich rette dich jetzt erst mal, aber dann besiege ich dich.«

Nichts, verdammt noch mal. Nichts. »Ich bin bereit, dir eine halbe Stunde zum Ausruhen zu geben, aber mehr nicht, und dann ist Schluss mit lustig.« *Bitte, lieber Gott, lass mich sie finden.*

Er musste sie unbedingt schnell finden. Die meisten Lawinenopfer hielten unter dem Schnee noch dreißig Minuten durch, bevor ... »Antworte mir, verdammt!«

»Vielleicht würde ich das ja, wenn du nur lange genug mit dem Gequassel aufhören würdest!«, ertönte Lilys erstickte, verärgerte Stimme in seinem Ohr.

Die Erleichterung war wie eine Droge. Sie flutete seine Adern, ließ ihm den Kopf schwirren und sein Herz vor Freude bis zum Hals schlagen. »Das ist mein Mädchen.«

»Bla, bla, bla.« Ihre Stimme war kaum hörbar, aber wütend.

»Hol mich hier raus, ja. Ich friere mir sonst noch den ... Mir ist so ka... Derek?« Die gespielte Tapferkeit schwand aus ihrer Stimme. »Bitte. Mach schnell.«

Für eine Kälte wie diese stand kein passendes Wort im Wörterbuch. Sie brannte und biss, krallte sich in ihre Haut; sie kroch durch jeden Saum, jedes Knopfloch, jeden Riss, bis sie so heftig zitterte, dass sie nicht mehr sagen konnte, ob sie selbst es war, die sich bewegte, oder ob der Schlitten mit ihr und den Hunden auf einen spektakulären Tod in der Schlucht zustürzte. Irgendwie hatte sie es geschafft, im Fallen den Ellenbogen über die Nase zu schieben, so dass sie wenigstens atmen konnte. Aber es war unerbittlich schwarz und kalt wie in einem Grab - *Oh, verdammt. Lass mich nicht dahingehen.*

»Nicht bewegen, okay?«, rief sie den unsichtbaren Hunden zu. Melba winselte. Dingbat war wirr wie immer und kläffte sein Ich-habe-keine-Ahnung-was-hier-los-ist-Bellen. »Wir kommen aus diesem Schlamassel wieder raus«, schwor sie den Hunden, entsetzt, dass sie den Rest des Gespanns nicht hören konnte. »Und wir machen Derek und seinem Gespann die Hölle heiß, verstanden?« Sie hoffte, der Satz würde nicht unter der Rubrik »Berühmte letzte Worte« in die Geschichte eingehen.

»Verschwende nicht so viel Luft mit Reden«, sprach Derek nun ruhig in ihr Ohr. »Bis auf dich und die Wheel Dogs sind alle in Sicherheit. Halte dich fest. Ich weiß, wo du bist. Ich habe dich in ein paar Minuten draußen.«

Ihr rechter Arm lag fest an ihrer Seite, der linke über dem Gesicht. Da ihr das Blut nicht im Kopf pochte, vermutete sie, dass sie nicht kopfüber hing wie eine verschreckte Fledermaus in einer schwarzen Eishöhle. Sie wackelte mit den Fingern der rechten Hand. Siehst du?, dachte sie optimistisch. So schlimm ist es gar nicht.

Sie nahm all ihre Kraft zusammen und riss den rechten Arm nach oben. Er bewegte sich ungefähr drei Zentimeter. Er hatte keinen Sinn, die Zeit mit Angsthaben zu verschwenden. Dazu war später noch genug Zeit. Sie musste Derek helfen, sie und die Hunde zu retten. Oh, Gott! Die armen Hunde. Melba hatte schon einiges mitgemacht, sie schaffte das schon. Aber Dingbat musste ein zitterndes Häuflein Angst sein.

»Verdammt.« Sie versuchte erneut, den Arm zu bewegen. Er bewegte sich ein paar Zentimeter nach oben. »Haltet durch, meine Süßen. Es sieht gut au... Ah!«

Der Schlitten, die Hunde, der Schnee... und *sie*, alles rutschte nach unten. Rückwärts.

Die Hunde jaulten panisch.

Sie auch.

Ihr Herz hüpfte in den Hals und flatterte dort wie ein gefangener Vogel.

OGott oGott oGott oGott.

»Um Gottes willen, Lily!« Dereks Stimme klang erstickt, aber der Ton war kristallklar. »Hör auf, dich zu bewegen!«

»Kein Problem«, flüsterte sie, ohne die Lippen zu bewegen. Hatte sie die Augen zu? Sie wusste es nicht.

Derek war ganz in der Nähe. Sie wusste ohne den Schatten eines Zweifels, dass er sie so schnell wie menschenmöglich ausgraben würde. Und so selbstständig sie auch war, sie konnte nichts tun, um ihm behilflich zu sein, nur warten. Sie war nicht gut im Warten. Einfach keine Geduld, wie ihre Mutter oft festgestellt hatte.

Oh, großartig, Lily Marie! Denk nur an deine Mama, ausgerechnet jetzt. Ihre Mutter hatte es lachend zu ihr gesagt, und es war das Letzte, was sie zu ihr gesagt hatte.

Lily und ihre Eltern waren in Dads zweimotoriger Maschine nach Billings geflogen, um Weihnachtsgeschenke zu kaufen. In dem Jahr, als Lily acht geworden war. Ihr Vater war ein exzellenter Pilot, aber seine Familie hatte er nur selten mitgenommen. Die Cessna 172 war fürs Geschäft, wenn es zu weit war, um mit dem Truck zu fahren. Also war es etwas ganz Besonderes gewesen. Sie und ihre Mama hatten ihre besten Kleider angehabt und wegen der Kälte dicke Daunenmäntel und schwere Stiefel angezogen. Der Schnee war in diesem Jahr ganz besonders schön gewesen. Weich und unglaublich weiß.

Lily hatte sich einen Barbie-Campingwagen gewünscht und war ziemlich sicher gewesen, dass sie in der Stadt einen kaufen würden.

Mama hatte so gut gerochen. Sie hatte Lily für die Reise sogar ein bisschen von ihrem Parfüm abgegeben. Im Flugzeug hatte es nach Corolina Herrera gerochen und dem Antiseptikum aus Dads Arzttasche, die am Boden neben Lily gestanden hatte. Es hatte auch ein bisschen nach Pferdedung gerochen. Lily hatte sich nicht entscheiden können, welchen der drei Gerüche sie am liebsten hatte. Sie war in diesem Sommer vom Dach gefallen, hatte sich ein Bein gebrochen und mochte Höhe nicht mehr besonders. Als das Flugzeug über die Startbahn vibriert war, hatte sie die Augen zugekniffen und sich vorgestellt, wie Ballerina Barbie in ihrem neuen Camper fuhr.

Ihr Magen hatte diesen komischen Hüpfer getan, und sie hätte sich am liebsten übergeben, als das Flugzeug abgehoben hatte. Sie wusste, dass es nicht tapfer war, die Augen zuzukneifen, also hatte sie sich gezwungen, sie aufzureißen und während sie kreisten nach unten auf die roten Dächer ihres Hauses und der Nebengebäude zu schauen. Ihr Magen war gar nicht glücklich. Aber sie hatte es trotzdem getan.

Da war Cinnamon, der kupferfarbene Fleck neben der Scheune. Die Stute hätte drinnen sein sollen, wo es warm war, aber ihr Pferd liebte den Schnee. Heiliger Bimbam, waren sie weit oben. Cinnamon wurde kleiner und kleiner, je höher sie stiegen.

Lilys Augen waren nahezu ausgetrocknet, weil sie entschlossen war, sie nicht zuzumachen. Ihre Augäpfel waren trocken, ihr Mund war trocken, und ihr Herz pochte richtig, richtig fest. Sie konnte aus dem Augenwinkel sehen, wie der Spitzenbesatz vorne auf ihrem Kleid im Takt mit dem Herzschlag wippte, während sie versuchte, nicht in Panik zu geraten, weil sie so weit oben waren.

Sie rutschte unruhig auf ihrem Sitz herum. Das Spitzenkleid juckte. Sie hatte eigentlich ihre Lieblingsjeans anziehen wollen, aber sie wollten nach dem Einkaufen schön zum Essen gehen, und sie war ein Mädchen.

Vielleicht hing ja das dumme Preisschild noch im Nacken; sie versuchte, nach hinten zu sehen und verhedderte sich in Mantel und Sicherheitsgurt.

»Sitz still, Schätzchen.« Mama drehte sich lächelnd nach ihr um. »Du hast einfach keine Geduld, nicht wahr, meine Prinzessin auf der Erbse. Es macht nichts, wir sind ja gleich da ... Oh! Was ist das für ein Geräusch, John?«

Einer der Motoren hustete und würgte. Ihr Vater fluchte. Ihr Vater fluchte nie. Lily schaute zwischen dem bleichen Profil ihrer Mutter und Daddys Hinterkopf hin und her. »Daddy?«

»Jesus«, sagte Derek, und sah sie durch das Loch an, das er in den Schnee gegraben hatte. »Hast du dir den Kopf gesto-ßen?«

Lily zwinkerte wirr und orientierungslos. »Was?«

»Du hast mich gerade ›Daddy‹ genannt.«

Sie runzelte die Stirn. »Hab ich nicht.«

Sie brauchte eine Weile, um zu fokussieren, aber sie wirkte einigermaßen aufgeweckt. Derek verbiss sich ein

Lächeln. Sie sah wie ein zerzaustes Eulenkind aus, das aus dem Nest lugte. Aber sie hatten jetzt keine Zeit für Scherze. Lilys Lage war höllisch prekär. Der Schlitten hing über der Kante eines Abhangs in einem Haken aus, Gott sei Dank, ziemlichen standfesten jungen Bäumen. Doch dieser Haken konnte innerhalb eines Herzschlags brechen.

Sich zu ihr durchzugraben war anstrengend und frustrierend zeitraubend gewesen. Er hatte nichts lostreten wollen und nur mit den Händen gegraben, während er genauso wackelig wie sie an diesem instabilen Abhang klebte.

Er hatte mit zusammengekniffenen Augen nach der kleinen, verräterischen Dampfwolke Ausschau gehalten, um die genaue Position Lilys, ihres Schlittens und der beiden Hunde zu bestimmen.

Sie war immer noch bis zu den Schultern verschüttet. Aber abgesehen davon, dass sie ein wenig benommen und wirr wirkte, schien sie gesund und munter zu sein.

»Bereit zum Aussteigen, oder willst du noch die Aussicht genießen?« Der Abhang war spektakulär und Furcht einflößend. Sie hatte nicht einen einzigen Blick riskiert. Ihre Augen fixierten, zu seinem sehr realen Amüsement, seinen Hosenschlitz, der sich auf ihrer Augenhöhe befand.

Er hätte das weit mehr genießen können, wenn ihr Blick nicht so glasig und verängstigt gewesen wäre und sie nicht bis zum Hals im Schnee gesteckt hätte. »Alles in Ordnung mit dir, Lily?«

Sie leckte sich die Lippen. Ein schnelles Zucken der rosaroten Zunge. Eine nervöse Geste, was sie mit Nachdruck abgestritten hätte. Trotzdem schoss ihm die Hitze in die Lenden.

»Sobald du mich hier raus hast, sicher. Mein Hintern fühlt sich wie tiefgefroren an.« Die Antwort kam ein wenig zittrig, war aber typisch Lily. Sie zwinkerte nicht, richtete ihre Aufmerksamkeit auf ihn, nicht auf die Schlucht, und er brauchte sich nicht erst zu fragen, ob ihre Flugangst auch ihr Verhältnis zur Höhe in Mitleidenschaft zog.

Er machte kurzen Prozess mit dem Schnee um ihren Oberkörper, und als sie den Arm frei hatte, half sie mit. »Langsam und methodisch. Langsam und methodisch«, mahnte Derek sie zur Vorsicht, als sie wild um sich schlug.

»Yeah.« Sie warf einen besorgten Blick nach oben, wo sie ihr Gespann hören, aber nicht sehen konnte. »Du hast Recht. Sind die anderen alle in Ordnung?«

»Beunruhigt, aber standhaft«, sagte er trocken. »Immer weiter graben.«

Gott sei Dank war ihre Jacke aus Gore-Tex und wasserdicht; sie hatte sich passend zum Klima und zum Terrain angezogen. Ihr war kalt, aber das würde er wieder hinbekommen. »Kannst du den Rest abschütteln?«, fragte er, als ihr Unterkörper sichtbar wurde.

»Darauf kannst du wetten, mein Junge.« Sie kickte vorsichtig den Schnee weg, der ihre Beine umfangen hielt und wischte, was sie konnte, mit behandschuhten Händen weg.

»Irgendwelche Verletzungen?« Er begutachtete sie von oben bis unten.

»Nein«, sagte sie und konzentrierte sich bereits auf das Stück oberhalb des Schlittens, wo die Hunde sein mussten. »Lass uns die Kleinen holen.«

Er streckte die Hand aus. Lily packte sie ohne zu zögern und nutzte die Hebelwirkung, um hintenherum aus dem Schlitten zu steigen. Der ganze Klumpen aus Schnee, Schlitten und Hunden rutschte dabei ein gutes Stück ab. »O Gott.«

Er packte sie mit beiden Händen vorne an der Jacke, um sie zu stabilisieren und zog sie mit einem Ruck an sich. Sie hielt sich an ihm fest, suchte nach Halt, und sie hingen eine Sekunde schwankend aneinander.

Von oben kam ein langes, durchdringendes Heulen, das von einem der verschütteten Hunde stammen musste. »Dingbat«, sagte Lily wie eine Mutter, die ihr Kind am Schreien erkannte. »Halt durch, mein Junge.« Sie legte die

Stirn in besorgte Falten. »Hau den Schnee vom Schlitten, ich befreie die Hunde.«

»Klettere rauf, und warte da. Ich kümmere mich ...« Als er ihre zusammengekniffenen Augen sah, grinste und salutierte er. »Ja, Madam.« Sie war nicht verletzt, nur verängstigt und ausgefroren. Sie warten zu lassen, bis er den Job erledigt hatte, änderte daran gar nichts. Sie die Hunde ausgraben zu lassen schon. Er legte ihr die breite Hand auf den Hintern und schob sie den Abhang hinauf. Sie brüllte ein missmutiges, aber nicht sonderlich aufgebrachtes »Hey!«

»Steig über sie hinauf, bevor du den Schnee in Angriff nimmst«, wies er sie überflüssigerweise an. Lily wusste, was sie tat. Sie würde die Hunde keiner größeren Gefahr aussetzen als sich selbst.

Er hörte ihr zu, wie sie mit leiser, ruhiger Stimme auf die Hunde einredete, drehte ihr den Rücken zu, arbeitete am Schlitten und verringerte den Zug auf die Leinen erheblich, indem er mit bloßen Händen ganze Massen Schnee und Geröll aus dem Schlittensack warf.

»Sie frieren und haben Angst, aber sie sind okay«, schrie Lily nach unten.

Nicht etwa, *Wie geht es dir, mein Held?*, dachte Derek trocken. Alles drehte sich um die Hunde. »Klar zum Losfahren?«, rief er nach oben und schüttelte den Haltebügel, um sicherzugehen, dass alles frei war.

»Was ist mit den kleinen Bäumen da, in die sich der Schlitten verhakt... Oh! Wow, wie machomäßig von dir«, sagte sie von ehrfürchtiger Dankbarkeit erfüllt, als er 300 Pfund Schlitten und Ausrüstung über die kleinen Bäume schob, die dem Schlitten jetzt von unten Halt gaben und ihn nicht abrutschen ließen.

Er erwog kurz, eines der kleinen Bäumchen, die ihr das Leben gerettet hatten, auszugraben und in Bronze gießen zu lassen. »Also los!«

»*Heja!*«, rief Lily den Hunden zu. Mit ohrenbetäubendem Jaulen und Gebell zogen alle fünfzehn an dem beladenen Schlitten, um ihn auf die Strecke zurückzubringen. Es mochte im Zeitlupentempo vorangehen, aber es ging voran.

Derek kletterte zu Lily hinauf, die sich, ein Bein nach hinten gestreckt, das andere an den Schlitten gewinkelt, mit aller Kraft gegen den Schlitten stemmte, um den Hunden zu helfen.

Ihr Gesicht war rot vor Anstrengung und Kälte, und sie hatte einen entschlossenen Zug um den Mund. Er war voll der Bewunderung. Sie verschwendete keine Zeit damit, sich selbst zu bemitleiden, war nicht hysterisch, weil sie von einer Lawine verschüttet worden war. Sie stand einfach auf, klopfte ihre Sachen ab und setzte sich in Bewegung. Gott. Gab es auf dieser Welt noch eine zweite Frau wie sie?

Wenn sie es nur in ihr starrsinniges Hirn bekommen hätte, dass es nicht *Sean* gewesen war, den sie geliebt ...

Endlich, endlich waren sie oben auf dem Weg.

Derek streckte die Hand aus und klopfte ihr den Schnee von der Mütze.

Er fing ihren Blick ein, der eher golden als braun war. Sie sah zu ihm auf, als könne sie die Augen nicht von ihm lassen. Er legte die Hand an ihre Wange und gestattete sich das perverse Vergnügen, den Anflug von Überraschung in ihren Augen auszukosten, bevor er den Mund auf ihren malmte.

Sie ließ ein kleines, erstauntes *Hmpf* hören.

Danke, dachte er und drängte die Zunge in ihren süßen warmen Mund. Danke, lieber Gott, dass du sie für mich gerettet hast.

Er war nicht sacht. Sie auszugraben, hatte ihm die Fähigkeit dazu genommen. Er hielt ihren Kopf in seiner Hand und plünderte ihren Mund, nahm sich nicht die Zeit, den unvergesslichen Geschmack auszukosten. Nein, dieses Mal war alles Hitze und Lust, rauschendes Blut und pochender Puls.

Die Hitze überrollte Lily und jagte die markerschütternde Kälte aus ihren Knochen, die sie gerade eben noch verspürt hatte. Das donnernde Geräusch ihres Bluts übertönte alle Warnglocken.

Seine Hände - sie hätte schwören können, dass sie die Wärme seiner Hände bis unter die dicke Fleecejacke spürte. Sein Atem strich warm über ihr Gesicht. Der Druck seines Körpers, der sich ihrem anpasste, war heiß. Vermutlich stieg ihr schon Dampf aus dem Kopf.

»Du Idiot.« Lily klammerte sich mit Fäusten an seiner Jacke fest. »Wir hätten abstürzen können.«

»Sind wir aber nicht.«

»Reines Glück.«

»Keine Chance, Süße. Ich habe mir diesen Kuss mit harter Arbeit verdient.«

»Ja?« Sie lächelte zu ihm auf, weil sie verdammt genau wusste, dass er ihn verdient hatte. »Ja, und womit habe ich ihn verdient?«

»Unter einem Glücksstern geboren, schätze ich.«

»Egoistischer Arsch«, verkündete sie dezent.

»Ich merke es, wenn eine Frau mich will.« Er sah ihr in die Augen. »Und ich will dich. Ich habe nie den Mund aufbekommen. Ich habe genug davon, mich zu verstellen.«

Sie wand sich wie ein Fisch am Haken und sagte: »Sean...« Es war bestenfalls halbherzig. Aber sie hatte es versucht.

»... ist tot.« Derek legte seine großen Hände um ihr Gesicht, damit sie nicht wegsehen konnte. »Ich nicht. Gewöhn dich an den Unterschied. Gewöhn dich an meinen Mund auf deinem. Und meine Hände. Zur Hölle - fang endlich an, ernsthaft darüber nachzudenken, wie es wäre, wenn wir beide nackt wären.«

Lilys Herz vollführte einen Salto. »Gott. Du bist wirklich erstaunlich. Du sagst, dass du mich willst, und denkst, damit*hättest* du mich. Okay, du willst mich. Für wie lange?«

»Welche Antwort erwartest du wohl? ›Bis wir beide genug voneinander haben‹?«

»Das wäre die ehrliche Antwort, ja.«

»Aber es ist nicht die Antwort, die ich dir gebe.«

»Nicht? Wie lange hat deine längste Beziehung gedauert?«

»Das hat nichts ...«

»Einen Monat? Zwei Monate?«

»Ich war vier Jahre lang in eine Frau verliebt.«

»Wirklich? Und hast dich immer noch nicht erklärt?« Sie schüttelte den Kopf. »Hier kommt mein Schlussplädoyer: Etwas Vorübergehendes will ich nicht, und an etwas Permanentem bin ich nicht interessiert. Zum Glück für uns beide betrachte ich mich nach wie vor als verheiratet, auch wenn Sean nicht mehr ist. Also krieg es endlich in deinen Kopf rein, dass ich meinen Ehemann immer noch liebe, und lass mich in Ruhe.«

O Gott. Für eine derartige Lüge würde sie in die Hölle kommen. Aber das war ihr immer noch lieber, als Derek ein Schlupfloch zu bieten, durch das er sich in ihr Herz schleichen konnte. Sie fragte sich, ob sie Sean *je* geliebt hatte. Traurigerweise glaubte sie nicht, dass er *sie* je geliebt hatte. Sein bester Freund hatte sie gewollt, und Sean hatte sie ihm vor der Nase weggeschnappt wie eine Jahrmarkttrophäe.

Sie war eine Närrin gewesen, seinen Lügen zu glauben. Er war ein lausiger Ehemann gewesen. Das Mindeste, was er jetzt für sie tun konnte war, ihr als Schutzschild gegen Derek zu dienen.

Sean hockte vermutlich an einem sehr heißen Ort und lachte sich schlapp, so wie die Dinge sich entwickelten, dachte Lily sauer.

Derek neigte den Kopf und streifte die Lippen über ihren Mund. Ein leichter Kuss diesmal. Er sollte unbedrohlich wirken, tat es aber nicht. Er sah sie eindringlich an und trat zurück. »Rede dir selber ruhig solchen Unsinn ein, Lily, wenn du dich dann besser fühlst. Du bist zu klug, an einer solche Erinnerung - einer nicht besonders guten Erinnerung - festzuhalten. Du wirst dich über kurz oder lang der Anziehungskraft zwischen uns beiden stellen müssen. Als Sean noch am Leben war, war ich so ehrenwert, zur Seite zu treten. Als Sean krank war und im Sterben lag, war ich so ehrenwert, dir den Raum zu lassen, mit all dem klarzukommen. Aber Sean ist nicht mehr, und soweit es mich betrifft, ist die Ehrenhaftigkeit zur Tür hinaus verschwunden.«

»Einer Tür, die für dich aber nicht offen steht.«

Er schüttelte wehmütig den Kopf. »Dieser Starrsinn ist eine deiner schlechteren Eigenschaften.«

Dass es so schien, als könne er Gedanken lesen, dachte Lily, hieß noch lange nicht, dass er es tatsächlich konnte. Sie fasste Hoffnung. »Wirklich? Ich finde, er ist eine meiner Stärken.«

Er lachte und berührte kurz ihre Wange, bevor er aufrichtig amüsiert sagte: »Ja, das glaubst du. Aber jetzt sollten wir zusehen, dass wir aus Dodge City rauskommen, bevor der Berg wieder einen Kopfsprung macht.«

Sie ließ ihn los, sobald sie konnte. Derek hätte sie packen und an sich drücken wollen, bis sie um Gnade flehte. Er wollte sie in Watte packen und in Sicherheit wissen.

Er wollte …

Zur Hölle.

Er wollte.

9

iese verdammte Frau hatte zehn Leben.

Was, zur Hölle, sollte er noch tun? Zu ihr hingehen und der dämlichen Schlampe sagen, dass sie stillstehen solle, um ihr dann direkt zwischen die verfluchten Augen zu schießen? Wie hätte das nach einem gottverdammten Unfall aussehen sollen?

Er hatte ihnen *gesagt*, dass eine kleine Stange Dynamit nichts als einen kleinen Knall bewirkte. Aber sie hatten keine Lawine haben wollen, die ganz Alaska unter sich begrub. Gerade so groß sollte sie sein, dass sie die Schlampe kaltmachte. Wer hätte gedacht, dass sie so viel Glück haben und den Sturz über eine verdammte Klippe überleben würde?

Ein Mann konnte nur mit dem Werkzeug arbeiten, das man ihm gab. Eine einzige verdammte Stange Dynamit? Er hätte den verfluchten halben Berg sprengen müssen, um sie umzubringen.

Verdammt, dachte er, und kratzte an dem Ausschlag in seinem Nacken, sie waren erledigt. Er war erledigt. Ganz zu schweigen davon, dass diese unerträgliche *Kälte* ihn noch todkrank machen würde. Die Hölle war nicht heiß. Die Hölle war ein verdammtes Eishaus. Die Hölle bestand aus Schnee, meilenweit nur Schnee, aus kalten Füßen, einer laufenden Nase und Dolchen aus Eis, die sich einem bei jedem verdammten Atemzug in die Lunge bohrten. Und er wollte, zur Hölle, raus hier. Nur dass er nicht raus konnte, solange die Schlampe nicht tot war.

Zu allem Überfluss stiefelte hier auch noch dieser andere Kerl herum. Er hatte ihn heute Morgen auf dem

Gebirgskamm gesehen. Er gehörte nicht zu dem Iditarod-Wahnsinn. Er machte sich nicht einmal die Mühe, so zu tun. Er sah wie ein gottverdammter Albino-Ninja aus. Ganz in Weiß gekleidet und mit irgend so einem hochgezüchteten, unheimlich lautlosen Schneemobil, wie er und seinesgleichen es nie zu sehen bekommen hatten. Das Ding war wie ein Gespenst, das zwischen den Bäumen aufblitzte, gerade so, dass er es nie richtig sehen konnte. Aber er *wusste*, dass der Kerl da draußen war.

Beobachtete. Wartete.

Hatten sie noch jemanden geschickt, der das erledigen sollte, was sie ihm nicht zutrauten? Er würde sich schon noch um den Kerl kümmern, genau wie um Croft. Verdammt. Hatten Sie jemanden von außerhalb dazugeholt?

Es war wichtig, dass Lily starb, bevor sie weitere Nachforschungen über den Bullensamen anstellen konnte. Es graute ihm, beim nächsten Stopp berichten zu müssen, dass die Schlampe immer noch atmete, außerdem waren sie und dieser Macho ständig irgendwie zusammen. Es war ihnen allen sehr recht gewesen, dass die beiden früher kaum miteinander gesprochen hatten. Und jetzt?

Würden sie jetzt von ihm verlangen, dass er Wright gleich mit erledigte?

Verdammte Scheiße. Es war kompliziert genug, einen zu killen, von zweien ganz zu schweigen. Und Wright sah nicht aus, als würde er schnell und locker krepieren. Nicht, dass Lily ein Spaziergang gewesen wäre. Blöde, verdammte Schlampe.

Er hätte diesen verfluchten Job nie annehmen sollen. Ruinierte ihm noch den Ruf. Er hatte ihn nicht haben wollen, und er hatte verdammt keine Lust, jetzt hier zu sein. Unglücklicherweise hatte er nicht ablehnen können. Nicht bei diesen Typen. Sie hatten eine derart verfluchte Macht, konnten und würden ihm das Leben zur Hölle machen, wenn er nicht mitspielte.

Wenn *die* diesen weißen Ninja hergeschickt hatten, dann konnte er sich auch gleich von seinem eigenen Hintern verabschieden. Er war tot.

Er warf einen nervösen Blick über die Schulter.

Nichts als Bäume und Schnee.

Aber plötzlich fühlte er sich, als hätte er eine verfluchte, neonfarbene Zielscheibe auf dem Rücken.

Er konnte den Gestank seines eigenen Angstschweißes riechen und hätte kotzen können.

Sie fuhren ein paar Stunden recht schweigsam dahin. Der Kuss, den sie geteilt hatten, stand wie ein Elefant unerwähnt zwischen ihnen im Raum.

Derek flirtete nicht mehr.

Gott, dachte Lily, das war beängstigender, als in eine Schlucht zu stürzen. Derek flirtete immer. Das Flirten lag ihm in den Genen. Und er tat es mit umwerfender Wirkung. Wäre es eine olympische Disziplin gewesen, Derek Wright hätte Gold gewonnen. Und weil sie das gewusst hatte, war es ihr die letzten paar Wochen auch relativ leicht gefallen, seine Blicke und Anzüglichkeiten zu ignorieren.

Relativ. Gott allein wusste, dass sie ihn nicht wissen lassen würde, wie sehr es sie tatsächlich bewegte.

Aber oben auf dem Berg hatte er nicht mit ihr gespielt. Diesmal nicht. Der Blick seiner dunklen Augen hatte sie erstarren lassen. Er hatte es todernst gemeint. Nirgendwo ein amüsiertes Blitzen. Er wollte sie, hatte sein Blick gesagt, und nichts und niemand würde sich ihm in den Weg stellen. Und dann, nur für den Fall, dass die Nachricht nicht laut und deutlich angekommen war, hatte er es mit Worten gesagt. Und ihre Beziehung auf eine ganz neue Ebene befördert.

Ich will dich.

Einfach so. Unmissverständlich. Keine Mätzchen.

Ich. Will. Dich.

Sie fühlte sich, als habe sich ein Marschflugkörper auf sie ausgerichtet, der sie genau dann, wenn sie am wenigsten damit rechnete, in winzige Atome zerlegen würde. Und Lily wusste - Gott helfe ihr -, dass sie ihm Sean nicht mehr lange wie zur Abschreckung entgegenschleudern konnte, wenn er sich ihr näherte. Der Gedanke ließ ihr Herz in einer Mischung aus Furcht und Vorfreude rasen und ihre Handflächen schwitzen.

Immer noch mitgenommen, weil sie dem Tod so nahe gewesen war, hatte sie einen herzzerreißenden Kuss bekommen, der sie bis ins Mark erschüttert hatte. Sie musste sich dazu zwingen, sich zu konzentrieren, was schwieriger war, als sie es für möglich gehalten hätte. Üblicherweise behielt sie vom Start des Rennens bis zum Ziel einen klaren Kopf, und nichts konnte sie von der Strecke ablenken, die vor ihr lag, oder von der Sorge um die Hunde.

Derek hatte schon früher am Rennen teilgenommen. Sie hatte es kaum bemerkt. Er war für sie bestenfalls eine Fliege in der Suppe gewesen. Ein unbedeutendes Ärgernis.

Dieses Jahr war alles anders.

Er war eine *enorme Ablenkung*.

Verdammt.

Sie setzte häufig die Bremse ein und verwendete eine Menge Zeit darauf, das Gespann auszubalancieren. Sie zwang sich, sich zu konzentrieren. Sie wollte so schnell wie möglich zum nächsten Kontrollpunkt. Vergiss den Kuss, sagte sie sich mit Nachdruck. Vergiss alles daran und die Kraft dahinter auch. Vergiss den Mann und seine starken Arme, die breite Brust und den harten - oh, ja. Sich dafür auszuschelten, ließ die Erinnerung nur noch lebendiger werden. Tolle Sache, dieses Vergessen.

»Erzähl mir, wie du und Sean euch kennen gelernt habt«, sagte sie in ihr Mikrofon und hielt den Tonfall beiläufig und kühl. Gute Idee. Über Sean reden. Sie fragte sich, ob sie der Blitz dafür erschlagen würde, dass sie ihren toten Ehemann wie die sprichwörtliche Traufe einsetzte.

»Du weißt, wie wir uns kennen gelernt haben«, sagte er kurz angebunden.

»Seans Version.« Und die war, nach allem, was sie inzwischen wusste, derselbe Bullshit wie alles, was er ihr erzählt hatte. Lily interessierte es nicht die Bohne, wie die beiden lästigsten Männer in ihrem Leben einander kennen gelernt hatten. Blitz oder Lawine. Sie wollte die Erinnerung an *Sean, den Ehemann* zwischen sich und Derek stellen. Unglücklicherweise fühlte sich diese Erinnerung, die vor Beginn des Rennens noch ein bequemer Schutzschild gewesen war, langsam wie ein dürftiges Stück Zellophan an, das sie zwischen sich und einen wilden Tiger hielt.

Wann hatten sich die Machtverhältnisse zu verändern begonnen?

»Warum interessiert es dich, wie wir einander kennen gelernt haben?«

»Hey, das ist eine Unterhaltung, okay?« Sie biss sich auf die Lippe. Noch eine Lüge. Es war kein bloßes Geplauder. Sie hielt Sean wie eine Fahne hoch und signalisierte ihm, dass sie nicht zu haben war. Sie hoffte, verflucht noch mal, dass er das überzeugender fand, als sie es tat.

»Richtig«, grummelte seine Stimme in ihrem Ohr. »Du willst dich unterhalten. Weil ich weit genug weg bin und du dich sicher fühlst?«

»Ha!«, schrie sie. *Das könnte dir so passen, Freundchen!* »›Sicher‹ und ›Derek Wright‹, die Worte gehören nicht in den selben Satz.«

Er summte leise und kehlig in ihr Ohr, und sie fühlte die Vibration wie eine warme Zärtlichkeit in jeder verflixten Körperzelle. Gefährlicher, gefährlicher Mann.

»Ich denke, das gefällt mir«, sagte er leise.

»Ja, klar«, sagte Lily. Sie wünschte, Derek wäre in Montana geblieben. Dann hätte sie sich auf dieser gefährlichen Strecke, wo sie sich zu hundert Prozent auf das, was sie tat, konzentrieren musste, keine Gedanken darüber machen müssen, einen Mann geküsst zu haben, der sie rasend machte.

Sicher, wäre er nicht in der Nähe gewesen, wäre sie inzwischen vermutlich tot. Lily zitterte bei dem Gedanken, wie dicht dran sie gewesen war. Zweimal. Über ihren Rücken lief ein kalter Schauder, der nichts mit dem Schnee zu tun hatte, der nun lautlos in den Windböen trieb. Derek hatte sich in eine Art starker, bei weitem zu attraktiver Schutzengel verwandelt. Und sie war sich nicht sicher, was sie davon halten sollte. Ein ungewöhnlicherer Engel war wohl schwer zu finden.

»Wenn du nicht reden willst, dann höre ich eben Musik. Erzählst du mir jetzt, wie ihr beide euch kennen gelernt habt, oder nicht?«, sagte sie, mehr um das verstörend elektronische Schweigen zu brechen. Musik wäre bei weitem entspannender gewesen. Seit wann, fragte Lily sich, zog sie es vor, gefährlich zu leben?

»Gut, ich erzähle es dir«, sagte er, die Stimme plötzlich weich und tödlich. »Frag mich alles, was du über meine Beziehung zu Sean wissen willst. Frag jetzt, oder schweig für immer. Denn, so wahr mir Gott helfe, Lily, das ist das letzte Mal, dass ich über einen toten Mann mit dir diskutiere.«

Ihre Hände klammerten sich fester um den Haltebügel. »Die Tatsache, dass du nicht über ihn reden willst, lässt Sean aber nicht verschwinden.« Es war, als stochere man mit einem spitzen Stecken zwischen den Gitterstäben nach einem Tiger. Lily konnte einfach nicht damit aufhören und wusste nicht, warum.

»Wie lang willst du dir von der Erinnerung an deinen toten Mann noch dein Leben diktieren lassen?«, fragte Derek mit harter Stimme. »Man kann ein Andenken respektieren, aber man kann einen tragischen Vorfall auch dazu benutzen, beim eigenen Leben auf unbestimmte Zeit auf die Pausetaste zu drücken. Irgendeine Idee, wann du dir die Erlaubnis erteilst, das Leben wieder zu genießen?«

»Ich genieße das Leben, danke der Nachfrage«, teilte sie ihm mit aller Überzeugungskraft, die sie aufbringen konnte, mit.

»Du *arbeitest*.«

»Ich liebe meinen Job.«

»Das Leben besteht aus mehr als Arbeit.« Die nervtötende Stille zog sich erneut in die Länge.

Lily konnte ihren Schutzschild förmlich zerbröseln hören, aber sie hielt sich im Geiste mit aller Kraft daran fest. »Sean ist gerade einmal sechs Monate tot. Kaum das, was man unter einer langen Trauerzeit versteht.«

»Deine Ehe war, als Sean gestorben ist, längst vorbei.«

Du hast ja keine Ahnung, dachte Lily und hatte ein panikartiges Gefühl in der Magengrube, als ihr Schutzschild den nächsten Sprung bekam. Wusste Derek davon, dass Sean und sie nach den Flitterwochen keine körperliche Beziehung mehr gehabt hatten? Sie hoffte nicht. Er wäre sonst sicher wie ein Bluthund hinter ihr her gewesen.

Gott, sie hatte seit mehr als drei Jahren keinen Sex mehr gehabt. Das war es vermutlich, warum Dereks Küsse sie so tief berührten. Ein Mangel an Streicheleinheiten machte so was mit Mädchen, entschied sie. Sie starrte die unendlichen Weiten aus Schnee und Bäumen an, die sich zu beiden Seiten über Meilen dahinzogen. Einsam. Kalt. Karg.

Ziemlich genau wie ihr Leben im Moment, dachte sie, und fühlte sich rastlos und allein. Es wäre so, so einfach gewesen, sich in Dereks Arme fallen zu lassen und zu nehmen, was immer er ihr geben wollte. Egal, wie wenig es war oder für welch kurze Zeit. Aber Lily wusste, dass sie hinterher schlechter dran sein würde als jetzt.

Nur weil sie, als sie aufgewachsen war, noch nicht gewusst hatte, wer sie sein wollte, hieß nicht, dass sie Derek jetzt als Lückenbüßer benutzen konnte oder durfte.

Sie musste ihr Leben ändern. Sie wusste das.

Aber die Hand ins Feuer zu halten, nur um sicherzugehen, dass es wirklich so heiß war, wie die Leute behaupteten, wäre mehr als einfältig gewesen.

»Schön. Dann spielen wir eben noch einmal nach deinen Regeln.« Er holte tief Luft und atmete mit Schwung aus.

Lily hätte schwören können, dass sein heißer Atem ihr Ohr streifte.

»Ich habe in Texas noch eine andere Ranch.« Er sprach leise und vertraulich, als säßen sie einander an einem kerzenbeleuchteten Tisch gegenüber. Sie konnte die Flammen nahezu in seinen dunklen Augen tanzen sehen. Sie konnte sein Seufzen hören und hätte sich fast eingeredet, dass sie in der eisigen Luft sein Rasierwasser roch.

Lily klammerte die Finger um den Haltebügel, als der Schlitten sich neigte und beide Kufen zu hüpfen begannen, weil sie die Konzentration verloren hatte und wieder nur ... fühlte. *Konzentriere dich, Lily Marie, konzentriere dich.* Er war ein wenig zurückgefallen, doch sie spürte ihn, wie er ihr den Rücken freihielt, auf sie aufpasste. Es war ein sonderbares, ungewohntes Gefühl. Es gefiel ihr nicht, dass sie es mochte. Verdammt sollte er sein.

»Seans Vater ...«

»Hat ihn rausgeworfen und enterbt«, warf Lily ein und kämpfte um die Kontrolle. »Den Teil kenne ich.«

»Er hatte Erfahrung mit Rancharbeit. Ich habe ihn als Hilfskraft eingestellt. Er hat ein paar Jahre lang immer wieder für mich gearbeitet. Dann hat er vom Tod seines Vaters erfahren und dass die Ranch verkauft wird. Er hat mich gefragt, ob ich interessiert sei. Das war ich.«

»Warum?«

»Warum nicht?«, fragte er milde, als hätte sich jeder zwei Multimillionen-Dollar-Ranches in zwei verschiedenen Staaten leisten können. Warum nicht, in der Tat. »Ich hatte vor, mein Zuchtprogramm auf Rote Brangus auszudehnen«, fuhr er leichthin fort. »Das geht in Montana genauso gut wie anderswo.«

Lily dachte an Seans Vater, Vern Munroe. Sie hatte nie einen streitsüchtigeren, ungerechteren, unversöhnlicheren Mann getroffen. Er hatte jeden gemocht, der über seinen missratenen Tunichtgut von Sohn herzog. Die wirklichen Gründe, warum Vater und Sohn einander nie hatten leiden können, waren irgendwo in der Gerüchteküche verloren gegangen. Seans Mutter war Zigaretten holen gegangen und nie mehr zurückgekehrt, als Sean ein Teenager gewesen war. Das Letzte, das irgendwer von ihr gehört hatte, war, dass sie in Hollywood Filmkarriere machen wollte. Danach hatte keiner mehr von ihr gehört.

Lily kannte all die Geschichten seit Jahren und konnte sich nur vage an Sean erinnern. Denn nach der Grundschule war sie auf ein Internat in San Francisco gegangen und Sean auf die High School in Billings. Als sie mit dem Universitätsdiplom der Texas A & M nach Hause zurückgekehrt war, hatten Sean und sein Vater sich bereits entzweit, und Sean war fort.

Lily hatte ihn amüsant, charmant und aufgeschlossen gefunden, als sie ihn später wiedergesehen hatte. Sean war nicht annähernd so gewandt und kultiviert gewesen wie Derek, aber genau das hatte sie an ihm geliebt. Er war nach wie vor der Kleinstadtbursche geblieben. Der Kleinstadtbursche, der es geschafft hatte. Wenn sie sprach, hörte er mit ungeteilter Aufmerksamkeit zu, studierte ihre Mimik, konzentrierte sich. Er erinnerte sich an die Dinge, die sie ihm erzählt hatte. Sie hatte sich geschmeichelt gefühlt, und ihr war vor Freude schwindlig gewesen. Er war ihr Märchenprinz. Gut aussehend und offenkundig ganz verrückt nach ihr. Er verwöhnte sie mit Blumen und kleinen Geschenken. Er hielt im Kino ihre Hand, drängte sie nie zu mehr, als sie zu geben bereit war.

Lily hatte sich hinterher gedacht, dass Sean Munroe sie wohl auch deshalb geheiratet hatte, weil sie nicht mit ihm hatte schlafen wollen, bevor er ihr nicht einen Ring an den Finger gesteckt hatte.

Rückblickend betrachtet, war es ziemlich blöde gewesen, an ihrer Jungfräulichkeit festzuhalten. Sie hätte mit Sean schlafen sollen, dann wären sie beide diesen Drang los gewesen, und ihre Beziehung hätte vermutlich lediglich fünf Minuten gedauert.

Als sie sich die ersten Male getroffen hatten, hatte sie sein schlechtes Benehmen noch mit dem Verlust der Mutter und der Entfremdung von seinem Vater entschuldigt.

Unglücklicherweise hatte er nie etwas getan, um voranzukommen und sein Leben selbst in den Griff zu kriegen. An allem, was ihm widerfuhr, war immer jemand anderer schuld. Er war »unter einem Unstern geboren«, er hatte »Pech«. Und, angefangen mit seinen Eltern, wollten die Menschen ihm Böses.

Sie hätte die Signale richtig deuten müssen. Aber sie war es nicht gewohnt, mit so viel Negativität konfrontiert zu werden, und anstatt auf und davon zu laufen, hatte sie versucht, ihn zu kurieren. Das einzig Verkehrte an der Theorie war, dass Sean überhaupt nicht kuriert werden wollte. Sean liebte es, das Opfer zu sein. Es war bequem, und er hatte die Rolle über Jahre hinweg perfektioniert.

Sean übernahm nie die Verantwortung für seine Taten. Sein Vater hasste ihn. Seine Mutter hatte ihn verlassen. Derek hatte sich nicht genug für ihn eingesetzt, und Lily unterstützte ihn nicht richtig. So war es weiter und weiter gegangen, bis Lily auf dem Ohr taub geworden war.

Die Stadt Munroe - falls man eine Tankstelle, einen Piggly-Wiggly-Lebensmittelladen und eine Methodistenkirche eine Stadt nennen konnte - war nach Verns Großvater benannt. Die Ranch, die Vern in den fünfziger Jahren aufgebaut hatte, war die größte in der Gegend, und als Verns Gesundheit sich verschlechtert hatte und er in ein Pflegeheim nach Billings gezogen war, hatten eine Menge Leute ihre Arbeit verloren.

Das Pflegeheim hatte Verns Ersparnisse aufgezehrt, und die Ranch war am Ende zwangsversteigert worden, um die Schulden zu tilgen. Soweit bekannt, hatte er seit Jahren keinen Kontakt mehr zu seinem Sohn gehabt.

Lily konnte sich nicht vorstellen, dass jemand über so lange Zeit Groll hegen konnte. Sean hatte nie darüber gesprochen, und Lily hatte sich damals ausgemalt, dass er zu tief verletzt sei, um mit irgendjemandem darüber zu sprechen. Aber Seans schlechte Angewohnheiten und sein noch schlechteres Benehmen waren offenkundig nicht neu.

»Du bist also nach Montana gefahren und hast Verns Ranch gekauft. Hat Sean *irgendetwas* zu dem Kauf beigesteuert?«, fragte Lily neugierig. Sean hatte das behauptet. Er habe sich, nachdem er das Land seines Vaters verlassen hatte, in Texas eine eigene Ranch gekauft und auf dem Viehmarkt den absoluten Treffer gelandet.

»Nein.«

»Ich hätte es wissen müssen.« Warum hätte Sean über irgendetwas die Wahrheit sagen sollen, wenn er doch kunstvolle Lügengeschichten bevorzugte? Lily runzelte die Stirn. »Warum in aller Welt hast du ihn überall erzählen lassen, dass du für *ihn* gearbeitet hättest?« Sean hatte mit seinem Grundbesitz geprotzt, mit der Größe seiner Herden, mit seinem preisgekrönten Bullen - er hatte Lily sogar den Namen aussuchen lassen!

»Ich war nicht allzu oft da.«

Dass er in Texas noch eine weitere Ranch führte, erklärte seine häufige Abwesenheit. »Stimmt.«

»Ich dachte mir, was macht es schon, wenn Sean in Montana den großen Macker spielt? Wir kannten beide die Wahrheit«, sagte Derek in ihr Ohr, nah wie ein Atemhauch.

Mit Derek zu reden, fiel ihr bedeutend leichter, wenn sie ihn nicht sah. Lily biss sich auf die Lippe. Sollte sie ihn nach den Geschäften mit dem Bullensperma fragen? Matt hatte ihr das Versprechen abgenommen, nicht mit Derek zu sprechen, bis der Detektiv alle Fakten beisammen hatte. Es war sinnvoll, das wusste sie. Aber der Bulle gehörte Derek. Hatte er nicht das Recht, über das was vorging, informiert zu werden?

Es sei denn, er war für die illegalen Geschäfte verantwortlich.

Sie fragte sich, ob sich der Detektiv wohl mit neuen Informationen bei Matt gemeldet hatte. Sogar jetzt war sie noch für das Chaos verantwortlich, das Sean angerichtet hatte. Seans illegale Transaktionen würden weitreichende juristische und finanzielle Folgen nach sich ziehen. Ihr kam plötzlich die erstaunliche Befürchtung, dass Derek mit der Sache womöglich nichts zu tun haben wollte. Sie wollte sich ein Leben ohne Derek aber nicht vorstellen. Wenn das nicht erschreckend war!

Gott. Was für ein Durcheinander.

Soweit sie wusste, war der Samenverkauf das letzte bisschen Müll, den sie zu entsorgen hatte, bevor sie sich ihrem eigenen Leben widmen konnte. Derek hatte Recht. Sie hatte zu lange auf die Pausetaste gedrückt.

»Was hältst du davon, wenn wir am Rainy Pass eine lange Rast machen?«, fragte Derek und schloss zu ihr auf, als der enge Pfad auf dem buschbewachsenen breiten Plateau am anderen Ende des Squaw Creeks mündete. Sie waren verpflichtet, zwei achtstündige und eine vierundzwanzigstündige Pause einzulegen. So gerne sich Lily über diese Regeln hinweggesetzt hätte, es war a) nicht erlaubt und b) würde ihr Körper irgendwann einfach den Dienst verweigern, wenn sie die drei obligatorischen Pausen nicht machte. Aber solange sie den Yukon nicht erreicht hatten, war es dazu noch zu früh.

Sie verfolgte aus dem Augenwinkel, wie Derek sein Gespann neben ihres lenkte. Er sah mit seiner dicken Jacke und der schwarzen Pelzmütze wie ein wilder Kosak aus, und der Ohrring blitzte im Sonnenlicht so blau wie seine Augen.

»Vier Stunden sind mir genug«, sagte Lily geistesabwesend, während ihr Magen einen kleinen Überschlag machte. *Vor Hunger*, sagte sie sich fest und tat ihr Äußerstes, nicht daran zu denken, wie glatt und fest seine Lippen sich angefühlt hatten, als er sie geküsst hatte, während sie prekär am Abhang balanciert hatten. Oder daran, wie heiß er geschmeckt hatte. Oder wie ihr Herz gehämmert hatte und die Knie unter ihr nachgegeben hatten, als er ihren Mund - und das war das einzige Wort dafür - *geplündert* hatte.

Sie konzentrierte sich wieder auf die Strecke, bevor sie noch vom Schlitten fiel, während sie über seinen Mund fantasierte. Sie zügelte die Hunde, die das Futter rochen und Tempo zulegten. Sie waren alle hungrig. Eine hübsch lange Pause war genau das, was die Hunde jetzt brauchen konnten. Und sie hatte ein paar Stunden Schlaf nötig. Der Adrenalinschub hatte sie zittrig und ziemlich erschöpft zurückgelassen.

Und der Kuss hatte ihr die Konzentrationsfähigkeit geraubt. Ein paar Stunden Selbstvergessenheit würden ihr gut tun.

»Lass dich von mir nicht aufhalten«, sagte sie beiläufig, während sie nach links zum Puntilla Lake abbogen, dem letzten Streckenabschnitt vor dem Kontrollpunkt an der Lodge.

»Mich kann nichts aufhalten, Süße«, sagte er, kicherte amüsiert und hatte ihren Schutzschild längst als den kümmerlichen Zellophanfetzen erkannt, der er auch war. »Ich bin ein Mann mit einer Mission.«

Sie meldeten sich an und machten danach Feuer, um den Hunden die Füße zu wärmen. Dann trugen sie ihre Strohballen zu einer geschützten Stelle unter den Bäumen und breiteten sie für die Tiere aus. Derek musste innerlich darüber lachen, wie perfekt er und Lily synchronisiert waren. Sie erledigten beide ihre Arbeit und wurden gleichzeitig fertig.

Ein Gespann war bereits da gewesen. Der Musher nahm drinnen ein spätes Mittagessen zu sich, seine Hunde schliefen unter der Wintersonne in ihrem Strohbett.

Als sie alles erledigt hatten, tauchten zwei weitere Gespanne auf.

»Ich möchte, dass Matt sich Dingbats Schulter ansieht«, sagte Lily abwesend.

»Aber mach es kurz. Denk daran, du bist hier draußen Teilnehmerin eines Rennens, nicht Tierärztin. Matt soll sich um das Gespann kümmern. Du brauchst deine Ruhe, genauso wie alle anderen.«

»Die nehme ich mir auch«, sagte sie über die Schulter, während sie davonging, um sich mit ihrem Stiefbruder zu unterhalten, der mit Dereks Gespann bereits fertig war. »Wir sehen uns später.«

Sie hatte keine Ahnung, wann das sein würde. Derek stopfte die Hände in die Taschen und schlenderte zu den anderen beiden Gespannen hinüber, die gerade die Anmeldung passiert hatten.

»Freut mich, dass ihr den Pass gut hinter euch gebracht habt«, begrüßte er Don und Jeff ganz entspannt. Er studierte die Leute um sie herum. War der Schütze dabei? Er behielt Lily und Matt im Auge.

»Als ob die Happy-River-Terrassen nicht schon schlimm genug wären«, grollte Don und sprang von seinem Schlitten.

»Bist du derjenige, der da oben den Berg abgeräumt hat?«

Derek lächelte, als sie einander die Hände schüttelten. Er mochte den Kerl nicht besonders, und obwohl er stets seinem Instinkt vertraute, wusste er doch, dass ein Teil seines Widerwillens daher rührte, dass Don sich eine Zeit lang mit Lily getroffen hatte. Derek versuchte, ihn mit den Augen einer Frau zu betrachten. Er sah wie ein etwas zu dicker Footballspieler aus, aber den Frauen gefiel vermutlich so ein nordischer Typ. »Hat seine Ladung großteils auf Lily gekippt«, teilte Derek den Männern mit. »Ich habe es gemeldet. Seid ihr gut durchgekommen?«

»Ja. Ist Lily okay?« Don schaute zu Lily hinüber, die sich gerade mit ein paar Helfern unterhielt.

Geht dich, verdammt noch mal, nichts an. »Zittrig, aber ansonsten keinen Kratzer.«

»Gott sei Dank«, sagte Don beiläufig. »Mann, ich bin vor ein paar Jahren, als ich hier oben trainiert habe, von einer Lawine verschüttet worden. Hat mir eine Höllenangst eingejagt, das sage ich euch. Bin froh, dass sie nicht verletzt ist.«

Lily hätte weit mehr als nur verletzt sein können, und die drei Männer wussten das alle.

Jeff schüttelte sich. »So schnell will ich das nicht wieder erleben.«

»Jedenfalls nicht vor nächstem Jahr«, grinste Derek. Musher hatten ein notorisch schlechtes Gedächtnis für Gefahrensituationen. Es waren die Freude am Rennen und die Herausforderung, an die sie sich Jahr für Jahr erinnerten.

Don lachte und rieb sich mit der behandschuhten Hand den Nacken. »Mann, für eine ordentliche Tasse Kaffee könnte ich morden.«

»Ich bin sicher, dass die da drin einen fertig haben«, sagte Don.

Sie unterhielten sich noch ein paar Minuten lang über die Streckenbedingungen. Dann schlenderten die beiden Männer in die Lodge, und Derek ging Lily holen.

Sie bewegte sich wie ein Kleinkind. Jeder Schritt wackelig und eine bewusste Anstrengung. Stundenlang auf einem Schlitten zu balancieren, sorgte für ziemlich verhärtete Oberschenkel.

»Du hast eine ordentliche Zeit hingelegt«, sagte Matt und kniete sich hin, um den ersten einer ganzen Reihe energiegeladener Hunde zu untersuchen.

Der Kontrollpunkt stand im frappierenden Kontrast zu der Strecke, die hinter ihnen lag. Das geschäftige Gewimmel aus Helfern und Zuschauern machte die Erinnerung an den Schnee und die Einsamkeit vergessen. Sie drehte den Kopf automatisch in die Richtung, aus der der Kaffeegeruch kam. Wie vorbestimmt, fiel ihr Blick im Gewühl auf Derek.

Sein Profil war von herber Attraktivität, gerade jetzt, wo er entspannt lachte und seinen Gegnern die Hände schüttelte.

»Alles gut gegangen?«, fragte Matt.

»Es war ...« Sie hielt inne und realisierte, dass sie keine Lust hatte, Matt von ihrem Missgeschick zu erzählen. »Es war alles in Ordnung«, log sie.

»Du und Derek seid dieses Jahr ziemlich gleichauf«, sagte Matt.

»Ich lasse ihn noch in Ruhe«, erwiderte sie mit hinterhältigem Grinsen. »Ich will ihm so früh im Rennen noch keinen Dämpfer verpassen. Das wäre zu unfreundlich.«

»Du und unfreundlich, Gott behüte«, murmelte Matt.

»Was soll das heißen?«

Er zuckte die Achseln, fuhr mit der Hand an einem Hundebein entlang, massierte die Schultern und Kniegelenke. »Ich mache mir einfach nur Sorgen um dich. Das letzte Jahr war sehr hart für dich, und ich möchte, dass du wieder Freude am Leben hast.«

Lily sah ihn verblüfft an. »Du auch?«

Matt sah sie von der Seite an. »Ich auch?«

Lily runzelte die Stirn. »Derek hat das heute Morgen ebenfalls gesagt. Aber es stimmt nicht. Ich habe Freude am Leben. Ich habe die Praxis, die Hunde, meine Freunde ...«

»Du hast einfach vergessen, wie man sich amüsiert«, sagte Matt und setzte schnell hinzu: »Was völlig verständlich ist. Du hattest eine enorme Last zu tragen, aber vielleicht ist es an der Zeit, nach vorne zu sehen.«

»Das tue ich doch«, insistierte Lily, deren Gedanken plötzlich in eine Million Richtungen abwanderten, schließlich aber alle in einem Punkt zusammentrafen. Matts Bemerkung hatte etwas Wahres an sich. War ihr Leben wirklich so leer?

Sie überlegte sich, wie sie sich einem Fremden gegenüber beschrieben hätte.

Als Tierärztin? Nein, das ist mein Beruf, das bin ich nicht als Person.

Als Witwe? Nein, noch schlimmer. Das hätte bedeutet, dass Sean noch im Tode bestimmte, wer sie war.

Lily sah sich auf dem Platz um und fürchtete kurz, Menschen zu entdecken, die mit Fingern auf sie zeigten und sie anstarrten. Da stand sie nun, mitten in Alaska, und hatte den vermutlich wichtigsten Anflug von Selbsterkenntnis, den sie je gehabt hatte. Es war wie in einem schlechten Fellini-Film.

»Stimmt irgendwas nicht?«, fragte Matt.

Ja! Ich weiß nicht mehr, wer ich bin. Sie schüttelte den Kopf. »Ich bin nur müde«, antwortete sie lächelnd. »Und ich kann sehr wohl unfreundlich werden. Du kannst jeden fragen, der sich jetzt zwischen mich und ein warmes Essen stellt.«

»Das Essen auf der Strecke hält nicht lange vor, was?«

Sie fing eine Sekunde lang Dereks Blick auf. »Du hast ja keine Ahnung, wie hungrig man auf der Strecke werden kann.«

10

»D a vorne ist ein Feuer«, sprach Derek in ihr Ohr. »Zeit, dass wir uns und den Hunden ein paar Stunden Ruhe gönnen. Wir halten an.«

Lily protestierte nicht gegen die selbstherrliche Entscheidung. Sie war erschöpft und völlig ausgehungert. »In Ordnung.«

Sie näherten sich dem Camp und begrüßten winkend die Musher. Drei Teams hatten sich im Schutz der Bäume neben dem prasselnden Feuer versammelt. Die Musher sprangen auf, und die Hunde bellten laut zur Begrüßung.

Bob Thompson kannten sie schon; den beiden anderen Mushern, Stan und Dave, stellten sie sich kurz vor; dann taten sie, was getan werden musste, bevor sie etwas essen und sich schlafen legen konnten.

Der Schnee fiel mittlerweile etwas dichter. Lily kümmerte sich erst um ihre eigenen Hunde, dann befreite sie Dereks Hunde aus dem Geschirr und breitete die Schlafmatten aus. Sie sah, dass Derek ein kleines Zelt aufbaute, was auch sinnvoll war. Sie waren sechs Stunden vom nächsten Kontrollpunkt entfernt, und der angekündigte Schneesturm würde sein Versprechen vermutlich wahr machen und sie heute Abend ordentlich eindecken. Auch wenn sie nur ein paar Stunden rasteten, der Unterschlupf war verlockend.

»Es bringt nichts, ein zweites aufzustellen«, sagte Derek und kam zu ihr. »Wie ich dich kenne, willst du hier weg, sobald du die Augen aufschlägst. Eins reicht. Das spart uns Zeit.« Er machte eine Pause, als warte er darauf, dass sie widersprach.

Tat sie nicht. »Okay.«

Sie war zu müde, um wegen einer Sache zu streiten, die absolut richtig war. Sie würde in ihren Schlafsack krabbeln und ganz schnell noch vor ihm einschlafen. Und aufwachen und aufbrechen, bevor er erwachte. Sie würde sich und den Hunden vier Stunden geben. Ein paar Stunden in der relativen Behaglichkeit seines Zelts zu verbringen, kam ihr gerade recht. Es war nicht groß, und sie wusste, dass es eng werden würde. Aber sie war eine Erwachsene, kein Teenager. Derek war zu klug, um sich nur deshalb auf sie zu stürzen, weil sie zusammen in einem engen Zelt steckten. Und wenn er die Hände von ihr lassen konnte, schaffte sie das bei ihm genauso.

Als sie die Hunde versorgte, hatte Derek schon Kaffee gekocht, das Essen erhitzt und einen Schlafsack neben das warme Feuer gebreitet. Schließlich setzten sie sich und machten sich über Annies wundervolles selbst gemachtes Essen her. Mittlerweile waren noch ein paar andere Musher eingetroffen, es herrschte Partystimmung, und man schrie einander über das Gelärme der mehr als hundert aufgeregt jaulenden und bellenden Hunde Grüße zu. Sobald sie ihr Futter bekommen hatten, würden die Hunde die Nase unter den Schweif stecken und für die Welt um sie herum taub sein, aber im Augenblick war es ein Tollhaus aus Lärm.

Der Lagerplatz wuselte vor Aktivität, weil alle erst ihre Hunde versorgten, bevor sie ans Feuer kamen. Fünf kleine Zelte drängten sich auf der windabgewandten Seite im Schutz der riesigen Pinien. Hol dir in einer kalten Nacht ein paar Musher ans Lagerfeuer, und los geht die Party, auch wenn sie üblicherweise nur eine Stunde dauerte. Alle waren gleichermaßen erschöpft und brauchten ihren Schlaf. Aber es machte Spaß, über die Bedingungen an der Strecke und die gemeinsamen Erfahrungen zu plaudern.

Lily ertappte sich dabei, wie sie mit dem Rücken an Dereks breiter Brust lehnte und in die tanzenden roten und goldenen Flammen starrte. Sie ließ den schweren Kopf an ihn fallen, während die Gespräche um sie herum abebbten oder wieder aufbrandeten. Sie fand die perfekte Stelle unterhalb seiner Schulter und hörte nur noch halb wach der Unterhaltung zu.

Barb hatte heute Morgen ein Zusammentreffen mit einem Elch gehabt, und es gab eine Menge Gelächter und Gespött, während sie und Derek ihre Geschichten erzählten und dabei ordentlich übertrieben. Dann trollten sich alle mit vollen Mägen und fröhlichen Gesichtern in ihre Schlafsäcke. Lily klappte die Augen zu und ließ den Feuerschein über ihre Lider spielen.

»Willst du schlafen gehen?«, fragte Derek leise und strich zärtlich mit bloßen Fingern über ihre Wange.

Lily war zu müde, um aufzustehen. »Hm«, antwortete sie unentschlossen. Der Klang einer Mundharmonika wehte durch die eisige Dunkelheit. Derek stand auf und hielt sie fest, damit sie nicht vornüberkippte. Dann nahm er sie bei den Händen, zog sie auf die Füße und drückte sie im gleichen Atemzug an sich. Es waren zu viele dicke Schichten zwischen ihnen, um etwas anderes als Geborgenheit zu empfinden. Lily sah zu ihm auf. »Was machst du denn da?«, flüsterte sie, als er sie nicht losließ.

»Den Moment der Stille mit dir genießen.« Er drückte ihren Kopf an seine Brust und setzte die Beine in Bewegung.

Lily musste sich an ihm festhalten und ihm im Takt folgen, wollte sie nicht stolpern. Seine Kleider rochen nach Holzrauch und feuchtem Leder. Lily drehte die Wange an seine Brust, ließ die Augen erneut zufallen und genoss einfach nur den Augenblick. »Wir haben den ganzen Tag lang Stille«, sagte sie, die Stimme von seiner Brust gedämpft.

»Aber da kann ich dich nicht halten.«

Sie realisierte, dass sie langsam tanzten. In der Dunkelheit. Der leise fallende Schnee wirbelte um sie herum. Sie schob die Hände unter seine Jacke und legte die Arme um seine Taille. Er war warm, und Lily verspürte das überwältigende Bedürfnis, sich an ihm zusammenzurollen und die Wärme tief in sich einzusaugen. Seine absolute Maskulinität betonte den Unterschied zwischen ihnen beiden. Sie fühlte sich nie weiblicher, war sich ihrer *selbst* nie so bewusst wie in seiner starken Nähe. Sie legte die Hand auf seine Brust, fühlte seinen stetigen Herzschlag durch die Kleiderschichten. Sie sehnte sich danach, seine nackte Haut zu berühren, und schalt sich eine Närrin, weil sie das hier so genoss.

Er war über einen Kopf größer als sie, und Lily passte genau an sein Herz, als sei sie dazu geschaffen, sich genau dort anzulehnen, als hätten sie schon unzählige Male so miteinander getanzt, als kenne der eine den Rhythmus des anderen. Unfähig, ihm zu widerstehen, lag ihr Körper an seinem. Er war hart und kräftig, seine Arme umschlossen sie wie Stahlbänder, hielten sie sicher, ließen Lily sich geborgen fühlen. Was unlogisch war, da er alles verkörperte, was ihr im Moment gefährlich werden konnte.

»Gott. Ich sehne mich nach dir, ich will dich so sehr.« Er hob ihr Kinn mit einem Finger an und streifte einen Kuss auf ihre Stirn. Sie wartete, dass er sie küsste; wollte, dass er sie küsste. Stattdessen drückte er ihren Kopf wieder an seine Brust.

»Es ist gut, etwas zu wollen«, sagte Lily, fühlte sich betrogen und versuchte, schnodderig zu wirken, während ihr die Knie seiner unzweideutigen Worte wegen buchstäblich aufweichten. »Heißt aber nicht, dass man es auch bekommt.«

Er ließ einen kühlen Finger über ihren Nacken gleiten. »In diesem Fall wollen wir beide dasselbe.«

Sie sah zu ihm auf. Heiße und kalte Schauder jagten über ihren Rücken, während er mit sachten Fingern ihren Nacken liebkoste. Die Schnodderigkeit wich einer Vorahnung. Ein paar Sekunden lang sahen sie einander nur an, atmeten kaum. Ein Wirrwarr aus Gefühlen flatterte in Lilys Brust. »Bekommst du immer, was du willst?«

Er senkte die Augen kurz auf ihre Lippen, hob sie wieder und fing ihren Blick ein. »Ja.«

»Danke für die Warnung.« Sie musste dem ein Ende bereiten. Bald. Sie musste es wirklich. Ihre Brüste schmerzten, und ihr Inneres war heiß und wie flüssig. Derek wiegte sich mit ihr zum süßen, betörenden Lied der Mundharmonika, das noch passender gewesen wäre, hätte eine Geige es gespielt. Er legte seine große Hand um ihre und drückte sie an sich. Lily spürte seinen Herzschlag durch ihren Körper widerhallen. Ihre Knie wurden zunehmend weicher, und sie fragte sich verschwommen, wie lange sie sie noch tragen würden.

»Ich habe dich immer gewollt. Hab nie damit aufgehört. Diesmal sind wir beide an der Reihe.« Er und Sean hatten ständig miteinander gewetteifert. Derek hatte sich als Erster mit ihr verabredet, dann hatte sie Sean geheiratet. War das seine Art, den Kreis zu schließen?

Sie mühte sich, Gefühl und körperliche Anziehung voneinander zu trennen. Es war nicht leicht. »Ich bin an einer lockeren Affäre mit dir nicht interessiert, Derek. Das ist nicht mein Stil.« Nein, heiraten war ihr Stil, dachte sie gequält. Und nun sieh dir an, wie gut *das* geklappt hat. Sie hätte eine Affäre mit *Sean* haben sollen. Das hätte besser funktioniert und wäre um vieles weniger schmerzvoll gewesen.

Sie spürte seine warmen Lippen ihre Haut streifen. »Vielleicht will ich gar keine lockere Affäre.«

Sie zog argwöhnisch die Augen zusammen. Wie lange dauerte eine *ernsthafte* Affäre Dereks Ansicht nach? Ein Jahr statt ein paar Monate? Seine Frauen waren sagenhaft, aber keine schien sonderlich lang zu bleiben. »Also dann, spuck es lieber aus. Sie legte den Kopf schief, um sein Gesicht anzusehen, doch es war voller Schatten und Feuerschein, unmöglich zu lesen. »Weil ich nämlich nicht sicher bin, was du willst. Sex?«

Seine Augen verdunkelten sich. »Zur Hölle, ja. Ich will dich in meinem Bett haben. In meinen Armen. In meinem Leben.« Seine Stimme war tief und betörend. Er streichelte mit den Fingern ihr Kinn und holte tief Luft, während er sie ansah, der Saphirohrring im Feuerschein blitzend.

Ihr stockte der Atem. Interpretation, sagte sie sich, es war alles eine Frage der Interpretation. »Du wirst langsamer machen müssen.«

»Vielleicht ist es an der Zeit, dass du schneller machst.« Seine Stimme vibrierte vor Ungeduld. »Du weigerst dich, mich anzuhören, du lässt dir nicht erklären, was ich fühle ...«

»Dazu ist jetzt weder der Ort noch die Zeit.« Ein schmerzliches Gefühl erfasste ihre Brust. »Hier draußen ist alles übermäßig irreal. *Besonders* jetzt, wo all diese Dinge passieren.«

»Das mit uns hat schon lange vor dem Rennen begonnen, und du weißt das.«

»Ich traue dem nicht«, sagte sie unumwunden und hatte Schwierigkeiten, Luft zu holen, während sie sich einen Feigling schimpfte.

»Warum nicht?«

Weil ich Angst habe, dass die Illusion von dir, wie bei Sean, nichts mit der Realität zu tun hat. »Ich tue es einfach nicht.«

Er nahm sie mit der Hand am Kinn und drückte ihr einen Kuss auf den Mund. »Ein paar weitere Tage werden mich auch nicht umbringen«, stöhnte er an ihrem Mund. »Zumindest nicht ganz. Gott, ich liebe es, wie du riechst. Schnee, nasse Wolle und dieser Zitronenduft in deinem Haar.«

»Du spinnst.«

»Es gefällt mir, so mit dir zu tanzen. Sieh dir an, wie gut wir zusammenpassen«, murmelte er mit belegter Stimme. Er streichelte mit dem Daumen ihre Wange. Hin und her. Hin und her, bis ihre Haut glühte und ihr Körper schmerzte. »Wir müssen das irgendwann auf einer richtigen Tanzfläche tun. Ich will dich in einem aufreizenden Kleid sehen, einem dünnem, anschmiegsamem, das so kurz ist, dass man deine wahrhaft spektakulären Beine sieht.«

Inzwischen bewegten sie nur noch die Oberkörper. Wiegten sich sanft von einer Seite zur anderen. Lily war atemlos und schwindlig. Berauscht von kalter Luft und heißem Derek. »Du hast meine Beine nie gesehen.«

»Doch. Zweimal. Als wir zusammen im Kino waren und an dem Tag, als ich Sean besucht habe und du gerade geduscht hattest, erinnerst du dich?«

»Nein.« Sie war aus dem Badezimmer gekommen, hatte sich die Haare trocken gerieben und nur Slip und T-Shirt getragen, weil sie die Jeans auf dem Bett vergessen gehabt hatte. Sean hatte sie dann im Schlafzimmer in ein Gespräch verwickelt und sie fast wie absichtlich aufgehalten, während Derek mit ungerührter Miene daneben gesessen hatte. Sein Gesichtsausdruck hatte ihr gesagt, dass er schon Hunderte Paare nackter Beine gesehen hatte und ihre nichts Besonderes waren.

»Er wollte, dass ich dich will, verstehst du?«

Lily sah zu ihm auf und versuchte, im Feuerschein seine Miene zu ergründen. Die tänzelnden Reflexionen in seinen Augen ließen ihn ein wenig dämonisch aussehen. »Was?«

»Es hat ihm Spaß gemacht, dass ich dich so begehrt habe.«

»Du hast es ihm gesagt?«

»Nein. Aber Sean hatte das bemerkenswerte Talent, die Leute zu durchschauen.«

Seans bemerkenswertes Talent war von seiner Frau erkannt und verabscheut worden. Weil er die Menschen ergründete, um sie dann hinters Licht zu führen. Und die Leute, die er hinters Licht führte, merkten nicht einmal, dass sie betrogen worden waren. Sie selbst eingeschlossen.

»Er war gut im Manipulieren«, sagte Lily unumwunden.

»Er ist der letzte Mensch, an den du jetzt denken solltest«, sagte Derek trocken und streifte die Lippen wieder über ihre Stirn. »Mach einfach die Augen zu und lehn dich noch ein paar Minuten an mich, solange Rob noch spielt. Du musst dich heute Nacht ausruhen, wenn du mir morgen die Hölle heiß machen willst.«

»Ich bin erledigt.« Sie versuchte, sich aus seinen Armen zu lösen, und errötete verlegen, als sie realisierte, dass sie ohne weiteres freikam. Es war *ihr* Arm um seine Taille gewesen, der sie beisammengehalten hatte.

»Wirst du da drin ein Klammeraffe sein?«, fragte Lily und zuckte mit dem Kinn in Richtung des kleinen Zelts.

»Ich bin mein Leben lang kein Klammeraffe gewesen. Aber das heißt nicht, dass ich dich nicht umarmen möchte.«

Lily sah ihn für einen Sekundenbruchteil abschätzig an. »Ich bin wirklich müde. Lass uns ins Bett gehen.«

Derek schenkte ihr ein strahlendes Lächeln. Ein Lächeln, das ihr wie ein Sonnenstrahl in die Brust schoss und ihr von Kopf bis Fuß warm werden ließ. O Gott, dachte Lily und spürte Panik aufsteigen, bin ich vielleicht in Schwierigkeiten.

»Sei gepriesen, meine Süße«, sagte Derek immer noch lächelnd. »Ich warte seit Jahren darauf, dass du mir diesen Vorschlag machst.«

»Träum weiter«, flüsterte Lily. Nicht unbedingt brillant, aber etwas Besseres brachte sie im Moment nicht zusammen. *Ja, große Schwierigkeiten.* Sie hastete ins Zelt. Es würde eng werden. Und es gab ihr zu denken, dass sie mittlerweile so weit war, neben einem Mann zu schlafen, der ihr rundweg erklärt hatte, dass er sie *wollte.*

»Zieh die Stiefel aus«, sagte er und krabbelte neben ihren Füßen ins Zelt.

»Keine Chance. Mein Füße sind jetzt schon eingefroren.«

Der Feuerschein legte einen roten Heiligenschein um seinen dunklen Scheitel. Wie passend, dachte Lily belustigt und machte die Augen zu. Engel und Dämon. Zwei Männer zum Preis von einem.

Sie hörte zu, wie er den Reißverschluss am Eingang des Zelts zuzog und sie in eine Blase aus Dunkelheit schloss. Er legte sich neben sie und schob ihr den Schlafsack um den Kopf fest. »Warm genug?«

Sein Atem fächelte über ihr Gesicht, als er sich über sie beugte. Sie roch den Kaffee, den er zum Abendessen getrunken hatte, und die Zahnpasta, die er gerade eben benutzt hatte.

»Brutzelwarm.«

Seine Knöchel streiften ihren Wangenknochen. Sie spürte seine warmen Finger über ihre Wange wandern und eine hei-ße Spur zu ihrem Mund ziehen.

»Ich staune immer wieder, wie zart deine Haut ist. Zart und seidig. Ich habe nur einmal so eine Haut gesehen, bei meinen Nichten und Neffen, als sie noch Babys waren. Du strahlst, als hättest du ein Licht in dir.«

»Derek ...«

»Deine Haut müsste eigentlich zäh wie Leder sein, aber stattdessen ist sie so fein wie die eines Babys.« Sein Daumen streichelte ihre Lippen, während die Finger ihre Wangen umfasst hielten.

Er drehte ihr Gesicht zu sich. Lily konnte nicht anders und schlug mit kokettem Wimpernaufschlag die Augen auf. Er würde sie küssen, und sie wünschte es sich mit jeder Faser ihres Körpers.

Das Feuer erhellte nur die äußersten Spitzen seiner schwarzen Wimpern, ließ den Großteil seines Gesichts im Dunkeln. Lily zitterte, als sein Daumen über ihre Unterlippe strich.

Er lehnte sich über sie. Ihre Blicke trafen sich. *Küss mich.* Ihr Herz überschlug sich. Es war noch jede Menge Zeit, den Kopf wegzudrehen und vernünftig zu sein. Küss mich. Lily sah zu, wie er behutsam näher kam. Als er den Mund auf ihren senkte, machte sie die Augen zu. Erst streifte er nur die Lippen auf ihren hin und her. Sein Mund war warm, fest und glatt. Sie spürte eine Andeutung von Stoppeln, als er seinen Mund mit einer Laszivität auf ihrem bewegte, die ihre Brüste schmerzen und ihren Atem stocken ließ.

Seine Zunge liebkoste heiß und feucht ihre Mundwinkel. Lily staunte, als sie sich selbst keuchen hörte, während seine Zunge verstohlen ihre Lippen auseinander schob. Sein Geschmack war berauschend. Heiß und süß.

O Gott. Wie hätte eine Frau dem widerstehen können? Wie hätte sie widerstehen können?

Er hob den Kopf, und ihr Mund fühlte sich kalt an. »Träum schön«, sagte er leise. Er setzte ihr einen onkelhaften Kuss auf die Nasenspitze, dann drehte er sich um.

Lily starrte seinen Hinterkopf an, und sie begriff, dass er so schlau gewesen war, ihr die Frage, was er eigentlich von ihr wolle, nicht vollständig zu beantworten.

Er brauchte Schlaf, verdammt. Diese Leute waren mit einem Affenzahn unterwegs, aber *sie* bekamen ihre paar Stunden Schlaf wenigstens. Mehr als er bekam, dachte er verdrossen, während er Lily im Auge behielt, die unter ihm durch das Tal unterwegs war. Er musste wach bleiben und sie im Auge behalten, bis er wieder nahe genug an sie herankonnte. Was zum Teufel hatten die zwei letzte Nacht gemacht? Getanzt? Er wäre gern eine Fliege an der Zeltwand gewesen, als sie zusammen hineingekrochen waren.

Sich vorzustellen, was sie da drin miteinander taten, hatte ihn die erste Stunde lang wach gehalten. Die nächsten drei Stunden waren eine verdammte Hölle gewesen.

VerdammteScheißezurHöllenochmal! Sie hatten kaum angehalten und die Hunde rasten lassen, da brachen sie schon wieder auf. Wurden die, verdammt noch mal, niemals müde? Und was das Essen anging... Die versprochenen zehn Riesen in seiner Tasche konnten den Duft ihres Essens, der eine Meile weit zu riechen war, auch nicht wettmachen, nachdem er seit Stunden nichts anderes als Dörrfleisch gegessen hatte. Er wollte Pizza. Heiß, scharf und vor klebrigem Käse triefend. Und ein Bier.

Beim nächsten Stopp, sagte er sich. Das nächste Mal, wenn sie anhielten, würde er es tun. Zur Hölle, verdammt. Warum nicht beide? Er würde sie beide umbringen.

Dann würde er nach Hause fahren und richtig lange Urlaub machen. Irgendwo in den Tropen. Irgendwo, wo die Mädels unten Stringtangas und oben nichts trugen. Wo sie weiße Zehen und braune Haut hatten. Irgendwo, wo es schön und warm war. Mit heißen Weibern und kaltem Bier.

Er kratzte sich im Nacken. Sie waren jetzt seit vierzehn gottverdammt langweiligen Stunden unterwegs. Sie würden bald eine richtige Pause machen müssen. Und wenn sie es taten, dann würde er bereit sein.

Sechzehn zermürbende Stunden später, und Derek fühlte sich, als hätte er nie geschlafen. Er hatte vorausgeplant und eines der vier Gästezimmer an der Lodge am nächsten Kontrollpunkt reserviert. Auch wenn er noch nicht hatte wissen können, ob er überhaupt dort Halt machen würde. Aber eine hei-ße Dusche und ein Essen, das er nicht erst auftauen musste, hatten auf jeden Fall einen ungeheuren Reiz. Jetzt war er froh, dass er es getan hatte.

Lilys Gesicht war blass. Sie war auf Reserve unterwegs und brauchte dringend mehrere Stunden Schlaf am Stück. Natürlich hätte sie das nie zugegeben. Insbesondere nicht ihm gegenüber. Er wollte verdammt sein, aber er bewunderte ihr Stehvermögen, auch wenn er es ihr gerne ausgetrieben hätte. Ein paar Stunden in einem warmen Bett waren weit davon entfernt, sie beide wirklich zu regenerieren.

Insbesondere, falls er sie dazu überreden konnte, das Bett mit ihm zu teilen.

Nicht, dass er es so geplant hatte. Aber jetzt, da sie bei ihm war und nach diesem Kuss, der ihn nach wie vor aufwühlte, war es schwer, es nicht in Erwägung zu ziehen. Aber immer schön der Reihe nach.

Er wollte, dass Lily sich ausruhte. In Sicherheit.

Lass es locker und unbedrohlich wirken, erinnerte er sich, als er die Hunde fütterte. Er wollte sie nur noch in die Arme nehmen, sie die Treppe hinauftragen und ins Bett bringen. Er bügelte das nagende Verlangen nieder.

Nachdem die ehrenamtlichen Tierärzte seinen Hunden das Okay gegeben hatten, checkte er in der Lodge ein, während Lily die Toilette aufsuchte. Als sie zurückkam, reichte er ihr den Schlüssel. Sie nahm ihn automatisch, dann sah sie stirnrunzelnd zu ihm auf. »Ich kann dir nicht dein Zimmer wegnehmen.«

»So altruistisch bin ich nicht«, teilte er ihr trocken mit. »Wir sind beide erschöpft. Ich bin bereit, es mit dir zu teilen. Und bevor du dich aufregst: Es sind zwei Betten. Und ich verspreche, mich zu benehmen.«

Sie sah ihn argwöhnisch an, doch ihre Erschöpfung kam ihm zu Hilfe. Noch ein letzter Anreiz. »Eine heiße Dusche, wie hört sich das an?«

»Wie im Himmel.« Sie beäugte ihn vorsichtig, aber ihrem Blick fehlte die gewohnte Hitzigkeit. »Und zwar im Ein-Personen-Himmel.«

»Hey«, sagte er und bedachte sie mit einem Grinsen, das die Frauen erfahrungsgemäß in die Knie zwang. »Du hast doch nicht etwa Probleme mit deinem Ego? Habe ich etwas von gemeinsam duschen gesagt? Ich denke nicht.«

»Also, gut«, sagte sie mit einem langsamen, süßen Lächeln, das ihn zutiefst verwirrte. »Wenn wir uns darüber einig sind, gehe ich liebend gern unter die Dusche.«

»Siehst du?« Er zog eine Augenbraue hoch und spürte ihr Lächeln wie eine warme Zärtlichkeit auf seinem Körper. »Ist doch gar nicht so schwer, nett zu mir zu sein?«

»Ich könnte pausenlos nett sein«, sagte sie süßlich. »Wenn dir zu trauen wäre.«

Er sah sie mit großen unschuldigen Augen an, auf die keiner von ihnen beiden hereinfiel. »Mir? Ich bin harmlos.«

Sie schnaubte.

Die Lobby wimmelte vor Leuten, doch es war, als hätten sie ihre eigene, private Seifenblase.

»Warum bist du in meiner Nähe immer so scheu, Lily«, fragte er sanft. »Habe ich irgendetwas getan, das dich glauben lässt, ich wolle dich ausnutzen? Oder habe ich etwas getan, das du nicht wolltest?«

Sie zog die Augen zusammen. »Scheu?«

»Wie Cosmos.«

Lily sah ihn nur an. »Oh, bitte. Du vergleichst mich mit einer *Stute*? Wie schmeichelhaft. Und du glaubst vermutlich, du seiest der Mann, der mich zureiten kann?«

Oh, er hätte sie gerne *geritten*, ganz ohne Zweifel. Aber, was den Rest anging ...

»Nein, ich würde dich niemals brechen wollen.«

Sie sah zu ihm auf, und jetzt blitzten ihre Augen amüsiert. Gott, war sie hübsch. »Aber du hältst dich für einen Hengst, oder?«

»Also, wer schmeichelt hier bitte wem?«, neckte er sie. »Ich würde mich nicht unbedingt einen Zuchthengst nennen.«

»*Zuchthengst* habe ich auch nicht gesagt«, erklärte Lily lachend. »Aber jetzt, wo du es erwähnst... Du hältst dich für den größten wildesten Hengst von allen, nicht wahr? Glücklicherweise bin *ich* völlig immun gegen deinen Charme.«

»Das sagtest du bereits. Ungefähr neunundneunzigmal.« Er streckte die Hand aus und streichelte ihre Wange mit den Fingerspitzen. »Ich frage mich, wen du davon überzeugen willst.«

as Zimmer war zweckmäßig, sauber und warm. Sie stellten beide ihre Taschen auf das Fußende je eines Betts - wohl eher symbolisch, dachte Lily. »Gewonnen, ich dusche zuerst«, sagte Lily, die das überwältigende Bedürfnis überkam, sich hinzulegen und die Augen zu schließen. Sie streifte die Pelzmütze ab und warf sie auf das Bett. Derek tat das Gleiche.

Und dann starrten sie einander an.

Lily stellte mit alarmierend geringem Schrecken fest, dass sie gefangen war: zwischen zwei Betten, dem Tisch hinter ihrem Rücken und einem sehr großen, sehr potenten Derek Wright, der nur einen halben Meter entfernt war.

»Dann hol's dir.« Ein durchtriebenes Leuchten erhellte seine Augen, und ein Lächeln bog sein Mundwinkel hoch. Er war viel zu nah. Verdammt sollte er sein. Er würde nicht weichen.

»Hol dir was?« *Ihn?*

»Deine Dusche?«

Richtig. Die Dusche. Die hatte sie gerade für sich reklamiert. Ein Blick in seine Augen hatte sie alles vergessen lassen. *O Mann.* Das würde schwieriger werden als gedacht.

Lily versuchte wegzusehen und stellte fest, dass sie es nicht konnte. »Oh, ja«, flüsterte sie. »Duschen. Ich freue mich drauf.« Seine blauen Augen waren fast schwarz. Himmel. Schon wieder diese Röntgenaugen. Und sie war sich sicher, die Hitze seines Körpers durch ihrer beider dicke Lammfelljacken spüren zu können. Lächerlich, sagte sie sich. Pure Fantasie, aus Schlafmangel geboren. Aber ihr

Puls pochte an Stellen, an denen sie seit Jahren keinen Pulsschlag mehr gefühlt hatte, und ihre Brüste spannten.

Sie war heute in den frühen Morgenstunden erwacht, in seine Arme gekuschelt, den Kopf an seiner Schulter, und hatte seinen warmen Atem im Haar gespürt. Als sie fühlte, dass er wach war, hatte sie so getan, als schlafe sie. Feigling. Anstatt aufzuspringen, ihn aus dem Zelt zu jagen und so früh wie möglich auf die Strecke zu kommen, hatte sie in seinen Armen gelegen und zufrieden geträumt, sich treiben lassen.

Viele Stunden später erschien es ihr, als wären sie aus der kuscheligen, warmen Intimität des Zelts direkt in dieses gut beleuchtete Schlafzimmer geraten.

Derek hielt ihren Blick gefangen und fing an, langsam seine Jacke aufzuknöpfen. Er hat wunderschöne Hände, dachte Lily. Breite Handflächen, lange Finger ... Ihr Mund wurde trocken, und ihre Kehle wurde eng vor Verlangen. Sie wollte seine Hände auf sich spüren. Gott helfe ihr, sie wollte auch seinen Mund spüren. Ihr Hirn war eingefroren. Wie sonst hätte sie so etwas denken können?

Himmel, war das heiß hier drin! Lily fing an, ihre eigene Jacke aufzuknöpfen, begriff, wie das aussehen musste, und hielt, die Hand am Knopf, inne.

»Glaubst du, ich falle über dich her?«, fragte er mit seidiger Stimme, ein ruchloses Blitzen in den Augen.

Sie leckte sich unbewusst die Lippen, als er aus seiner Jacke schlüpfte, unter der sich die Jeans und ein dicker marineblauer Strickpullover verbargen. Er warf die Jacke neben sich auf das Bett. Seine Brust war breit und solide. Er roch nach nasser Wolle und Mann, und Lilys innere Organe tanzten geradezu ob der leckeren Kombination.

Sie sah in seine sengenden blauen Augen auf und schüttelte den Kopf. »Mach dich nicht lächerlich. Natürlich nicht.« Sie verlor noch den Verstand. Um Himmels willen, das hier war Derek Wright. Eine Frau, eine vernünftige Frau, sah doch einer Kobra, kurz bevor sie zuschlug, nicht in die Augen. Sie schoss oder sie lief so schnell die Füße sie trugen davon.

Da war nichts, wo sie hätte hinrennen können. Und ihr Gewehr steckte in der Tasche am Fußende des Betts. Einen Meter hinter Derek.

»Ich muss auf die Toilette«, log sie ziemlich verzweifelt.

Er lächelte wissend. Die Ratte. »Du warst doch schon unten.«

Lily machte ein finsteres Gesicht. »Na und? Ich muss noch mal.«

»Schön. Ich gehe runter und sehe zu, dass ich uns etwas zu essen auftreibe, und du erledigst deine Angelegenheiten.« Er rührte sich nicht. »Irgendwelche Präferenzen?«

»Viel und heiß.«

Unglücklicherweise konnte sich »viel und heiß« auf jede Menge Dinge beziehen, die nichts mit Essen zu tun hatten. Abgesehen davon, kämpfte Lily mit etwas, das weit akuter als der Hunger war. Wie hatte er ihr so nah kommen können? Das Zimmer war gewiss klein, aber es fühlte sich plötzlich wie ein Schraubstock an.

Sicher, er war riesig. Groß, breit - verflixt -, und sie sollten in diesem Zimmer hier schlafen? Die Betten standen nur ein kleines Stück voneinander entfernt. Sie konnte das nicht. Sie konnte das wirklich nicht.

Lily hätte darauf gewettet, dass es keine Frau gab, die eine Nacht mit Derek Wright überlebte und unversehrt davonkam. Das war physikalisch unmöglich. Selbst eine Nonne hätte sich versucht gefühlt, und Lily war keine Nonne.

Ihr Körper wollte zu ihm. Doch so sehr ihre Lust sie auch zu ihm drängte, der Selbsterhaltungstrieb befahl ihr zu fliehen. Wenn sie nur irgendwohin gekonnt hätte ...

Es war, als könne er ihre Gedanken lesen. Sie konnte nur hoffen, dass dem nicht so war. »Okay«, sagte sie und zuckte zusammen, weil sich ihre Stimme sogar für sie selbst so laut anhörte. »Du holst das Essen, ich gehe duschen.« Sie atmete scharf ein und blies die Luft in einem Schwung wieder heraus. »Dann schlafen wir ein bisschen und brechen früh und ausgeruht auf.«

»Ah-hm.«

»Im Ernst.« Sie tat einen Schritt nach vorn und hob schon einmal, nur für den Fall, dass sie ihn abwehren musste, beide Hände. »Du, Essen. Ich, Dusche.«

»Okay«, sagte er, den Blick auf ihren Mund geheftet. Sie musste plötzlich gähnen, ein großes, ungekünsteltes, kieferknackendes Gähnen. Dereks Gelächter brach den Bann. »Okay, in die Dusche, dann essen, dann schlafen. Ab ins Badezimmer, ich bin gleich wieder da.«

Das war es, wovor sie sich gefürchtet hatte. Sobald er die Tür hinter sich zugemacht hatte, durchwühlte Lily ihre Tasche nach sauberen Kleidern. Dann stolperte sie auf zittrigen Beinen und mit hämmerndem Puls ins Badezimmer. Sie schloss die Tür hinter sich ab, was ihr ein schwaches Gefühl von Sicherheit gab. Sie konnte sich zwar nicht vorstellen, dass Derek so rüde war, ins Badezimmer zu kommen, während sie duschte, aber sie war sich gleichfalls sicher, dass ein Standardschloss ihm nicht im Wege sein würde, sollte ihm doch der Sinn danach stehen. Der Gedanke hatte etwas Aufregendes an sich. Für einen Sekundenbruchteil - wirklich nur einen Sekundenbruchteil - stellte Lily sich vor, wie Derek die Tür eintrat, sie in seine Arme riss und zum Bett trug. Vor ihrem inneren Auge war er atemberaubender als Rhett Butler, und die Szene war weit erotischer, als die Filmzensur es 1939 gestattet hatte.

Angsthase, schalt sie sich und drehte den Duschhahn auf, während sie sich auszog. So viel zum Thema aktiv werden. Das hatte alle Merkmale einer Frau, die sich einer schwierigen Entscheidung entzog und hoffte, dass der Mann sie ihr aus den Händen nahm. Sie hätte sich schämen sollen.

Sie schüttelte über sich selbst den Kopf.

Das warme Wasser fühlte sich auf der kalten Haut wunderbar an, aber sie hielt sich nicht lange auf. Wenn sie noch länger hier stehen blieb, würde sie unter der Dusche einschlafen. Ihr müder Kopf spann die Szene weiter. Derek würde hereinkommen und ihren komatösen nackten Körper aus der Dusche zerren müssen. Lily war nicht sicher, ob sie ihm hätte widerstehen können. Nicht einmal, wenn sie im Koma lag. Großes Zutrauen hatte sie nicht zu sich. Ihr Körper und ihr Verstand arbeiteten nicht synchron, wenn es um Derek Wright ging.

Er hatte ihr in zwei Tagen zweimal das Leben gerettet. Dennoch war sie immer noch nicht sicher, ob sie ihm vertrauen konnte. Und wenn sie es noch so lange verleugnete, Derek machte sie unglücklicherweise an. Das hatte er seit Jahren. Sie berührte ihre feuchten Lippen, erinnerte sich an seine Küsse und spürte ein Prickeln im ganzen Körper.

Sie stellte das heiße Wasser absichtlich kalt und japste, als der erste Schwall Brüste und Bauch traf. »Das hast du nun davon, du Dummerchen«, flüsterte sie und stellte das Wasser schnell wieder warm. Sie war mit ihm seit Tagen im *Schnee*, und nicht einmal die Kälte hatte sie davon abhalten können, sich von ihm angezogen zu fühlen. Ein kurzer Schwall kaltes Wasser richtete da nichts aus. Sie war gegen Dereks Charme nicht immun. Und sie war auch nicht so gut geimpft, dass sie gegen eine Wiederansteckung gefeit war.

»Aber«, stritt sie mit sich selbst, »warum rege ich mich eigentlich auf? Dann will ich ihn eben. Na, und? Sex brauchte keine lebenslange Verpflichtung. Es ist einfach nur Sex. Chemie.« Lily stieg aus der Wanne und griff sich ein Handtuch. War sie ein solcher Feigling? Derek konnte ihr keinen emotionalen Schaden zufügen, solange sie es nicht zuließ. Sie stellte den Fuß auf den Rand der Badewanne und trocknete ihr Bein ab.

Sie war eine erwachsene Frau.

Kein junges Mädchen.

Sie hatte Spaß am Sex.

Es war nicht illegal, einen Mann zu wollen, auch wenn Liebe dabei keine Rolle spielte. Oder?

Sie hatte die Liebe ausprobiert. Es hatte nicht funktioniert. Na und? Sie wollte Derek schließlich nicht *heiraten*. Sie wollte nur mit ihm schlafen. Sex ohne Liebe konnte genauso gut sein wie Sex mit Liebe, vermutete sie jedenfalls.

Lily gähnte, während sie sich anzog. Das nächste große Gähnen, das ihr die Tränen in die Augen trieb. Sie war hin- und hergerissen, kämpfte mit ihrem Selbsterhaltungstrieb, wenn es um Derek ging. Sie wollte ihn, aber sie *wollte* ihn nicht wollen.

Tatsache war, dass ihre Chemie und seine Chemie sich stark anzogen. Pheromone bei der Schwerstarbeit.

Du vertraust ihm nicht, erinnerte sie ihr Verstand.

Aber, warum? Sean war ein Lügner gewesen. Das wusste sie inzwischen mit Sicherheit. Warum war sie so wild entschlossen, sich an die offenkundigen Lügen zu klammern, die er ihr über Derek erzählt hatte?

Weil diese Lügen das Einzige waren, das sie noch daran hinderte, sich in Dereks Arme zu stürzen und eine komplette Närrin aus sich zu machen. Deshalb.

Alles, was sie an ihm anzog, zog Legionen anderer Frauen gleichfalls an. Wenn man einem Mann ein Festbankett servierte, warum hätte er sich dann dazu entschließen sollen, für den Rest seines Lebens ein und dasselbe Erdnussbutter-Sandwich zu essen?

Das war die Realität.

Sie hatte einem kultivierten Mann wie Derek Wright nichts zu bieten. Der Reiz des Neuen würde sich bald legen, und er würde zu grüneren Weiden weiterziehen.

»Aber andererseits«, murmelte sie, »*will* ich doch gar keine feste Beziehung, oder? Und wenn ich die Situation unter Kontrolle habe, gewinnen wir beide. Er will Sex. Ich will Sex.« Oh, Mann, sie wollte Sex. Mit ihm. Und nur mit ihm.

Zurzeit war sie für ihn eine Herausforderung. Die Frau, die ihm davongelaufen war. Lily nahm an, dass kaum eine Frau »nein« zu ihm sagte. Sie war zu seinem Moby Dick geworden.

Mist. Ihr platzte noch der Kopf.

Zu viel Gegrübel, zu wenig Schlaf.

Das war alles. Die Erschöpfung hatte die Vernunft überrollt.

Sie öffnete die Badezimmertür und erwartete, ihre Nemesis zu sehen, aber das Zimmer war leer. Ihr Magen knurrte laut und erbärmlich und erinnerte sie daran, dass sie nach mehr als Dereks Berührung hungerte. Sie ging zum Fenster, schob den Vorhang zur Seite und betrachte von oben ihr Gespann. Die Hunde hatten sich ausgestreckt und schliefen in der Abendsonne.

Helfer und Beobachter wimmelten herum. Ein paar Gespanne wurden durchgecheckt, die Hunde untersucht, und alle tranken sie dampfenden Kaffee und schienen die Kälte offenbar nicht zu bemerken. Natürlich hatten sie nachts alle gut geschlafen, im Warmen und gut geschützt. Die meisten von ihnen waren mit dem Schneemobil oder dem Geländewagen unterwegs oder flogen per Flugzeug von Kontrollpunkt zu Kontrollpunkt.

Sie hätten es mit einem Schlitten und einem Hundegespann versuchen sollen, das wäre wirklich aufregend gewesen. Sie grinste, als Dingbat sich im Schlaf auf den Rücken rollte, die Beine über die Brust gefaltet, mit offenem Maul und hängender Zunge.

Sie brauchte ihn nicht zu hören, um zu wissen, dass das kleine Monster schnarchte. Ihr Leithündin Arrow und Dereks Max hatten sich zusammengekuschelt, und über ihren Köpfen mischte sich in Wölkchen ihr Hundeatem.

»Schöne Träume, ihr Lieben.« Sie ließ den Vorhang sinken. »Als Nächste bin ich dran. Sie zog die Tasche vom Bett, ließ sie zu Boden fallen und sank mit einem lauten Seufzer aufs Bett. Nie zuvor hatte sich eine horizontale Fläche so gut angefühlt.

»Komm schon, Lily«, flüsterte sie trunken. »Bleib wenigstens so lange wach, bis du was zu essen bekommst.« Das war ihr letzter bewusster Gedanke, bevor ihr die Augen zufielen.

Verdammt, es hatte länger als erwartet gedauert, in der überfüllten Lodge etwas zu essen aufzutreiben. Als er ins Zimmer zurückkehrte, lag Lily tief schlafend mitten auf dem Bett.

Er schubste die Tür zu. Sie zuckte wegen des Lärms nicht einmal zusammen. Er schüttelte den Kopf und stellte das beladene Tablett auf den Tisch zwischen den Betten.

Das Zimmer roch leicht nach Seife und Dampf und Lilys eigenem feinem Duft. Derek nahm sich etwas Zeit, um das Bett aufzudecken und die Tür zuzuschließen. Dann schob er einen Stuhl mit gerader Lehne unter die Klinke. Nicht zur Verteidigung, nur aus Gewohnheit. Ein schwächlicher Stuhl konnte niemanden am Eindringen hindern, doch er würde Lärm machen und ihn die entscheidende Millisekunde früher aufwecken.

Er wog die gegenwärtige Gefahrenlage ab und stufte sie als zu vernachlässigen ein. Für den Moment. Es waren zu viele Leute hier, als dass der Attentäter hier und jetzt zuschlagen würde. Feigling, der er zu sein schien, würde er es versuchen, wenn niemand in der Nähe war.

Und das kam Derek gerade recht. Er hatte vor, dem Bastard so viel Seil zu geben, dass er sich daran erhängen würde. Aber zu diesem Zeitpunkt war Derek sicher. Und er würde auf Lily aufpassen. Er würde ihr noch einen Tag auf der Strecke gönnen, eine kurzen. Und am nächsten Kontrollpunkt würde sein Team bereitstehen und Lily in eine Sicherheitszone ausfliegen. Ob sie wollte oder nicht.

Das war möglicherweise ein Wink für Milos Pekovic' Oslukivati. Die nationale Sicherheit musste vorgehen. Aber Derek hätte Lily nicht einmal zum Wohle des Landes in Gefahr gebracht.

Er dachte daran, wie sehr sie sich vorm Fliegen fürchtete. Mann, würde sie wütend werden, wenn er sie in einen Helikopter steckte.

Aber lieber wütend als tot.

Über die Wut würde sie hinwegkommen. Der Tod war für ewig.

Er betrachtete sie. Sie hatte sich, nachdem sie geduscht hatte, enttäuschenderweise wieder ganz angezogen. Aber er hatte immerhin seinen Spaß gehabt, als er in der Schlange vor der Essensausgabe fantasiert hatte, wie sie oben im Zimmer auf ihn wartete. Nackt. Auf seinem Bett. Wie er es sich schon so oft ausgemalt hatte.

Ihr Haar würde nass sein und in süß duftenden Strähnen wirr über ihren Rücken fallen und an ihrer feuchten Haut kleben. Ihre Nippel würden vom selben hellen Rosa sein wie ihre Lippen und danach flehen, dass seine Hände sie berührten. Sie würden hart sein, weil das Schlafzimmer kälter war als das feuchtheiße Badezimmer. Sie würde ihn mit ausgestreckten Armen willkommen heißen ...

Nicht seine Lily. Derek schüttelte den Kopf und lächelte die schlafende Frau wehmütig an. Sie hätte ihm eher die eiserne Faust entgegengestreckt als offene, willige Arme.

Sie vertraute ihm nicht.

Hatte es nie.

Aber, bei Gott, sie würde es. Lily Munroe würde lernen, ihm zu vertrauen. Und zwar bald.

Sicher, ihren unwilligen Hintern nach Hause zu verfrachten, würde ihn ein, zwei Schritte zurückwerfen. Aber was wäre das Leben ohne Herausforderungen gewesen?

Und Lily Munroe war für ihn die personifizierte Herausforderung.

Sie hatte zwar noch die Decke aufgeschlagen, hatte aber nicht mehr die Energie gehabt, sie über sich zu ziehen. Sie lag zusammengerollt in seine Richtung gewandt da, Laken und Decke unter den Füßen zerknüllt. Er studierte ihr Gesicht, während sie schlief. Die langen dunklen Wimpern, der Zopf, der einen feuchten Strich auf die Vorderseite ihres hellgelben Sweatshirts gezeichnet hatte.

Er zog die Decke über sie und gestattete sich das Vergnügen, die Hand über ihr feuchtes Haar gleiten zu lassen, über die süße, warme Kontur ihrer Wange. Seine Augen verweilten auf ihrem weichen Mund. Er sehnte sich nach ihr.

Er stopfte ihr die Decke um den Hals zurecht, und sie bewegte sich im Schlaf. Die gestärkten Laken raschelten, als sie sich in die Decke kuschelte. Sie gab einen kleinen, wohligen Laut von sich, der ihm direkt in die Lenden schoss. Ah, Lily ...

»Wovon träumst du gerade, kleiner Igel?«, fragte er, die Stimme heiser und leise, um sie nicht zu wecken. »Was geht in deinem klugen Kopf vor, wenn du mich so misstrauisch anschaust? Wann wirst du dich bei mir sicher genug fühlen und damit aufhören, Sean als Schutzschild zu benutzen? Und wann, zur Hölle, wirst du endlich zugeben, dass du mich genauso begehrst, wie ich dich?«

Er streifte die Finger über ihre Lippen und seufzte. »Schlaf gut, meine Süße. Ich bin bei dir und beschütze dich.« Vor allem. Mich selber eingeschlossen.

Er ignorierte die Sandwichs und die Thermoskanne mit Kaffee, griff nach seiner Tasche und ging zum Duschen ins Bad.

Eine Stunde später hüpfte sein Herz, als er ihre saubere, feuchte Haut roch und Lily aus dem Badezimmer kam. Sie war zehn Minuten zuvor aufgewacht und ins Badezimmer gegangen, um ein zweites Mal zu duschen. Das Zimmer war fast dunkel; nur der schwache Schimmer der Außenleuchten fiel herein und hellte die Schatten auf. Die Hände unter den Kopf geschoben, hielt Derek die Augen geschlossen und tat so, als schliefe er.

Er hörte ihre weichen Schritte auf dem Teppich. Sie ging am Fußende seines Betts vorbei zum Fenster und sah nach den Hunden. Sie blieb eine Weile am Fenster stehen, dann hörte er, dass sie sich umdrehte, und stellte sich vor, wie ihr warmer Blick auf ihn fiel.

Er hatte Schwierigkeiten, seine Atmung leicht und seine Libido im Zaum zu halten.

»Ich weiß, dass du wach bist.«

So viel zum Thema Tarnung. Er schlug die Augen auf und lächelte sie an. »Verdammt. Und jetzt? Kann doch nicht sein, dass du schon wieder sauer bist«, sagte er leise.

»Ich habe wirklich geschlafen. Ich bin unschuldig.«

Sie trug glänzende schwarze Sport-Leggings, das hellgelbe Sweatshirt und eine finstere Miene. Sie stellte sich breitbeinig hin, als mache sie sich kampfbereit, verschränkte die Arme vor der Brust und starrte ihn böse an. »Du bist eine ganze Menge«, konterte sie. »Aber unschuldig bestimmt nicht.«

»Wo ist jetzt wieder das Problem?«

Sie zog die Augen zusammen. »Lass uns Sex haben und es hinter uns bringen.«

Sein Herz blieb auf der Stelle stehen, und er kam auf die Ellenbogen hoch. »Was hast du gesagt?«

»Sex.« Sie legte den Kopf schief, und ihr langer feuchter Zopf schwang sacht an ihrer Brust. »Du willst es, und mir ist es auch recht. Was sagst du? Lass es uns einfach tun und diesen Drang aus unseren Systemen jagen. Diese sexuelle Spannung lenkt mich vom Rennen ab.«

»Du lieber Himmel, Lily.« Derek würgte ein Lachen hinunter. »Und was ist mit dem Vorspiel?«

»Du hast schon in Anchorage mit dem Vorspiel angefangen, ist es nicht so?«

Er schwang die Beine über die Seite der Matratze und stand auf. Er türmte sich vor ihr auf, aber sie wankte und wich nicht, starrte ihn lediglich finster an. Es war der unverliebteste Auftritt, den er je erlebt hatte. Er verbiss sich das Lächeln. Ah, Lily. Sie versuchte, ihn niederzustarren, während in ihrer Halsgrube wie wild der Puls pochte. Das vertraute Gefühl des Verlangens durchdrang ihn so tief, dass er sie fast in seine Arme gerissen hätte.

»Ja, das habe ich«, sagte er gleichmütig. »Auch wenn ich mein Vorspiel üblicherweise etwas aktiver gestalte. Ich hätte nicht gedacht, dass du es bemerkt hast.«

»Habe ich.« Ihr Gesicht flammte auf, ihre Augen strahlten hell, eher grün als braun, und waren unverwandt auf sein Gesicht gerichtet. »Und?«

»Bist du sicher, dass es das ist, was du haben willst? Hier? Jetzt?«

Sie zuckte die Achseln. »Wenn ich nicht sicher wäre, hätte ich es nicht gesagt. Du versuchst seit Jahren, mir die Kleider vom Leib zu fummeln. Hier kommt deine Chance. Wollen wir mal sehen, was du erhältst.« Tapfere Worte von einer Frau, die es kaum schaffte, ihm in die Augen zu sehen.

Derek verkniff sich ein mitfühlendes Lächeln. *Wie weit willst du es noch treiben, süße Lily? Wie weit kann ich dich gehen lassen, bevor ich innerlich zusammenbreche?* Ein Test also. Er hakte die Daumen in die Taschen, um sich daran zu hindern, nach ihr zu greifen. *Ganz ruhig, Junge.* »Das nenne ich eine Einladung.«

Sie nahm ein Sandwich vom Tablett und biss ab. »Aber mach schnell, okay?«, sagte sie mit vollem Mund. »Ich möchte gleich anfangen.«

Ah, Jesus, dachte er und verbiss sich erneut das Lachen. Er hoffte wirklich, dass sie beide eines Tages über diesen Moment würden lachen können. Im Moment fühlt es sich an, als stürbe seine Vorfreude einen langsamen, schmerzlichen Tod, und er schien die reale Chance zu haben, als Lohn eine herbe Enttäuschung zu kassieren. »Sag nie ›mach schnell‹ zu einem Mann.«

Sie schluckte und zuckte die Achseln. »Wie du meinst.« Sie nahm noch einen Bissen, die Augen beim Kauen auf sein Gesicht gerichtet. »Ich habe nicht den ganzen Tag Zeit. Nimm es, oder lass es.«

Falls er es nicht ›nahm‹, musste er fürchten, dass sie an ihrem Sandwich erstickte, so schnell, wie sie es hinunterschlang.

Süße, kostbare Lily. So scheu. So tapfer.

Er streckte die Hand aus, um ihr die Krümel von der Brust zu klopfen, und sie zuckte zusammen. Ihre Nippel zeichneten sich durch den Stoff ab; kleine harte Knospen, die ihn wahnsinnig machten. »Langsam, langsam«, flüsterte er ihr zu und sagte sich *ganz eisern*, dass dies nicht die Nacht war, in der er mit Dr. Lily Munroe schlafen würde, so sehr er sie auch begehrte. Sie war zu nervös, und ihre Tapferkeit war nur gespielt. Dennoch brachte ihre Offerte ihn einen Schritt näher an sein Ziel.

Er sah sie abschätzig an. Das hieß allerdings nicht, dass er nicht mitspielen konnte. »Gut.« Er zog das T-Shirt über den Kopf, warf es hinter sich aufs Bett und sagte: »Zieh die Kleider aus und leg dich hin.«

Der Puls in ihrer Halsgrube hämmerte, und Lily sah ihn entgeistert über den Rest ihres zweiten Sandwichs an.

Derek ahmte ihr beiläufiges Schulterzucken nach. »Ich hätte, zumindest beim ersten Mal, lieber mehr Zeit gehabt. Aber, zur Hölle, ich bin mehr als willens, deinen Wünschen nachzukommen, wenn du lediglich schieren, schmutzigen Sex willst. Zieh dich aus, und leg dich hin.«

»Du weißt wahrhaftig, wie man für die richtige Stimmung sorgt.«

»Die Stimmung ist gleich wieder fort, wenn du sie nicht beim Schopf packst, Süße. Ausziehen.«

Lily warf das halb gegessene Sandwich auf das Tablett zurück, wischte sich die Hände ab und leckte sich einen Krümel von der Unterlippe. Die Geste schoss ihm direkt in die Lenden. Jesus. Er war kurz davor, aus der Haut zu fahren. Als sie zögerte, dachte er kurz, sie werde kneifen und ihre Meinung ändern. Verdammt sollte sie sein, wenn sie jetzt nicht bald die Arme kreuzte und an den Saum des Sweatshirts griff.

Entweder hatte sie vor, ihn mit einem Striptease in Zeitlupe an den Rande des Wahnsinns zu treiben, oder sie war noch nervöser, als er angenommen hatte, und es fiel ihr schwer, sich unter seinem gierigem Blick zu entblößen. So oder so wurde ihm der Mund trocken, während sie Stück für Stück das hellgelbe Fleeceshirt nach oben zog und ihre Haut enthüllte.

Er beugte sich über sie und streifte die Lippen über die noch feuchte Haut ihrer Brust. Sie erstarrte. »Mach weiter«, sagte er mit belegter Stimme, während er die sanften Senke zwischen ihren Brüsten mit Küssen bedeckte. »Ich fange, während du dich ausziehst, einfach schon mal an.«

Er küsste die seidige Haut an ihrem Unterarm und ließ die Hände über den sanften Schwung ihrer Taille gleiten. Erst da fiel ihr wieder ein, dass sie dabei war, ihr Sweatshirt auszuziehen.

Sie brachte es hinter sich und ließ das Hellgelb endlich aufs Bett flattern.

Sein Blick wanderte bewundernd ihren Körper hinunter und wieder hinauf. »Es war das Warten wert«, teilte er ihr ehrerbietig mit und weidete seine Augen an ihr. Fiebrig und auf einer Messerschneide aus Lust balancierend, war er verrückt vor Begierde, doch er zwang sich, langsam und locker Luft zu holen.

Ihre cremeweiße Haut kontrastierte mit den schwarzen Leggings. Keine verführerische Spitzenwäsche für seine Lily. Zur Hölle, nein. Nur ein schlichter, unverzierter, zweckmäßiger weißer Baumwoll-BH. Kein Schimmer von Bändern oder Spitzenrüschen, nur die sanften Hügel ihrer Brüste zur Dekoration. Derek hatte in seinem Leben noch nichts Verführerischeres gesehen.

Ihre Nippel bohrten sich in den dünnen Stoff, als streckten sie sich nach ihm. Ihr Busen war klein, rund, reif für seine Berührung und rosig vor Lust. Er umfasste ihn durch den BH. Ihre Wimpern flatterten, aber sie beobachtete konzentriert sein Gesicht, während seine Daumen über die harten Spitzen glitten.

»Wie fühlt sich der Druck an?«, fragte er höflich.

»G-gut.«

»Nur gut?« Er runzelte die Stirn. »Verdammt, ich habe mein Gespür verloren.« Er neigte den Kopf und küsste ihren Nippel durch den Stoff des praktischen Büstenhalters. Sie grub die Finger in sein Haar. *Gott, war das gut.* Er sog die kleine Knospe in seinen feuchten Mund und saugte daran, bis er ihre Knie nachgeben fühlte. *Besser.*

»Harter, schneller Sex kann ganz exzellent sein.« Er blies sachte auf den feuchten Stoff, sie wimmerte und fasste mit einem erstickten kleinen Ächzen fester in sein Haar. »Ich habe - magst du das? Gut - absolut kein Problem damit, es hart zu machen.« Er legte eine Hand an ihre Brust, während er saugte. »Und schnell. Wenn es das ist - oh, dieser süße Leckerbissen fühlt sich einsam -, was du willst.« Seine Lippen umschlossen den anderen Nippel, und er musste sie festhalten, weil ihre Knie sie offensichtlich kaum mehr trugen.

Er leckte die Kluft zwischen ihren Brüsten und murmelte: »Das ist es doch, was du willst, richtig? Schnelle Befriedigung?« Er schloss die Hände um ihre Taille und spürte ihren Puls, der unter der weichen Haut wie ein Schwarm Schmetterlinge flatterte. »Lily?«

Die Augen glasig, die Lippen leicht geöffnet, flüsterte sie: »Ah ... ich ... sicher. Ja.«

»Dann kommt jetzt das Mach-es-auf-deine-Art-Spezialprogramm.« Er ließ eine Hand über ihren seidigen Rücken gleiten und hakte den Büstenhalter auf. Dann legte er die Hände auf ihre Schultern und schob die Träger nach unten. Sie zitterte.

Ihre Haut verströmte kleine elektrische Wellen. Sie presste die Arme fest an die Seiten und hielt das dünne Ding am Platz. Eine Sekunde glaubte er, sie mache einen

Rückzieher. Aber nach kurzem Zögern entspannte sie sich und ließ den BH zu Boden fallen.

Das Licht von draußen blitzte in ihren Augen auf, und sie sagte ungeduldig: »Hast du vor, mich irgendwann zu küssen?«

»Hm?«, fragte er geistesabwesend und füllte die Sinne mit dem Anblick ihres nackten Oberkörpers. »Perfekt.«

»Ich habe zu kleine ...«

»Absolut perfekt.«

Er sah sie an, blickte in ihre benommenen Augen und griff hinter sie, um den Zopf über eine ihrer Brüste fallen zu lassen. Dann nahm er das Ende des Zopfes und bemalte ihre blassrosa Nippel wie mit dem Pinsel. Schließlich wickelte er das Gummiband ab und breitete die goldbraune Raffaeliten-Mähne mit beiden Händen über ihre Schultern.

Ihr Pupillen wurden weit. »Ich weiß nicht, was ich mit meinen Händen machen soll«, flüsterte sie.

Sein Penis zuckte vor Vorfreude. »Alles, was du willst.« Er nahm ihre Hände und legte sich die Handflächen auf die Brust. Ihre Finger vergruben sich in seine brennende Haut, und sie sah mit geöffneten Lippen zu ihm auf. »Küss mich.«

Er hakte die Daumen in die seidige, elastische Leggings, die ihre Hüften und Beine umschloss und zog mit einem Ruck. Er würde sie küssen, bis das Licht der Welt erstarb. Er würde sie küssen, bis sie nicht mehr wusste, wo sie aufhörte und er anfing. Er hatte so verdammt lange auf das hier gewartet, er wollte keinen auch noch so kleinen Schritt auslassen.

»Ja, sicher, in einer Minute«, sagte er barsch. Oh, er würde sie küssen. Aber erst, wenn ihr Verstand und ihr Körper wieder beieinander waren. »Sobald ich die Zeit dazu habe. Verdammt, sind die Dinger eng«, sagte er gepresst. »Wie bist du da bloß hinein - ah, wie an Weihnachten.«

Er rollte die Leggings einfach nach unten und nahm dabei einen interessant aussehenden weißen Tanga mit. Nicht ganz so zweckmäßig, sieh an.

Sie war nackt.

Blass und nackt.

Rosa und nackt.

Wundervoll, hinreißend nackt.

Er hätte sie am liebsten genau so porträtieren lassen.

Ihre Haut war seidenweich, makellos, zum Lecken glatt und schrie danach, gekostet zu werden. Er war so hart, dass es wehtat.

War schneller Sex wirklich das, was sie wollte? Keine Gefühle? Sie hatte ihn lange, zur Hölle, immer auf Distanz gehalten. Und jetzt wollte sie es schnell und schmutzig? »Bist du sicher, dass du es so haben willst, Lily?«, fragte er und sah ihre Augen sich verdunkeln, blicklos werden.

»Ich stehe nackt vor dir, oder nicht?« Sie streckte die Hand aus und hakte die Finger in seine Gürtelschlaufen und zog seine Hüften an ihre. »Einer von uns beiden hat für diese Party zu viel an.« Ihre Finger wanderten an seinen Hosenschlitz. Sie schaffte es nicht, den Reißverschluss über seine Erektion zu ziehen, aber er ließ sie eine Weile lang kämpfen.

Sie kämpfte hart, aber er war härter. Er schob ihre Hand weg. »Ich mache es.«

Er war gespannt wie eine Pistole und so bereit für sie, dass ihr Traum vom schnellen, schmutzigen Sex vielleicht Wirklichkeit wurde.

Als sie erneut nach ihm fasste, kickte er Jeans und Boxershorts weg und setzte sich nackt auf das zerwühlte Bett. Er hatte sie zwischen seine gespreizten Knie gezogen, bevor sie zurückweichen konnte. Sie japste fassungslos, als er sie am Platz hielt, unerbittliche Hände auf ihre Hüften legte und die Oberschenkel an ihre presste.

»Es gibt ›schnell‹«, murmelte er, beugte sich zu ihr und legte den offenen Mund auf ihren Bauch. »Und es gibt … *hm* … ›gut‹.«

12

*H*m ... gut?, überlegte Lily vage. Sie waren von heiß zu kochend heiß übergegangen, als sie das Sweatshirt abgestreift hatte.

O Gott. Bitte, verführe mich nicht. Mach es nicht perfekt, dachte sie, als sie die Hände in Dereks Haar grub, weil sein Mund warm und fest über ihren Unterleib glitt und eine Spur zog, die jeden Widerstand schwächen musste. *Lass mich nicht glauben, es könne für immer sein, wo ich doch weiß, dass es das für dich nicht gibt.*

Hart und schnell, dann waren sie beide diesen Drang los, und Lily kam ungeschoren davon. Nur dass Derek ihr nicht ihren Willen lassen würde. Er schien entschlossen, sich Zeit zu nehmen und sie seiner süßen Tortur zu unterziehen.

Das war nicht fair! Das hier war ihre Party! Sie wollte bestimmen, welche Gefühlsregungen eine Einladung bekamen.

Aber Derek hatte wie üblich seine eigenen Vorstellungen.

Sie wand sich, und seine harten Finger schlossen sich gnadenlos um ihre nackten Hüften. Dachte er wirklich, sie werde *jetzt* aufgeben? Ihr Kopf fühlte sich unerträglich schwer an, während er sie an seinen Mund drückte, als sei sie ein ganz besonders saftiger Maiskolben, den er unbedingt auskosten wollte.

Das Bild war insoweit akkurat, als sie unter dem langsamen heißen Ansturm seines Mundes wie Butter dahinschmolz. Ihr Kopf fiel nach vorn, und sie ächzte leise.

»Ich liebe es, wie deine Haut sich anfühlt«, sagte er und hob den Kopf, während seine Daumen ihre Hüften streichelten. »Genau, wie ich sie mir vorgestellt habe. Genauso glatt und seidig, wie sie aussieht. Und weich. So weich.« Er zog eine Spur aus brennenden Küssen über ihren Unterleib, und ihr Körper zog sich zusammen, als sie die heiße Lava seiner Zunge fühlte.

Lilys Knie gaben nach, nur seine starken Hände hielten sie noch aufrecht. »Derek ...«

»Ich mache das nicht so, wie du glaubst, es haben zu wollen, meine Süße«, murmelte er, während seine Hände über ihre Hüften kurvten und ihr Hinterteil streichelten. »Ich habe eine gottverdammte Ewigkeit auf diesen Augenblick gewartet. Ich lasse mich nicht drängen. Nicht einmal von dir.« Er streifte einen hitzigen Kuss auf ihre linke Brust; dann sog er den Nippel in seinen heißen Mund.

Lilys Knochen schmolzen. Seine starken Arme hielten sie aufrecht. Jeder Nerv und jede Zelle ihres Körpers fühlte sich lebendig an. Den Kopf nach hinten gelegt und die Augen fest geschlossen, fühlte sie jede seidige Strähne seines Haares zwischen ihren Fingern. Sie fühlte das behaarte Raspeln seiner Beine an ihren glatten Oberschenkeln, während er sie zwischen den Knien hielt.

Seine Handflächen hatten ganz leichte Schwielen, was sich erotisch anfühlte, wenn er sie behutsam über ihren Rücken gleiten ließ. »Einmal«, sagte er mit einem trockenen Lachen, »habe ich einen ganzen Monat vom Anblick deiner nackten Füße gelebt.«

»Meiner nackten Füße?«, fragte Lily abwesend. Sie hatte keine Worte für das Erlebnis, ihn ihre Nippel saugen zu fühlen. Es fühlte sich so stechend ... süß ... frustrierend ... himmlisch an, wenn er seine Zunge um sie flattern ließ und sie mit seiner Zärtlichkeit zum Wahnsinn trieb. Sie war nervös, sehnte sich nach mehr.

»Als wir im Kino waren, hattest du hochhackige Sandalen an. Deine Füße waren nackt. Du trugst normalerweise ständig Arbeitsstiefel. Mir ist damals zum ersten Mal klar geworden, dass ich ein Faible für Füße habe. Deine Füße.«

Lily verspürte eine gewisse Belustigung. Dummer Kerl. Sie ließ die Hände über seinen Kopf gleiten, spürte das seidige Gewicht seines Haars. Er braucht einen Haarschnitt, dachte sie, während sie seinen Hinterkopf umfasst hielt und ihn an sich drückte, damit er fester an ihrem Nippel saugte.

»Meine Füße sind nackt«, sagte sie schwach.

»Man kann es sich zwar kaum vorstellen, aber ich habe etwas gefunden, das mir sogar noch besser gefällt.« Er küsste die Seite ihrer Brust. »Aber erinnere mich daran.«

Ihre Finger wanderten in seinen Nacken, und dann musste sie die Hände auf seine Schultern stützen, weil er den Mund mit exquisiter Zärtlichkeit vom Hügel ihrer Brust durch das Tal und auf die andere Brust bewegte.

Das war nicht das, was sie sich vorgestellt hatte, dachte Lily mit den wenigen verbleibenden Gehirnzellen. Aber wie hätte sie sich überhaupt etwas Derartiges vorstellen sollen? Ihr Erfahrung mit Männern war erbärmlich klein, und Sean ... Sie war nicht einmal sicher, ob Sean überhaupt als Erfahrung zählen konnte.

Oh, Derek Wright war eine Klasse für sich.

Und, o Mann!

»Wollen - ah - bewegen wir das irgendwann auf eine ebene Fläche? Oder tun wir es im Stehen?«

Er bepflanzte die Senke zwischen ihren Brüsten mit zahlreichen kleinen Küssen. »Nur keine Eile.«

»Und das von einem Mann, dessen ...« Erektion so hart und enorm war. Lily fühlte sie ungeduldig an ihrem Schenkel zucken, als sei sie am Leben und verlange Einlass. Die Spucke in ihrem Mund trocknete weg. Ihr Herz pochte schmerzhaft an die Rippen. Sie fühlte sich gleichermaßen benommen wie übernatürlich wach. Ihre Haut war viel zu sensibel, alle Nerven lagen blank. Ihre Brüste waren heiß und weich, ihre Haut wie elektrisch aufgeladen.

Er schob die Hände auf ihre Brüste und schickte ihr die hei-ßen Schauder bis in die Zehen. »Dessen was?«, fragte er heiser, der Atem heiß und feucht auf ihrer Haut, den dunklen Kopf nach wie vor auf ihre Brüste gesenkt. Die Hände auf seine Schultern gelegt, ließ Lily sich auf das Bett fallen, die Knie an seine Hüften gelegt. Sie hob die Hände und umfasste sein Gesicht, sah ihm in die Augen. Klar. Ruhig. Brennend blau.

Ein Teil von ihr wollte ihn wegschieben. Ihn zu lieben, würde sie langfristig gesehen unglücklicher machen, als sie es sich vorstellen konnte.

Lauf weg! Jetzt! Und schau nicht zurück!

Aber wie konnte etwas, das sich so richtig anfühlte, falsch sein?

Hatte sie sich das nicht erträumt - sogar in ihrer Hochzeitsnacht? Hatte sie sich nicht vorgestellt, die Arme ihres Ehemanns gehörten jenem Mann, vor dem sie davongelaufen war, weil sie die machtvolle Kraft gefürchtet hatte, mit der er sie anzog?

Ja. Das hatte sie. Sie hatte Derek sogar in jener Nacht gewollt, und die Zeit zum Davonlaufen war längst verstrichen. Das war damals gewesen. Aber das hier war heute. Und heute wollte sie auf ihn sinken, seine ganze Länge in sich aufnehmen, ihn hart und wild reiten. Ihr Körper erbebte vor Verlangen, vor dem primitiven Trieb, sich mit diesem Mann zu paaren. Ihre Territorium abzustecken. »Bitte, sag, dass du Kondome dabei hast«, flüsterte sie mit einem verzweifelten Unterton in der Stimme.

Das hier war nur Sex, sagte sie sich. *Nur. Sex.*

Dass ihr Körper eine verdammt gute Zeit hatte, ihr Verstand auf Urlaub war und ihre Lippen wie erstarrt waren, war der Sache durchaus dienlich.

Es war einfach nur Sex.

»Hab ich, Süße. Und ich benutze sie auch, wenn es das ist, was du willst. Aber ich hatte seit sechs Jahren keinen Sex mehr. Ich lasse mich einmal pro Jahr durchchecken, und da war immer alles in Ord...«

Sie starrte ihn mit großen Augen an. »*Sechs Jahre?*«

»Ja.«

»Wie kann ein Mann wie du sechs Jahre lang keinen Sex haben?«

Er zog eine dunkle Augenbraue hoch. »Ein Mann wie ich?«

Lily wedelte sprachlos mit der Hand an seinem Körper entlang.

Er zog die Augen zusammen. »Vielleicht habe ich auf meine Märchenprinzessin gewartet?«

»Willst du auf dieses Lügenmärchen noch einen Schlag Mayonnaise drauf haben?«, fragte Lily süßlich. »Der Gummi ist auch nicht deinetwegen. Er soll dich beschützen.«

»Du hast nie mit einem anderen Mann als Sean geschlafen.«

Richtig. »Und mit jeder Frau, mit der *er* geschlafen hat.«

»Du wusstest es?«

»Ja.«

»Seit wann?«

Sie verstand ihn genau. »Wir hatten keinen Sex mehr seit der ersten Nacht unserer Flitterwochen.«

Seine Gedanken überschlugen sich fast. »Nie mehr?

»Nie mehr.«

Er musterte sie fassungslos. »Du bist praktisch Jungfrau.«

Ihre Lippen zuckten. »Ich glaube kaum, dass ›praktisch‹ durchgehen würde, falls ich Nonne werden wollte.«

Er berührte mit den Fingerspitzen ihre warme Wange. »Ich denke, das willst du nicht.«

»Im Moment nicht. Nein.«

»Glück gehabt.«

»Ja, nicht wahr?«

Er schob sie zur Seite, als wöge sie nichts und hob seine Tasche vom Boden. Er fasste hinein und holte eine Hand voll Folienpäckchen heraus.

»Ich mache mir keine Sorgen, Lily. Es ist für uns beide Jahre her. Aber ich benutze die Gummis trotzdem - es sei denn, du möchtest heute Nacht ein Kind mit mir machen.«

Gott, das hatte sie ganz vergessen. Wie dumm war sie eigentlich? Sie hatte sich solche Sorgen gemacht, Derek vielleicht mit irgendetwas anzustecken, das Sean ihr angehängt hatte, dass sie nicht an die Möglichkeit einer Schwangerschaft gedacht hatte. Aber ein Baby... Ihr Herz tat bei dem Gedanken weh.

»Nein«, sagte sie geschmerzt. »Will ich nicht.«

Er nickte, sah sie an und fragte zuvorkommend: »Zwei oder drei? Oder hast du nur für einen Quickie Zeit?« Es beschwor seine Willenskraft, die dünn wie Papier war, so zu tun, als sei er nicht so geil, sich vor Verlangen die eigene Hand abnagen zu können.

»Eins sollte reichen.« Sie warf ihm einen verunsicherten Blick zu, während sie wie beiläufig ein Kissen auf ihren Schoß zog, um sich zu bedecken.

Das weiße Baumwollkissen sah unter der cremigen Seidigkeit ihres Busens wie ein grober Lumpen aus. Ihre Nippel waren immer noch harte kleine Spitzen von hellstem Rosa und reizten ihn, sie erneut zu kosten.

»Sollte was?«, fragte Derek und warf sämtliche Gummis auf den Tisch zwischen ihren Betten.

»Sollte reichen, um diese sexuelle Anspannung aus deinem System zu jagen.«

»Aus meinem?«

Ihr Gesicht lief rot an. »Unseren Systemen, meinetwegen.«

»Eins tut es ganz bestimmt nicht, Süße. Aber es ist ein guter Anfang.«

Er sah die Vorfreude über ihr Gesicht flackern, was sie schnell hinter Gezwinker verbergen wollte. Dann hob sie den Kopf und sah ihn unverwandt an. »Lass es uns tun.« Der hämmernde Puls in ihrer Halsgrube verriet ihm, wie sehr sie sich bemühte, gleichgültig zu wirken, während sie nackt auf dem Bett saß und er sich vor ihr auftürmte.

Gut. Ihm war es nicht im Geringsten gleichgültig. Er hatte sechs Jahre lang auf diesen Augenblick gewartet. Und er war mehr als bereit. Aber er wollte verdammt sein, wenn er schnell machte.

»Na, los«, sagte sie mit einem kleinen Tadel in der Stimme. »Wollen wir sehen, wie das ist.«

Derek beobachtete ihr Gesicht. Meinte sie es ernst? Warum hatte sie es so verflucht eilig? Warum ausgerechnet jetzt? War Sex für sie wirklich nur eine Pflichtübung, wie sie es ihn so unbedingt glauben machen wollte?

Zur Hölle, das war er nicht.

Sie hatte Sean *geliebt* und ihn trotzdem bis zur Hochzeitsnacht warten lassen, bevor sie ihm gestattet hatte, mit ihr zu schlafen. Gott, dachte er und hätte am liebsten mit den Fäusten auf seine Brust getrommelt und es vom Dach gebrüllt: Sie war trotz allem so gut wie Jungfrau.

Er ließ den Blick von ihren roten Lippen zu ihren fiebrigen Augen gleiten. Nein. Sie war nicht verblüfft gewesen, als er sie geküsst hatte. Er hatte die elektrische Spannung auf ihrer Haut gespürt, und ihr Herz hatte unter der cremigen Haut gehämmert. Lily war nicht immun gegen seine Berührung.

Dann dämmerte es ihm: Sie dachte, der Sex werde eine weitere Barriere zwischen ihm und ihrem Herz aufbauen. Sie glaubte - gepriesen sei ihre irregeleitete, wirre Logik -, schneller, mechanischer Sex werde ihn dazu bewegen, ihr nicht mehr nachzustellen und ihr aus dem Weg zu gehen.

Er riss das schützende Kissen von ihrem Schoß, schleuderte es auf das andere Bett, die Augen auf ihr Gesicht gerichtet. »Irgendwelche Präferenzen?«, fragte er gnädig.

Ihre Pupillen waren riesig. »N-nein.«

»Kein Problem.« Er drückte sacht gegen ihre nackte Schulter und schubste sie damit sanft aufs Bett. »Ich habe jede Menge.«

»Jede Menge was?«

»Präferenzen. Ich werde dich jede einzelne lehren. Dann kannst du mir deine zeigen.« Er streichelte einen Pfad über ihren festen Bauch und war hingerissen davon, wie ihre Haut auf die leiseste Berührung reagierte. »Nein, mach dir keine Gedanken. Vielleicht finde ich lieber selber heraus, was du magst. Ja. Das ist mir lieber. Fürs Erste.«

Er setzte sich neben sie und legte die Hand auf ihren Bauch. Dann senkte er den Kopf und hauchte ihr einen Kuss auf die Hüfte. Er stellte befriedigt fest, dass ihre Muskeln unter seinen Lippen zuckten. »Die Stelle gefällt mir.« Er ließ den offenen Mund zu ihrem seidigen Haardreieck wandern.

»Deine Haut ist zart wie Seide. Genau da.« Er inhalierte den Duft ihrer Erregung, während sein Mund von Hüfte zu Hüfte wanderte und der Versuchung widerstand, gefährliches Terrain zu betreten - um Haaresbreite. Lily bewegte sich rastlos unter dem Ansturm seines Mundes.

Er stützte einen Arm neben sie aufs Bett und zog die Finger der anderen Hand an ihr rechtes Knie. »Lass es mich wissen, wenn du etwas nicht magst«, sagte er und kostete ihre Haut mit der Zungenspitze. Ihr ganzer Körper erbebte, und er lächelte sein Raubtierlächeln an ihren zittrigen Bauch. »Gut?«

»D-du machst d-das ganz richtig.«

»Willst du ein Buch?«

»Ein Bu... Was?«

»Der Vorspielteil unseres Programms lässt dich offenbar kalt. Ich frage mich, ob du vielleicht lesen möchtest, während ich das hier tue?«

Lily fing zu giggeln an. »Sehr witzig.« Sie stemmte sich auf die Ellenbogen. »Wenn es mir noch ein bisschen mehr gefallen würde, wäre ich schon zur Pfütze zerflossen.«

»Hm. Ist das so?« Er zog die Zungenspitze durch das seidige Haar an ihrer Schambeuge und folgte ihr mit der Hand. Ihre Haut prickelte, sie ließ sich wieder auf die Matratze fallen und durchkämmte mit den Fingern sein Haar. Er tauchte seine Zunge tief hinein und kostete sie.

Sie war nass, glitschig und geschwollen. Sein Herz überschlug sich vor Begierde. Es war wie nie zuvor. Er hatte andere Frauen begehrt, aber nicht so. Himmel, nicht so. Der Unterschied zu dem, was er mit anderen Frauen erlebte hatte, war so enorm, dass all die anderen Erlebnisse verblassten. Sie kamen nicht einmal annähernd heran.

Er zügelte seinen unbändigen Hunger, leckte sie nur ganz sanft. Er war verrückt vor Lust, doch er stieß die nagende, gierige Bestie der Leidenschaft fort und verwöhnte Lily sanft mit den Lippen. Sie sollte verrückt nach ihm sein. Er wollte ihre Gier fühlen wie seine eigene. Wollte sie so überwältigt sehen, wie er selbst es war.

Es würde für sie beide nie wieder ein erstes Mal geben. Das hier würde bis in alle Ewigkeit zählen.

Er schob ihre Beine mit den Schultern auseinander, und Lily fühlte den heißen Speer seiner Zunge eindringen. Sie war so bereit für ihn, dass jeder Moment ihr eine Million elektrische Schläge durch den Körper jagte. Das Gefühl kam schlagartig und viel zu intensiv. Sie packte mit eisernen Fäusten sein Haar. Seinen Mund dort unten zu spüren, war so intim, so invasiv, so persönlich. Ihr war, als rolle eine Sturmflut über sie hinweg ...

Ihr Hirn war leer, sie bestand nur noch aus Gefühl. Sie war von ihm high. Schwindlig vor Begehren. Sie delirierte vor Lust, während sein Mund sie mit einem Hunger plünderte, der sie verblüfft hätte, hätte sie noch Zellen zum Denken im Kopf gehabt. Es war eine Tortur. Ihr Kopf flog von einer Seite auf die andere. »Ich gestehe.«

Er presste den Daumen auf die harte Knospe und murmelte: »Gestehst, was?«

»Alles«, keuchte Lily. »Alles ... o Gott ... alles.« Sie bog die Hüften vom Bett, als er den Mund wieder auf sie senkte und sie festhielt, während er sich mit Lippen, Zähnen und Zunge an ihr erging.

Und sein magischer Daumen schien plötzlich überall zu sein.

Es war nicht genug Luft im Zimmer. Sie sog verzweifelt Sauerstoff in die ausgehungerten Lungen. Ihr Herz hämmerte ohrenbetäubend an ihr Trommelfell.

Der Achterbahnwagen nahm sie höher hinauf. Höher. Höher.

»Derek ...« Das konnte nicht wahr sein. Wie sollte sie das noch einen Moment länger ertragen können? Wie sollte sie es ertragen, wenn er aufhörte?

»Lass dich gehen.«

Sie schüttelte den Kopf, fasste nach ihm. »Komm in mich. Jetzt!«

»Noch nicht.« Er hob ihre Hüften, öffnete sie weiter. Sie glaubte, nicht mehr höher steigen zu können.

Er brachte sie zum Gipfel.

Und stieß sie über die Klippe.

Es brauchte Jahre ihres Lebens, bis Lily in ihren Körper zurückfand. Sie fühlte sich so schlapp wie eine zu lange gekochte Nudel. Sie hätte, selbst wenn sie es versucht hätte, keinen einzigen Muskel rühren können.

»Wir war das für dich?«, fragte Derek mit belegter Stimme, den Kopf an ihrem Oberschenkel.

Lily versuchte, eine Hand zu heben, um sein Gesicht zu berühren. Sie war wie gelähmt. Hm, interessant. »Ziemlich verdammt toll, danke.« Sie hörte sich trunken an.

»Ja, dachte ich mir.« Er hob den Kopf und schob seinen riesigen Körper zwischen ihren Schenkeln hoch wie Poseidon, der dem Meer entstieg. Er türmte sich über ihr auf. Groß, verschwitzt, mit glänzenden Sehnen, die breiten Schultern im Licht aus dem Badezimmer schimmernd. Ein heidnischer Gott, der sich in einem Ritual, das so alt war wie die Zeit, eine Frau genommen hatte.

Sie kam etwas zu dringend benötigter Kraft, schlang die Knöchel um sein Hinterteil und zog ihn näher. Die harte, seidenglatte Länge seines Glieds streifte ihre feuchte Pforte. Lily schob die Hand nach unten und umfing ihn mit den Fingern, spürte die rohe Kraft heiß unter ihren Fingern pochen. »Mm-mmm, wirklich gut.«

Derek lachte.

»Komm zu mir.«

Er beugte sich zum Tisch, griff sich eines der Folienpäckchen und riss es mit den Zähnen auf. Lily hätte fast gelacht, so schnell, wie er den Gummi ausgepackt hatte. Sie schnappte ihn mit der freien Hand aus seinen Fingern und rollte ihn mit beiden Händen über seine beeindruckende Länge.

Er war ein großer Mann, gut für sie; er hatte Körperteile, die exakt zu ihr passten.

Sie ließ sich mit ihrer Aufgabe Zeit - sie tat das zum ersten Mal und wollte es *genauuuu* richtig machen. Er kniff die Augen zu und spannte jeden Muskel, während er seine Hüften von ihr löste, um ihr Platz zu geben. Die Sehnen an seinem Hals traten hervor, und er presste die Worte unter sichtlichen Schwierigkeiten heraus. »Wie passt es?«

Lily schob die Hände auf seine Brust und liebte die drahtigen Haare auf seinen soliden Muskeln. »Perfekt.« Sie ließ die Hand über seinen Waschbrettbauch gleiten. »Aber ich kann noch mal nachsehen ...«

Er packte ihre Hand, verschränkte seine Finger in ihre und zog sie nach oben. Seine Augen glühten vor Vorfreude. Er ließ sich auf die Unterarme sinken und stieß sich, wie ein heißes Messer in die Butter, in sie hinein.

Und Lily, die nach ihm gierte, machte sich für den Ritt ihres Lebens bereit.

Später, viel, viel später gab Lily die Idee, eine Unterhaltung zu beginnen, gleich wieder auf. Das Sprechen hätte mehr Kraft gekostet, als ihr Körper aufbringen konnte. Abgesehen davon, hätte jedes Geplauder nur das Erlebnis herabgesetzt. Die Tiefe der Gefühle, die immer noch durch ihre erschöpften Zellen tosten, war mit Worten nicht zu beschreiben. Nein, das hier war zu besonders für schnödes Geplauder. Es war sogar zu besonders, um als »besonders« zu gelten, und das jagte ihr eine Höllenangst ein.

Fünf Stunden später erschien es Derek, als seien die wenigen kostbaren Stunden ein reiner Traum gewesen. »Du bist immer noch nicht raus aus meinen System, mein süßer kleiner Igel«, hatte Derek mit zufriedenem Grinsen zu Lily gesagt und ihr Gesicht betrachtet, während sie schlief. Sie hatten einander dreimal geliebt. Dann hatte sich Lily wie ein müder Welpe an seine Seite gekuschelt und war kurz darauf eingeschlafen. »Ich schätze, wir müssen es einfach nur verbissener versuchen.«

Die Erinnerung ließ ihn lächeln, aber er hatte das postkoitale Strahlen schon vor Stunden eingebüßt. Es war kein Wunder, dass manche der Teilnehmer unter Halluzinationen litten. Derek lauschte angestrengt auf einen kaum hörbaren Laut, während sein Schlitten über den Schnee glitt.

Der Vollmond spielte Katz und Maus mit den tief hängenden, dahinjagenden Wolken. Die Landschaft wechselte in Wellen zwischen brillantem, blendendem Weiß und tiefem Schwarz, was das Sehen verdammt schwierig machte. Glücklicherweise folgten die Hunde ohne Schwierigkeiten den Streckenmarkierungen, und Derek machte sich nicht die Mühe, seine Kopflampe einzuschalten. Er mochte die Dunkelheit und die Stille, genoss das leise Rattern von Lilys Atem in seinem Ohr. Aber jetzt war er alarmiert.

Die Gefahr lauerte außerhalb seiner Sichtweite.

Irgendwer war hier draußen in der Dunkelheit. Und folgte ihm.

Hundeschlitten konnten Pfade benutzen, die für Schneemobile unbefahrbar waren. Doch er hörte von den Anhöhen seit Stunden das leise Surren einer kraftvollen Maschine. Folgte ihm jemand? Und hielt sich stets gerade aus Sichtweite?

War es jemand von der Rennorganisation oder der mysteriöse Schütze?

Die Berge und die dichten Bäume verzerrten das Geräusch, aber das Fahrzeug schien einige Meilen entfernt zu sein, und der Fahrer schien die Lücke nicht schließen zu wollen. *Noch nicht.*

Derek würde das ändern.

Er hatte keine Lust darauf, in diesem Spiel die Maus zu sein. Zeit, den Spieß umzudrehen.

Er lächelte sein Raubtierlächeln. Er war bereit.

Er wog das Risiko ab, von Lily getrennt zu werden. Aber die mussten hinter ihm her sein, er gab ein leichtes Ziel ab. Und Lily war meilenweit entfernt und in Sicherheit.

Er wollte Lily so weit wie möglich von sich entfernt wissen, auch wenn er sie lieber in seinen Armen gehalten hätte. Aber der Platz an seiner Seite war für sie momentan zu gefährlich.

Das Satellitentelefon vibrierte. Er schaltete den Kanal um, damit Lily ihn nicht hören konnte. »Bitte kommen.« Es war Darius. Derek informierte ihn über den Lawinenabgang.

»Könnte es an der Bewegung der Schlitten gelegen haben, oder haben die Hunde gebellt?«

»Ich habe ein paar Sekunden, bevor sie abgegangen ist, eine Detonation gehört«, stellte Derek klar. »Es war nur schlechtes Timing. Ich war ein paar Sekunden schneller, als sie erwartet hatten, anderenfalls wäre *ich* verschüttet worden.« Der bloße Gedanke an Lily unter all den Schneemassen schlug ihm auf den Magen. »Es ist eine Sache, wenn diese Schweinehunde es auf mich abgesehen haben, aber Lily zu verletzten, ist etwas ganz anderes. Finde raus, wer, zur Hölle, davon weiß, dass ich hier bin.«

Sie unterhielten sich noch ein paar Minuten und waren beide verblüfft, wie die Dinge sich entwickelten.

»Vielleicht hat Pekovic seinen Enkel zum Üben hergeschickt?«, schlug Darius vor.

»Es ist schon erstaunlich genug, dass sie jemanden mit so wenig Erfahrung hergeschickt haben. Trotzdem kann auch so eine Null töten. Sieh dir nur an, was der Typ mit Croft angestellt hat. Der Kerl weiß, wie man mit einem Messer umgeht. Ein paar von den Schnitten waren post mortem. Der Bastard hat nicht nur seinen Spaß gehabt, er hatte nicht mal Angst, dass ich ihn jede Sekunde ertappen könnte. Er hat sich Zeit gelassen. Ich will, was Lily betrifft, kein Risiko eingehen. Füttere alles, was du an Daten hast, in den Rechner und gib mir ein Gesicht.«

»Ich tue, was ich kann. S-i vo-i-i-g, De-k. Int ...«

Derek runzelte die Stirn, als Dare weg war, aber er hielt die Verbindung aufrecht.

Wer, zur Hölle, war hinter ihm her? Und warum? Seine T-FLAC-Tarnung war wasserdicht, war es seit zwölf Jahren. Außer seiner Familie und seinen T-FLAC-Kollegen wusste keiner, dass er mehr als ein Rancher war. Er musste Lily losschneiden, um sie zu schützen. Verdammt, er konnte nicht glauben, dass er sie nicht schützen konnte. Doch die Lawine hatte alles geändert. Es kratzte an seinem Stolz, dass er nichts für sie tun konnte. Aber die Wildnis war ungeheuerlich groß, voller natürlicher Gefahren und Versteckmöglichkeiten.

Und er hatte ein doppeltes Problem. Er war sicher, dass der Scharfschütze und Oslukivati nichts miteinander zu tun hatten. Zur Hölle. Er musste mehr als nur sicher sein. Dare musste nachprüfen, ob es doch einen Zusammenhang gab.

War Lily sicher, wenn sie nicht bei ihm war? Die Vorstellung, dass sie versuchten, Lily zu kriegen, um damit ihn zu kriegen, gab ihm zu denken.

»Verdammt.« Er hatte sie weder vor einem Heckenschützen noch vor einer Lawine bewahren können. Er zog an den Leinen, als Max und Kryptonite ein wenig ausscherten, um einem umgestürzten Baum auszuweichen. Wenn der Schütze nur halbwegs professionell gewesen wäre, wäre Lily jetzt tot gewesen. Wenn die Explosion die richtige Sprengkraft gehabt hätte, hätte der halbe verdammte Berg Lily und ihre Hunde in den Tod gerissen.

Beide Male war er in Rufweite gewesen. Aber warum, zur Hölle, hatten sie dann auf Lily gezielt und nicht auf ihn? Unfähigkeit? Oder strategische Planung? Er wusste zum ersten Mal in seinem Leben nicht weiter. Die Leute, mit denen er bei T-FLAC arbeitete, konnten auf sich selber aufpassen.

Aber Lily nicht. Lily war eine Unbeteiligte.

Sie hatte nichts mit dem Abschaum der Welt zu tun, mit dem Derek und die anderen T-FLAC-Leute sich täglich herumschlugen. Er hoffte zu Gott, dass wer immer den Sprengsatz gelegt hatte, nicht gesehen hatte, wie er sie geküsst hatte. Wer wusste schon, was den Kerl antrieb? Nein. Bis die Sache geklärt war, würde er sehr vorsichtig mit Lily umgehen müssen. Er durfte keine Zuneigung zeigen. Sie war in Gefahr.

Ließ er sie zurück, war sie den Attentätern schutzlos ausgeliefert. War er bei ihr, verdoppelte er die Gefahr. Vielleicht war sie sicherer, wenn er sie vorausfahren ließ.

Darius war noch nicht wieder in der Leitung. Aber er würde sich bald melden. »Chiku hat Probleme«, teilte er Lily mit, nachdem er den Kanal gewechselt hatte. »Ich halte an und lasse die Hunde ausruhen.«

»Bei der Untersuchung in Rohn war er noch okay.« Er stellte sich die süße kleine Sorgenfalte zwischen ihren Augenbrauen vor. »Soll ich umdrehen und ihn mir ansehen?«

»Nein. Ich denke, er hat sich einen Muskel gezerrt. Ich lege ihm einen Wärmeverband um und lasse die Hunde eine Stunde oder so rasten. Mach dir keine Sorgen«, sagte er. »Bis Nikolai habe ich dich wieder eingeholt.«

Lily lachte. »In deinen Träumen. Bis du eintrudelst, bin ich längst wieder weg.«

»Lass dein Mikrofon an, falls ich Rat brauche.« Damit er sie hören konnte, falls sie in Schwierigkeiten war. Sie hatte nur zehn Minuten Vorsprung. Er war nah genug, um sie einzuholen, falls es Anzeichen von Schwierigkeiten gab, und weit genug entfernt, die Aufmerksamkeit einzig auf sich zu richten.

Das leise Summen des Schneemobils zerrte an seinen Nerven.

»Mach ich. Du solltest auch nach Eyota sehen. Sie sieht verstopft aus.«

Derek würgte ein halbes Lachen hinunter. »Verstopft? Und wenn sie es ist, mache ich ... was?« *Ja, ich kann dich*

hören auf deinem Schneemobil. Komm her, und hol mich,
du Hurensohn.

»Wirf ihr ein paar von den gefrorenen Kürbispillen ins
Futter«, erklärte Lily ihm fröhlich. »Dann geht es ihr
wieder gut.«

»Okay.«

Er hörte ihr Mikrofon klicken und lächelte. Sie dachte,
sie hätte es abgestellt, aber sie hatte lediglich den Kanal
gewechselt. Wo immer sie hinging, er würde da sein.

Das Satellitentelefon summte. Immer noch lächelnd,
stellte er Lilys Audioverbindung ab, damit sie ihn nicht
hören konnte. Er schaltete auf das Hauptquartier um und
konnte Lily im Hintergrund leise atmen hören.

13

»𝒲as haben wir?«, wollte Derek wissen.
» »Hey, reiß mir nicht gleich den Kopf ab«, schnarrte Dare. »Ich bin nicht derjenige, der durch Tundra und Berge tourt.« Darius gefiel es nicht, als Controller im Büro festzusitzen; er wollte ins Feld. Aber Dare hatte sich um jemanden zu kümmern und hätte das nicht einmal für einen Job, den er liebend gern gemacht hätte, sausen lassen.

»Der Kerl hängt mir nach wie vor am Hintern. Ich dachte, ich halte mal eben an und unterhalte mich mit ihm«, teilte Derek ihm mit. »Du kannst mich, während ich warte, auf den neuesten Stand bringen. Und du solltest von jemandem die Möglichkeit prüfen lassen, dass mein Freund kein Oslukivati-Mann ist.«

Er hörte Dare auf der Tastatur tippen, während er sprach. »Hört sich auch nicht so an, als sei er dazu qualifiziert genug, aber wir werden sehen ... Und jetzt die Fakten: Die Nationale Sicherheitsbehörde hat endlich bestätigt, dass es bei euch oben eine ›Installation‹ gibt, bei der es ›Anlass zur Sorge‹ gäbe, wenn sie geknackt würde. Das heißt mehr oder weniger, dass wir uns alle vor Angst in die Hosen machen sollten, bis wir Oslukivati außer Gefecht gesetzt haben.«

»Verdammt.« Derek ging im Geiste hastig eine Karte der Gegend durch. Es schien einen Sinn zu ergeben, dass die Vereinigten Staaten hier oben in Alaska irgendeine Art von Einrichtung hatten.

»Was für eine Einrichtung?«, fragte er Darius. »Das nächste Frühwarnsystem ist zu weit entfernt. Oder haben sie hier oben eines, von dem wir nichts wissen?« Die

Frühwarnsysteme waren eigentlich auf den Aleuten stationiert. Es war aber möglich - *wahrscheinlich*, zur Hölle - dass sie ein paar weitere hatten, von denen sie T-FLAC nicht unterrichtet hatten. Die Antiterrororganisation arbeitete nicht für die Regierung. Sie war unabhängig und wurde deshalb häufig als Letzte informiert, genau wie sie häufig die letzte Hoffnung darstellte, wenn effiziente Säuberungsaktionen erforderlich waren.

»Könnte sein. Sie sagen uns nichts. Aber wir haben unsere besten Leute darauf angesetzt. Möglicherweise eine kritische Infrastruktur aus dem Energiesektor?«

»Ist das eine Frage oder eine Mitteilung?«

»Du bist in letzter Zeit ein ziemlich verschrobener Arsch, was ist los mit dir?«, fragte Dare leicht belustigt. »Probleme mit den Frauen?«

»Hier draußen?« Das leise Geräusch des Schneemobils veränderte sich. Der Kerl war eine Kurve gefahren. In welche Richtung?

»Deine bezaubernde, verwitwete Geschäftspartnerin, diese Tierärztin, ist doch mit dabei oder?« Darius wusste genau, dass Lily hier war. Es war der anzügliche Unterton, der Derek die Stirn runzeln ließ.

Der Mann hatte das Hauptquartier seit einem Jahr nicht verlassen; woher wusste er von Dereks Gefühlen für Lily? »Klugscheißer kann keiner leiden«, sagte Derek abwesend und lauschte auf das Geräusch der näher kommenden Maschine.

»Immer noch besser als ein verschrobener Arsch«, konterte Dare.

Derek prüfte die Sicherung der Baer, dann schob er die Waffe in die Außentasche der Jacke zurück, wo er sie schnell erreichen konnte. »Die sollten sich lieber darum kümmern, ihre undichte Stelle zu stopfen. Es macht mich verrückt, dass die bösen Jungs vor uns erfahren, was hier oben rumsteht.«

Dares Stimme war trocken. »Sie sollten uns lieber sagen, wonach zur Hölle wir suchen sollen, bevor es zu spät ist.«

Das stand fest. »*Irgendwelche* Koordinaten?«

»Michael ist in Washington und macht Druck auf den Präsidenten. Ziemlich kompliziert für uns, den Marines zu helfen, wenn sie uns nicht sagen, wo sie verdammt noch mal sind.«

Derek dachte an seinen Bruder Michael, einen ehemaligen Navy-Seal, und lächelte. Sie würden die Koordinaten innerhalb einer Stunde haben, so wie er seinen Bruder kannte.

»Ich bin in zirka vier Stunden in Nikolai«, teilte er Darius mit. »Sieh zu, dass mein Schneemobil und meine Ausrüstung bereit sind. Und jemand muss Lily nach Montana bringen, wo sie in Sicherheit ist. Diese Ratte hat einen Berg gesprengt, um mich zu kriegen, und hat dabei fast Lily umgebracht. Sobald wir die Situation unter Kontrolle haben, werde ich sie ...«

»Es ist nicht so, dass ich bedaure, mit dir Sex gehabt zu haben«, sagte Lily in sein Ohr. Sie hatte offenbar seit Stunden an dem Thema gekaut. »Jetzt, nachdem ich Zeit hatte, meine Handlungsweise zu überdenken, frage ich mich allerdings, ob ich nicht ein bisschen... unbesonnen war.«

»Unbesonnen«, wiederholte er, und stellte das Mikrofon auf sie um. »Es war unglaublich! Du hast mit deinem Körper Dinge getan, die sich auf ewig in meine Erinnerung gebrannt haben. Und ich werde dich jetzt ganz bestimmt nicht davonlaufen lassen.«

Derek wechselte den Kanal und holte Darius zurück. »Melde dich, was diese Details angeht, so schnell wie möglich«, teilte er seinem Controller mit und schaltete wieder auf Lilys Audiokanal um, ohne dass Lily das Geringste bemerkte hätte.

Natürlich versuchte sie jetzt, die Intensität des Liebesaktes klein zu reden. So war es sicherer für sie. »Netter Versuch, Süße.«

»Wir haben nicht klar gedacht.«

»Und ich habe die Situation ausgenutzt?«, fragte er.

»Nein«, sagte sie aufrichtig. »Wenn überhaupt, dann war es anders herum.«

Derek lachte. »Es war genau so, wie es sein sollte. Beidseitig. Analysiere das nicht zu Tode.«

»Sean ...«

»Tu das nicht«, sagte Derek gepresst. »Komm mir jetzt nicht mit Sean. Es wird nicht funktionieren, und offen gesagt, Lily, ich habe es satt, so zu tun, als hätte es das jemals. Belüge dich, was ihn angeht, meinetwegen selbst. Aber was das betrifft, was zwischen uns beiden ist, wirst du nicht lügen.«

»Ich lüge so oder so nicht, Derek. Zu deiner Information, ich wollte gerade sagen, dass Sean mich nie so tief berührt hat, wie du in diesen paar wenigen Stunden ...«

Das traf ihn unvorbereitet, er holte tief Luft und büßte die Chance, etwas zu sagen, ein.

»Aber trotzdem bin nicht so *freundlich* gestimmt.« Lilys Stimme klang angespannt und senkte sich ein Stück weit, als sie fragte: »Derek, ich muss dass jetzt wissen. Bist du in diese Betrugsgeschäfte mit dem gefälschten Bullensperma verwickelt? Und, bitte, lüg nicht.«

Derek runzelte die Stirn, während das Surren des Motors näher kam, aber parallel zur Strecke blieb, anstatt einzubiegen. Er zog die Walther aus der Tasche und hielt sie am Haltebügel im Anschlag. Die Baer in der Rechten, die Walther in der Linken.

Komm und hol mich, du Bastard. »Was meinst du damit?«

»Irgendwer verkauft in Übersee Sperma und behauptet, es stamme von Diablo. Als ich vor ungefähr sechs Wochen im Stall war, habe ich mit angehört, wie sich zwei von den Arbeitern darüber unterhalten haben.«

Jesus. Genau das, was nicht hätte passieren dürfen: Lily wusste von den illegalen Aktivitäten auf der Ranch. Er hatte darauf bestanden, dass man sie aus allem raushielt. Es bedurfte keines Raketenwissenschaftlers, um zu wissen, wie gefährlich Lilys Entdeckung war.

Der Handel mit Bullensperma war ein Multimillionen-Dollar-Geschäft. Diablos Sperma kostete bis zu einer Million Dollar pro Röhrchen. Doch Sean hatte außerdem verschiedene biotechnische Applikationen entwickeln und verfeinern wollen, um in industriellem Ausmaß die In-vitro-Fertilisation von Rinderembryonen zu betreiben.

Gute DNA, und davon hatte Diablo im Überfluss, war dabei essenziell. Ein genetisch hochwertiger Bulle konnte tausendfach lebensfähigen Nachwuchs produzieren. Und dass Diablos Sperma auch zuvor schon erfolgreich zur künstlichen Befruchtung eingesetzt worden war, machte es nur noch wertvoller.

Derek vermutete, dass der Artikel über künstliche Befruchtung, der letztes Jahr im *Cattelman's Weekly* erschienen war, den Ball ins Rollen gebracht hatte.

»Und wer, zur Hölle, waren die beiden?«, wollte er wissen, und hielt seine Stimme leise, damit sie nicht trug. Der handgearbeitete Rosenholzknauf der Bear-Ultimate-Militärpistole lag wie ein alter Freund in seiner Hand. Die Walther war nur Reserve.

Komm, schon. Komm, schon. Komm, schon.

»Und was genau haben sie gesagt?«, setzte er hinzu.

»Der eine war Sam Croft.« Sie seufzte, und ihre Stimme wisperte geisterhaft in das Mikrofon: »Die Stimme des anderen habe ich nicht erkannt. Sie haben gesagt, es mache keinen Unterschied, dass Sean nicht mehr dabei sei, das Geschäft liefe ganz normal weiter, und es sei gerade eine große Bestellung aus Japan eingetroffen.«

Sein Herz bebte in der Brust. Croft. Tot. Blutüberströmt. Brutal ermordet. In der verschneiten Gebirgslandschaft Alaskas.

Nicht von Oslukivati.

Näher an Zuhause.

Viel näher.

Wer, *zur Hölle*, war der zweite Mann? Wer? »Mein Gott, Lily. Haben sie dich gesehen?«

Sie schnaubte entrüstet. »Natürlich nicht.«

»Bist du sicher?«

»Ja, ich bin sicher. Es war weit nach Mitternacht, und ich bin in Clementines Stallbox eingeschlafen, während ich darauf gewartet habe, dass die Wehen anfangen. Ich bin aufgewacht, als ich die Stimmen gehört habe.«

»Was hatten sie im Stall zu suchen?«

»Ich bin nicht aufgestanden und hab sie danach gefragt, verflucht noch mal! Ich bin geblieben, wo ich war, und habe nur gehofft, dass sie keinen Grund finden würden, die Wand zu umrunden. Sie sind ungefähr fünf Minuten geblieben, dann sind sie verschwunden. Clemmie hat keine Wehen bekommen, also bin ich gleichfalls gegangen. Ich habe im Haupthaus übernachtet und bin am nächsten Morgen wieder in den Stall. Ich bin sicher, dass sie mich nicht gesehen haben.«

Sie hörte sich nicht so überzeugend an, wie er sich das gewünscht hätte. »Es war dunkel. Sie haben dich vielleicht beobachtet, als du zum Haus hinübergelaufen bist.« Sie pflegte nur dann in seinem Haus zu übernachten, wenn er fort war. Das würde sich natürlich jetzt ändern. Aber das Wichtigste zuerst. Das, was sie ihm gerade enthüllt hatte, ließ sein Blut erkalten. Sie hatte das seit Wochen gewusst.

Seine eigenen Nachforschungen liefen seit achtzehn Monaten. Sean hatte bis zu den Augenbrauen mit drin gesteckt. Und sogar nach seinem Tod war das Kartell nicht zu fassen gewesen und hatte seine Spuren gut verwischt. Nichtsdestotrotz waren seine Leute inzwischen an den obersten Männern dran.

Aber, gütiger Himmel, er hatte ja keine Ahnung gehabt, dass Lily davon gewusst hatte. »Warum hast du mir das nicht schon vor ein paar Wochen gesagt?«, wollte er wissen.

»*Erstens*, weil du nicht da warst«, sagte Lily spitz. »Und *zweitens*... ach, verdammt noch mal, Derek. Woher soll ich wissen, dass du da nicht involviert bist?«

Die Verdächtigung traf ihn wie ein Schlag in den Magen. »Du glaubst, *ich* stecke da mit drin?«

»Sean jedenfalls schon. Es ist leicht verdientes Geld und ungeheuer lukrativ«, teilte sie ihm mit tonloser Stimme mit. »Und es ist deine Ranch.«

»Und was, wenn ich involviert wäre? Ist dir klar, wie verflucht dumm es von dir wäre, mich unter *diesen* Umständen danach zu fragen? Wir sind hier draußen allein. Meilenweit von jeder Hilfe entfernt!«

»Ich bin bewaffnet, und ich bin eine gute Schützin«, erinnerte sie ihn, bevor sie leise sagte: »Aber du hast von alledem nichts gewusst, oder?«

»Wie du bereits gesagt hast, es ist meine Ranch. Natürlich habe ich es gewusst«, teilte er barsch mit. »Aber bevor du dich aufregst, in diesem Fall bin ich einer von den *guten* Jungs«, sagte er bitter. »Ich wollte, dass du es nicht erfährst. O Gott, Lily, du machst dir ja keine Vorstellung, wer diese Leute sind und was sie dir antun könnten, wenn sie wüssten, dass du es weißt. Du hättest mich kontaktieren und mir erzählen sollen, was du mit angehört hast. Meine Angestellten wissen, wie sie mich erreichen können.«

»Deine Angestellten. Aber deine Geschäftspartnerin nicht«, sagte sie. »Vertrauen funktioniert nur beiderseitig, oder nicht?«

Verdammt, sie hätten dieses Gespräch nicht jetzt führen dürfen. Wo zur Hölle war das Schneemobil? In der Nähe? »Ich wollte dich schützen. Da sind ganze Wagenladungen Geld im Spiel. Es geht um Millionen ...«

»Das Geld liegt auf meinem Konto auf den Cayman Islands«, sagte Lily trocken. »Sag mir einfach nur, wo es hin soll. Ich kann es kaum erwarten, es loszuwerden. Dieser Bastard. Ich hatte keine Ahnung, dass er ein Konto unter meinem Namen eröffnet hat, bis ich seine Unterlagen durchgesehen habe.«

»Spielen war eines seiner größten Laster. Und das alles vom Krankenlager aus.«

»Das kann ich mir nicht vorstellen, Derek. Er hat das Haus jahrelang nicht mehr verlassen. Wie ...«

»*Online*, Lily.«

»Mein Gott.« Sie keuchte vor Wut. »Kein Wunder, dass er diesen verfluchten Computer Tag und Nacht auf dem Schoß hatte. Ich dachte, er durchsucht die Medizinseiten nach neuen Behandlungsformen oder Medikamenten.«

»Er hat mit den Käufern aus Übersee Kontakt gehalten, hat die Geschäfte vermittelt und mit dem Gewinn gespielt«, teilte Derek ihr schonungslos mit. »Richtig gespielt. Es ist ein Wunder, dass noch Geld übrig ist. Er hatte kein sonderliches Glück.« Das einzige Glück, das dem bemitleidenswerten Bastard vergönnt gewesen war, war Lily. Und auch das hatte er vermasselt.

»Er hat das Sperma verkauft und gespielt. Er hat mit einem Mausklick Millionen gemacht und wieder verloren. Wir reden über eine hochlukrative Unternehmung, die Abermillionen eingebracht hat. Es macht keinen Unterschied, ob Sean dabei ist oder nicht. Die Operation läuft nach wie vor. Und der Kuchen muss in ein Stück weniger aufgeteilt werden«, sagte Derek und lauschte auf das Motorengeräusch.

»Denkst du immer noch, dass sie dich einfach so gehen lie-ßen, wenn sie glaubten, du wüsstest etwas?«, fragte Derek.

»Du hast dir doch auch nicht die Mühe gemacht, es mir zu sagen. Ich denke, wir sind quitt.«

»Nur mit dem Unterschied, dass ich dich damit schützen wollte«, sagte er grimmig. Er beschleunigte das Gespann und spürte ein ahnungsvolles Prickeln im Nacken, obwohl das Schneemobil wieder parallel zu ihm fuhr und ein gutes Stück entfernt war. Es kam nicht näher, und es entfernte sich nicht. »Ich habe seit über einem Jahr ein Detektivteam darauf angesetzt.«

Komm schon, du Hurensohn. Komm, und hol mich.

»Vielleicht sollten sie sich mit dem Detektiv kurzschließen, den Matt und ich angeheuert haben«, sagte Lily trocken.

Er ballte die Hände um den Haltebügel. »Matt weiß davon?«

»Ich vertraue ihm.«

Derek auch. Er ignorierte die Tatsache, dass sie *ihm* nicht vertraute. Fürs Erste. »Sean hat das Kartell vor Jahren aufgebaut. Er war so klug, nicht zu viele Leute dazuzuholen. Wir haben ein paar von ihnen identifiziert und an die Behörden übergeben. Es wird nicht mehr lange dauern, bis wir sie alle haben.«

»O mein Gott, Derek!« Sie hielt inne und holte Luft. Er konnte förmlich die fassungslose Erkenntnis in ihren Augen sehen. »Deshalb hat dieser Mensch geschossen, oder? Es war nicht irgendein Teenager oder ein Wilddieb oder ein Iditarod-Gegner. Es war jemand, der gezielt auf *mich* geschossen hat.«

Das war ihm schon vor ein paar Minuten aufgegangen.

Und er wusste jetzt überhaupt nicht mehr, hinter wem der Angreifer her war.

Hinter ihm? Oder Lily?

»Der Schütze war Sam Croft«, sagte er rundheraus. Er pausierte, um zu horchen. Nichts, nur die Brise, die durch die Baumwipfel säuselte.

»Woher ... Du hast ihn da oben gefunden, oder? Mein Gott ...«

»In Scheiben geschnitten«, erklärte er brutal. Die Zeit der Feinfühligkeiten war vorbei. »Ermordet. Vermutlich von der Person, die auch die Lawine ausgelöst hat.«

»Das ergibt doch keinen Sinn.« Derek hörte die Verwirrung heraus. Sie versuchte, die Informationen zuzuordnen. Er konnte die steile Falte zwischen ihren Brauen fast sehen. »Warum bringen sie sich gegenseitig um?«

Sie war Medizinerin. Ein Frau, die Kranke heilte. Gewalt war niemals Teil ihres Lebens gewesen. Aber Dank Seans Gier und Dereks Irrglaube, der Killer sei hinter ihm her ...

»Sei kurz mal ruhig ...«

Der Lärm des mächtigen Motors war kaum noch zu hören,

»Hörst du irgendwo in der Nähe ein Schneemobil?«, fragte er Lily aufgeregt.

Gütiger Himmel ...

Es folgte eine lange Stille, während sie lauschte. Endlich sagte sie leise: »Nein.«

»Er ist da«, erklärte er ihr und war noch nicht bereit, daran zu glauben, dass der Kerl einfach weitergefahren war. »Ich möchte, dass du dein Gewehr klarmachst und es griffbereit hast. Sofort. Und hol auch das Messer aus dem Stiefel.« Das kleine Schnitzmesser würde gegen eine Kugel nichts ausrichten können, aber falls der Kerl nah genug war ... Derek beschleunigte das Gespann nochmals.

»Du machst mir Angst.«

»Gut. Angst hält einen am Leben. Wo bist du? Gibt es irgendwas, was du als Deckung benutzen kannst?«

»Du meinst, so was wie eine Festung mit Graben und Zugbrücke?«

»Ich meine so was wie dicht stehende Bäume oder eine Felsformation.«

»Jede Menge Bäume. Fünfzig Meter voraus gibt es eine hübsche Ansammlung. Dummerweise bin ich gerade mitten auf dem Fluss.« Er hörte ihre Stimme zittern und fluchte. »Ja«, sagte sie schwach. »Das mache ich. Ich fahre in Richtung der Bäume am Flussufer.«

Er stellte sie sich auf dem wilden gefrorenen Weiß des Flusses vor, vom Mondlicht angestrahlt. Die Hunde und der Schlitten schwarz auf dem strahlenden Eis. Ein stehendes Ziel.

Er wollte sie wegen der Sogvertiefungen und der gefrorenen Wasserwirbel warnen, von denen manche so groß waren, dass ein ganzes Gespann samt Fahrer hineinstürzen konnte. Von Schnee bedeckt, waren sie kaum zu erkennen. Aber Lily wusste das natürlich.

Er lauschte angestrengt auf das Summen des Motors und hörte überhaupt nichts. Sein Mund war trocken wie die

Wüste, sein Herz pochte hart und mit Nachdruck, warnte ihn vor der Gefahr.

»Kauere dich über den Haltebügel, damit du ein kleineres Ziel abgibst und mach schnell. Ich meine es ernst, Lily. Sieh zu, dass du, so schnell du kannst, vom Eis kommst.« War das der Motor des Schneemobils oder das Blut, das in seinen Ohren rauschte? »*Heja! Heja! Heja!* Ich bin sechs Minuten hinter di...«

»Ich kann es hör...«

Die laute Salve eines Hochleistungsgewehrs und ein schrilles, nervenzerfetzendes Krachen zerrissen die Nachtluft und ließen sie mitten im Wort abbrechen.

Bei Derek kam das entsetzliche Geräusch stereo an: durch die Luft und über ihr Mikrofon. »Lily? Sag was! Sag etwas zu mir, gottverdammt!«

Ihr schriller Schrei schnitt ihm bis ins Mark.

Das konnte nicht sein! Sie hatte es schon wieder getan!

Er hatte das Schneemobil versteckt und war zu der Baumreihe marschiert, die vor ihr lag. Sie war ein wirklich schöner Anblick gewesen, wie sie da mitten auf dem zugefrorenen Fluss ganz allein angefahren kam. Ein lebendiges, atmendes Ziel.

Er würde das ändern.

Der Mond spielte brav mit und leuchtete die Schlampe taghell aus. Sie hätte es ihm nur noch leichter machen können, wenn sie stehen geblieben und gewunken hätte.

Zwischen den Bäumen versteckt, hatte er in fünfzig Meter Entfernung gewartet, ein fieses Grinsen auf dem Gesicht. Mann, das machte all die Male gut, wo sie ihm durch die verdammte Schlinge gegangen war.

Er nahm den Leithund ins Fadenkreuz, den Finger leicht auf den Abzug gedrückt und wartete auf den richtigen Moment. Die richtige Sekunde. »Komm zu mir, Baby.«

Er holte Luft und stockte. Sie zu erschießen war leicht - aber er wurde für einen *Unfall* bezahlt.

Er zielte genau vor dem Leithund auf das Eis. Er drückte den Abzug durch und gab im Geiste bereits die zehn Riesen aus, die sie ihm versprochen hatten.

Sogar aus dieser Entfernung machte das Eis noch einen beeindruckenden Lärm, als es sprang; wie ein gigantisches, berstendes Glasfenster. Er sah durch das Zielfernrohr zu, wie die Risse sich ausbreiteten; schwarze Venen wuchsen, wie in einem ekeligen Science-Fiction-Film, durch das weiße Eis. Cool.

»Spring auf! Spring auf! *Spring auf!*«

Ein Sekunde lang, glaubte er, sein Leben in Rauch aufgehen zu sehen. Die Risse breiteten sich aus, aber die Hunde liefen unbeirrt weiter.

Er nahm Lily ins Visier und folgte ihr mit dem Lauf des Gewehrs, während sie direkt auf ihn zukam. Trotz der verfluchten, eisigen Luft, brannte der Schweiß in seinen Augen. Er zwinkerte das Stechen weg, nur einen halben Herzschlag lang, und feuerte einen Schuss. Der Schuss ging daneben.

Verdammt! Er würde noch da runterlaufen und sie mit dem Kolben seines Gewehrs zu Tode prügeln müssen. Ihr einfach ins Gesicht schlagen, bis sie wie Hackfleisch aussah.

Sein Herz raste bei dem Gedanken. Ja! Verfluchter *Unfall*! Ab jetzt war es persönlich.

Das Geräusch kam völlig überraschend. »Was, zur Hö...«

Der Querschläger hatte das Eis aufgerissen. Es barst mit einem spektakulären Donnern und enthüllte das schwarze, glitzernde Wasser unter seiner todbringenden Oberfläche.

Ein schönes großes Loch. »Oh, ja.«

Er senkte das Gewehr und griff nach dem Fernglas an seinem Hals. Das verdammte Ding war nicht scharf gestellt *...aber jetzt.*

Verdammt! Die verfluchten Hunde liefen ein wildes Zickzackmuster, um dem Eis zu entkommen, das unter ihren Füßen brach. Verdammt! Diese kleinen Mistköter

liefen glatt drum herum. *Verdammte Höllenscheiße!* Sie
waren an den Rissen vorbei und liefen weiter wie das
gottverdammte Energizer-Häschen.

Sie würde es schon wieder tun ...

Die Hunde brachten sie von den Rissen weg. *Kehrt um,
ihr Mistköter!*

Nein. Warte ...

Perfekt.

Die Hunde drehten wegen des Lärms des splitternden
Eises beinahe durch, rasten mit halsbrecherischer
Geschwindigkeit zum Ufer und bellten sich fast ihre
idiotischen Köpfe ab. Der Schlitten kippte und Dr. Lily
Munroe lag flach auf dem Bauch und schlitterte auf das
hübsche große Loch im Eis zu, das er für sie aufgeschossen
hatte. Sie schrie nicht einmal, während sie auf den
klaffenden Todesschlund zurutschte.

»Gute Reise, wir sehen uns nächsten Herbst.« Er lachte,
als sie mit lautem Klatschen kopfüber ins Wasser fiel.

»Na, wenn *das* kein Unfall ist«, sagte er, als sie
unterging. »Bin ich gut, oder bin ich gut?«

In der einen Sekunde glitten Lily und ihr Gespann so
schnell es ging über den zugefrorenen Fluss auf die
Baumreihe zu. In der nächsten Sekunde flog sie vom
Schlitten und knallte auf das harte, rutschige Eis.

Der ohrenbetäubende Lärm des berstenden Eises ließ
ihr das Herz stocken, und sie schlitterte mit
Lichtgeschwindigkeit über das glatte Eis. Gott. Würde sie
hier sterben? Durchs Eis brechen und ertrinken? Einfach
so? Sie spreizte Arme und Beine, versuchte, flach zu bleiben
und irgendwo Halt zu finden. Aber da war nichts, woran sie
sich hätte festhalten können, und sie wurde immer
schneller.

Sie schlitterte und rutschte unausweichlich auf das
tintenschwarze Loch vor ihr zu.

Es passierte zu schnell, um noch etwas tun zu können. Sie hatte noch einen Augenblick, eine Nanosekunde lang Zeit, dafür dankbar zu sein, dass den Hunden nichts passiert war. Dann kippte die gigantische Eisplatte wie eine Falltür und tauchte sie kopfüber in die eisige Hölle. Das Einzige, woran sie noch dachte, war, dass sie *ausatmen* musste, bevor sie unterging.

Es war gar nicht so kalt, stellte sie erstaunt und etwas entrückt fest, während sie tiefer und tiefer in das wässerige Schwarz tauchte, das dickflüssig wie Honig war. Und dann traf es sie mit der Wucht einer Abbruchbirne. Es war so eiskalt, dass es ihr den Atem verschlug, die Glieder lähmte und das Hirn weiß werden ließ.

OGott oGott oGott.

Desorientiert, zu entsetzt, um in Panik zu verfallen, und unfähig zu schwimmen, drehte sich Lily in den schwarzen Tiefen aufrecht. Arme und Beine bleiern, die Sicht gleich null, die Lungen kreischend, wollte sie nur eins - zur Oberfläche, um Luft zu holen.

Rauf-rauf-rauf-rauf-rauf.

Aber in welche Richtung? Sie sah sich aufgeregt um. Die Luftblasen, die nach oben stiegen, waren nicht heller, als das Schwarz, das sie zu Tode frieren wollte.

Ihr Kleider wogen eine Tonne, enthielten aber genug Luft, ihr auf eine ungelenke, unkoordinierte Art und Weise nach oben zu helfen, die nicht im Mindesten effektiv war. Jeder Zentimeter ihres Körpers fühlte sich an, als werde er von gnadenlosen Rasierklingen zerschnitten, als sie endlich durch die Öffnung im Eis schoss.

Sie sog in tiefen Zügen Luft in die schmerzenden Lungen. »...ily!« Sie hörte es in ihrem Ohr. Und begriff, dass das Mikrofon immer noch sicher unter ihrer Mütze steckte.

Derek. Seine Stimme ganz nah. Wärme. Licht. Hoffnung.

Die Tränen gefroren auf ihren Wangen. »K-Komm...« *Und hol mich hier raus!*

Auf Augenhöhe mit dem mondhellen Fluss konnte Lily nur ein Stück weit sehen. Sie packte nach dem Rand der Eisfläche, doch ihre behandschuhten Hände schlugen nutzlos auf den gefrorenen Rand des Lochs und fanden keinen Halt. Auf welcher Seite war sie hineingefallen? Dort war das Eis stabiler, das wusste sie. Sie sah sich um und entdeckte die Stelle, wo sie ins Eis gebrochen war. Sie schien eine Million Meilen weit entfernt.

»Ich bin in weniger als einer Minute da«, sagte Derek. »Bist du verletzt? Hast du eine Schusswunde? Gott, Lily, sprich mit mir!«

Seine Stimme. Sie musste zuhören. Sich konzentrieren. Sich an seine Wärme und das Versprechen klammern, dass die Kavallerie unterwegs war. Lily klemmte die Lippen zwischen die Zähne und fing zu schwimmen an, während ein neuer Schmerz durch ihre Haut schnitt. Eisige Schauer rüttelten ihren Körper durch, ihr Gesicht fühlte sich starr an und tat so weh, dass ihr wieder die Tränen kamen. »Ins Wa-Wasser ge...«

»Oh, Gott! Du bist ins Wasser gefallen?«

Sie nickte, begriff, dass er sie nicht sehen konnte, und schaffte es, etwas zu murmeln. »K-k-k...« Kalt. Gott, es war mehr als kalt. So kalt, dass ihr davon fast warm wurde und sie wusste, was das zu bedeuten hatte. Sie musste raus.

Sofort.

Ihr Verstand war voller Schnee. Weiß und leer. »Kalt«, versuchte sie es wieder, mehr um sich selbst zu beweisen, dass sie es konnte.

»Lily, Süße«, sagte Derek mit Nachdruck. »Bleib bei mir. Wo bist ... Ich sehe dich! Ich sehe dich. Ich komme.«

Ihre bleiernen Arme schlugen ungelenk auf das Wasser. Unter ihr bewegte sich die Strömung, zog an ihr wie ein Geliebter, der sie in sein frostiges Bett holen wollte. Sie weigerte sich zu gehen. Würde nicht aufgeben. Konnte dem tauben Gefühl, das an ihr zerrte und sie so müde machte, nicht nachgeben, auch wenn sie so erschöpft war, dass sie nur noch die Augen schließen wollte.

»Lily!« Wieder Dereks Stimme. Als wüsste er, was sie empfand, rief er: »Wach bleiben! Kämpfe, Lily! Du musst kämpfen! Ich bin fast schon da, Süße. Ich hole dich, aber du musst gegen die Kälte kämpfen.«

Kämpfen. Lily wusste alles über das Kämpfen. Sie konnte es schaffen. Sie hatte niemals aufgegeben. Sie würde auch jetzt nicht aufgeben. Nicht, wo Derek so nah war. So, *bitte, lieber Gott,* nah. Sie hüpfte wie ein Korken im eisigen Wasser, doch sie schaffte es irgendwie, einen Ellenbogen am ausgezackten Eisrand des Lochs einzuhaken und sich festzuhalten. Der Schmerz überrollte sie mit zermürbenden Krämpfen und ließ ihre Muskeln zucken. Ihre Lungen kämpften um jeden Atemzug, als sei ihre Brust gefroren. Da war noch etwas Wichtiges, das sie zu tun hatte. Etwas ...

Sie legte den schweren Kopf auf den nassen, kristallbedeckten Ärmel und stellte gelassen fest, dass ihr Verstand kam und ging.

Etwas Wichtiges ...

»Hey, du Schöne! Sieh mich an, komm schon. Schau hierher!« Sie hob mit übermenschlicher Anstrengung den Kopf, zwang ihre Augen auf, und da war er. Derek Wright, ihre Nemesis, ihr Geliebter. Ihr Retter. Überlebensgroß, heißblütig und höllisch sexy. Er kam, sie vor einem Schicksal zu retten, das schlimmer war als der Tod ... Nein, das stimmte so nicht. Sie starrte ihn mit leerem Blick an.

Zwanzig Millionen Meter entfernt lag er flach auf Bauch und schlitterte wie ein Polarbär über das Eis.

»Du wi-wirst nass we-werden«, sagte sie gepresst. Dummer Kerl. »Wo sind die Hu-Hunde?«, röchelte sie und atmete schmerzerfüllt, während sich das kalte Gift des arktischen Wassers auf ihre Lungen presste.

Müde. So kalt. So müde. »Auf Wiedersehen ...«

»Was soll das? Auf Wiedersehen. Verdammt!«

Knochenlos rutschte sie von der Eiskante und ging wieder unter. In der schwarzen Kälte verbarg sich ein Frieden. Frieden und Schlaf und Wärme, die ihr langsam in die Knochen kroch, nach ihrer Seele griff. So schlimm ist es gar nicht, dachte sie.

Dann brach der Überlebenswille durch, zerstörte den Frieden und befahl ihr, zur Oberfläche aufzusteigen. Sie gehorchte blind und strampelte gegen den Schmerz in ihren gefrorenen Gliedern an, bis sie die Wasseroberfläche durchbrach. Ihre Haut brannte wie Feuer, sie rang nach Luft, die Kehle wund.

»Lieber Gott, Frau!«

Die Tränen liefen heiß über ihre Wangen und gefroren schnell zu stechenden, winzigen Eisklumpen. Ein scharfer Schmerz schoss wie eine Klaue durch ihre Haut. Sie entdeckte das zerborstene Eis, wo sie vom Schlitten gefallen war etwa drei Meter entfernt.

Das brüchige Eis war genau zwischen ihr und Derek. Er würde hineinfallen. Sie wollte ihn bei sich haben. Groß. Warm. Sicher. Sie runzelte die Stirn. Nein, da stimmte etwas nicht. So würden sie beide sterben. »Ni-nicht, D-D-Derek!« *Stopp!* Er war zu schwer, um noch näher heranzukommen. Sie versuchte, es ihm zu sagen, aber ihre Lippen waren taub und viel zu dick. »S-st...«

Er fluchte. »Ich werde nicht stehen bleiben, Lily. Ich sehe das geborstene Eis. Ich versuche, es zu umrunden. Halt durch! Das ist alles, was du tun musst. Halt einfach nur durch. Ich schwöre zu Gott, ich lasse nicht zu, dass dir etwas geschieht. Halt. Einfach. Nur. Durch.«

Das sagte sich so leicht. O mein Gott. Ich werde hier sterben, dachte Lily und hörte Dereks Stimme wie im Traum. Mitten in Alaska. In ... verdammt, Lily Marie! Du musst aus dem Wasser raus! Sofort!

Sie brauchte etwas, um sich am Eis festzuhalten, etwas, an dem sie sich herausziehen konnte. Etwas... das Messer!

Sie winkelte das Bein an und fummelte mit ungelenken Fingern nach dem kleinen Schnitzmesser in ihrem Stiefel. Ihr Gesicht geriet unter Wasser, während sie versuchte, es aus dem kleinen Fach an der Seite des Stiefels zu ziehen.

Sie würgte und hustete, aber sie schaffte es. Sie holte es mit beiden Händen an die Oberfläche, hatte panische Angst, es ins Wasser fallen zu lassen, weil sie kein Gefühl in den Fingern hatte.

Sie schaute über die weiße, mondhelle Eisfläche. Derek war fort. War er wirklich da gewesen, oder war es Wunschdenken gewesen? Hatte ihre Fantasie ihn erschaffen, als sie ihn am dringendsten gebraucht hatte? Lag ihr Verstand im Sterben und feuerte in letzter Minute Halluzinationen ab?

14

*L*ily schluchzte verzweifelt, während sie sich abmühte, beide Hände hoch genug aus dem Wasser zu bringen, um das Messer ins Eis zu haken.

»Schlaues Mädchen«, sagte Derek von hinten, als Lily in die feste Eiskruste hackte. »Beweg die Beine wie beim Schwimmen. Fester. Ja! Mach weiter, Süße. Du bist wunderbar.«

Seine Stimme, Gott, seine Stimme. Ja. Sie konnte es schaffen. Sie würde ihm helfen, ihr zu helfen. Lily schlug das Messer mit aller Kraft bis zum Griff ins Eis, dann zog sie sich Zentimeter für schmerzenden Zentimeter über den Rand des Eislochs. Ihre Arme schmerzten, ihre Brust schrie, und ihr Verstand setzte aus. Sie hatte es schließlich doch geschafft. Sie war aus dem Wasser heraus. Aber nicht außer Gefahr. Sie blieb keuchend liegen, die Muskeln steif und unbeweglich, der Blick verschwommen, der Atem pfeifend.

»Ein kleines Stück noch. Du bist fast schon bei mir«, trieb Derek sie an. Sie drehte den Kopf und konnte seinen Scheitel sehen. Er war *meilenweit* entfernt. Sie würde ein Eisberg sein, bis sie ihn erreicht hatte. »Komm schon, Süße. Setz dich in Bewegung. Es ist kalt hier draußen.«

Ja, das ist es, dachte Lily. Aber deshalb brauchte er nicht so wehleidig zu tun. Sie war die Nasse. Sie stieß das Messer wieder ins Eis und zog sich mit beiden Händen darüber.

Derek beäugte die gut drei Meter zwischen ihnen. Das Eis war so dünn, dass er den Schatten des todbringenden Wassers erkennen konnte. Er wagte nicht, sich auch nur einen Zentimeter weiter zu schieben. Er hatte sich so flach wie möglich hingelegt, die Gliedmaßen gespreizt, um das Gewicht zu verteilen, aber er konnte nicht näher heran.

Und irgendwo am Ufer stand ein Scharfschütze und sah ihnen zu. Der Schuss hatte Lily nicht wie geplant getötet. Aber er hatte die Hunde erschreckt und Lily vom Schlitten fallen lassen.

Sein Blut kochte vor Zorn, doch er durfte sich jetzt keine Gedanken um den Schützen machen. Wenn er sich nicht beeilte, würde die Unterkühlung zu Ende bringen, was der Schütze begonnen hatte.

Der Schuss konnte sich immer noch als tödlich erweisen.

Er griff vorsichtig in die Tasche und holte den Gürtel heraus, den er im Laufen dort verstaut hatte. »Lily, halt dich fest!« Er warf ihr das Ende mit der Schnalle zu.

Das Kinn auf dem Eis, sah sie ihn verständnislos an. Das Metall klirrte vor ihr auf das Eis. Sie zwinkerte nicht einmal.

Verdammt.

»Pack den Gürtel, Lily. Nimm ihn, und halt dich fest«, befahl er ruhig, während sein Herz wie verrückt hämmerte, weil er so kurz davor war, sie zu verlieren. »Komm schon, Süße. Nimm ihn, und lass dich von mir in Sicherheit ziehen.«

»B-Brauch d-dich ni-nicht. Ha-hab mich allein gerettet.«

Derek lachte. »Starrsinnig wie immer. Ja, das hast du. Und jetzt mach selber weiter, damit wir dich ins Warme bekommen.« Er erwog ernsthaft, das Risiko einzugehen, sie zu holen.

Die Unterkühlung hatte voll eingesetzt, sie war unkoordiniert, ihre Atmung war zu langsam, und sie war offenkundig desorientiert.

»Lily, kannst du den schwarzen Gürtel sehen, der direkt vor dir liegt? Ja, da, Süße. Ich will, dass du die rechte Hand... okay, die tut es auch. Braves Mädchen. Jetzt nimm den Gürtel. Und halt ihn fest. Jetzt nimm die andere Hand und halt dich fest. Lass das Messer los. Lass. Das. Messer. Los.«

Sie starrte ihn mit leeren, glasigen Augen an, den Gürtel kraftlos in der einen Hand, das Schnitzmesser in der anderen. Sie zwinkerte ihn verständnislos an.

»Verdammt noch mal, Lily Munroe«, schrie Derek, und die Wut verbarg sein Entsetzen. »Lass das verfluchte Messer los und halt dich mit beiden Händen am Gürtel fest! *Jetzt!*«

Sie sah ihn gekränkt an, doch sie schaffte es, beide Hände an den Gürtel zu bekommen. Er zog probeweise ein wenig. Sie schlitterte vorwärts. »Festhalten.« Er zog wieder. Die nächsten kostbaren Zentimeter. Und wieder. Und wieder.

Als sie nah genug war, packte er sie blitzartig am Handgelenk. Ohne Zeit zu verschwenden, zog er sie zu sich, schob sie parallel neben sich. Dann nahm er sie fest in die Arme, legte eine Hand schützend um ihren Kopf, schlang die Beine um ihre und rollte sich mit ihr, so schnell er es wagen konnte, von der fragilen Eisfläche. Die Gefahr war immer noch viel zu real. Das Eis war dünn, und jetzt, mit ihrer beider Gewicht, gingen sie mit jeder Drehung ein Risiko ein. Aber es gab keinen anderen Weg.

O Gott. So nah. Ein Herzschlag später und...

Die Unterkühlung hatte ihr alle Kraft geraubt, ihren Willen und ihre Fähigkeit, Probleme zu lösen. Gott sei Dank hatte sie ein paar Sekunden lang die Kraft besessen, das Messer zu benutzen und sich aus dem Wasser zu ziehen, denn er wäre nie nah genug an sie herangekommen, um sie herauszuziehen. Ein paar Sekunden länger, und es wäre aus gewesen.

Er drückte ihren triefend nassen Körper an sich, umfasste sie mit Armen und Beinen und rollte weiter. Sie gab keinen Laut von sich, als er sie mit seinem ganzen Gewicht auf das unerbittliche Eis presste. Das Wasser spritzte aus ihren Kleidern, während sie weiter und weiter rollten, bis er sicher war, dass das Eis steinhart war und nicht nachgeben würde.

»Halt durch, Lily.« Seine Stimme flüsterte hastig und sanft durch die Nacht. Er wollte sie bei Bewusstsein halten. »Wir sind fast da, Süße. Fast da. Und wir werden ein Feuer haben. Und es warm haben.«

»*Warm*«, wiederholte sie, die Stimme nur ein Schatten ihrer selbst.

Das machte ihm Angst. Sie war schneeweiß und fast erfroren. Aber das war nicht alles, worum er sich Sorgen machen musste. Irgendwo da draußen war ein Heckenschütze, den es vermutlich in den Fingern juckte, seinen Job zu Ende zu bringen.

Die Landschaft schimmerte blendend weiß im Mondlicht. Jede Sekunde, die sie aus dem Eis heraus waren, brachte sie der Kugel im Rücken näher. Oder der Kugel im Kopf. Oder ... Es gab hier nirgendwo Deckung, nicht einmal eine Wolke, die den Mond verhängte.

Endlich waren sie am Ufer. Derek begriff, dass er den Atem angehalten und auf den Einschlag gewartet hatte. Er kam stolpernd auf die Füße und zog Lily mit hoch. Das Wasser triefte von ihrem Körper. Als er sie auf seine Arme hob und losrannte, fiel ihr Kopf kraftlos an seine Brust.

Die beiden Schlittengespanne warteten weiter oben am Ufer im Schutz der Felsen und Büsche. Sie bewegten sich rastlos. Als er Lily zu ihnen trug, bellten sie wie verrückt und beobachteten ihn mit angstvollen Augen.

Derek ließ Lily vorsichtig an sich hinabgleiten, bis ihre Füße den Boden berührten. Ihre Knie gaben nach. Er stemmt das Knie zwischen ihre Beine, um sie aufrecht zu halten und packte sie am Arm, als sie schwankte.

Verwirrt, die Haut aschfahl, die Augen blicklos unter eisverkrusteten Wimpern sagte sie plötzlich mit ernster, verschwommener Stimme: »Ich bin ein kleiner Pi-Pinguin, kukurz und di-dick.«

»Das heißt wohl, dir ist kalt. Ich wärme dich gleich wieder auf. Warte hier.« Ihre Verwirrung machte ihm höllische Sorgen. Die schlurfende Sprache würde noch das kleinste Problem sein, wenn er sich nicht beeilte. Er zerrte ihr die nasse Mütze vom Kopf und warf sie weg. Dann nahm er den langen Zopf zwischen die Hände und drückte das Wasser heraus. Er zog sich den Schal vom Hals und wickelte ihn um ihr Haar. Den Wärmeverlust, speziell am Kopf, zu verhindern, hatte jetzt oberste Priorität.

Sie war schlaff wie eine Flickenpuppe, kaum noch bei Bewusstsein, und sie schwankte in seinem Griff. Hätte er sie nicht mit aller Kraft festgehalten, sie wäre zu seinen Füßen zusammengebrochen.

»Bleib bei mir, Süße«, sagte er rau, während er sich die Mütze vom Kopf zog und sie ihr um Gesicht und Hals feststopfte. Der Schal würde sie erst mal etwas wärmen. »In einer Minute wirst du schon glauben, du liegst auf Hawaii am Strand.« Schwachsinn. Sie zitterte nicht. Ein schlechtes Zeichen. Das Wichtigste war, zu allererst ihren Rumpf aufzuwärmen.

Sie sah ihn finster an. »W-weißt d-du, wie du aussiehst?«

»Wie denn, Liebling?« Er zog ihr die schwere Lammfelljacke aus, während sie ihn mit benommenem Blick ansah, die Wangen bleich, die Lippen blau.

»Wie Derek.« Sie senkte die Stimme zu einem schleppenden, verschwörerischen Flüstern. »Ich ha-hab von ihm geträumt, weißt du.«

»Hast du das?«

Ihre Augen flatterten zu, und sie sackte an ihn. Er packte sie und schüttelte sie ein wenig. »Bleib bei mir, Baby. Erzähl mir von deinem Traum.«

Er nahm ihren Pullover am Saum und zog ihn ihr über den Kopf. Sie schlug erfolglos gegen seine Hände, die Unterkühlung machte sie ungelenk.« Kei-ne Chance. Sto-opp!«

»Ich versuch nur, dich warm zu kriegen.« Er fand die Knöpfe ihres eisigen Hemds, riss sie auf und zerrte die schwere Wolle über ihre Schultern die Arme hinunter.

Dann zog er ihr das seidene Thermounterhemd über den Kopf, bis sie zitternd und halb nackt vor ihm im Mondlicht stand, die Haut marmorblass und glänzend.

Er rieb ihren Oberkörper grob mit dem Reserveschal ab, den er in seiner Jackentasche hatte.

Sie machte ein finsteres Gesicht. »Das ist ni-nicht warm, da-das tut weh. Au! Hör auf!«

»Gut. Es ist gut, dass es wehtut, Lily«, murmelte Derek, machte grob weiter und hielt seine Stimme sanft. Jesus, war sie kalt! Er rieb immer weiter. Wartete vergeblich, dass ihre Haut sich erwärmte.

»Derek tu-tut mir weh.« Sie wand sich und versuchte halbherzig, zu fliehen. Er wollte verdammt sein, wenn er das zuließ.

»Derek tut dir weh?«, fragte er und sagte sich, dass er nur mit ihr sprach, um sie wach zu halten, bei Bewusstsein.

»Er wi-will mi-mich.«

»Ja«, murmelte Derek, der sie nach wie vor wild mit dem Schal abrieb.

»A-aber nu-nur für jetzt.«

»Für jetzt und für immer, Liebling.«

»Ah-ha.«

Ihr Kopf schwankte trunken hin und her. Sie zog mit eisigen Fingern an seinen Händen. »De-Derek ist k-kein M-Mann für i-immer.«

Die Worte trafen ihn wie ein Schlag und fühlten sich wie ein Dutzend Eispickel an, die sich in sein Fleisch gruben und sein Herz wund kratzten.

»Ist er das nicht?« Nimm es nicht ernst, beachte es gar nicht, sagte er sich, während er weiter mit dem Schal rieb. Sie ist nicht ganz bei sich.

»Ni-nicht für mi-mich«, flüsterte sie und seufzte, dass es ihm das Herz zerriss. Dann versuchte sie, sich loszumachen. »Tut weh-eh.«

Sie war so schwach. Ihr Fluchtversuch war Mitleid erregend. Er rieb, ihrem Protest zum Trotz, so schnell er konnte weiter. »Ich weiß, Süße. Es tut weh. Aber ich bin fast fertig, Ich muss dich richtig trocken bekommen. Ah, verflucht. Nicht weinen.«

Er tat alles, um die Tränen zu ignorieren, die ihr über ihre aschgrauen Wangen liefen. Dann warf er den dicken Wollschal zur Seite und zog seine Jacke aus, die er anbehalten hatte, um sie für sie warm zu halten. Ihre Arme in die Ärmel zu stopfen war, als versuche man, einen Tintenfisch einzupferchen. Aber schließlich hatte er es geschafft, machte die Jacke zu und schlug den Kragen um ihr Gesicht hoch. Er wischte mit dem Daumen die Tränen von ihren Wangen.

Sie sah so verloren aus, dass ihn das Herz schmerzte. »Gott, Lily.« Ihr Name kam ihm wie ein Stoßgebet über die Lippen. Er zog sie an sich und legte, mehr um seiner selbst willen, die Arme um sie. Er brauchte diesen Moment, diesen einen Moment, um sie zu halten. Sich zu versichern, dass sie am Leben war. In Sicherheit.

Doch er wusste im selben Moment, dass sie nicht in Sicherheit war. Noch nicht. »I-ich denke, i-ich leg mich je-jetzt schlafen.«

»Ich weiß, du bist müde, Süße«, sagte er. »Ich weiß.« Derek verbannte alle Gefühle aus seinem Herzen. Er wusste, dass er ihre Rumpftemperatur nach oben bringen musste. Schnell. Sie schwankte in seinem Griff. Er riss sie auf seine Arme und rannte zu ihrem Schlitten. Der Schlitten war ein Totalschaden. Erst war er über das Eis gezerrt worden und dann, auf der Seite liegend, das felsige Ufer hinauf. Lilys Ausrüstung war an den Resten festgeschnallt.

»Ich spanne euch gleich aus«, sagte er zu den Hunden. »Aber erst kommt Lily.« Er löste mit einer Hand die Gurte und holte sich, was er brauchen konnte.

Zuerst der Schlafsack.

Er rollte die Isomatte aus, breitete den Schlafsack aus und legte Lily vorsichtig hin. Mit ökonomischen Handgriffen fasste er unter die Jacke und zerrte ihr die triefnassen Hosen und langen Unterhosen aus. Dann streifte er ihr zwei Paar dicke Wollsocken über die Füße. Er rollte sie zur Seite, zippte den Reißverschluss des Schlafsacks auf und verstaute sie hinein. Dann zog er den Reißverschluss zu und stopfte das Kopfteil um Gesicht und Hals.

Er war nicht schnell genug. Er fuhr mit den Händen grob auf dem Schlafsack auf und ab, rieb den Sack und die frierende Frau darin warm.

»Zittere, Süße. Komm schon. Fang zu zittern an. Bitte.« Er wollte unbedingt zu ihr in den Schlafsack, um sie aufzuwärmen. Aber er hatte vorher noch anderes zu erledigen. Er betete zu Gott, dass er schnell genug war, sie am Leben zu halten.

»Arrow. Komm.« Derek arrangierte Lilys Hunde im Kreis um sie herum. Arrow, die Leithündin, legte den Kopf auf Lilys Schulter und beobachtete Derek mit vertrauensvollem Blick. Dingbat kläffte besorgt, stützte Kinn und Pfoten auf Lilys Bauch und beobachtete Derek genau, wie er Holz zusammensuchte, Feuer entzündete und einen Topf Schnee über die Flammen hängte.

Als Nächstes schnallte er Zelt und Schlafsack von seinem eigenen Schlitten und richtete, so schnell wie nie zuvor in seinem Leben, einen Lagerplatz her. Als das Zelt stand, blubberte im Topf schon fröhlich das Wasser. Er fand Lilys Wasserflaschen, füllte sie auf und wickelte sie in diverse T-Shirts, bevor er sie in seinen eigenen Schlafsack schob, der schon im Zelt lag, nah am Feuer.

Dann holte er sich seine Tasche, die große Thermoskanne und das Gewehr vom Schlitten und brachte alles ins Zelt.

Es bestand die Chance, dass der Heckenschütze Derek nicht mehr hatte ankommen sehen. Eine kleine Chance, aber eine *Chance*. Vielleicht hatte der Bastard geglaubt, seine Arbeit getan zu haben, und war verschwunden.

Aber Derek hielt nichts von *Chancen*. Nicht, wenn Lily Teil der Rechnung war.

Es spielte keine Rolle, wie gern er die Verfolgung aufgenommen hätte, Lily hatte jetzt oberste Priorität. Dennoch legte er seine Waffen an den Eingang des Zelts. Griffbereit.

»Okay«, sagte er zu den Hunden, die zu ihm aufsahen, als er näher kam. »Gute Arbeit. Jetzt nehme ich sie.«

Er hob Lily samt Schlafsack hoch und trug sie die wenigen Meter zum Zelt.

Drinnen hielt er sie aufrecht und holte sie aus dem Schlafsack, wie einen Schmetterling aus dem Kokon. Er wusste, dass Hautkontakt sie am schnellsten aufwärmen würde, doch er zögerte. Er wollte es nicht riskieren, diesen Hurensohn splitternackt durch den Schnee verfolgen zu müssen. Er knöpfte sein Hemd auf, schob die Hosen ein Stück weit nach unten, zog ihr die schwere Jacke aus und stieg mit ihr in den vorgewärmten Schlafsack.

Himmel, sie war kalt wie Eis. Aber wenigstens hatte sie zu zittern angefangen - ein gutes Zeichen. Derek legte die Hände unter ihre Achseln und drückt sie an sich, um ihr so viel Hautkontakt wie möglich zu geben. Er klemmte ihre Beine zwischen seine, legte die Arme um sie, spreizte die Hände auf ihren eisigen Rücken und Hintern und zog sie fest an sich, das Gesicht an seinen Hals gelegt.

Er fing auf der Stelle selbst zu zittern an.

Sie jammerte, als er den Arm wegzog und nach der Thermoskanne griff.

»K-Kalt.«

»Ich weiß, Liebes. Aber du kommst wieder in Ordnung.«

»Hm. K-Kalt. N-nicht n-nass.«

»Richtig. Und jetzt sehen wir zu, dass wir dich von innen aufwärmen.«

Es gelang ihm, die große Thermoskanne mit einer Hand zu öffnen und etwas von Annies Minestrone in den Becher zu kippen.

Die Suppe dampfte sacht, als er Lily den breiten Becher an die Lippen hielt. »Mund auf, Suppe.«

Sie schaffte es, die Lippen zu öffnen, aber ihre Zähne klapperten derart, dass sie sie nicht richtig auseinander bekam. »Tsch-Tschuldigung.«

Derek starrte den Becher an, nahm einen Schluck, wobei er sich auf die Flüssigkeit konzentrierte und das Gemüse im Becher ließ. Die Suppe schmeckte wunderbar und war heiß genug, ihm die Zunge zu verbrennen. Er legte seinen Mund an Lilys geöffnete Lippen und gab ihr die Suppe ein.

Sie seufzte glücklich, als die heiße Flüssigkeit durch ihre Kehle rann. Er nahm noch einen Schluck und wiederholte den Prozess, bis der Becher leer war. »Mehr?«

»I-immer n-noch k-kalt!«

»Ich weiß, Liebes. Es wird dir gleich warm werden.«

»N-nie.«

Er war besorgt und musste dennoch lachen. »Ja, ich weiß, dass es sich so anfühlt. Denk an heiße Sachen. Denk an Hawaii. Sonne. Hitze. Am Strand Liebe machen.«

»M-mm g-gut?«

Oberste Regel bei Unterkühlungen: Muskelbewegung schafft Körperwärme. Er malmte seinen Mund auf ihren. Kei-ne Sanftmut mehr. Ihren nackten Körper an sich zu fühlen, machte ihn zwar verrückt, aber es ging darum, Lily warm zu kriegen.

Er bremste sich etwas, strich federzart seinen Mund über ihre Lippen. Er neigte seinen Kopf von einer Seite auf die andere, streichelte verführerisch ihre Lippen, saugte die Unterlippe in seinen nassen Mund.

Sie öffnete bereitwillig den Mund, lud ihn ein, ließ ihre Zunge spielen.

Die Hitze stieg wie eine lang vergessene Erinnerung in ihr auf. Sie wollte ihn berühren, aber er hatte ihre Hände fest unter seine Arme geklemmt. Sie drückte die Brüste an die harte Ebene seiner Brust, rieb die Nippel an seinem rauen Haar und erschauderte nicht vor Kälte, sondern weil ein schneidendes süßes Gefühl von den Spitzen ihrer Brüste bis tief in ihren Körper schoss. Ein Eisberg hätte keine

Chance gegen die Hitze gehabt, die sie erfasste, als er ihren Mund mit tiefen nassen Küssen verwöhnte.

Sie holte tief und zittrig Luft, während er mit warmen Fingern ihre kalten Wangen streichelte, ihr Gesicht umfasste und sie wieder küsste, als wäre es das Ende der Welt gewesen, hätte er damit aufgehört. Seine andere Hand strich beständig ihren Rücken auf und ab, presste sie mit gespreizten Fingern an die Ofenwärme seines Körpers.

Er küsste sie auf so viele Arten, wie Eskimos Wörter für Schnee hatten.

Langsame Küsse. Schnelle Küsse. Heiße Küsse. Eine warme Brise, als er sacht an ihren Mund blies; ein hitziger Ansturm, als seine Zunge ihren Mund erkundete.

Er küsste exzellent. Er küsste nicht nur, er machte mit dem Mund Liebe, als gäbe es auf der Welt nichts, was wichtiger gewesen wäre, wichtiger, als ihr mit seinem Mund sublimes Vergnügen zu verschaffen. Er löste sich leicht von ihr, um sie zittrig Luft holen zu lassen, einmal, zweimal, dreimal. Dann, als könne er keinen Herzschlag länger warten, stieß er seine Zunge tief in ihren Mund. Die Hitze pochte wie heißer Champagner durch ihre Adern, ihre Brüste spannten, ihre Nippel waren so hart, dass es fast wehtat.

Die harte, seidige Länge seiner Erektion streifte die Senke zwischen ihren Schenkeln. Lily wand sich rastlos, die Beine zwischen seinen eingeklemmt, so dass sie nur ein winziges, verführerisches Stück vor und zurück konnte.

Sein Körper bebte vor Freude. Sein Mund wanderte über ihre geschwollenen Lippen; Lily protestierte leise, doch er hatte bereits die nächste Lieblingsstelle gefunden, an der sie geküsst werden wollte. Er platzierte den Ofen seines heißen, offenen Mundes an ihrem Kinn und wanderte mit winzigen Bissen weiter. Lily bog den Hals durch und summte tief in der Kehle, als sein Mund die Stelle an ihrer Halsgrube erreichte.

Ein langsames, tiefes Brennen erfasste ihren Unterleib, als er die kühle Haut ihres Halses küsste, um dann zu ihrem Ohr hinaufzuwandern. Sein Atem keuchte, als er die Muschel umkreiste, wieder und wieder, um dann mit der Zunge in ihr Ohr zu dringen.

Seine Hand glitt von der Wange an ihren Hals, verwöhnte die hochempfindliche Haut. Seine Fingerknöchel spazierten über ihr Brustbein, bevor er mit der Hand ihre Brust umfing und den Mund erneut auf ihren senkte.

Lilys Beine zuckten rastlos, während er ihre Nippel bis zur Schmerzgrenze rieb.

Er streifte ihr Küsse auf die Lider und murmelte: »Es scheint dir langsam wärmer zu werden.«

»Ein V-Vorspiel ist da sehr wirksam.« Lily schaffte es, den Kopf so weit abzuwinkeln, dass sie ihn aufs Kinn küssen konnte. »Aber mir ist immer noch kalt.« Es war eine offenkundige Lüge. Sie war so heiß, sie hätte einen Waldbrand entfachen können. Sie rieb die Hände über seine Brust, über die Muskeln und Knochen unter der rau behaarten Haut.

»Und jetzt?« Er ließ den Finger in ihrer Pofalte auf und ab gleiten, bis sie sich ihm erschaudernd entgegenbog.

Die spontane Selbstentzündung in ihrem Inneren brachte sie zum Keuchen. »Eiskalt«, teilte sie ihm feierlich mit und löste ihre Beine aus seinen, diesmal ohne Schwierigkeiten. Ihre Gesichter waren Zentimeter voneinander entfernt, und der nahe Augenkontakt ließ die Erfahrung noch intimer werden.

Der äußere Rand seiner Iris war fast schwarz. »Ich kann das in Ordnung bringen«, sagte er leise und drang in sie ein.

»Ich war mir sicher - *oh!* -, dass du das kannst.«

Zwei Hälften eines Ganzen.

»Ich muss für ein paar Stunden weg«, sagte Derek und küsste sie irgendwo in der Nähe ihres linken Augenlids. Der Mann war eindeutig abgelenkt und nicht etwa deshalb, weil er eine warme nackte Frau neben sich hatte.

»Glaubst du, er ist immer noch da draußen?«

Er krabbelte aus dem Schlafsack, ließ einen Schwung kalter Luft ins Zelt und bescherte ihr den kurzen, aber hinreißenden Anblick einiger sehr männlicher Körperteile. Lily zog sich den warmen Schlafsack um den Hals, während Derek sich an den komplizierten Prozess machte, in der Enge des Zelts sich anzukleiden. »Das will ich hoffen«, sagte er. Er griff nach der Waffe, steckte sie sich in den Gürtel und schnappte sich seine Jacke vom Boden.

Lily zitterte. Diesmal vor Angst. Seit der Kindheit war sie dem Tod nicht mehr so nahe gewesen. Doch sonderbarerweise hatte sie sich auch nie so lebendig gefühlt.

»Ich weiß, dass ich einen Schuss gehört habe. Direkt bevor ich ins Wasser gefallen bin.«

Derek nickte, die Miene angespannt und unbewegt. »Mehr als nur einen. Ich habe es auch gehört. Ich werde ihm keine weitere Chance geben.«

Lily packte ihn am Unterarm. Ihre Blicke trafen sich. In den Tiefen seiner dunkelblauen Augen funkelte etwas Kaltes, Berechnendes. »Du bist ein Rancher, und ich bin eine Tierärztin. Wir müssen zum nächsten Kontrollpunkt, die anderen Musher warnen und die Polizei alarmieren. Sollen die ihn doch jagen wie das Untier, das er ist.«

»Ich löse meine Probleme lieber selbst.«

Sie fummelte am Rand der Tasche herum. Sie würde ihm nicht erlauben, dass er einem Irren nachjagte, der ein Gewehr und eine Mission hatte. Die kalte Luft krallte sich in ihre nackte, von der Liebe erhitzte Haut. Doch sie ignorierte die Kälte und hob sich zitternd auf die Ellenbogen. »Ich denke, wir sollten das Schicksal nicht herausfordern, aber wenn du gehen willst, komme ich mit.«

»Nicht nur ›nein‹, sondern ›zur Hölle, nein‹.« Er griff nach seinem Gewehr. »Bleib, wo du bist. Wenn er in der Nähe ist, finde ich ihn. Und dann komme ich zurück.«

»Das ist verdammt arrogant von dir«, sagte Lily leise. »Ich kann dir helfen. Du weißt, dass ich eine fabelhafte Schützin bin.«

»Ja.« Er bückte sich, um sie zuzudecken, zog ihr den Reißverschluss des Schlafsacks bis zum Hals hinauf und streichelte mit dem Finger ihre Wange. »Das bist du. Deshalb liegt dein Gewehr hier und deshalb vertraue ich darauf, dass du allein auf dich aufpassen kannst, solange ich weg bin.« Er stand auf und machte die Jacke zu.

»Aber ...«

»Er könnte zurückkommen und die Hunde töten. Wir sind eh schon ziemlich aufgeschmissen, mit nur einem Schlitten. Deiner taugt nur noch als Brennholz.«

Lily holte zittrig Luft. »O Gott. Du hast Recht. Entschuldigung. Daran habe ich nicht gedacht. Aber ich ziehe mich trotzdem gleich an. Ich will hier nicht wie eine Opfergabe herumliegen und darauf warten, dass er auftaucht.« Sie zog ihre Tasche zu sich und holte ein paar frische Sachen heraus.

»Ich kümmere mich noch um die Hunde, bevor ich gehe.«

»Nein, das mache ich.«

Er wirkte unschlüssig. »Verdammt. Du solltest dich ausruhen. Du kannst kaum noch die Augen offen halten.«

»Ich werfe ein paar von meinen Spezialvitaminen ein«, sagte sie und versuchte, wacher auszusehen, als sie sich fühlte. »Geh einfach, und bring es hinter dich. Und Derek? Wenn du schon nicht gescheit sein willst, dann sei wenigstens vorsichtig.«

»Bin ich.« Er machte seine Tasche auf und zog ein großes, gefährlich aussehendes Messer heraus.

Lilys Augen weiteten sich, als er die Messerscheide an seine rechte Wade schnallte und die Waffe mit der Routine eines Mannes hineinsteckte, der genau wusste, wie man eine tödliche Zwanzig-Zentimeter-Klinge bei etwas einsetzte, das kein leckeres Steak war. Er zog das

Hosenbein darüber, und Lily zwinkerte gegen ihre plötzliche Angst an.

Wer war dieser Mann? Dieser bis zu den Zähnen bewaffnete Fremde mit dem grimmigen Gesicht hatte alles fortgewischt, was sie bis noch vor wenigen Minuten über Derek zu wissen geglaubt hatte.

15

*L*ily fragte leise und mit trockenem Mund: »Gibt es irgendetwas, das ich tun kann, solange du weg bist?«

Er zog die Augen zusammen. »Halte die Augen nach allem, offen, was dir ungewöhnlich erscheint. Falls unser Schütze weiß, dass er es schon wieder vergeigt hat, könnte er wirklich gefährlich werden. Und wenn er nah genug herankommt, ist die Kugel eines unfähigen Schützen genauso tödlich wie die eines Schützen, der weiß, was er tut.«

»Soll ich das Lager abbrechen?«

»Ja, aber halte das Feuer in Gang, damit du dich warm halten kannst.« Er streichelte ihre Wange, und Lily wusste, dass er hin- und hergerissen war, ob er gehen sollte, um zu tun, was er tun musste, oder bei ihr bleiben sollte. Ihrer beider Sicherheit setzte sich durch. »Pack zusammen, aber lass alles zurück, was wir doppelt haben. Ich schicke später jemanden her, der es abholt.

Welchen Jemand? Lily salutierte, ohne weiter zu fragen. Ja, Sir! Ich fange gleich damit an, Sir!«

»Zu dumm, dass ich dich nicht bitten kann, hier nackt auf mich zu warten. Es wäre bestimmt ein ziemlicher Ansporn, schnell wieder zurückzukommen.«

»Hier hast du deinen Ansporn«, sagte Lily, zog seinen Kopf zu sich herab, grub die Zähne in seine Unterlippe und saugte sie ein, bevor sie ihn aufreizend küsste.

Als sie sich voneinander lösten, nahm er ihr Gesicht in die Hände. »Verdammt guter Ansporn.« Dann setzte er wieder seine Jägermiene auf. »Bleib wachsam. Vertraue niemandem. Ich meine es ernst, Lily. Wir haben keine

Ahnung, mit wem wir es zu tun haben. Erst schießen, dann fragen.«

»Der Nächste, der hier vorbeikommt, ist mit Sicherheit ein Iditarod-Musher.«

»Oder der Heckenschütze.«

»Aber wer immer es ist, er soll sich erst identifizieren, bevor ich ihn wegpuste, okay, Arnold?«

Er lachte nicht über die Anspielung auf den Muskelmann. »Es ist jemand, den du kennst, Lily. Jemand, mit dem du gesprochen und vielleicht sogar gelacht hast. Jemand, der hier nicht auffällt. Ich meine es ernst. Dieser Mensch will dich tot sehen. Er wird nicht aufgeben. Aber irgendwann ist für jeden Schluss.« Seine Augen verdunkelten sich. Lily dachte einen Moment lang, er werde sie wieder küssen. Doch er schaute sie einfach nur an, der Mund grimmig, die Augen umschattet. »Wir beide haben noch nicht einmal damit angefangen, unsere Möglichkeiten zu erkunden. Pass auf dich auf.«

»Ich respektiere es, dass du die Sache in die Hand nimmst, aber wieso glaubst du, du wüsstest, was irgendein Verrückter denkt?«

Derek schwieg lange, und etwas, das ungesagt blieb, huschte über sein Gesicht. Er bot ihr keine Erklärung an. »Ich will nicht, dass dir etwas passiert. Pass gut auf dich auf, bis ich wieder zurück bin.«

Er küsste sie schnell noch einmal, dann schlüpfte er aus dem Zelt, zog hinter sich den Reißverschluss zu, und Lily lauschte auf seine über den Schnee knirschenden Schritte.

Sie zog sich schnell an. Sie hatte Glück gehabt, richtiges Glück. Derek war rechtzeitig da gewesen, um ihr zu helfen. Fast zu ertrinken, war eine schreckliche Erfahrung gewesen, und sie würde in den kommenden Jahren mehr als nur einen Albtraum haben. Aber zumindest war sie am Leben und konnte noch Albträume haben. Sie kramte in ihrer Tasche nach ein paar zusätzlichen Kleiderschichten. Ihre Jacke lag leider irgendwo da draußen und war triefend nass. Nachdem sie sich warm verpackt hatte, ging sie hinaus, um sich um die Hunde zu kümmern. Ihre Gedanken wirbelten im Kreis, wie die Flocken, die vereinzelt aus dem mondhellen Himmel fielen.

Derek hatte einen guten Lagerplatz ausgesucht. Auf der einen Seite lagen Felsbrocken, die die Wärme des Feuers reflektierten, auf der anderen Seite stand dichtes Gebüsch, hinter dem sich eine Reihe kräftiger Bäume erhob.

Das Feuer knisterte noch. Sie setzte einen großen Topf auf und erwärmte das Hundefutter. Dann nahm sie sich ihr Gewehr und ging zum Fluss hinunter. Sie lauschte auf jeden Laut, suchte mit den Augen die Umgebung ab und holte die Kleider, die Derek ihr ausgezogen hatte.

Derek machte sie verrückt, und das nicht nur in körperlicher Hinsicht. Wann war aus dem Rancher der einsame Ranger geworden? Sie hatte ihn jahrelang für arrogant und selbstgefällig gehalten. Jetzt sah sie sein Verhalten in einem ganz neuen Licht. Seine Entschlossenheit und sein Intellekt übertrafen alles, wozu Sean je fähig gewesen war. Er übernahm in jeder Lage ohne weiteres das Kommando. Wie hatte er dann so über den Dingen stehend wirken können? Lily bestand auf einmal zu gleichen Teilen aus Verwirrung und Aufregung. War sie nicht nach Alaska gekommen, um über ein ruhiges, einfaches Leben nachzudenken?

Und jetzt rauschte das Adrenalin durch ihre Adern. Obwohl sie nicht gerade froh darüber war, dass irgendein Wahnsinniger ständig auf sie schoss, musste sie doch zugeben, dass die Situation etwas Erfrischendes an sich hatte. Die Mischung aus drohender Gefahr und wildem Sex konnte einen schwindlig werden lassen.

Noch war die Dämmerung nicht mehr als ein leises Versprechen. Sie begann, Land, Wasser und Himmel mit dunkelgrauer Wasserfarbe zu überziehen, ohne sie voneinander zu unterscheiden. Lily fröstelte. Von hier aus konnte sie das Loch im Eis, in das sie gestürzt war, zwar nicht sehen, aber es war da. Sie war hineingefallen. Es wäre fast zu ihrem eisigen Grab geworden.

Sie betrachtete die verstreuten Splitter und Bruchstücke ihres Schlittens. Er hatte keine Sinn, sie aufzusammeln. Es war unmöglich, sie wieder zusammenzubauen und den Schlitten fahrtauglich zu machen.

Das Rennen war für sie vorbei, doch wenigstens lebte sie noch. Es war zweitrangig geworden, das Rennen zu gewinnen. Sie wrang so viel Wasser wie möglich aus ihrer Jacke und breitete sie zum Trocknen dicht neben dem Feuer aus. Dann fing sie an, das Zelt abzubauen. Das Gewehr war die ganze Zeit über griffbereit.

Der Jäger war jetzt der Gejagte.

Derek folgte den Fußspuren, die vom Fluss wegführten. Er fand die Stelle, von der aus der Kerl auf Lily geschossen hatte. Er entdeckte drei Zweiundzwanziger-Hülsen und die Fußspuren des Mannes, die auf dem Schnee wie ein dunkles Zickzackband aussahen, das sich zwischen den Bäumen hindurch den Hügel hinaufzog.

Wind kam auf und blies ihm eisig ins Gesicht. Er setzte die Schneebrille auf, zog den Schal über die untere Gesichtshälfte und kämpfte sich durch den tiefen Schnee.

Hier war der Kerl langsamer geworden. Derek schaute sich um, um zu erkennen, was der Schütze gesehen hatte. Jetzt, nachdem es dämmrig wurde, hatte man einen guten Blick auf den Fluss. Hier war der Schütze stehen geblieben. Hatte Lily ins Eisloch stürzen sehen. Aber hatte er sie auch wieder herauskommen sehen? Hatte er Derek gesehen?

Er studierte die Trittspuren des Mannes. Der Kerl war nicht lange geblieben. Vielleicht lange genug, um sich an Lilys Anblick zu weiden; aber nicht lange genug, um sich des Erfolges sicher sein zu können.

Der Schnee reichte Derek bis zu den Waden, was das Gehen erschwerte. Er hörte ein leises Geräusch und hielt inne. Ein stotternder Motor? Ja.

Ich hab dich!

Er machte die Augen zu, um das Geräusch in der dünnen Bergluft zu lokalisieren. Er änderte die Richtung und stapfte nach Norden weiter. Der Kerl würgte den Motor des Schneemobils ab. Mit etwas Glück würde der Idiot sich selber matt setzen und ein leichtes Ziel werden ...

Das Satellitentelefon vibrierte auf seiner Brust. Verdammt. »Was?«

»Schön dich zu hören, du bist stets so gut gelaunt«, lachte Dare.

»Mach schnell«, sagte Derek und sprintete durch den Schnee. »Ich bin auf der Jagd.«

»Ash hat es geschafft. Deine Bullensperma-Typen sind alle in Haft«, informierte ihn Darius und ratterte ein halbes Dutzend Namen herunter, die Derek vertraut waren; ein paar der Männer waren Rancharbeiter, die Sean engagiert hatte, während Derek auf einer seiner »Reisen« gewesen war. Dazu noch Barry Campbell, ihr Anwalt. Das passte. »Ach ja, bei eurem Stalker handelt es sich um einen gewissen Clay Barber«, sagte Dare. »Sag ihm ein Hallo von mir, falls du ihn siehst. Ich schicke dann den Räumtrupp, um die Leiche abzuholen.«

Die Leitung war tot. »Danke«, knurrte Derek trocken. Er stellte das Gerät ab, lauschte auf den leisen Bass des stotternden Motors und fing zu rennen an. Genau wie Sam Croft war auch Barber ein Angestellter, allerdings hatte Derek das Gesicht momentan nicht vor Augen. Auf den beiden Ranches arbeiteten Hunderte von Leuten.

Er ließ sich vom Geräusch des röchelnden Motors leiten und rannte die nächste Meile. Unter den Bäumen, wo der Schnee nicht so dick war, war es leichter, und der felsige Grund gab besseren Halt. Während den Hügel hinaufstieg, entdeckte er einen, über das Schneemobil gebeugten Mann, der ihm den Rücken zukehrte. Derek lehnte sein Gewehr an einen Baumstamm und näherte sich lautlos dem Mann, der unablässig fluchte und sich mit dem Motor der Polaris abmühte.

Der Mann merkte erst, dass er nicht mehr allein war, als ein Arm um seinen Hals schnellte und eine Pistole sich in seinen Rücken bohrte. »Was, zur H...«

Derek drückte dem Kerl den Lauf der Baer ans Rückgrat und zog ihm den Arm so fest um den Hals, dass jeder weitere Versuch zu sprechen sinnlos war. »Barber.«

Clay zerrte an Dereks Arm, bekam etwas Luft und keuchte: »Hey, Mann. Bin ich froh, dich zu seh...Verdammt, Wright.« Er zwang sich zu einem Lachen, schüttelte den Kopf und hob beide Hände, die Handflächen nach vorn. »Beruhige dich, Mann.«

Derek war nicht in Plauderlaune. »Lass den Unsinn. Ich weiß, dass du versucht hast, Dr. Munroe umzubringen.«

»Umbringen? Keine verdammte Chance, Mann.«

»Wie viel zahlen sie dir dafür, dass du Dr. Munroe aus dem Weg schaffst?« Er drückte dem Lauf der Baer fest hinter Barbers Ohr, direkt an den Warzenfortsatz des Schläfenbeins, was innerlichen und äußerlichen Druck erzeugte.

»Zehn Riesen«, krächzte Barber.

»Und du glaubst, es lohnt sich, wegen zehn Riesen zu sterben?«, fragte er fast beiläufig, während Barber in seinem Griff zappelte. »Nur zu deiner Information: Du hattest keinen Erfolg.« Derek drückte den Unterarm wieder an Barbers Kehle.

»Verdammt, du erwürgst mich. Lass los.«

Derek stellte sich breitbeinig hin, zog fester zu und brachte Barber aus dem Gleichgewicht. »In deinen Träumen, du Arschloch«, zischte er dem Jüngeren ins Ohr. Er konnte die Wut des Kerls riechen, den Gestank seiner Blutrünstigkeit. Derek hielt dem größer gewachsenen Mann die Pistole an den Kopf.

»Ich bin nicht der, der jetzt stirbt, Wright.« Barber schoss erstaunlich leichtfüßig herum und duckte sich unter Dereks Arm durch. Derek versetzte ihm einen harten Schlag in den Nacken. Barber lachte und tänzelte davon.

Dann drehte er sich um und kam mit gesenktem Kopf auf Derek zu. Der Mann war unbewaffnet. So sehr sich Derek danach sehnte, ihn auf der Stelle zu erschießen, es war nicht seine Art. Er wartete, bis Barber nah genug war, dann schwang er die Faust aufwärts und traf Barber genau in den Solarplexus.

Barber kippte nach vorn, stolperte und richtete sich mit blutunterlaufenen Augen auf. »Ich hätte zuerst dich erschie-ßen sollen, Wright.«

»Du hättest es versuchen sollen, ja.« Gut, dachte Derek, und stellte sich breitbeinig hin, während Barber von einem Fuß auf den anderen im Halbkreis um ihn herumtänzelte. Den Hurensohn zu erschießen, hätte im Zeit gespart. Aber, verdammt, er *wollte* kämpfen. Faust gegen Faust. Er hoffte, der Kerl war gut und kämpfte dreckig.

»Wie oft hast du auf Lily geschossen?«, provozierte er ihn. »Und nicht ein Treffer. Ts, ts. Du bist ein armseliger Schütze, Barber.« Derek sah den Mann wütend die Augen zusammenziehen. »Hoffentlich bist du mit den Fäusten besser als mit dem Gewehr. Ich bin in Stimmung für'ne kleine Runde.«

Derek winkte ihn mit behandschuhten Fingern heran.

Barber kam schwingend auf ihn zu wie ein wütender Seemann. Derek riss den Kopf einen Sekundenbruchteil, bevor Barbers fleischige Knöchel trafen, zur Seite.

Barber hatte Kraft.

Perfekt.

»Ich weiß, dass du für das Kartell arbeitest, das das gefälschte Sperma verkauft, also mach dir nicht die Mühe, mir was vorzulügen. Wer ist der Nächste in der Hierarchie? Wer bezahlt dich? Sag mir den Namen.« Nur für den Fall, dass sie irgendwen übersehen hatten.

»Leck mich.«

»Falsche Antwort.« Derek wirbelte ihn herum und schlug einen mächtigen Aufwärtshaken an Barbers Kinn. Barber stolperte rückwärts, die Augen wild funkelnd. »Wir haben deine sämtlichen Komplizen in Gewahrsam«, teilte Derek ihm mit und packte ihn vorne an der Jacke. »Du kannst genauso gut gleich aufgeben.«

Der Mann wischte sich mit dem Handschuhrücken das Blut vom Mund. Seine Miene war mordlüstern. »Leck mich.« Er senkte den Kopf und griff erneut an. Derek trat mit spöttischem Schnauben zur Seite. Barber stolperte, Obszönitäten brüllend und unkontrolliert mit den Armen rudernd, an ihm vorbei.

Dereks Lungen pumpten schwer, und das Adrenalin rauschte durch seine Adern. Er stellte sich breitbeinig hin, als Barber sich umdrehte. Jede Zelle seines Körpers *schrie*, er solle den Bastard zusammenschlagen, bis er nur noch ein Bluthäufchen im Schnee war.

Ihn zu erschießen, war zu einfach. Anstatt ihm eine Kugel in den Körper zu jagen, wollte er dem Kerl für das, was er Lily angetan hatte, die Eier durch die Nase ziehen. Derek steckte die Baer in das Schulterhalfter zurück, als Barber mit gesenkten Schultern erneut angriff.

Sie prallten aufeinander wie zwei Stiere, die im Kampf um die Vorherrschaft die Hörner kreuzten. Die gleiche Kraft. Der gleiche Wille, am Schluss als Letzter stehen zu bleiben. Der gleiche Adrenalinschub, der sich austoben wollte.

Barber kreischte wie ein Tier und stolperte armwedelnd rückwärts. Derek nutzte seinen Schwung aus, packte ihn am Arm, schleuderte ihn im Halbkreis herum und setzte einen kurzen Tritt in seinen Bauch. Der Mann fiel grunzend auf die Knie, die Luft piff aus seinen Lungen. Er krabbelte auf Händen und Füßen, rang nach Luft.

Derek wartete, bis Barber wieder auf die Füße kam, dann setzte er ihm einen schnalzenden Karatetritt an die Seite des Knies. Barber heulte vor Schmerz, stolperte aber nur und katapultierte auf Derek zu.

»Ich hätte dich zuerst erschießen sollen«, keuchte er mit rotem Gesicht.

»Du hättest es versuchen können.« Sie umkreisten einander in einem makabren Pas de deux. Der Wind heulte durch die Baumwipfel, ihr Atem ging schnell und gefror in der eisigen Luft.

Sie fixierten einander. Barber griff nach unten und holte ein Tarpon-Bay-Jagdmesser aus einem Halfter an seinem linken Oberschenkel.

Derek lächelte und warf sein KaBar-Messer bereits von einer Hand in die andere. »Deine bevorzugte Waffe, nicht wahr?«, sagte Derek und dachte an Crofts Verletzungen und daran, mit welchem Vergnügen sie ihm zugefügt worden waren.

»Geschnitten und gewürfelt, Arschloch. Geschnitten und gewürfelt. Ich werde meinen Spaß mit dir haben, und wenn ich mit dir fertig bin, such ich mir zum Spielen'ne hübsche Ärztin.«

Derek hielt seine Beine in Bewegung und schwang den rechten Arm, Schnitt und Stoß, Schnitt und Stoß. Barber tat das Gleiche. Sie umkreisten einander, räumten mit den Füßen den Schnee aus dem Ring.

»Schau dich nur um. Das wird das Letzte sein, was du siehst: ich und mein Messer in deinem Bauch«, sagte Derek und spürte, wie ihn eine vertraute, unheimliche Ruhe überkam, während er antäuschte und parierte.

Bis zum Tod.

Nur ein Mann würde diesen Hügel lebend verlassen. Und dieser Mann musste er sein. Alles andere war undenkbar. Barber durfte nie wieder die Chance bekommen, auch nur auf tausend Meilen an Lily heranzukommen.

Bei einem Messerkampf gab es drei große Zielbereiche: Muskeln und Nerven; Blutgefäße; lebenswichtige Organe. Muskeln und Nerven zu kappen, würde Barbers Gliedermaßen außer Kraft setzen. Möglicherweise. In Blutgefäße und Organe zu schneiden, würde unmittelbar zum Tod führen, und war für den Angreifer das letzte Mittel.

Barber stieß in hohem Bogen mit dem Messer zu und erwischte Derek am Hals. Das erste Blut. Dereks linker Arm schoss vor, und er schloss die Finger um Barbers dicken Hals. Seine Reichweite war nur geringfügig größer, als die des Jüngeren. Er hielt den Arm gestreckt und drückte zu, während Barber fluchend herumtänzelte.

»Leck mich, Wright. Leck mich.«

»Du hast ein ziemlich begrenztes Vokabular. Ich würde dich gern ins Gefängnis schicken, damit du eine bessere Schulbildung bekommst, aber es wäre Zeitverschwendung, und ich muss weiter.«

Clay sah ihn mit zusammengezogenen Augen von der Seite an. »Du willst mich hier oben lassen?«

Nein, Darius schickt einen Räumtrupp. »Nach McGrath geht es immer geradeaus - nur ungefähr hundertfünfzig Meilen. Besser, du fängst gleich zu laufen an.«

Barber attackierte ihn mit einem frontalen Tritt, den Derek routiniert abwehrte. Er packte Barbers Bein hinten am Knöchel und zog es zur Seite, dann versetzte er ihm mit dem Knie einen schnellen, harten Stoß in die Lenden. Barber kreischte wie ein Mädchen.

»Leck mich.« Er krümmte sich über seine Eier und lief zum Schneemobil, an dessen Seite ein Gewehrkolben aus einer Tasche ragte. Derek rannte ihm nach und versuchte es mit einem tief angesetzten Tackling. Sie krachten mit lautem Schlag gegen das Schneemobil, Derek zuoberst. Aus Barbers Nase triefte Blut. Er stemmte sich nach oben, kam stolpernd auf die Beine, Schweiß und Blut übers Gesicht strömend. Derek rollte sich weg. Barbers Stiefel in Größe 48 knallte zwei Zentimeter von seinem Kopf auf den Boden. Barber drehte sich um und hatte das Scharfschützengewehr in der Hand.

»Wie ich es gesagt habe, leck mich, Wright.«

»Nein.« Derek holte in einem gleißenden Bogen mit dem KaBar aus. Zwanzig Zentimeter Stahl - partieller Zackenschliff, gekappte Spitze mit Epoxy-Beschichtung, Blutlaufrinne - sanken bis zum Heft in Barbers Kehle.

Lily hörte das Dröhnen eines Schneemobils, das durch die Baumreihe oberhalb des Lagerplatzes näher kam. Sie packte ihr Gewehr, kletterte auf die kleine Felsformation und legte sich flach hin. Dass sie nicht vorhatte, zwischen das nächstbeste Augenpaar zu schießen, hieß nicht, dass sie nicht bereit war.

Sie hob das Gewehr auf die Schulter und spähte durch das Zielfernrohr, um besser sehen zu können. Das Glas war gesprungen. Musste beim Sturz passiert sein.

Sie sah den dunklen Fleck größer und größer werden und routiniert um die Bäume herumkurven. Die Schneeflocken erschwerten die Sicht. Einmal sah sie ihn, dann wieder nicht. Frustrierend und zum Verrücktwerden.

Freund?

Oder Feind?

Die Dämmerung machte die Sicht nicht leichter. Möglicherweise, wenn auch unwahrscheinlich, war es einer der ehrenamtlichen Iditarod-Helfer. Wenn es jemand vom Rennteam gewesen wäre, hätte er sich auf der markierten Strecke befunden, nicht hoch oben in den Bäumen. Abgesehen davon, war zu dieser frühen Morgenstunde niemand zwischen den Kontrollpunkten unterwegs.

Nein. Es war niemand, der mit dem Rennen zu tun hatte.

Die Frage war, war es der Schütze oder jemand anderes? Sie drückte sich flach auf den Fels und wartete, bis er näher war.

Wo, zur Hölle, war Lily? Derek fuhr auf der Polaris den Hang hinunter und konnte den Lagerplatz sehen. Das Feuer glühte durch das schattige Grau der nun dicht fallenden Flocken. Das Zelt war abgebaut. Die Hunde bellten aufgeregt. Er suchte mit den Augen die Umgebung ab. Keine Spur von Lily. Plötzlich würde ihm klar, dass er das Headset in die Tasche gesteckt hatte. Verdammt. Unklug. Bis er das Ding wieder im Ohr hatte, war er schon unten beim Camp. Hatte der Bastard noch einen Komplizen? Er gab Gas und fuhr direkt auf die Mitte der Lichtung zu, den Kopf voller grässlicher Bilder.

Beeilung. Beeilung. Beeilung.

Die Hunde bellten wie verrückt. Lily sah das Schneemobil näher kommen, und das Herz schlug ihr bis zum Hals. Es raste den Hügel hinunter und kam direkt auf den Lagerplatz zu. Sie hob das Gewehr an und versuchte, einen Schuss abzugeben. Nur einen kleinen Warnschuss, den Derek, wo immer er war, hören würde.

Das Gewehr klickerte.

Oh, verdammt! Defekt.

Das Schneemobil flog heran, und Lily versuchte, das Gesicht des Mannes zu erkennen. Sie konnte ihn nicht identifizieren. Seine Jacke ähnelte viel zu sehr den Jacken, wie sie hier Dutzende von Männern trugen, Derek eingeschlossen. Mütze, Schneebrille und Schal verdeckten sein Gesicht.

Inzwischen war er ohnehin viel zu nah für einen Warnschuss.

Lily schwang das Gewehr wie eine Keule. Der Mann stürzte getroffen von der Maschine wie ein Fels. Das Schneemobil fuhr weiter. Zum Ufer hinunter, *Wumm, Wumm, Wumm.* Dann schlitterte es mit ohrenbetäubendem Kreischen auf der Seite liegend über den Fluss.

Lily sprang vom Felsen und ging zu dem auf dem Rücken liegenden Mann.

Er rührte sich nicht, aber sie war vorsichtig, hatte das Gewehr erhoben, um ihm den nächsten ordentlichen Schlag zu verpassen, falls er gefährlich aussah und sich bewegte.

Oh, verdammt ... »Derek?«

Die Augen hinter der Brille waren geschlossen, das Gesicht leichenblass. Doch unter dem Auge befand sich ein hellroter blutender Riss, der Lily neben ihm auf dem Schnee auf die Knie fallen ließ. »Oh, mein Gott, Derek. Es tut mir so Leid. Wach auf. Bitte, wach auf.

Er war kalt. »Wach auf, und schrei mich an, ja?«

Nach ein paar Minuten wurde ihr klar, dass er nicht allzu bald mit ihr plaudern würde. Lily lief zu den Hunden und schirrte Arrow und Melba aus.

Mit Hilfe der Hunde gelang es ihr, Derek auf eine Isomatte zu rollen und zum Feuer zu schleifen.

Schwitzend suchte sie in Dereks Sachen nach der Erste-Hilfe-Ausrüstung und rollte den Schlafsack, den sie gerade zusammengepackt hatte, wieder aus. Verdammt. Sie wünschte, das Zelt hätte noch gestanden, denn der Schnee wirbelte jetzt wild um sie herum.

Sie zog den Reißverschluss des Schlafsacks auf. Mit viel Gekeuche, Geschnaufe und Gefluche gelang es ihr schließlich, neunzig Kilo solide Muskelmasse auf und in den Schlafsack zu rollen. Dann zog sie den Sack bis unter sein Kinn zu.

Er hatte sich immer noch nicht bewegt. Nicht gut.

Sie nahm ihm vorsichtig die zersprungene Schneebrille ab und zuckte zusammen, als sie sein Gesicht betrachtete. Glücklicherweise hatte die Blutung fast aufgehört. Aber Augenbraue und Augenlid waren bereits verfärbt und angeschwollen. Er würde ein höllisches Veilchen und monströse Kopfschmerzen bekommen. Lily war schlecht, als sie die Wunde säuberte und ein Pflaster zur Hand nahm.

Sie hörte ein leises Summen, hielt inne und lauschte, das Herz bis zum Halse pochend. Was ...?

Das Butterfly-Pflaster auf dem Finger klebend, sah sie sich nach dem eigenartigen Geräusch um.

Eine Telefon? Niemals. Es summte wieder.

Sie beäugte ihren Patienten, tastete ihn ab, bis ihre Finger auf das kleine Telefon in seiner obersten Tasche stießen. »Also, das glaube ich ni...«

Summ.

»Hallo?«

Stille? Dann: »Wer, zur Hölle, spricht da?«

»Dr. Lily Munroe.«

»Geben Sie mir Derek.«

»Er, äh, schläft. Soll ich ihm etwas ausrichten?«

»Wecken Sie ihn.«

»Es tut mir Leid. So gern ich das tun würde, ich kann nicht. Hinterlassen Sie doch eine Nachricht, und er ...«

»Ist er am Leben?«

»Ja, oh, Gott, ja.«

»Dann wecken Sie ihn, zur Hölle. Es ist ein Notfall.«

Ein Notfall? Hatten dieser Tage denn alle nur Notfälle? »Er ist bewusstlos«, sagte Lily unverblümt.

»Bewusstlos? Was ist passiert?«

»Ich habe ihm einen Schlag verpasst.«

»*Sie* haben ihn geschlagen?«

»Ja«, teilte sie dem unbekannten Mann barsch mit. »Ich habe ihm einen Schlag verpasst, der ihn auf der Stelle umgehauen hat. Möchten Sie die grausigen Einzelheiten hören oder eine Nachricht hinterlassen, die ich ihm, sobald er aufwacht, übermitteln werde?«

»Wecken Sie ihn auf der Stelle auf«, drängte der Mann. »Und wenn sie seinen dummen Hintern mit Schnee einreiben müssen. Sehen Sie zu, dass Sie ihn wach und auf die Beine bekommen, und zwar dalli. Dann soll er mich anrufen. Sie haben zwei Minuten.« Er legte auf. Er hatte sich nicht die Mühe gemacht, ihr zu sagen, wer er war.

Hey, Derek? Gerade hat so ein Typ angerufen und gesagt, es gäbe einen Notfall. Du sollst sofort zurückrufen. Wen? Kei-ne Ahnung. Worum es ging? Keine Ahnung. Lily schüttelte den Kopf und runzelte die Stirn, während sie das Telefon neben Dereks Kopf auf den Schlafsack legte.

Vermutlich sein Broker. Ja. Wenn Microsoft oder IBM um ein paar Punkte fielen, war das Grund genug, Derek mitten in einem Rennen in der Wildnis Alaskas anzurufen. Es wäre schön gewesen, wenn Lily selbst nur im Entferntesten an diese Möglichkeit hätte glauben können.

»Warum glaube ich das keine Minute lang?«, fragte sie sich laut. »Ich fühle mich, als sei ich in einen verdammten Fuchsbau gefallen.«

Sie begutachtete die Wunde. Blutete noch. Lily desinfizierte sie noch einmal, dann zog sie den Riss mit ein paar Butterfly-Pflastern zusammen. Er würde eine Narbe zurückbehalten, die ihn an den heutigen Tag erinnern würde. Aber so wie sie Derek kannte, würde er damit lediglich noch verwegener aussehen. »Sie wird dein faltenloses Aussehen ein bisschen beeinträchtigen, Cowboy. Und du wirst vermutlich ein bisschen unleidig mit mir sein, wenn du aufwachst. Auch nichts Neues.«

»Himmel, was war das?«, murmelte Derek, hob die Hand und betastete seine Stirn. Lily hielt seine Hand fest, bevor er noch die Wunde anfassen konnte.

»Unglücklicherweise *ich*.« Sie kontrollierte seinen Puls. »Gott, es tut mir so Leid. Du hast ein Schneemobil gefahren und bist so schnell auf mich zugekommen...«

»Ist schon okay. Hätte dasselbe gemacht. Was, in Gottes Namen, hast du mir übergezogen? Ein Stemmeisen?«

»Den Gewehrkolben. Warum setzt du dich auf? Du hast vermutlich eine Gehirnerschütterung.«

»Habe ich nicht.«

»Ich bin hier die Ärztin«, sagte sie entschieden und nahm sein Gesicht in die Hände. »Schau mir in die Augen.«

»Schön.«

Seine Pupillen waren normal. Aber sie würde ihn ein paar Stunden lang im Auge behalten müssen. Was nicht schwer war. Er war gut anzusehen, ihr Geliebter. »Du redest irr.«

»Und das bringt dich zum Lachen?«

»Die Tatsache, dass ich dir den Schädel nicht wie eine Melone gespalten habe, ist ein Grund zum Feiern«, teilte Lily ihm mit, beugte sich vor und gab ihm schnell einen Kuss auf den Mund. »Leg dich wieder hin, ich hole dir etwas Wasser, damit du ein Aspirin ...«

Das Telefon summte.

Derek griff nach seiner Brusttasche. Lily zeigte auf den Schlafsack. Er ließ die Finger suchend über die Falten gleiten, fand es und bellte: »Was?«

»Schön, dass du wieder unter den Lebenden weilst«, sagte Darius sarkastisch. »Ich bin von der Überzeugung erfüllt, dass du, und nur du allein, jetzt dazu auserwählt bist, die bösen Jungs zu schnappen und die Welt zu retten. Insbesondere, nachdem ich erfahren habe, dass dich ein Mädchen umgehauen und bezwungen hat.«

»Ich habe Kopfweh und meine eigene Nervensäge hier.« Derek grinste Lily an und berührte ihre Wange. »Gibt es Neuigkeiten?«

»Wie schlimm ist der Kopf?«

»Da ich gerade erst aufgewacht bin, kann ich das noch nicht sagen, aber ich rechne mit einem Monster-Kopfweh. Danke der Nachfrage.«

»Also, hör zu«, sagte Darius, und seine gute Laune schwand, »Du bist der einzig Verfügbare da oben, und wir sitzen hier ziemlich in der Scheiße. Ich habe gute und schlechte Neuigkeiten.«

Darius' Kunstpause erregte Dereks vollste Aufmerksamkeit. »Fang mit den guten an«, sagte er trocken, griff nach den Ibuprofen-Tabletten, die Lily ihm hinhielt, und schluckte sie mit etwas Wasser. »Ich könnte welche gebrauchen.«

Sie runzelte die Stirn und fragte ihn lautlos: »Was ist los? Ist es wegen der Hochzeit deines Vaters?«

Derek hatte fast schon vergessen, dass sein Vater demnächst in seinem Haus heiraten wollte. Er schüttelte den Kopf, und alles tanzte vor seinen Augen. Er bedeutete Lily mit der Hand, ihm einen Becher Kaffee zu geben. Die Kanne hing dampfend ein Stück weit entfernt über dem Feuer.

Lily grummelte, weil er ihre Frage nicht zufriedenstellend beantwortet hatte, und ging den Kaffee holen. Der Anblick ihres spektakulären Hinterteils wäre um vieles besser gewesen, hätte Derek ihn mit beiden Augen genießen können. Aber dummerweise pochte sein linkes Auge nicht nur lästig, sondern war obendrein zugeschwollen.

»Auf den Satellitenbildern des Norton Sounds sind mehrere große Schiffe zu sehen, wo keine sein sollten«, teilte Dare ihm mit. »Und falls du dich vor deiner Abreise nicht hinreichend mit Geografie beschäftigt haben solltest, wie das jeder brave kleine Pfadfinder tun sollte: Der Sund ist der dicke blaue Fleck auf der linken Seite deiner guten alten Landkarte, eine Bucht an der Beringsee. Die Koordinaten, an denen die verdammte Scheiße steigen soll, sind: vierundsechzig Grad nördliche Breite, einhundertdreiundsechzig Grad westliche Länge. Nome, wo du eh hin wolltest, liegt auf dem nördlichen Ufer, und der Yukon fließt von Süden her in den Sund. Konntest du mir soweit folgen?«

»Alles klar.« *Danke*, bedeutete er Lily, die mit zwei Bechern Kaffee zurückkam, ihm einen reichte und sich im Schneidersitz auf das Fußende des Schlafsacks setzte.

Sie sah so verflucht süß aus mit der kleinen Falte zwischen den beredten Augen, dass er ihr eine Kusshand zuwarf. Ihre finstere Miene legte sich ein bisschen, und sie lächelte widerwillig.

»Gelten Geografiestunden jetzt schon als gute Neuigkeiten?«, fragte Derek »In Biologie war ich übrigens viel besser.« »Ich bin sicher, das warst du. Nein. Die gute Nachricht ist, dass wir die Zielkoordinaten haben.«

»Vierundsechzig Grad nördliche Breite, einhundertdreiundsechzig Grad westliche Länge. Verstanden. Und unsere Freunde machen was mit wem?«

»Unsere Freunde planen, eine schmutzige Bombe zu zünden. Eine *sehr* große, *sehr* schmutzige Bombe, die nicht nur Fluss und Bucht böse in Mitleidenschaft ziehen wird, sondern auch Onkel Sams hochgeheimes Frühwarnsystem nördlich von Nome mitnehmen wird. Nicht, dass wir *irgendwas* davon wüssten, dass sich da oben eine geheime Anlage befindet, aber *wenn* wir es wüssten - was wir nicht tun -, dann ist sie das Ziel und wird weggepustet.«

»Genau wie die Menschen, die da oben leben«, setzte Derek sachlich hinzu. »Das hört sich für mich nach furchtbaren guten Nachrichten an.«

»Mann, Derek, die gute Nachricht ist, dass wir die Info haben. Die schlechte Nachricht ist, dass eine mächtige Unwetterfront aufzieht«, fuhr Darius fort. »Unmöglich, während der nächsten zirka sechzehn Stunden Flugzeuge reinzuschicken. *Du*, mein guter, Hunde liebender Freund, bist auf dem Landweg dazu in der Lage.«

»Jesus.«   Es   war   ein   Gebet.

16

*L*ily hatte nicht die leiseste Ahnung, mit wem Derek sprach, aber er sah grimmig aus und hatte einen angespannten Zug um den Mund. Sie hatte genug davon, sich über die mysteriösen Anrufe den Kopf zu zerbrechen. Sie wollte Antworten.

Sie zuckte zusammen, als Derek mit dem Finger ihre Wange berührte, und vergaß das rätselhafte Telefongespräch für einen Moment. O Gott, sie hatte ihn *geschlagen.* Dass es unabsichtlich passiert war, machte es auch nicht besser. Es reichte, sein armes Gesicht zu sehen, schon verknotete sich ihr Magen. Sein linkes Auge war komplett zugeschwollen, sein Gesicht war schwarz und blau, ganz zu schweigen von den anderen prachtvollen Farben zwischen Augenbraue und Wangenknochen.

Ihr war entsetzlich zumute, während sie den dampfenden Kaffeebecher absetzte, einen frischen Socken aus der Tasche zog und ihn mit Schnee füllte.

»Aber sorg dafür, dass sie am nächsten Kontrollpunkt mein Frachtgut abholen«, insistierte Derek und hörte wieder zu. »Die kostbarste Fracht, die ich je habe transportieren lassen. Ihr werdet sie ordnungsgemäß packen und verschiffen. Derek machte schmerzverzerrt die Augen - *das Auge* - zu.

»Verflucht. Richtig. Keine Flüge jeglicher Art ... Ja, ja, mache ich.« Pause. Stirnrunzeln. Finstere Miene.

Lily reichte ihm die schneegefüllte Socke. Er funkelte sie an, als hätte er nie zuvor eine Socke gesehen. Sie hielt sich die Socke vors Gesicht. Er ignorierte es.

Lily ließ sich nicht ignorieren. Sie beugte sich zu ihm und legte ihm die Socke an das Gesicht. Er zischte und wich instinktiv aus. Sie folgte ihm und hielt das Eispacket fest am Platz.

Er starrte sie böse an und fragte: »Haben wir eine einigermaßen korrekte Schätzung, wann unser kleiner Freund die Party steigen lassen will?« Er neigte den Becher und kippte den kochend heißen Kaffee hinunter, als sei er das Gegengift gegen das Eis auf seinem Gesicht.

»Natürlich werden sie das«, sagte er sarkastisch und winkelte sein Handgelenk ab, um mit einem Auge auf die Uhr schauen zu können. »Wir bleiben in Verbindung. Du meldest dich, wenn du jemanden hast, der meine Fracht holt. Und Dare? Diese Sache ist nicht verhandelbar.« Er schaltete das Telefon ab und versuchte sofort wieder, die Schneesocke abzuschütteln.

»Sei doch nicht so unleidig«, schimpfte Lily. »Wenn du das nicht auf dein Auge legst, wird es schnell und vor allem lange Zeit zugeschwollen sein.«

»Du bist Tierärztin, kein Menschendoktor«, erinnerte er sie und war offenkundig genauso verärgert wie er aussah.

»Zum Glück«, spöttelte sie, »schließlich führst du dich wie ein Esel auf.«

»Und du bist ein Dickkopf.«

»Hallo, kennen wir uns? Ich bin Lily.« Sie zeigte auf das Telefon. »Was hat das alles zu bedeuten?«

Derek stand auf und zog sie mit einer Hand hoch, während er mit der anderen die Schneesocke festhielt. »Wir müssen los. Der Sturm kommt rascher als erwartet. Sie sagen Schneefall und Sturmböen voraus, gefolgt von einem schweren Eissturm.«

»Mach dir doch deshalb keine Sorgen«, sagte Lily zuversichtlicher, als ihr zumute war. »Wir sind für diese Art Wetter bestens ausgerüstet.« Sie hatten zwar all ihre Hunde, aber ihr Schlitten war Schrott. Lily näherte sich, wenn sie sich nicht bald schlafen legte, rapide dem Punkt, an dem sie einfach ins Koma fallen würde. Und Derek schwankte und hatte eine ziemlich ernste Kopfverletzung. Es sah nicht gut aus.

Der Sturm würde den nächsten Streckenabschnitt noch weiter komplizieren.

»Vertrau mir«, sagte er gepresst. »Der Sturm wird schlimm.«

Der Geliebte war fort, und an seiner Stelle stand ein Fremder, den Lily nicht wieder erkannte. Er ließ Lilys Hand los, ging zum Feuer und bedeckte es mit Schnee. Die Flammen zischten und erstarben, dann dampfte es noch ein bisschen.

Was war es, das er ihr verschwieg? »Okay, ein Eissturm. Was sonst noch?«

»Nichts.«

Die Hunde, die irgendetwas ahnten, liefen durcheinander und sahen verstört aus. Dingbat kläffte unruhig, und Lily ging zu ihm und kraulte ihn am Ohr. »Ist schon okay, Kleiner.« Sie ging neben dem Hund in die Hocke und sah zu Derek auf. »Rede mit mir. Was geht hier wirklich vor?«

Der Wind frischte auf und wirbelte den Schnee um ihre Füße herum auf. Derek rieb sich mit einer Hand über das geschundene Gesicht. »Ich möchte, dass du alleine nach Nikolai weiterfährst.«

Lily versuchte, seine Miene zu ergründen, aber es war, als lese man in einem geschlossenen Buch mit einer dicken Staubschicht auf dem Deckel. Sie hatte genau das gleiche Gefühl wie damals in den Flitterwochen, als Sean zu ihr gesagt hatte, dass er noch auf einen Drink in die Bar ginge und sie sich in der Suite auf ein romantisches Dinner vorbereitet hatte: Ein hartes, straffes Band aus böser Vorahnung drückte ihr die Brust ab.

Dingbat stupste mit seiner eisigen Schnauze an ihre Wange, aber sie hielt den Blick auf Derek gerichtet. »Warum?«

»Wäre es dir möglich, einfach zu tun, was ich sage, ohne irgendwelche Fragen zu stellen?«

»Ja. Die Zeit wird sicher kommen. Aber jetzt noch nicht.«

»Lily ...«

»Irgendetwas stimmt nicht. Schließ mich nicht aus«, sagte sie. »Ich weiß, ich weiß«, setzte sie hinzu, als er sie giftig mit einem Auge anblitzte. »Ich sehe ja, dass du es eilig hast. Also erzähl es mir ganz schnell, damit wir aufbrechen können.«

Er schwieg so lange, dass sie schon dachte, er werde ihr eine Abfuhr erteilen, dann sagte er leise: »Ich wollte es dir ohnehin erzählen. Aber das hier ist weder der Ort noch der Zeitpunkt, den ich mir dazu ausgesucht hätte ...«

»Ja, ja, schön. Was ist es?«, sagte Lily ungeduldig, stand auf und versuchte, nicht über sein armseliges Boxergesicht zu jammern. Sie fragte sich kurz, was sie tun würde, falls er ein Serienkiller war, der in fünfzig Staaten gesucht wurde. Oder ein Bigamist ...

»Ich arbeite für eine Organisation namens T-FLAC«, sagte er und beobachtete angestrengt ihr Gesicht. »Eine privat finanzierte, verdeckt operierende Antiterrorgruppe.«

Ihr Hirn brauchte ein paar Sekunden, um die Information zu verarbeiten. »Willst du mir sagen dass du ein ... Spion bist?«

»Ein Antiterroragent.«

»Gütiger Himmel!« Sie schüttelte den Kopf, als könne sie nicht glauben, was sie da gehört hatte.

»Lily, ich wollte es dir ...«

Sie schnitt ihm das Wort ab. »Das ist ja *so* cool.«

Derek starrte sie nur fassungslos an. »Du findest das ... ›cool‹?«

»Oh, ja. Du vielleicht nicht?«

»Sicher, ja. Tue ich.« Sein Lächeln war wegen der Schwellung etwas schief. »*Whoa.*« Er hob die Hand, als sie den Mund aufmachte. »Ich sehe schon, dass du vor Neugier platzt. Ich erzähle dir von meiner Arbeit - sobald wir zu Hause sind, okay? Im Augenblick muss ich mich sputen.«

»Du bist auf einer Mission? *Jetzt?*«

»Genau jetzt.«

»Wow.«

»Wir müssen fahren.«

Richtig. Sie und James Bond mussten fahren. Gütiger Himmel, dachte sie wieder und betrachtete ihn verstohlen, während sie ihm half, die Sachen zusammenzupacken. Sie verkniff sich ihre eine Million Fragen. *Ein Antiterroragent. Wow.* Sie verstaute die Ausrüstung auf dem Schlitten. »War das dein ... Auftraggeber, der dich zu einem Job geschickt hat?«, fragte sie. »Erzähl mir lieber nichts, falls du mich hinterher umbringen musst« setzte sie hastig hinzu und war sich nicht sicher, ob sie scherzte oder nicht.

Er lächelte. »Mein Controller. Ja. Ich habe weniger als zehn Stunden, um an einen Ort südlich von Nome zu gelangen.« Er legte den Zeigefinger auf ihre Lippen, um sie daran zu hindern, mit einem Schwall faszinierter Fragen herauszuplatzen. »So viel kann ich dir sagen: Wir wissen seit einigen Tagen von einem bevorstehenden Terroranschlag hier in der Gegend, kannten den genauen Ort aber nicht. Jetzt kennen wir ihn. Jetzt muss ich hin.«

»Um Himmels willen, Derek, du kannst kaum *sehen*.« Terroranschläge waren etwas, von dem sie aus der Zeitung oder den Sechs-Uhr-Nachrichten erfuhr. Nicht etwas, in das ein Mensch verwickelt war, den sie li... mochte.

Die Panik schnürte ihr die Kehle ab. Agenten waren sexy und unterhaltsam anzusehen - im Kino; es war kein Spaß, plötzlich feststellen zu müssen, dass Derek einer dieser Menschen war, die für die Sicherheit ihres Landes Tag für Tag ihr Leben aufs Spiel setzten. Sie schluckte den metallischen Geschmack der Angst hinunter. »Sie sollen jemand anderen schicken.«

Er packte und würdigte sie keines Blickes. Der Schnee wirbelte um ihre Beine. Der Wind wurde stärker, und der Himmel verdunkelte sich entsprechend. »Die Flughäfen, an denen unsere Leute auf die Koordinaten gewartet haben, sind wegen des Sturms geschlossen. Hätten sie die

Information nur eine halbe Stunde früher bekommen, wäre alles anders. Aber jetzt ... Es gibt keinen anderen, Lily.«

Es war weder großspurig noch arrogant. Wenn er sagte, dass niemand anderer da war, dann war niemand anderer da. Er stolperte über den vor seinen Füßen am Boden liegenden Kaffeebecher, drehte sich etwas zur Seite und hob ihn auf.

O Gott.

»Vergiss den nächsten Kontrollpunkt.« Lily nahm ihm den Kaffeebecher aus der Hand. »Ich komme mit dir. Ich leih dir meine Augen.«

»Lily!« Er sah sie entsetzt an. »Hast du den Verstand verloren? Du fährst nach Nikolai, wo du in Sicherheit sein wirst.«

Ja. Sie hatte den Verstand verloren. Allein der Gedanke, sich in Gefahr zu begeben! Sie war in den letzten paar Tagen so oft in Gefahr gewesen wie ihr Leben lang nicht. Aber sie war auch verrückt vor Sorge um ihn. Unter normalen Umständen, mutmaßte sie, war er zu allem fähig, was von ihm verlangt wurde - und machte seine Sache gut. Aber wie sollte das gehen, wenn er nicht *sehen* konnte?

Sie stützte die Faust in die Hüfte und fixierte ihn. »Woher willst du wissen, dass ich da in Sicherheit bin?«

»Ich habe ein paar Leute dort, die dich nach Montana zurückbringen werden.«

Sie dachte darüber nach. Offen gesagt, erleichtert. Sie war es leid, ständig Angst zu haben. »Fein. Dann komm mit mir. Sollen diese Leute mit dir gehen, wo immer du hingehst. Du brauchst Hilfe. Ich schaffe es allein nach Hause.«

»Tust du nicht«, sagte er mit grimmigem Gesicht. »Es gibt die nächsten zwölf bis sechzehn Stunden keinen Flug. Der Sturm ...«

»Du bist also nicht einmal sicher, ob deine Leute schon in Nikolai sind, wenn ich dort ankomme?«, fragte sie.

»Sie werden da sein.«

»Bevor oder nachdem dieser Kerl mich oder dich umgebracht hat?«

»Lily, wir haben dazu jetzt keine Zeit.«

»Aber du willst mich aus diesem Rennen nehmen, als sei ich ein Kind, das eine Auszeit braucht? Ohne eine verdammte Erklärung?«

»Nächstes Jahr wird es wieder ein Rennen geben. Gewinn lieber das.«

Sie wollte ihn schlagen. Aber sie half ihm, die flatternde Plane über den Schlitten zu ziehen und zu sichern. Die Plane fühlte sich an, als sei sie lebendig und kämpfe ums Überleben. »Verdammt, Derek«, geiferte sie. »Das Rennen ist mir scheißegal. Ich denke nur an Mr. Superagent, der gerade eben über einen verdammten Kaffeebecher gestolpert ist.«

»Ich habe ihn nicht gesehen.«

»Eben.«

»Tu es für mich, Lily. Lass es gut sein. Hab Mitleid mit den Blinden.«

»Gut. Ich tue, was du willst. Aber wer sagt mir, dass ich zwischen hier und Nikolai sicher bin? Meine Pistole hab ich im Wasser verloren, und mein Gewehr ist kaputt.« Sie pausierte, suchte nach Munition. »Hat Barber dir gesagt, wer ihn geschickt hat?« Derek zuckte zusammen und schüttelte den Kopf. »Nein? Gut, ich lasse es damit bewenden. Bis jetzt waren sowohl Croft als auch Barber hinter mir her. Was, wenn der Nächste nur darauf wartet, dass wir uns trennen?«

Er machte unter all den Kratzern ein fast flehentliches Gesicht, und Lily wusste, dass sie einen direkten Treffer gelandet hatte. Aber deshalb fühlte sie sich auch nicht besser.

»Lily ...«

»Nein. Hör mir zu. Du sagst, du willst nicht, dass ich mit dir komme. Und offen gesagt, macht mich die Vorstellung, mich mitten in einen Terroranschlag zu begeben, nicht glücklich, aber es ist eine Tatsache, dass du im Moment nicht einmal die Hälfte deines Sehvermögens hast. Und das ist meine Schuld.«

»Lily ...«

Sie setzte ihre Schneebrille auf, weil der Wind langsam anfing, ins Gesicht zu stechen. Als ein großer Klumpen Schnee mit lautem Rauschen vom wippenden Ast eines in der Nähe stehenden Baumes fiel, sprang sie förmlich in die Höhe. Himmel, sie war wirklich schreckhaft geworden.

»Der Sturm ist fast schon da«, sagte sie bemüht gelassen. »Wir haben jetzt keine Zeit, darüber zu streiten, nicht wahr? Solange ich mit dir zusammen fahre, wo immer du auch hin musst, bin ich jedenfalls in Sicherheit. Und sobald wir dort sind, nehme ich die Hunde und suche mir ein sicheres Plätzchen, bis die Gefahr vorüber ist. Und du kannst tun, was du tun musst. Schau mich nicht so an. Du weißt, dass es keinen anderen Weg gibt. Irgendwer muss sich um die Hunde kümmern. Da bin ich die Richtige. Und falls es hart auf hart kommt und wir in eine Krise geraten, helfen dir meine Schießkünste vielleicht weiter.«

»Ich will dich, in einer verfluchten *Krise*, im Radius von fünfhundert Meilen nirgendwo sehen.«

»Dann sind wir schon zwei. Glaub mir.« Lily breitete die Hände aus und ließ sie sinken. »Im Gegensatz zu den letzten paar Tagen hege ich keinen Todeswunsch. Pack deine Sachen fertig«, sagte sie brüsk und drehte sich um. »Ich such unsere schnellsten Hunde zusammen und schirre sie an.«

»Nein.«

»Red mit dir selber«, empfahl Lily. »Die Zeit läuft uns davon.«

Derek musste sich schließlich eingestehen, dass Lily Recht hatte. Er würde es nicht alleine schafften. Sein Sehvermögen war stark beeinträchtigt, und das Eis half kaum gegen die Schwellung. Er brauchte sie nicht nur zum Sehen, sondern Lily war in diesem Fall auch die Expertin. Sie würde die schnellsten Schlittenhunde mit dem besten

Durchhaltevermögen zusammenstellen. Achtzehn der besten Schlittenhunde im ganzen Land. Und nicht nur die Hunde waren erstklassig, Lily galt als eine der besten Musherinnen überhaupt. Sie würde ihn schneller ans Ziel bringen, als er selbst es vermocht hätte.

Sie trainierte unter den schlimmsten Wetterbedingungen. Hunderte und Hunderte von Meilen. Bei Sturm würde ihre Erfahrung unschätzbar sein. Zum einen brauchte er sie, zum anderen wollte er sie verzweifelt in Sicherheit wissen. Er wog das Pro und Kontra ab.

Was, wenn Croft und Barber nicht die Einzigen waren, die sie geschickt hatten? Wie sicher war sie auf der Strecke *wirklich*? Möglicherweise waren andere Musher in der Nähe, die ihr ein Gefühl der Sicherheit vermitteln konnten. Aber sie würden sie nicht schützen können, wenn der nächste Schütze effizienter war als der letzte.

Matt würde dafür sorgen, dass sie sicher nach Hause kam. Aber wer wusste, was sie erwartete, wenn sie zurück in Montana war?

Himmel, er rieb sich mit der Hand über das Kinn. Sollte er sie der Gefahr aussetzen, mit der in Nome zu rechnen war? Das war Irrsinn.

Sollte er ihr und ihren gut ausgebildeten Hunden zutrauen, dass sie ihn am schnellsten ans Ziel bringen würden? Die Wahrheit war, er brauchte Lilys Erfahrung und die Schnelligkeit ihrer Hunde. Und mehr noch: Er konnte nur dann sicher sein, dass es ihr gut ging, wenn *er* bei ihr war.

Er wollte sie bei diesem Sturm nicht allein auf die Strecke lassen. Jeder Musher mit einem Funken Verstand hatte die Strecke längst verlassen und irgendwo Schutz gesucht. Sie wäre da draußen völlig allein gewesen.

Jesus, er saß in der Zwickmühle.

Wenn sie bei ihm war, würden sie nur zum Füttern und um die Hunde rasten zu lassen anhalten müssen. Sie konnten Tag und Nacht fahren. So sehr er es verabscheute,

Lily in Gefahr zu bringen, sie hatte Recht. Er fragte sich reumütig, ob sie ihm das je verzeihen würde.

Und dann, als ihm klar wurde, dass er keine andere Wahl hatte, ob er nun wollte oder nicht, hoffte er nur noch, dass sie beide lange genug leben würden, um ihren Enkelkindern davon zu erzählen.

Derek packte den Schlitten um und behielt, um das Gewicht so weit wie möglich zu senken, nur das, was absolut notwendig war. Er räumte den Ladekorb für einen Passagier frei. Sie würden leicht und schnell unterwegs sein.

Lily hatte dafür votiert, einen Brief an Matt zu schreiben und an Finns Halsband zu befestigen. Sie teilte ihrem Bruder mit, dass sie und Derek sich entschlossen hätten, ein paar Tage lang auf eigene Faust durch Alaska zu fahren. Matt würde eine Romanze hineininterpretieren, was in Ordnung war.

Lily sah mit feuchten Augen zu, wie die Hunde, die sie aussortiert hatte, über eine Anhöhe verschwanden und alleine - wozu sie auch ausgebildet waren - zum nächsten Kontrollpunkt liefen. Innerhalb von Sekunden hatte der Wind ihre Spuren verweht.

Derek legt ihr den Arm um die Schulter und drückte sie. »Die schaffen das.«

»Sie brauchen keinen, der ihnen sagt, wo es lang geht.« Sie wischte sich mit der Handfläche die Nase ab, als die letzte Spur verweht war. »Sie kennen die Strecke besser als wir.«

»Verdammt richtig.« Er schob sie zum Gespann, das auf der Stelle hüpfte und jaulte, so begierig waren die Hunde, endlich loszulaufen.

»Mach dir keine Sorgen. Heute Mittag sind sie schon bei Matt«, sagte Derek. »Du wirst jetzt ausnahmsweise einmal tun, was ich dir sage. Ich will, dass du nach vorne kletterst und zu schlafen versuchst. Bitte, mach den Mund zu.

Danke.« Als Lily den Mund zugeklappt hatte, fuhr er fort: »Du stehst nach deinem Sturz ins Wasser nach wie vor noch unter Schock, und ich würde mich besser fühlen, wenn du etwas ausruhen würdest. Tust du das für mich? Bitte?«

»Ja, Sir. Aber ich ...«

Er streifte seinen Mund über ihren. »Uns wird nichts passieren. Ich will einfach nur ein Nickerchen machen können, wenn du an der Reihe bist.«

Er war Lily dabei behilflich, in den Schlittenkorb zu steigen. »Ich liebe es, dir beim Schlafen zuzusehen«, sagte sie, während sie sich hinsetzte und die Beine ausstreckte. »Du machst beim Einschlafen immer diese süßen kleinen Schnüffelgeräusche.«

Derek lachte, während er zum hinteren Ende des Schlittens ging. »Tue ich nicht. Ich *schnarche* vielleicht manchmal so richtig männlich, aber schnüffeln? Niemals.«

»Es ist wirklich süß. Ganz entzückend, wirklich.« Sie sah in die Richtung, in die die Hunde verschwunden waren. »Es wird ihnen nichts passieren, oder?«

»Matt wird sie gesund und munter nach Hause bringen, wo sie schon auf uns warten werden. Hast du das Mikrofon an?«, fragte er direkt in ihr Ohr.

Lily breitete einen Schlafsack über sich, da sie sich die nächsten Stunden kaum bewegen würde, und nickte. Sie konnte Derek, der direkt hinter ihr stand, zwar spüren, aber das Mikrofon ermöglicht es ihnen, sich zu unterhalten, ohne schreien zu müssen.

Es war ein guter Tag zum Fahren. Eiskalt und windig. Doch die Windgeschwindigkeit nahm in beängstigendem Maße zu. Die Hunde, die darauf brannten, ihre Beine zu bewegen, kläfften fröhlich, als es den Hügel hinaufging. Derek steuerte sie routiniert von der markierten Strecke weg, die ihre Freunde genommen hatten, und nach kurzem Zögern rasten sie wie auf Schienen dahin.

Es gab Lily einen Stich, als sie die Strecke hinter sich ließen. Sie würden durch unbekanntes Terrain fahren, was sie stets ein wenig nervös machte. Es war ihr lieber, wenn die Dinge berechenbar waren. Ihr Herz tat einen Sprung, als sie daran dachte, wie unberechenbar die letzten Tage gewesen waren. Aber ansonsten war es ein schöner Tag, dachte sie feixend, wenn man einmal davon absah, dass sie fast ertrunken war, das Rennen verlassen hatte, Derek halb blind gemacht hatte und sich einer supergeheimen Organisation angeschlossen hatte, die die Welt vorm Terror bewahren wollte.

Der Blizzard hatte eingesetzt, kaum dass sie den Fluss verlassen hatten. Lily war seit drei Stunden mit Fahren dran und stand dick eingemummelt hinten auf dem Schlitten. Der Tag war gar nicht erst hell geworden, und ihr Kopf schmerzte von der Anstrengung, durch den Schnee zu sehen, der im gelben Lichtstrahl ihrer Kopflampe auf sie zuwirbelte. Ihre Finger waren schon steif, so fest wie sie den Haltebügel umklammern musste, weil der Schlitten auf der glatten Fläche von einer Seite auf die andere schlingerte.

Der Tag war so unheimlich wie ein Horrorfilm. Sie leckte sich unter dem dicken Wollschal die mit Vaseline eingschmierten Lippen. Sie spürte in der nun einsetzenden erdrückenden Dunkelheit beinahe die Wolken über ihre Schultern streifen.

Außer den Kufen, die mit einem schrillen Zischen über den gefrorenen Schnee glitten, war nur noch das Knirschen der Pfoten zu hören, die bei jedem Schritt leicht durch die Eiskruste brachen.

Es ging über weite Ebenen, gefrorene Flüsschen und durch dunkle Wälder. Sie, Derek und die Hunde schienen die einzigen Lebewesen auf Erden zu ein.

Und der Schnee fiel und fiel und fiel, deckte ihre Spuren zu, als wären sie nie da gewesen.

Ziemlich unheimlich.

Aber auch aufregend, dachte Lily und korrigierte ihren Linksdrall mit einem leichten Tritt auf die Bremse. Sie liebte die Herausforderung des Iditarod. Aber die wilde Raserei durch unbekanntes Gelände, die Vorahnung eines Ereignisses, von dem die Menschen, die jetzt ruhig in ihren Betten schliefen, nichts wussten - all das ließ ihr Herz rasen und ihren Pulsschlag hüpfen. Sie fühlte sich ... *lebendig*. Angsterfüllt, aber lebendig.

Bevor sie die bösen Jungs bekämpfen konnten, mussten sie erst über die Elemente triumphieren. Das war etwas, das sie beherrschte. Etwas, bei dem sie gut war.

Sie kam sich beinahe heldenhaft vor.

Wer hätte gedacht, dass sie eine gute Spionin abgeben würde?

»Musst du anhalten?«, fragte Derek leise. Er war die drei Stunden über sehr still gewesen, und sie vermutete, dass er immer wieder weggedöst war. Er war auch still gewesen, als sie im Schlittenkorb gelegen hatte. Er hatte in letzter Zeit nicht viel Schlaf bekommen. Seine schwarze Pelzmütze und der Schlafsack, mit dem er sich zugedeckte hatte, waren schneebedeckt und glänzten eisig.

»Es geht mir gut, und die Hunde lieben es«, versicherte Lily und klopfte eine kleine Schneewehe von der Oberkante ihrer Brille. »Aber du könntest mir einen Becher Kaffee geben.«

»Sicher.«

Er fand die Thermoskanne, goss vorsichtig den dampfenden Kaffee ein und reichte ihr den halbvollen Becher über den Kopf nach hinten.

Lily schob den dicken Schal nach unten und nahm den Becher. Ihre Brille beschlug, aber das machte ihr nichts aus. Sie nahm zwei Schluck, genoss das Brennen in der Kehle und murmelte: »Elixier der Götter.«

»Ja, das ist es.« Er trank selber etwas. Alles, was Lily sehen konnte, war der Dampf, der hinter seiner schneebedeckten Mütze aufstieg und zu ihr ins Dunkle hinauftrieb. »Daran könnte ich mich gewöhnen«, sagte er, und seine Stimme schmolz wie dicke, dunkle Schokolade in ihr Ohr. *Heiße Schokolade*, dachte sie überdreht.

»Woran?«, fragte sie leichthin. Aus irgendeinem Grund schmerzte ihr schier das Herz, als sie seine Stimme nach den paar Stunden wieder hörte. »Mit Hundegeschwindigkeit durch den Schnee zu fahren?«

»Daran, hier zu sitzen und dich die ganze Arbeit machen zu lassen. Genauso wird es sein, wenn wir zwei richtig, richtig alt sind.«

»Sag bloß.« Lily lachte. Der Wind tat an den Zähnen weh, und sie nahm schnell wieder einen Schluck des rapide abkühlenden Kaffees. »Ich soll dich in deinem Rollstuhl herumschieben?«

Er lachte, und der tiefe, rumpelnde Klang seiner Stimme überrollte sie wie eine warme Brise. »Oder ich deinen. Oder wir fahren beide um die Wette in unseren getunten High-Tech-Rollstühlen.«

»Ich werde mir auf meinen einen fluoreszierenden roten Rennstreifen pinseln lassen«, sagte Lily und tat unbeschwert. Es war nur müßiges Geplauder auf der Fahrt. Kein Bekenntnis zu einer gemeinsamen Zukunft. Eins musste man Derek Wright lassen, dachte sie und ignorierte den Schmerz in ihrer Brust: Wenn er einer Frau seine Aufmerksamkeit schenkte, dann fühlte sich diese Frau, als sei sie in seiner Welt die einzige.

Es war ein schwindliges Gefühl; eines, an das sie sich noch erinnern würde, wenn ihre Affäre längst vorüber war. In der Zwischenzeit waren sie hier draußen zusammen - wenn auch nicht im romantischen Sinne -, und sie würde den kostbaren Augenblick nicht verderben, in dem sie eine Sekunde zu früh an die Realität dachte.

Dazu war später noch jede Menge Zeit.

»Rennstreifen, hm?«

»Darauf kannst du wetten«, sagte Lily und zwang die Leichtigkeit in ihren Tonfall.

»Ah-hm.« Derek pausierte, und ein ganzes Zeitalter schien vorbeizuticken. »Egal, wie schnell du fährst, Lily«, sagte er sanft. »Ich werde dich immer einfangen.«

Der angekündigte Eissturm war sogar noch schlimmer, als Derek erwartet hatte. Innerhalb weniger Stunden waren Zweige und Gebüsch in kristallklares Eis verkapselt.

Sie hielten inzwischen jede halbe Stunde an, um die Füße der Hunde zu begutachten, die Booties zu wechseln und den Hunden fünf Minuten zu geben, sich von der soliden Eiskruste zu erholen, die den Schnee bedeckte.

So sehr Derek all diese Unterbrechungen hasste, er wusste, dass die Fahrt weitaus unangenehmer gewesen wäre, wäre Lily nicht bei ihm. Nein, gestand er sich aufrichtig ein, er war nicht sicher, ob er es überhaupt geschafft hätte. Sie schulterte, ohne Klage oder irgendeinen Kommentar, einen mehr als angemessenen Teil der Verantwortung. Und sie kannte die Stärken und Schwächen ihrer Hunde und fuhr entsprechend.

»Kannst du mir ein bisschen was darüber verraten, was auf uns zukommt?«, fragte Lily ins Mikro. Ihre Stimme zitterte, zum Teil vor Kälte, zum Teil vor Angst, da war er sicher. Sie saß von Kopf bis Fuß eingemummelt im Schlittenkorb. Doch es war fast leichter, hinten auf dem Schlitten zu stehen und ab und zu mit einem Bein anzuschieben. Dann hatte man zumindest etwas Bewegung.

»Die Bande, hinter der wir her sind, nennt sich Oslukivati. Eine serbische Terrororganisation«, erzählte Derek widerstrebend, und richtete seine Kopflampe wieder auf die Hunde. »Sie steht weltweit auf den Listen mit den Topterroristen. Irgendwie sind sie hier oben auf ein Frühwarnsystem gestoßen, südlich von Nome. Wenn die Station ausfällt, könnten sie unbemerkt Marschflugkörper ins Land bringen, und die Vereinigten Staaten würden es erst merken, wenn sie eine Stadt ausgelöscht haben.«

»Mein Gott.«

»Unser Geheimdienst sagt, sie planen, das System mit einer schmutzigen Bombe zu eliminieren und dann ihr Zeug reinzubringen. Ein doppelter Schlag. Alles sorgsam auf einen der schwersten Stürme abgestellt, der Alaska seit siebenundachtzig Jahren heimgesucht hat.«

»Wie ...?« Lilys Stimme versagte, und sie musste noch mal von vorne anfangen. »Wie soll ein einzelner Mann so etwas verhindern?«

»Ich kriege Unterstützung«, versicherte er. »Mach dir kei-ne Sorgen.« Er machte sich schon Sorgen genug für alle. Dare hatte ihm verklickert, dass mindestens sechzehn Stunden lang kein Flugzeug dorthin aufsteigen könne. Genug Zeit für Oslukivati, die Hälfte der freien Welt in die Luft zu jagen. »*Gee!*«, rief sie den Hunden zu.

»Wo ist die Unterstützung?«, wollte Lily dann wissen. »Ich sehe nirgendwo Kavallerie. Ich will Kanonen, Flammenwerfer und Atomwaffen haben, verdammt!«

T-FLAC-Agenten waren fantasievoll. Wenn sie nicht fliegen konnten, fanden sie einen anderen Weg. Derek zwang sich zu lachen. »Ich würde wirklich gern sehen, wie du einen Flammenwerfer bedienst.«

»Hey, besorg mir einen. Dann lerne ich es gleich in der Praxis.«

Derek verlagerte sein Gewicht, als die Leithunde um einen Klumpen gefrorenen Buschwerks bogen, bevor es wieder geradeaus ging. Derek schwor sich, dass Lily garantiert nicht näher als fünf Meilen an den Einsatzort herankam. Sobald er lokalisiert hatte, wo er hinmusste, würde er sie und die Hunde nach Nome schicken, wo sie in Sicherheit war. Sie würde das überleben. Sie musste.

»Ich könnte dir zu deinem nächsten Geburtstag einen Flammenwerfer schenken, wie wäre das?«

»Im Ernst, Derek ...«

»Im Ernst, Lily. Meine Leute werden da sein und uns mit offenen Armen begrüßen.« *Bitte, lieber Gott.*

»Kann man solche schlechten Menschen denn nie ganz stoppen?«

Er dachte kurz daran zu lügen. »Gelegentlich schon.«

»Schlechte Aussichten. Warum machst du ...« Sie brach seufzend ab. »Weil du bist, wie du bist.«

Derek lugte im Schein der Kopflampe auf das GPS und richtete die Hunde aus. Ja, er war wohl so.

Er hatte nie an seinem Beruf gezweifelt. Er liebte die Arbeit bei T-FLAC, auch wenn es sich manchmal so anfühlte, als könnten sie kaum etwas gegen den Terror ausrichten, der sich wie ein Krebsgeschwür über die Welt verbreitete. Doch er wusste, dass er und Menschen wie er etwas ändern konnten. Die Welt war sicherer, weil Männer und Frauen wie er dafür alles taten, was in ihrer Macht stand.

Es war das große Bild, das ihn inmitten des Chaos bei Verstand bleiben ließ.

Aber plötzlich hatte sich dieses Bild auf jene eine zierliche Frau reduziert, und es konnte gar nicht genug T-FLAC-Agenten, Marines oder Ranger, ja sogar verfluchte Navy-Seals geben, um die Wagenburg zu sichern und sie zu beschützen.

Großes Bild. Kleine Frau. Er war gerade dabei, wie ein Wahnsinniger *mit Lily* auf die Gefahr zuzusteuern.

Und es gab absolut keine Garantie, dass er sich am Ende nicht allein hineinstürzen musste.

»Die Hunde brauchen eine Pause«, unterbrach Lily seine Überlegungen. »Tut mir Leid.«

»Wir rasten eine halbe Stunde. Reicht das?« Er wusste, dass sie ihn um ein paar Stunden gebeten hätte. Keine Chance, dachte er, und bremste das Gespann langsam ab.

Sie war eine Kämpferin, und sein Herz schwoll voller Dankbarkeit, als sie leise sagte: »Gut.«

Sie bogen unter eine Baumreihe ein, nahmen sich die Zeit, ein kleines Feuer zu entzünden und Kaffee, Suppe und Hundefutter warm zu machen. Derek erledigte die Küchenarbeit, während Lily konzentriert das Gespann abwanderte und die Pfoten und Beine der Hunde akribisch nach Eisschnitten absuchte.

»Alle in Ordnung, bis auf Rio«, teilte sie ihm über das Mikrofon mit. »Ich nehme ihn fürs nächste Stück im Korb mit. Dann sehen wir weiter. Sie kam zu ihm, so dick eingepackt, dass nur noch die Augen zu sehen waren. »Ich halte uns wirklich nicht gern länger als nötig auf, aber sie müssen fressen und ausruhen.«

»Ich weiß. Uns kann eine Pause auch nicht schaden. Wir sind alles in allem gut in der Zeit.« Er betrachtete die tiefer sinkenden Wolken und den unaufhörlich fallenden Schnee. Falls überhaupt möglich, wurde das Wetter noch schlechter. Genau wie die Chancen der guten Jungs, vor Ort zu sein, wenn Derek eintraf.

Das Bodenteam sollte aus Anchorage kommen. Sie würden unterwegs anhalten und die Schneemobile betanken müssen. Nein, die Chance, das jemand ihm zur Hilfe kam, war verschwindend gering. Sein Auge pochte wie zum Protest.

Es gab nichts, was er gegen die Schwellung tun konnte oder gegen den Sturm.

»Ist der Kaffee fertig?« Lily sah sehnsüchtig den geschwärzten Topf über dem Feuer an.

»Ein paar Minuten noch. Der Topf war so eisig, er braucht eine Weile. Hältst du es noch so lange aus, Süße?«

»Mir geht es prima, prima wie geeistem Daiquiri, aber trotzdem prima. Wie geht es deinem armen Auge?«

»Ich brauche die Socke nicht mehr.«

Ihre Augen blitzten, doch er konnte wegen des Schals ihr Lächeln nicht sehen. »Da bin ich aber erleichtert. Es hätte dein ganzes James-Bond-Image ruiniert, wenn du die bösen Jungs mit einer Gymnastiksocke auf dem Gesicht hättest jagen müssen.«

»Ich liebe dich, Lily.«

Ihr Augen weiteten sich hinter der Schneebrille. Schock? Überraschung? Freude?

»Ich, ah, liebe dich auch. Ich gehe und spanne die Hunde aus, während das da warm wird. Bin gleich wieder da.«

Und fort war sie.

Das war erstaunlich glatt gegangen. Derek schüttelte den Kopf, während er Lily durch das Schneegestöber dabei zusah, wie sie am Gespann arbeitete. Er hatte nicht so damit herausplatzen wollen. Aber sie nur anzusehen, erfüllte sein Herz mit Liebe und Stolz. Er spürte es schon so lange, dass es sich ganz natürlich anfühlte, es ihr zu sagen. *Für ihn.* Der Zeitpunkt und der Ort waren jedoch das Letzte. Und Lily war sofort davonmarschiert. Er war sicher, dass Lily ihrerseits die drei Worte eher mechanisch wiederholt als aus vollem Herzen gesagt hatte.

Er schüttelte den Kopf.

Es passte so gar nicht zu ihm, mit etwas so Wichtigem derart herauszuplatzen. Sie hatte die Worte gehört, aber sie wusste nichts von der Leidenschaft und der Ernsthaftigkeit, die sich dahinter verbargen. Und wenn doch, dann *glaubte* sie vermutlich nicht daran. Gepriesen sei ihr starrsinniges kleines Herz.

Sein Fehler.

Sie hatte etwas Besseres verdient als eine überstürzte Liebeserklärung an einem Ort wie diesem und zu einem Zeitpunkt wie diesem. Er kühlte seine Libido zu einem schwachen Simmern ab und schwor sich, dass nächstes Mal, wenn er Lily Munroe sagen würde, dass er sie liebte, nirgendwo ein Hund in Sicht sein würde. Und er würde ihre Hand halten - damit sie nicht davonlaufen konnte.

17

*D*enk nicht einmal daran. Vergiss es. Geh so locker damit um wie Derek. Lily schloss die Augen und kuschelte sich in den Schlitten, um warm zu bleiben, während Derek die Hunde fütterte und der Schnee, der vom Himmel fiel, sich in Eis verwandelte.

Wenn ein raffinierter Typ wie Derek einer Frau, mit der er geschlafen hatte, sagte, dass er sie liebte, hieß das nicht, dass er sie *liebte*. Sie hatte verstanden.

»Rutsch rüber«, sagte er und beugte sich über sie.

»Himmel, hier ist kaum Platz für einen - *whoa!*« Er kletterte hinein, drehte sie mit einer schnellen Bewegung herum und zog sie auf sich. »Okay, so geht es.«

Er lachte, während er den Schlafsack über ihrer beider Köpfe zog.

Gemütlich.

»Hallo«, sagte er und drückte ihr einen heißen, sehnsüchtigen Kuss auf den Mund.

Lily berührte in der Dunkelheit sein Gesicht, verfluchte im Geiste ihren Handschuh und schaffte es mit Hilfe der Zähne und schierer Verzweiflung, ihn abzuziehen. Sie legte die warmen Finger auf seine raue Wange. Er hatte eine Rasur nötig. Sie rieb die stachelige Wange mit der Handfläche und genoss es, ihn zu berühren. »Hallo zurück«, flüsterte sie an seinen Mund. Sie wünschte, sie wären nackt gewesen anstatt von Kopf bis Fuß eingepackt und von einem Schlafsack bedeckt. Sie wünschte ...

Sie wünschte.

»Eines Tages«, sagte er und nibbelte an ihrem Kinn, »werden wir uns draußen in der Sonne lieben. Eine Decke zum See mitnehmen, sie aufs Gras legen und uns ausziehen. Wie hört sich das an?«

Als könne er sich vorstellen, auch in drei oder vier Monaten noch mit ihr zusammen zu sein. Ihr Herz bebte, und sie rief es mühsam zur Ordnung. Es hatte keinen Sinn, sich etwas zu wünschen, das nicht einmal annähernd realistisch war. Sie hatte diesen Mann zuvor schon für unerreichbar gehalten, doch dass er ein Spion war, schleuderte ihn über den Zaun und sperrte das Tor ab. »Im Moment hätte ich am liebsten ein schönes großes Bett«, sagte Lily und bog ihm den Hals entgegen.

»Seit ich mit dir geschlafen habe, denke ich nur noch daran, mit dir zu schlafen.« Er rieb seine Lippen an ihren. Eine süße, sehnsuchtsvolle Geste, die Lily ins Innerste traf und ihre Gefühle wie seidene Bänder zum Schwingen brachte. »Ich muss dich spüren.« Er küsste sie, als hätte er stundenlang Zeit, die Form und Textur ihres Mundes zu ergründen und nicht nur ein paar gestohlene Minuten. »Haut an Haut.«

Lilys Atem beschleunigte sich, während sie den Mund über sein Kinn gleiten ließ. »So schön sich das auch anhört ...«, sie knabberte an seinem Mund. »Ich würde mich im Augenblick nicht einmal für den großartigsten Sex ausziehen.« Sie ließ die Zunge über seine Lippenkontur spielen, bis er sie einließ.

Trotz der vielen Kleiderschichten, die sie voneinander trennten, konnte Lily seine harte Erektion an ihrem Oberschenkel spüren.

»Wir holen nur das Wichtigste heraus«, keuchte er an ihren Mund und machte mit einer Hand seine Jeans auf. »Was hältst du davon?«

»Hm.« Sie drehte ihren Oberkörper, damit er ihr die Jacke aufknöpfen konnte, während sie sich durch seine Kleiderschichten wühlte. Der Schlitten hüpfte und quietschte, als sie ihm die Hose über die Hüften zog. Der Schlafsack rutschte von ihren Köpfen und ließ einen schneidend kalten Lufthauch ein. Lily fing zu kichern an, weil alles so lächerlich war, und Derek liebkoste ihre Wange.

Seine unbeirrbare Hand fand ihre Brust. »Treffer«, sagte Lily atemlos, als seine klugen Finger ihre nackte Haut gefunden hatten.

Sie stöhnte vor Vergnügen, als er mit ihren harten Knospen spielte.

»Hast du da unten gerade irgendwas mit deiner Hand gemacht?«, erkundigte er sich höflich und verschob sein Bein, um ihr besseren Zugang zu verschaffen.

»Das da?«

Er holte bebend Luft, als sich ihre Finger um seine geschwollene Länge schlossen. »Himmel!«, keuchte er mit einem erstickten Lachen. »Deine Hand fühlt sich wie Eis an.«

»Dann leck es ab«, sagte Lily, die sich kess, sexy und lachhaft glücklich fühlte. Sie hatte bis zu diesem Moment nicht gewusst, wie viel sie ihm zu geben hatte, ihm verzweifelt geben *wollte*. Nur ihm. Sie wollte ihm alles geben, was sie war; alles, was sie zu sein hoffte. Ihr Herz klopfte bis zum Hals, als all die Wut dieses Gefühls sie überkam.

Entweder sie kämpfte dagegen an, oder sie ließ sich fallen und ergab sich in das Unvermeidliche.

Lily ließ sich fallen.

Sie nahm seinen Mund und zeigte ihm mit der Zunge, was in ihrem Körper vorging. Heiß. Sehnsüchtig. Gierig und willens, alles zu geben.

Er zuckte zwischen ihren Fingern, wuchs und erhitzte sich. Es dauerte nicht lang, und er lag hart und heiß in ihrer Hand, und ihr Körper sehnte sich danach, ihn tief in sich zu fühlen.

Der Ladekorb des Schlittens war eng, und sie hatten absolut keinen Platz zu manövrieren. Zudem trugen sie beide so viele Kleidungsstücke, dass Lily sich nicht vorstellen konnte, wie in aller Welt sie es tun sollten. Sie lachte frustriert und verrückt vor Lust, streichelte Derek, bis er stöhnte.

Sie verging sich mit Zunge und Zähnen an seinem Mund, biss ihn, beknabberte ihn, genoss ihre Macht und den schwindligen Rausch.

Seine Finger schlossen sich kurz fester um ihre Brust. Lily wimmerte, als er die Hand wegzog. »Komm zurück! Ich hatte solchen Spaß ...« Seine großen, ungeduldigen Hände wühlten sich unter ihren Kleidern heraus. Er rollte sie auf die Seite. Sie stieß an den Rahmen des Schlittens, und der Schlafsack verrutschte.

Sie bemerkte es gar nicht.

Seine Hände waren damit beschäftigt, sie auszuziehen.

Heiß, brennend, gierig. Er verschob ihr Bein, um an ihren Reißverschluss zu gelangen. Aber der gute alte Levi nähte seine Knöpfe wirklich fest an. Er fummelte mit einer Hand am Bund und mit der anderen am Reißverschluss.

»Als ob du das noch nie gemacht hättest«, tadelte ihn Lily und lächelte, als der Reißverschluss Millimeter für Millimeter aufglitt. Doch der widerborstige Knopf saß unbeirrt in seinem Knopfloch.

»Ist der mit Superkleber festgeklebt? ... Ah.«

»Ah«, echote Lily, als Dereks Hand sich flach auf ihren Bauch legte und seine Fingerspitzen in die kurzen Locken glitten. Sie hob ihm die Hüften, so gut sie konnte, entgegen.

Er liebkoste sie, bis sich wilde Begierde in ihr Lachen mischte. Die Hitze überrollte sie, ließ ihren Kokon förmlich dampfen und erfüllte ihn mit dem Duft der Erregung.

»Können wir?«, wollte sie wissen, und versuchte, sich weiter aus ihrer Jeans zu winden.

»Also das ist eine Position, mit der ich mich anfreunden kann«, murmelte Derek, als sie die Beine weiter öffnete und er ein paar Finger in sie senken konnte.

Lily zerrte mit beiden Händen an ihrer Jeans, so weit das möglich war, ohne ihn abzuwerfen. Nicht, dass er irgendwohin gekonnt hätte. »Könntest du ... nein anders. Nein, heb das andere ... nein. Ja!«

Vier Hände, ungeschickt und ungeduldig, schafften es schließlich, die Jeans weit genug hinunterzuschieben. Lily zog ein Knie an seine Hüfte, dann dirigierte sie ihren geöffneten Körper langsam, gaaaanz langsam über seinen, bis er mit heiserer, nicht wieder zu erkennender Stimme um Gnade flehte.

Er schob die Finger an ihren gespannten Unterleib, bis er die harte kleine Liebesperle fand.

Lily bog den Rücken durch und stöhnte über das exquisite Gefühl, völlig von ihm erfüllt zu sein. Ihr Herz pochte so laut, dass sie es hören konnte. Sie ließ die Hände an seinen Flanken hinabgleiten, umklammerte die gespannten Muskeln an seinem Hinterteil und grub die Nägel in seine Haut, um ihn näher zu sich zu holen.

In ihrem Inneren setzte ein Rollen ein, das immer schneller wurde, bis sie sich unter ihm aufbäumte. Es dauerte nur Sekunden, bis sie zum Höhepunkt kamen. Gemeinsam.

Sie lagen keuchend da, unfähig, sich zu bewegen. Da, wo der Schlafsack sich verschoben hatte, lag bereits Schnee.

Ein paar Zentimeter entfernt kläffte und prustete ein Hund.

»Dingbat ist verwirrt«, grummelte Lily müde und befriedigt.

»Wenn er ein bisschen älter ist«, versprach Derek und wischte ihr eine Strähne von der feuchten Wange, »setzen wir uns mit ihm hin und klären ihn anhand von Blumen und Bienen auf.«

Kristallene Lüster aus Eis hingen in allen Zweigen. Glücklicherweise hatte der Schneefall nachgelassen. Unglücklicherweise hatte der Wind zugelegt und peitschte den Schnee und das Eis in gewaltsamen Wirbeln über den Grund.

Die Hölle war nicht voller Hitze und Feuer, dachte Derek und duckte sich in den arktischen Sturm. Sie bestand aus hart gefrorenem Schnee und einem Wind, der einem die

Kälte durch ein halbes Dutzend Kleiderschichten trieb und gierig nach der Haut suchte.

Er verdrängte das Unbehagen.

Er hatte während der letzten beiden Stunden ständig versucht, Dare zu erreichen. Die Leitung war tot. Schön zu wissen, dass die Unterstützung bereitstand, aber das bedeutete ihm so viel wie einem Eisbären ein Schneeball, wenn sie nicht abfliegen konnte. Zumindest nicht in den nächsten Stunden.

Er hatte Lily zwei Meilen von den Koordinaten entfernt zurückgelassen, die Dare ihm gegeben hatte. Sie hatte an einem dichten Wäldchen Schutz gefunden. Leider konnte sie nicht riskieren, ein Feuer zu machen. Sie hatte drei der achtzehn Hunde in den Schlitten mithineingepfercht und alles was sie hatten, auf sich geschichtet: die Schlafsäcke, die Isomatten und die restlichen Kleidungstücke.

»Wie geht es dir?«, fragte er sanft über den Sprechfunk.

»F-friere mir den Hintern ab, danke der Nachfrage.«

Er stemmte den Kopf gegen den Sturm und lächelte. »Halten die Hunde dich denn nicht warm?«

»S-Sicher. S-Sind die gu-guten Jungs schon aufgetaucht?«, schnatterte sie hoffnungsvoll.

Bei diesem Wetter würde hier gar nichts auftauchen. Wer oder was jetzt noch nicht hier war, würde den Sturm abwarten müssen. »Noch nicht.« Doch er betete, wie er nie zuvor gebetet hatte. »Die gute Nachricht ist, dass ich die Anlage gefunden habe, nach der ich gesucht habe.«

Außerdem hatte er in einem schneebedeckten Wellblech-Hangar hinter dem Hauptgebäude eine kleine de Havilland Beaver gefunden, was die beste Nachricht des Tages war. Die Beaver, die mit einer Plane abgedeckt war, war für diese Breitengrade eines der zuverlässigsten Flugzeuge überhaupt. Sie wurde von den Marines benutzt, die die Anlage betreuten. Sie musste bestens gewartet sein, davon hing alles ab.

»Geh ni-nirgendwo ohne Unterstützung hin!«

Als hätte er eine Wahl gehabt. Das Adrenalin strömte hart und schnell durch seine Adern. Er reagierte nicht auf ihre Bitte oder die Besorgnis in ihrer Stimme. »Lily?«

»Ich bin da.«

»Siehst du die beiden hohen Bäume südlich von dir?«, fragte er ins Mikrofon. Als sie bejahte, instruierte er sie, zum Flugzeug zu kommen und erklärte ihr, wie sie hinkam. »Spann die Hunde davor - die Maschine hat Kufen. Dann zieh sie ans andere Ende der Startbahn, dreh sie um, und sieh zu, dass die Plane ordentlich drüberliegt. Der Schneefall geht hoffentlich lange genug so weiter und deckt die Spuren zu. Du kannst sie praktisch vor aller Augen verstecken. Schaffst du das?«

»N-Natürlich«, versicherte Lily mit klappernden Zähnen. »Ich nehme an, du weißt, w-wie man fliegt, und d-das Flugzeug hat Treibstoff und all d-das gute Z-Zeug.«

»Ja. Die Gute ist alt, aber ordentlich gewartet. Sie wird fliegen. Nicht solange das Wetter sich nicht ändert, aber sie ist sicher. Steig ein, und lade die Hunde ein, wenn du sie in Position gebracht hast. Da bist du besser vor dem Wetter geschützt. Ich komme zu dir, sobald ich hier fertig bin.«

So beiläufig, als riefe er vom Büro aus an und frage, ob er auf dem Nachhauseweg einen Viertelliter Milch mitbringen solle, dachte Lily. Sie beäugte die beiden Bäume, die in einiger Entfernung standen, und zögerte, den zweifelhaften Schutz des Wäldchens zu verlassen, an dem sie angehalten hatte, um abzuwarten, bis er die Anlage ausgekundschaftet hatte.

»Ich erledige das«, sagte sie und bemühte sich, kühl und kompetent zu wirken. »Mach du deine Sache. Wir kriegen das schon hin. »Heja«, rief sie den Hunden leise zu. Sie bewegten sich vorwärts. Das Headset verstummte.

Sie würde die de Havilland finden, sie und die Hunde würden sie überall hinziehen, wo Derek sie haben wollte, und dann würden sie einsteigen und auf ihn warten.

Aber unter keinen, absolut keinen Umständen würde sie irgendwohin *fliegen*.

Derek musste Lily aus seinen Gedanken verbannen. Er brauchte seine ganze Konzentration für die Arbeit, die vor ihm lag. Er war praktisch über das Flugzeug gestolpert, und das nur, weil der Hangar so groß gewesen war, dass er fast hineingelaufen war. Das Zementgebäude der Anlage hatte er erst später gefunden und auch nur, weil er präzise Koordinaten hatte.

Der Schnee reflektierte etwas, aber seine Nachtsichtbrille ließ ihn wenigstens die Umrisse erkennen. So ziemlich alles sah einfach nur wie ein verschneiter Hügel aus.

Vom Hauptgebäude war nur ein breites Tor zu sehen, das einen Spalt breit offen stand; der Rest des hüttenartigen Gebäudes hatte der windverwehte Schnee begraben.

Er umkreiste das Haus, stieß auf der Rückseite auf zwei Schneemobile, beide von Schnee bedeckt. Doch man hatte offenkundig nicht versucht, sie zu verstecken. Abgesehen davon, benutzte die Besatzung der Station die de Havilland.

Jedes der beiden Vehikel konnte bis zu sechs Männer befördern. Aber es war niemand zu sehen und nichts zu hören.

»Darf ich sprechen?«, flüsterte Lily in sein Ohr.

»Schieß los.« Seine Stimme war kaum noch ein Flüstern. Er montierte die Verteilerkabel von den Schneemobilen und steckte sie in seine Tasche.

»Ich habe das Flugzeug gefunden. Ich hake es jetzt an der Zentralleine fest.«

»Sei vorsichtig«, sagte Derek und suchte die Umgebung nach Fußspuren oder anderen Zeichen ab, um herauszufinden, wie viele Männer das Gebäude betreten hatten.

»Du auch. Ich ... Sei einfach extravorsichtig, ja?«

»Sieh zu, dass die Plane das Flugzeug ganz bedeckt, wenn du es in Position gebracht hast. Dann steig ein und riegle die Türen ab«, sagte er leise und versuchte, nicht an das ängstliche Zittern in ihrer Stimme zu denken. Er bezweifelte, dass jemand, der Lily nicht wirklich kannte, überhaupt mitbekommen hätte, das sie halb verrückt vor Angst war. »Ich werde schneller bei dir sein, als du dir vorstellen kannst«, sagte er sanft und setzte hinzu: »Kein Sprechfunk mehr, es sei denn, es gibt einen Notfall.«

Er schaltete ab, bevor sie antworten konnte. Lily mochte Angst haben, aber sie würde tun, worum er sie gebeten hatte, und sie würde keine Risiken eingehen. Sie wusste, wie unberechenbar die Lage war. Dennoch hatte er, als er für den letzten Teil der Reise umgepackt hatte, den Großteil der Waffen bei ihr gelassen. Ein ganzes Arsenal. Er hatte ein paar für sich selber behalten, und ihr die Walther und das Gewehr überlassen, beide voll geladen, dazu Reservemunition. Sie war eine exzellente Schützin. Und er wusste, sie würde nicht zögern zu schießen, sollte es nötig werden.

Er kehrte zur Vorderseite des Gebäudes zurück. Es ließ sich nur schwer sagen, wie lange die Tür schon offen stand, aber die kniehohe Schneewehe wies darauf hin, dass es eine geraume Zeit her war, seit jemand hineingegangen war.

Die Waffe im Anschlag, schob sich Derek seitlich durch den Spalt und hielt inne, um das Auge an die tiefe Dunkelheit zu gewöhnen, die drinnen herrschte. Normalerweise sah er bei Nacht überragend gut, aber mit nur einem Auge, egal wie gut es war, kam er sogar mit Nachtsichtgerät nicht gegen die pechschwarze Dunkelheit an.

Der Vorraum, in dem er sich befand, maß etwa drei mal fünf Meter. Keine Fenster. Eine Tür hinter ihm. Zu seiner Rechten ein Paternoster. Links Zementstufen, die nach unten führten.

Er nahm sich kurz Zeit, um den Paternoster zu blockieren, indem er seine Pelzmütze in den Spalt zwischen den Zementboden und den Kabinenboden quetschte. Er würde nirgendwo mehr hinfahren. Und im Dunkeln war die Mütze verdammt schlecht zu sehen - es sei denn, man suchte gezielt danach. Um ganz sicher zu sein, stopfte er den Pelz mit Hilfe des KaBar-Messers noch fester in den Spalt.

Er zog die Jacke aus und warf sie hinter die Tür. Als Nächstes trug er ganze Arme voller Pulverschnee durch den Raum zur Treppe. Nachdem er ein paar mal hin und her gelaufen war, ging er in die Hocke und strich das fedrige Pulver auf den beiden obersten Stufen über die ganze Treppenbreite glatt. Dann goss er Wasser aus seiner Flasche darüber, bis der Schnee antaute und hübsch zu gefrieren begann.

Er hielt inne und lauschte. Von unten kam ein leises Geräusch, das wie eine Erinnerung die Treppe heraufhallte.

Dereks Herz hüpfte vor Vorfreude, und sein Verstand fokussierte sich. Messerscharf. All seine Sinne schalteten auf roten Alarm. Er hielt sich dicht an der linken Wand, seiner blinden Seite, tat einen großen Schritt über die rapide wachsende Eisschicht und lief leichtfüßig und lautlos die Treppe hinunter.

Endlich ließ die Dunkelheit nach. Er schob die Brille hoch. Der goldene Schimmer, der von unten heraufdrang, wurde heller und heller. Fünf Stockwerke unter dem Erdboden blieb er auf dem Treppenabsatz stehen. Ein Stockwerk über dem Hauptgeschoss.

Das stetige tiefe Summen der Elektronik.

Stiefel, die über blanken Zementboden schlurften.

Stimmen.

Und der scharfe, faulige Geruch des Todes.

Ein Flugzeug durch die Dunkelheit zu ziehen, erwies sich als ziemliches Abenteuer - was es bei Tag allerdings vermutlich genauso gewesen wäre. Glücklicherweise leuchtete der Schnee ein wenig, sonst hätte Lily nicht erkennen können, wo sie und das Gespann sich hinbewegten. Derek hatte ihr verboten, die Taschenlampe zu benutzen.

Dieses Agentengeschäft erwies sich als sehr interessant. Nervenzerfetzend, aber interessant. Das schwere Flugzeug ließ sich auf den Kufen leicht bewegen, und das Gespann zog es dahin, als sei es nicht mehr als ein beladener Schlitten.

Die Startbahn - falls es sich bei dem schmalen unbewaldeten Streifen zwischen den Bäumen um die Startbahn handelte - war nicht sehr lang. Es dauerte gerade mal zwanzig Minuten, das Flugzeug dahin zu bugsieren, wo Derek es haben wollte. Lily, die von der Arbeit mit den Hunden angenehm verschwitzt war, ging zu ihren Leithunden, ihrer Arrow und Dereks Max, und brachte sie dazu, einen großen Halbkreis zu laufen, um das Flugzeug in die Richtung zu drehen, aus der sie gekommen waren. Der stetig fallende Schnee hatte die Spuren bereits zugedeckt, und die sanften Windböen fegten die Startbahn effektiv wie ein Besen glatt. Auch wenn Lily um nichts in der Welt in einem Flugzeug Gottes grünen Erdboden verlassen hätte - in dieser bitteren Kälte gab die Maschine einen guten Schutz ab.

»Dereks Agenten-Kumpel werden bald hier sein«, flüsterte sie den Hunden zu, während sie sie im großen Bogen am Ende der Startbahn wenden ließ. »Was wollen wir wetten, dass sie schon unterwegs sind? Auf netten, schnellen Schneemobilen. Was, Rio? Du hättest lieber einen Truck mit Heizung? Gute Idee, ich ebenfalls.«

Nachdem das Flugzeug gewendet war, konzentrierte sich Lily darauf, hineinzuklettern. Keine leichte Sache. Erst musste sie die Plane zur Seite schieben, die schon halb mit Schnee bedeckt war, was sie noch schwerer und unhandlicher machte. Sie benutzte den Schlitten als Trittstufe, stemmte die Tür auf und leuchtete mit der Taschenlampe hinein.

Es würde eng werden. Achtzehn Hunde, sie selbst und bald auch Derek. Vorne war Platz für zwei, dazu sechs Plätze für die Passagiere. Die gewölbten Sitze in der engen Kabine nur anzusehen, ließ ihr den Mund trocken werden und das Herz rasen. Sie hatte sich in den letzten Jahren nicht einmal in die Nähe eines Flugzeugs gewagt. Seit sie ein Kind gewesen war nicht mehr.

Stell dir vor, es sei eine Hundehütte, beruhigte sie sich. Nur ein Unterschlupf, sonst nichts.

»Ihr Guten werdet euch eng aneinander quetschen müssen. Also benehmt euch.« Glücklicherweise waren die Hunde, sobald sie aus dem Geschirr befreit waren, in der Lage, selbstständig ins Flugzeug zu springen. Mit Ausnahme von Dingbat. Lily hievte die ganzen dreißig Kilo nasser Hund ins Flugzeug. »Na, also, mein Großer. Such dir einen schönen Platz zum Schlafen.«

Sie holte das Nötigste vom Schlitten, stieg mit der Thermoskanne in der Hand durch die Luke, zog die Plane vor und klappte die Tür zu.

Himmel. Wie konnte ihre Nase die nassen Hunde ignorieren und nur noch Flugzeug riechen? Leder, Staub, Kerosin - Blut.

Nein, nein, nein. »Au!« Lily zwickte sich fest in den Handrücken, um die drohende Panikattacke abzuwenden. Dann setzte sie sich, horchte auf ihren eigenen Atem, der zusammen mit dem rasenden Herzschlag in ihren Ohren widerhallte,

Hundehütte. Schutz. Auf dem Boden.

Ohne die Taschenlampe war es so dunkel wie im Grab. Sie ließ den schmalen Strahl im Kreis wandern, um nach den Hunden zu sehen. Die interessierte es nicht, was um sie herum vorging. Sie waren im Trockenen, und ein paar Glückliche lagen auf gepolsterten Sitzen. Sie steckten die Nasen unter den Schweif und waren in wenigen Minuten eingeschlafen.

Dingbat rollte sich auf dem Pilotensitz zusammen, legte den Kopf auf die Pfoten und prustete. Lily beugte sich vor und rieb seine weichen Ohren. »Ist schon okay. Alles in Ordnung. Mach die Augen zu, und schlaf ein bisschen. Derek wird nichts passieren. Er wird bald da sein, und dann fahren wir alle gesund und munter nach Hause. Guter Junge, ja, mach die Augen zu.«

Sie schaltete die Taschenlampe aus und schloss selber mit einem kleinen Gebet die Augen. »Bitte, lieber Gott, ich weiß, es ist böse, ein Tier zu belügen. Aber sieh mir das nach. Und pass auf Derek auf. Amen.«

Die hochmodernen Monitore an den Arbeitsplätzen waren dunkel, der riesige unterirdische Raum war nur schwach beleuchtet. Offenkundig die Notfallbeleuchtung. Derek zählt die Männer durch.

Fünf standen. Die bösen Jungs?

Nur fünf? Sein erster Gedanke galt Lily.

Sicher, es war möglich, dass sie das mit nur fünf Männern durchzogen, aber was, wenn die anderen oben waren?

Er widerstand dem überwältigenden Drang, mit ihr zu reden, schaltete aber den Kanal um, um wenigstens ihren stetigen Atem zu hören.

Sie schlief.

In Sicherheit.

Er schaltete zurück, studierte den Raum und zählte diesmal die toten Marines, die zusammengesunken über ihren Plätzen hingen. Sechs Kopfschüsse.

Böse Jungs. Guter Junge, einer.

Keine schlechten Voraussetzungen. Derek drückte sich flach an die Wand des Treppenhauses und zielte.

Plop.

Kopfschuss. Macht vier böse Jungs, dachte er befriedigt, als der Mann, der ihm am nächsten gestanden hatte, lautlos umfiel. Dem zweiten schoss er direkt zwischen die verblüfften Augen, als er sich umdrehte, um nachzusehen, was das für ein Schlag gewesen war. Dem dritten schoss er in den Hals, bevor er die Waffe ziehen konnte.

Zwei noch.

Derek flitzte durch den Raum. Ein bewegtes Ziel, damit er das Überraschungsmoment auf seiner Seite hatte. Er verschwendete keine Zeit. Zwei Schurken oder zweihundert. Was immer sie hier machten, musste gestoppt werden.

Er war es.

»Góspadi! Amyerikányets!« Kugeln pfiffen durch die Luft, während die beiden Männer Deckung suchten.

»Zur Hölle, ja«, schrie Derek auf Russisch. »Fangt zu beten an. Der Amerikaner hier wird euch verfluchte Ratten aufhalten!«

Wo, zur Hölle, war die Bombe?

»Eb tvoju mat'!«

Derek ignorierte den Fluch, feuerte den nächsten Schuss, der einen Monitor zersplitterte und einem der Kerle Glasund Plastiksplitter auf den Kopf regnen ließ. Der Mann schrie auf und duckte sich blutend wieder.

Aus dem Augenwinkel sah Derek, wie der andere näher kam. *Gut, würde auf dieser Seite bleiben, Arschloch.* Er feuerte, wechselte das Magazin und bewegte sich geduckt vorwärts.

Der zweite Kerl war klein und agil, bewegte sich mit der Lautlosigkeit eine Katze. Eine Frau? Er oder sie kam um seine linke Seite herum. Es war eine Frau. Er verlor den Sichtkontakt, konzentrierte sich auf den anderen Mann, der näher bei ihm war. Ein lautes Plop. Eine Kugel kam an seiner blinden Seite angepfiffen und brachte Derek ins Stolpern, als sie seinen rechten Bizeps durchschlug. *Jesus.* Der Arm war sofort taub. Er holte die Baer in die Linke und feuerte, trotz des Bluts am Griff, eine ganze Salve. *Plop. Plop. Plop.*

Die Frau wirbelte mit rasender Geschwindigkeit herum, fiel zu Boden und war außer Sicht. Derek lief gebückt auf sie zu, beugte sich über sie und fühlte unter dem Kinn nach dem Puls. Da war keiner.

Entschuldigung, Madam. Vier erledigt. Einer noch.

Er umkreiste den Kerl wie ein Tiger in einem engen Käfig.

»Khuem grushi okolatachivat', khuilo?«, spöttelte Derek und kam näher.

Der letzte Mann war nicht glücklich darüber, ein fieser Schweinehund genannt zu werden, kam aus der Deckung und wollte Vergeltung.

Derek feuerte eine schnelle Salve. Der Mann sah ihn erstaunt an, fiel auf die Knie, sank in Zeitlupe auf das Gesicht und blieb reglos liegen.

Derek lud nach. Dann begutachtete er die Lage. Er fühlte schnell allen den Puls und schaute sich nach der Zündvorrichtung um.

Da drüben.

Himmel. Der Countdown hatte begonnen.

22:31:56

Er zog einem toten Marine, der mit leeren Augen an die Decke starrte, den gewebten Gürtel aus der Hose und wickelte sich ihn um den Oberarm, um die Blutung zu stoppen. Der Schmerz ließ ihm einen Brechreiz in die Kehle steigen. Aber er hatte sich schon schlechter gefühlt und ignorierte es. Er brachte einen klobigen Knoten zustande, zog ihn mit den Zähnen und einer Hand fest. Der Schmerz schoss ihm aus dem Arm direkt ins Gehirn. Er biss die Zähne zusammen, bis er abebbte.

Dann ging er in die Hocke und sah sich an, womit er es zu tun hatte.

Der rechte Arm nutzlos, behalf er sich, so gut er konnte, mit der linken Hand. Er drehte die Schrauben an den Ecken des Kastens auf, nahm die Platte ab und legte den Kasten vorsichtig vor sich auf den Boden. Er ignorierte das Blut, das seinen Arm hinunterlief, und versuchte zu ergründen, was sich im Inneren befand. *Ah, verdammt...*

22:02:01

Derek wischte an der Hose das Blut von den Handflächen und drehte den Kopf, um besser sehen zu können. Die Drähte hüpften und verschwammen, als er sie seitlich zu fokussieren versuchte.

21:48:06

Dann...

21: 01:35

Jesus. Er zog die Aderpresse erneut mit den Zähnen fest. Es half nichts. Das Blut pochte heraus, triefte über den Stoff und tropfte in die immer größere werdende Pfütze zwischen seinen gespreizten Knien. Die Finger an seiner rechten Hand waren völlig taub.

Und, verflixte Tat noch mal, er konnte nicht gut genug sehen, um auch nur eine verfluchte Sache klar zu kriegen.

20:56:54

Er fasste wieder nach dem Gewirr aus Drähten. Sie verschwammen vor seinen Augen. Er zog die Hand weg.

Geschlagen starrte er auf die roten Ziffern, die unerbittlich die Sekunden heruntertickten. Die konnte er gut erkennen.

Aber er brauchte zwei Augen,

Und, Gott helfe ihm, zwei Hände. Sein Herz jagte.

Er war erledigt.

20:04:21

Lily ...

O Gott, niemals. Die Verzweiflung klammerte ihre eisigen Finger um seinen Brustkorb, während sein Verstand nach Alternativen suchte. *Bitte, lieber Gott, lass mich nicht Lily brauchen. Nicht hier. Bitte.*

Konzentriere dich, verdammt noch mal. Konzentriere dich. Du kannst das schaffen. Er versuchte erneut, nach den Drähten zu greifen. Sie hüpften und verschwammen vor seinem Auge. Er sah auf seinem guten Auge doppelt. Das Blut pulste aus seinem Arm.

Er wollte schreien. Jemanden treten. Auf jemanden schie-ßen. Töten ...

20:00:00

Nein, er würde sie unter gar keinen Umständen nach hier unten holen ...

Er hatte keine Wahl. Keine verdammte Wahl. Er schaffte es nicht allein. Die Galle stieg ihm in die Kehle. »Gottverdammt!« Er schaltete das Mikrofon ein. »Lily!«

»Was? Was ist los?« Er hatte sie offensichtlich aufgeweckt.

»Ich brauche dich, Liebes. Zur Hölle, ich weiß, das hört sich jetzt wie ein Klischee an, aber dein Land braucht dich. Bist du im Flugzeug?«

»Ja, was hast ...«

»Steig aus. Lauf wie eine Irre am Rand der Landebahn entlang und halte dich bei den Bäumen. Ich treffe dich auf halbem Weg. Nimm das Gewehr und die Pistole mit und halte die Augen offen, weil - Verdammt! Sei einfach vorsichtig, hörst du? Und Lily? Lauf, wie du noch nie gelaufen bist.«

»Ich bin schon unterwegs. *Hier geblieben!*«, instruierte sie die Hunde. Er hörte Dingbat husten, dann das Klicken der Tür und ein Rascheln, als sie aus der Maschine kletterte.

19:58:08

»Lass das Mikrofon an«, keuchte er, während er mit voller Geschwindigkeit die sechs Stockwerke hinaufrannte.

Neunzehn Minuten, zwei Sekunden.

Achtzehn Minuten, einunddreißig Sekunden...

Spring über die Eisschicht auf dem Treppenabsatz. Nimm deine Jacke. Lauf zur Tür hinaus. Und renne.

Er sah auf seine Uhr,

Vierzehn Minuten, neunundfünfzig Sekunden.

Es hatte zu schneien aufgehört. Er schob seinen Arm in den Ärmel, folgte dem Nebel seines Atems, rannte geradewegs auf die Landebahn zu, die Schritte lang und tief in den Schnee sinkend. Dann bog er scharf nach links und flog förmlich. Der Schmerz hielt ihn konzentriert. Erinnerte ihn daran, dass mehr auf dem Spiel stand als ein blutiger Arm. Er schaute kurz hin, um sicherzugehen, dass das Blut nicht durch den dicken Ärmel drang und ein Spur auf den Schnee tropfte. Er schmolz zwischen die Bäume und sah ihren Schatten auf sich zukommen, erkannte ihre langen Beine, die den Schnee aufwühlten.

Er sah sich um. Scharfschützen? Schurken? Böse Jungs?

Nichts. Keiner da. Alles klar.

Weniger als vierzehn Minuten.

»Was?«, fragte sie, nicht komplett außer Atem. Sie hatte eine ordentliche Zeit hingelegt.

»Ich brauche deine Augen.« *Und deine ruhigen Ärztinnenhände.* Derek packte sie mit der schlechten Hand am Arm. Der Schmerz raste wie Feuer durch seinen Arm. Die Zähne zusammengebissen, machte er auf dem Absatz kehrt und nahm sie mit sich. »Lauf.«

18

*S*ie rannte. Keine Fragen mehr.

Dreizehn Minuten.

Zurück ins Gebäude. »Warte«, sagte er und sprang über die vereisten Stufen am Treppenabsatz. Er streckte die Arme aus.

Sie sprang.

Voller Vertrauen.

Sein Herz schmerzte, und seine Arme schrien. Er packte ihre Hand mit der Linken und zog sie hinunter. Erstes Untergeschoss. Zweites Untergeschoss. Drittes, viertes, sie fing zu keuchen an. Fünftes.

Elf Minuten, zwei Sekunden.

Sie rochen den Tod, bevor sie das unterste Geschoss erreichten.

»Oh, mein Gott.« Sie sah die Leichen an, sah ihn an, eine Mischung aus Horror und Wut. Sie riss sich die Jacke vom Leib, warf sie über einen Monitor. Sah sich wieder um und schüttelte den Kopf. »Wo soll ich da nur anfangen?«

Er nahm sie wieder bei der Hand, zog an ihrer Hand. »Denen ist nicht mehr zu helfen. Hier entlang.«

Sie folgte ihm nur, weil er sie hinter sich herzog wie ein widerspenstiges Kind am ersten Schultag. Sie war Ärztin. Blut und Körperteile bedeckten Boden und Einrichtung, und sie konnte die Augen nicht von dem Massaker lassen.

9:57:04

»Was soll ich dann hier?«, wollte Lily wissen und drehte sich endlich zu ihm um.

»Du musst mir helfen, das auseinander zu dividieren.« *Das* war eine schwarze Metallbox von der Größe eines Tornisters, die an einem Strang aus vielfarbigen Drähten an einen Computer angeschlossen war. Die Außenwand lag daneben.

»Sieht aus wie etwas, das irgendwer zusammengebastelt hat«, sagte Lily. »Steck es doch einfach aus.«

»Ferngesteuerte Zündung. Diese Drähte müssen gekappt werden. In der richtigen Reihenfolge.«

Ihre Augen wurden groß. »Das ist eine Bombe.«

»Unter normalen Umständen...«, sagte Derek grimmig, und seine ganze Aufmerksamkeit galt den unerbittlich heruntertickenden Ziffern auf dem schwarzen Monitor. *Sieben Minuten, neunzehn Sekunden.* Er schnaubte. »... Wäre jetzt eine Spezialeinheit hier, die ihrerseits einen Roboter mit Kamera einsetzen würde. Und dann käme der Bombenexperte herein, in voller Schutzmontur und mit umfassender Unterstützung und würde die Bombe entschärfen.«

Sein Bombenexperte war Lily.

Verdammt. Er hielt ihr die Pinzette und die Drahtschere hin, die er auf einem der Tische entdeckt hatte, dann zog er sie zu sich, bis sie neben ihm vor dem Monitor kauerte. »Ich sehe nicht gut genug. Hier.« Er reichte ihr das Werkzeug.

Himmel. Eine Pinzette und eine kleine Schere. Und er betete. Betete, wie nie zuvor in seinem Leben, dass seine T-FLAC-Kollegen genau in dieser Sekunde hereinkamen. Dass er jede Nanosekunde ihre Schritte hören würde.

6:02:57

Lily warf ihm einen besorgten Blick zu. »Du hast das schon einmal gemacht, oder?«

»Die sind alle unterschiedlich«, wich er aus. Bomben waren nicht gerade sein Spezialgebiet. Aber sie würden die Lektion beide in Windeseile lernen.

5:00:01

»Ganz vorsichtig«, instruierte er sie. »Nimm den gelben Draht auf. Ja. Genau so. Langsam ... langsam. Halte ihn so. Und jetzt zieh vorsichtig den weißen darunter heraus und zieh den weißen aus dem Weg ... Gut.«

Es gab einen lauten Krach und einen Schrei, als jemand die Treppe herunterfiel. Dann drangen flüsternde Stimmen fünf Stockwerke tief nach unten. Die Verstärkung war da.

Nicht seine Leute. Die hätten das mit dem Eis gemerkt.

Zur Hölle, verdammt.

»Mach dir ihretwegen keine Sorgen«, sagte er ruhig. Ihre Chirurgenhände waren es gewohnt, kniffelige Eingriffe durchzuführen und blieben völlig ruhig, während sie mit den Drähten Mikado spielte.

Schneller. Schneller. Schneller. »Okay, jetzt nimm den obersten roten Draht ... nein, den nächsten ... den da, ja. Zieh ihn zwischen dem gelben und dem weißen durch.«

»Derek«, sagte Lily sanft, ohne ihn anzusehen. »Könntest du direkt zur Sache kommen, anstatt es mir scheibchenweise zu erklären? Da sind eine Million Drähte. Wir haben ganz offensichtlich nicht den ganze Tag Zeit. An welchen Draht soll ich rankommen? Und was mache ich mit ihm, wenn ich ihn habe?«

Nach dem Lärm zu schließen, hatten die Neuankömmlinge das dritte Stockwerk erreicht. Leise waren sie nicht gerade. Derek nahm die Baer in die linke Hand und drehte sich halb auf den Hacken um. Er konnte nicht gleichzeitig die Treppe und Lily im Auge behalten. Also lauschte er auf die näher kommenden Männer, und hielt den Blick auf Lilys zarte Hände gerichtet.

»Siehst du den kurzen Schwarzen hinten links?«

»Durchschneiden?«

Tja. Vermutlich schon. »Ja.« Falls da kein Zündverzögerungsrelais eingebaut war ... Er versuchte, zu erkennen, ob es ein duales Zündsystem gab. Vorhin hatte er keines sehen können ... aber, er hatte auch nur sein Zyklopenauge. Er schaute noch mal hin.

4:01:45

Wie lang würde sie brauchen, jeden einzelnen Draht beiseite zu schieben, um an ein kurzes, unberechenbares Kabel im Hintergrund heranzukommen, ohne den Zündmechanismus auszulösen? Mehr als ...

Drei Minuten, vierzig Sekunden.

Und, Gott helfe ihm, wenn er sich irrte?

»Okay, ich mache das«, sagte Lily so seelenruhig zu ihm, als müsste sie nur einem ihrer Hunde die Zähne putzen. »Du schaust nach, wer hier einen solchen Lärm ma... heilige Scheiße!« Ein Schuss sauste direkt über ihre Köpfe weg, prallte an der Wand ab und schleuderte ringsum Betonscherben.

3:08:32

»Bist du sich...«

»Los!«

Er rannte. Mündungsfeuer flackerte.

Lily blendete den Krach hinter ihr aus und konzentrierte sich auf den Kabelsalat vor ihrer Nase. Es war keine Hilfe greifbar. Das war etwas anderes, als bei ihrem uralten Truck zweimal jährlich das Öl zu wechseln und den Motor zu frisieren. Irgendwie fand sie, das zählte hier nicht. Sie hielt kurz inne, um sich die verschwitzten Hände an den Hosenbeinen abzuwischen. Sie atmete schaudernd durch, um ihre Nerven zu beruhigen, die herumhüpften wie Flöhe auf einer Stallkatze. O Gott. O Gott. Noch mal tief durchatmen. Ein. Aus. Ein.

Die roten Ziffern auf dem dunklen Computermonitor blinkten neben ihrem linken Knie.

2:42:01

Mit der Pinzette lüpfte sie den nächsten gelben Draht zur Seite. Was würde geschehen, wenn sie alle auf einmal durchschnitt? Könnte funktionieren - wenn sie sie gebündelt zu fassen bekäme. Sie schaute die viel zu kleine Drahtschere an. Nicht die geringste Chance.

Derek hatte ihr nicht gesagt, welche Art von Bombe das hier war. Aber jede Bombe war eine üble Bombe. Sie brauchte wirklich, *wirklich* keine Einzelheiten.

»Das hier«, flüsterte sie sich selbst zu, während sie das Stöhnen, die dumpfen Schläge und die umherfliegenden Kugeln ignorierte, »ist ein armer, kranker, kleiner Welpe. Wenn ich ihn nicht auf der Stelle operiere, wird dieser süße, kleine Kerl sterben, und dem kleinen Mädchen, dem er gehört, würde das Herz brechen, und sie müsste für den Rest ihres Lebens eine Therapie machen.«

Sie atmete durch.

»Alles was ich tun muss, ist, diese schwarze Arterie durchzuschneiden, und der süße, kleine Welpe wird leben und morgen wieder herumtollen.«

Nur ein fettbäuchiger, kleiner, junger Hund, sagte sich Lily.

Knips den verdammten Draht durch.

01:09:00

»Na, los«, sagte Derek, der hinter ihr auftauchte. Lilys Kopf war angestrengt über die Bombe gebeugt. Ein Flehen oder Verzweiflung? Egal. Ihre ruhige Hand schwebte über der Vorrichtung, und er applaudierte ihr stillschweigend, aber die Aufregung drückte ihm das Herz ab. Wenn er sie nicht hierher gebracht hätte, wäre sie jetzt in Sicherheit. Wie viel Zeit blieb ihm noch, seine Entscheidung zu bereuen?

Er neigte sich zu ihr herunter, um ihr die Drahtschere aus der Hand zu nehmen. Sie murmelte »Ne-eh«, und knipste den Draht durch. Dann ließ sie den Kopf nach vorne fallen.

Abgrundtiefe Stille.

Nach ein paar angespannten Sekunden, in denen sie nicht wie erwartet in die Luft flogen, legte ihr Derek die Hand auf die Schulter. Sie drehte sich um und sah ihn bleich aus strahlenden Augen an. Sie streckte die Hand aus, damit er sie auf die Beine hieven konnte.

»Ich denke, ich hab gerade eine Bombe entschärft«, flüsterte sie ehrfürchtig, als sie neben ihm stand. »Überwältigend, was?«

»Wie?« Er glotzte sie an. Zu ängstlich, es zu glauben. Zu ängstlich, es nicht zu glauben. Verdammt noch mal, er hatte noch nie Angst gehabt.

01:07:58

Er wartete darauf, dass die Computeruhr umsprang.

01:07:58

»Du hast es geschafft.« Er drehte sich zu ihr um und starrte sie überwältigt an. Sie war mit einer Aufgabe fertig geworden, bei der den meisten Rekruten der T-FLAC die Knie geschlottert hätten.

Sie grinste, und er bemerkte in ihren Augen den Nervenkitzel, den ihr dieser Sieg bereitete. »Gut, uff! Hast du mich nicht deswegen hierher gebracht?«

»Jesus, Lily«, lachte er, »du bekommst wahrscheinlich eine Belobigung vom Präsidenten.«

Sie grinste noch breiter. »Cool. Die hänge ich mir in die Scheune. Macht bestimmt Eindruck auf meine Patienten.« Bei aller gespielten Tapferkeit schwankte sie, und ihr Gesicht war so durchscheinend, dass er betete, sie möge nicht ohnmächtig werden. Er legte seinen rechten Arm um sie. Er spürte sie nicht, der ganze Arm war taub. Aber sie lehnte sich kurz an ihn und sagte munter: »Und jetzt?«

»Jetzt trennen wir uns. Schätze, irgendwo da draußen sind noch mehr von diesen Kerlen. Ich wäre gerne weg, bevor die sich sammeln.«

»Kein Einwand meinersei... - was ist das?« Sie nahm seine blutige rechte Hand, die schlaff an der Seite herabhing. Er spürte ihre Hände nicht. »Wo hat's dich erwischt?«

»Oberarm. Sieht schlimmer aus, als es ist.« Und es sah schlimm aus. Das Blut war hellrot und frisch. Das bedeutete, dass die Wunde immer noch blutete. Kein gutes Zeichen. »Du kannst später Doktor spielen, Schatz. Wir müssen abhauen, bevor mehr Verbrecher hier aufkreuzen.« Wenn er sie vorher für blass gehalten hatte, dann war das gar nichts gegen die Blutleere, die ihr Gesicht jetzt zeigte, so dass ihre Sommersprossen sich scharf abhoben. »Du kannst kein Blut sehen?«

»Gewöhnlich schon. Aber *deines*, und so *viel*, das geht mir an die Nieren«, sagte sie besorgt. Sie sah ihm forschend ins Gesicht.

»Bist du zimperlich?«

»Nein. Aber meine Schwester Marnie wird ohnmächtig, wenn sie welches sieht.«

»Gut, dass sie nicht da ist, was?«, sagte Lily forsch. »Sie würde bei dem Anblick ins Koma fallen. Soll ich ...«

»Nein.« Er riss ihr den Jackensaum aus den hektisch suchenden Händen. »Hör auf mich auszuziehen, Frau. Du kannst es dir ansehen, wenn wir in Sicherheit sind. Komm schon.« Er zerrte sie zur Treppe und nahm im Vorbeihasten noch geistesgegenwärtig Lilys vorher ausgezogene Jacke vom Monitor mit.

Was, wenn er irgendwelche Probleme mit der Blutgerinnung hatte? Das dachte Lily, als sie neben ihm her zum Hangar am anderen Ende der Piste rannte. Würde er überhaupt merken, wie schlimm es war, bei all dem Adrenalin, das er ausschüttete? Wahrscheinlich nicht.

Und wenn er Bluter war? Dann würde jeder Schritt nur noch schneller mehr Blut aus ihm herauspumpen.

Sobald sie konnte, würde sie ihm die Jacke vom Leib reißen und nachsehen.

Die Morgendämmerung erhellte den Himmel mit einem schwachen, milchigen Blau. Es hatte aufgehört zu schneien, und obwohl Lily wusste, wo sie das Flugzeug abgestellt hatte, konnte sie es nicht sehen. Prima Tarnung.

Es würde eine großartige Deckung abgeben, bis die Kavallerie eintraf. Sie hoffte, das würde verdammt bald sein. Sie wollte Derek sofort in einem sterilen Krankenzimmer haben. Sie ging im Geiste durch, was sie in ihrer Reiseapotheke zur Hand hatte.

Sie zeigte auf den winzigen Schneeberg, der etwa hundert Meter zu ihrer Rechten lag. »Da drüben.« Sie flüsterte, obwohl hier draußen mitten im Nirgendwo niemand war, der sie hör...

Eine Schuss knallte und zischte über ihre Köpfe hinweg.

»Oh, verdammt noch mal!«, keuchte Lily, während Derek »Renn!« schrie.

Das brauchte er ihr nicht zweimal zu sagen. Sie rannte. Ihr Herz pumpte reines Adrenalin, ihre Beine stampften wie Kolben auf Hochtouren. Kugeln schwirrten wie Blitze über ihren Kopf, und die Luft schnitt schmerzhaft in die Lungen. Ihre Stiefel schleuderten Schneebatzen umher, als sie im Zickzack durch den Wald rannte.

Lily stolperte. Fiel schmerzhaft aufs Knie, wurde am Oberarm hochgezerrt und auf die Beine gebracht, alles in einer Bewegung. Er packte sie am Arm, schob, zog. Half ihr, schneller zu rennen. Schneller. Schneller.

Er rannte immer noch, als er sich umdrehte und eine Salve nach hinten abfeuerte. Der Schießpulverdampf stach sie in der Nase, und ihre Augen tränten. Sie wollte helfen und selber ein paar Schüsse abgeben, wandte sich leicht um, geriet aber ins Stolpern. Derek schleifte sie mit sich, so dass sie ins Blaue feuerte.

»Los! Los! Los!«, übertönte er den Gefechtslärm und die röhrenden Motoren, die sich ihnen rasch von hinten näherten. Die Geräusche füllten Lilys Bewusstsein bis in den letzten Winkel aus. Es gab nichts außer Lärm und Schrecken. Was vor ihnen lag - weißer Schnee und schwarze Bäume - schien wie ein Güterzug auf sie zuzurasen und verschwamm unendlich, während sie rannten.

Brechende Baumrinde hallte krachend nach und verschleuderte scharfkantige Brocken, als sie durch die eisige Frühdämmerung flitzten.

Die Fahrzeuggeräusche wurden zunehmend lauter. Sie übertönten sogar Lilys panischen Herzschlag. Sie warf einen Blick nach rechts. Mist!

Einige Motorschlitten rasten mitten auf der weiten Ebene auf sie zu und feuerten.

Derek gab eine weitere Salve ab. Lily tat dasselbe. Sie war eine gute Schützin, obwohl sie noch nie versucht hatte, ein bewegliches Ziel zu treffen, während sie um ihr Leben rannte.

Sie erreichten das Flugzeug, und die Hunde bellten sich sofort die Lunge aus dem Leib. »Pack an - ja.« Sie und Derek packten jeder ein Stück Plane und zerrten. Sie glitt mit einem lauten *Fwomp* vom Flugzeug. »Los, rein«, schrie er.

Blut, das im Zwielicht schwarz schien, tränkte seinen Ärmel. Weil er nicht gleichzeitig die Tür öffnen und schießen konnte, riss Lily die Tür auf. »Steig ein, ich kann sie nicht länger aufhalten.«

Derek sah sie kurz, aber ernst an. »*Du* steigst ein, in Gottes Namen!«

Lily wollte keinen Streit. Sie hievte sich ins Flugzeug. »Weg, Baby!«, herrschte sie den verschlafenen Dingbat an. Sie knuffte ihn grob, um ihn aus dem Vordersitz zu scheuchen. Alle Hunde fingen an zu bellen.

»Steig ein!«, überbrüllte Lily die Kakophonie aus kläffenden Hunden und Schüssen. Sie beugte sich vor, packte ihn am Kragen und zerrte. Sie fürchtete panisch, er könnte noch mals angeschossen werden und bemerkte nicht, wie sie ihn aus dem Konzept brachte. Der Schuss ging ins Blaue, nur wenige Inches am Flugzeugflügel vorbei. »Jetzt!«

Er kroch hinein und ließ sich auf den Sitz neben ihr fallen. Lily schlug die Tür zu und verschloss sie.

»Was zum Teufel denkst du, soll *das* bringen?«, fragte er trocken, während er dann kommentarlos das Flugzeug startete.

Trockener Mund, feuchte Hände, Herz in der Hose - Lily zuckte die Achseln. Sie konnte die Augen nicht von den drei Motorschlitten lassen, die direkt auf sie zubretterten. Lichtblitze verrieten, dass die bösen Jungs nach wie vor um sich schossen. Und die Differenz zwischen Sicherheit und In-die-Hose-Machen schrumpfte rasch.

Das Flugzeug vibrierte und bewegte sich langsam vorwärts. Lilys Augen wurden groß. Sie warf den Kopf zu ihm herum. »Nein! Auf keinen Fall ...«

»Wir sind sitzende Enten.«

»Wir haben jede Menge Munition. Mein Gott, Derek. Bitte, bitte, *bitte* nicht ...« Lily war schwindelig vor Angst, als das Flugzeug mit zunehmender Geschwindigkeit über die verschneite Startbahn rollte und direkt auf die drei Fahrzeuge zusteuerte.

Galle stieg ihr in den Schlund, als die Flugzeugnase abhob und der Boden unter ihnen Übelkeit erregend schwand.

Lily verging vor nackter, reiner Angst Hören und Sehen.

Es spielte keine Rolle, dass es unlogisch war. Sie kam gerade aus einem Gebäude, in dem sie buchstäblich über Leichen gegangen war, sie hatte eine Bombe entschärft, aber in einem kleinen Flugzeug zu sitzen, stürzte sie in den Abgrund des Schreckens.

Eine Reihe schauderhafter Bilder schoss ihr durch den Kopf - der zerschmetterte, zerfleischte Körper ihrer Mutter. Und Blut. All das Blut. Ihr drehte sich der Magen um. Die Jahrzehnte hatten die totale Hilflosigkeit, die sie die ganze Zeit über gelähmt und verfolgt hatte, nicht mildern können.

»Alles in Ordnung, Schatz. Alles in Ordnung.«, beruhigte Derek sie, während er das Flugzeug in eine Kurve legte.

»Gar nichts ist in Ordnung, du Bastard!«, stieß Lily durch ihre abgeschnürte Kehle aus. Sie war unfähig, den Blick von der Flugzeugnase und dem sich rasch aufhellenden Himmel abzuwenden. Ihr Herz pochte, und ihr Körper war taub.

Er legte ihr die Hand auf den Oberschenkel und drückte ihn beruhigend. »Ich weiß, dass du Angst hast, Schatz. Ich weiß. Wenn ich irgendeine Wahl gehabt hätte, hätte ich dir das nicht angetan. Nome ist nur einen Katzensprung weg. Wir werden landen, bevor du es mitkriegst.«

»Und wenn wir landen«, herrschte sie ihn schmallippig an, »dann werde ich dafür sorgen, dass du zusammengeflickt und gesund wirst - und dann bringe ich dich um.« Ah. *Da* war es. Das Herz. Dieses galoppierende, rasende, wilde Tier, das so stürmisch in ihrer Brust schlug, dass sie kaum atmen konnte.

Er wagte es, zu lachen! »Jesus, Süße. Ich weiß, dass du Flugangst hast. Aber du hast gerade eine Bombe entschärft und ein paar der schlimmsten Terroristen der Welt ausgetrickst. Ein kleiner Flug sollte dich kein bisschen mehr aus der Fassung bringen.«

Sie wollte sich auf ihn stützen und auf ihn einschlagen. Heftig. Und viele, viele, *viele* Male. Aber da Lily überzeugt war, dass allein ihre Konzentration auf die Nase des Flugzeugs das Ding in der Luft hielt, widerstand sie diesem Drang. Sie knirschte mit den Zähnen.

»Es hat aufgehört zu schneien. Wo sind deine kleinen Freunde?«, fragte sie stattdessen spöttisch. So viel zum Thema Rettung durch die Kavallerie.

Er packte den Kopfhörer und setzte ihn auf. »Ich ruf an und fin...«

Lily wartete. Sie konnte das Gewicht der ungeheuren, weiten Luft unter ihr beinahe spüren. Eine große, tiefe *Leere*. Gott, sie waren hoch oben. Kotzübel, versuchte sie, einzuatmen und sich zu beruhigen. Derek wäre nicht geflogen, wenn er es für unsicher gehalten hätte. Und diese Situation war grundverschieden von der letzten. Er war verletzt, blutete und musste ziemliche Schmerzen haben. Ausflippen war nicht hilfreich. Er sollte sich nicht auch noch Sorgen um *sie* machen müssen.

Sie wandte sich um, das Bein untergeschlagen, um sich zu entschuldigen - und wurde fast ohnmächtig.

Derek war an der Tür zusammengesackt.

Bewusstlos.

»O Gott! Mach keine Witze!«, flüsterte Lily heiser. Ihre Stimme war das Gegenstück zu den bellenden, jaulenden Hunden hinter ihr.

»Nicht besonders komisch.« Obwohl sie *wusste*, dass es kein Trick war, konnte sie nicht bis in die Feinheiten begreifen, was es bedeutete, dass die einzige Person an

Bord, die fähig war, ein Flugzeug zu steuern, *bewusstlos* war.

Nun, sie musste ihn eben wieder ins *Bewusstsein* holen. Und zwar schnell.

Sie packte Dereks Schulter und schüttelte ihn. »War's dass, nach allem, was wir durchgestanden haben?« Sie schüttelte ihn fester. »Nachdem ich den verdammten Absturz überlebt habe, der meine M-mutter getötet hat, werden wir hier in Alaska draufgehen, bevor ich den Brief vom Präsidenten bekommen habe? Ist das vielleicht fair?« Ihre Brust drückte sich schmerzhaft zusammen, als ob sie einen Herzanfall bekäme, obwohl sie wusste, dass es nur ein Angstsymptom war.

»Derek!« Nichts. Nicht mal ein Augenzwinkern. »Herrgott, Derek. *Bitte*!« Sie beugte sich vor und ohrfeigte ihn. »Du musst jetzt aufwachen. Wirklich, du *musst*.« Die nun fast durchgedrehten Hunde bellten geschossartig. »Sitz! Sofort!«, keifte sie sie an. Himmel! Sie wusste, dass ihre eigene Angst sie ansteckte, aber sie konnte jetzt nichts für sie tun. Sie blendete ihr Gebell aus wie eine Mutter ihre kreischenden Kinder im Supermarkt.

O Gott, was tun? Was zum Teufel tun? Sie hatte nichts dabei, um Derek zurückzuholen. Kein Riechsalz, kein Ammoniak.

Sie schielte zum Armaturenbrett, weil sie den Kopf nicht bewegen wollte. Zum Teufel, nicht bewegen konnte, Punkt. Wie der Hamster im Laufrad kreischte ihr Hirn: *Hilfehilfehilfe!*

»Halt's Maul«, schalt sie sich, »heb dir die Panik für später auf. Was mach ich *jetzt*?« Das letzte Flugzeug, in dem sie gesessen hatte, war die Cessna ihres Vaters. Vor neunzehn Jahren. Sie war zu jung und zu unbekümmert gewesen, sich das Armaturenbrett genau anzusehen. Als Kind war es einfach magisch, durch die Wolken zu gleiten. Bis zu dem Absturz, bei dem sie lernte, dass an ein paar Tonnen Metall, die auf den Boden aufschlagen, nichts Magisches ist.

Dieses Flugzeug war wahrscheinlich genau wie das ihres Vaters. Soviel sie wusste, flogen Flugzeuge prinzipiell auf der Basis von Steuerknüppel und Ruder. Sie konnte nicht alle Skalen und Knöpfe begreifen.

Sie sah auf den Boden. Dereks große Füße waren von den Pedalen gerutscht. Gaspedal? Bremse? Sie erinnerte sich schemenhaft, dass die Pedale in einem Flugzeug nichts mit denen im Auto gemein hatten. War das richtig? O Mann, o Mann. Sie malte sich aus, wie sie das falsche Ding berührte und das Flugzeug mitten in der Luft kreischend stehen blieb und dann mit Lichtgeschwindigkeit wie eine Tonne Ziegelsteine eine Million Fuß weit zu Boden fiel.

Sie wäre überglücklich gewesen, etwas zu tun, wenn sie nur die geringste Ahnung gehabt hätte, was dieses Etwas *war*.

Das Erste, was sie tun musste, war mit Derek die Plätze zu tauschen. Sie konnte das Flugzeug von dort aus lenken. Natürlich, dachte sie hysterisch, als sie zwischen die beiden Sitze kroch, um seinen mächtigen Körper beiseite zu schieben, sie konnte das Flugzeug nicht steuern, egal, wo zum Teufel sie saß.

Sanftheit war nicht das Mittel der Wahl. Lily hatte keine Ahnung, woher sie die Kraft nahm, aber irgendwie brachte sie es fertig, Derek halbwegs in den Zwischenraum der beiden Sitze zu bugsieren, zerrend, schiebend, während das Flugzeug weiter stieg. Sie konnte ihn nicht ganz aus seinem Sitz hieven. Der Winkel und sein Gewicht machten das unmöglich.

Atemlos kämpfte sich Lily aus ihrer schweren Jacke heraus, streifte den Pullover über den Kopf und warf beides hinter ihren Sitz. Eine kühle Brise käme ihr gerade recht. Sie schwitzte wie in einer Sauna. Sie schob die Ärmel hoch, atmete erschaudernd ein und kletterte über ihn drüber. Sie gab Acht, dabei das Armaturenbrett weder zu treten noch zu sto-ßen oder zu rütteln.

»Der Präsident sollte mir dafür einen verdammten Ehrenorden verleihen«, murmelte sie, während sie sich zwischen Dereks großen Körper und die Wand zwängte. Das passte hauteng. Sie dachte an alle Filme, in denen sie diese Szene schon gesehen hatte. Auf die eine oder andere Art waren selbst die dämlichsten Blondinen in der Lage, mit etwas Funkhilfe von einem süßen Fluglotsen Riesenjets zu landen.

Funk.

Okay. Sie atmete tief durch und versuchte, sich zu erinnern, wo Dereks Hand zuletzt war, als sie ihn ansah. Sie legte die Hände auf das u-förmige Steuer. Etwa so?

Sie kreischte, als die Nase unter dem Horizont verschwand. »Hände bewegen. Hände bewegen!« *Ogottogott.* Sie richtete ihre Hände aus, und die Nase tauchte wieder auf.

Sie schnappte sich mit einer Hand Dereks Kopfhörer. *Gott sei Dank.* Sie hörte einen Mann monoton sprechen.

»Hilfe - Scheiße! Mayday, *Mayday*!«

Er sprach unbeeindruckt weiter.

Sie suchte hektisch auf dem Armaturenbrett einen Schalter, der dafür sorgte, dass sie nicht in Vergessenheit gerieten. Da, ein unmarkierter Knopf. Sie drückte drauf, bis ihr Daumen weiß wurde. »Mayday? Hallo?«

Keine Antwort.

Schlief ganz Nome?

»Wacht auf Leute!«, schrie Lily in das Mikrofon am Kopfhörer.

»Ich bin eine Beinahe-Katastrophe. Ich brauche hier etwas Hilfe!«

Sie suchte die Skalen ab und die Leuchten und *Dinger* auf dem Armaturenbrett. Die schwarzen Ziffern sagten ihr nicht das Geringste. Falls ihr eine davon mitteilte, wie hoch sie sich über dem Boden befand, so war das eine Information, die sie wirklich, *wirklich* nicht wünschte. Sie wollte auch nicht wissen, wie nah sie dem Boden war. Sie hielt den Knopf gedrückt und rief weiter Mayday. Vielleicht wachte jemand auf und hörte sie. Sie hoffte, dass das passierte, bevor sie eine Bruchlandung direkt in den Tower hinlegte. Doch wenn sie schon bruchlanden musste, dann zumindest in die Nähe dort. »Diensthabende Faulpelze, hä, Jungs?«

Dingbat schnaubte.

Ein Instrument zeigte ein kleines Flugzeug. Niedlich. Nutzlos, aber niedlich. Sie wusste nicht, ob ihre Hände am Ruder etwas ausrichteten oder nicht. Sie war zu verängstigt, sie wegzunehmen.

Sie hörte ein lautes, mechanisches Geräusch, als sie konzentriert auf den Horizont starrte, als ob ihr Wille sie in der Luft halten könne. Wie viel Sprit hatten sie noch? Wie lange konnte das Flugzeug in der Luft bleiben, wenn sie gar nichts tat? Würde es langsam abwärts treiben, oder würden sie ...

Wop-wop-wop-wop.

Das Geräusch wurde lauter. Und lauter. Und lauter.

Etwas war kaputt.

Als ob es die Stufe einer Treppe verfehlt hätte, sackte das Flugzeug ab wie ein Stein. Sie biss sich auf die Zunge. Allmächtiger. Sie fielen. Schnell.

Wop-wop-wop.

Sie klammerte sich ans Steuer, und die Nase senkte sich, als sie es herunterdrückte. Sie zog an. Die Nase hob sich. Aufwärts, sie knallte rücklings in den Sitz. Jede Muskelpartie in ihrem Körper spannte sich an, und ihr Herz pochte wie ein Presslufthammer.

Die Hunde heulten, dann fingen sie wieder an, wie verrückt zu bellen, kugelten übereinander und prallten gegen ihre Rückenlehne.

Wop-wop-wop-wop.

Sie drückte das Steuer herunter - nur ein wenig - und die Nase richtete sich wieder gerade. Sie zitterte wie Espenlaub. Das Geräusch raubte ihr den letzten Nerv. »Mayday, verdammt noch mal! Geht ihr Jungs nicht ins Kino? Ich brauche *hier Hilfe*!«

Die Nase senkte sich, und egal was sie unternahm, egal wie stark sie drückte, sie weigerte sich, wieder geradeaus zu gucken.

»Hilfe!«

Wop-wop-wop-wop.

O Gott.

»Hol dich der Teufel, Derek! Wach auf!«

19

op-wop-wop-wop.

»Dr. Munroe? Lily?« Die Stimme, die sie beim Namen nannte, verwirrte sie. »Wenn Sie um drei Uhr hier vorbeischauen würden? Hilfe ist eingetroffen.«

Lily warf den Kopf herum. Ihre Augen brauchten etwas länger. »Oh.« Einen Moment lang starrte sie verständnislos die schattenhafte, kaum sichtbare Figur an, die in einem gro-ßen, schwarzen Hubschrauber neben dem rechten Flügel her schwebte. Der Ursprung des *Wop-wop-wop!*

Sie war nicht allein. »H-hi«. Und *Gott sei Dank.*

»Ist er tot?« Der Pilot klang leicht neugierig.

»Is ...?«

»Schauen Sie auf die Spitze des linken Griffs des Steuerruders, das ist das Steuerrad vor Derek. Sehen sie den kleinen Knebel? Drücken Sie ihn ein paarmal, damit ich weiß, ob Sie mich hören können.«

Sie tat es.

»Gut. Zum Reden drücken Sie den Knebel nach links. Wenn sie ihn loslassen, hören sie mich wieder.«

»Nicht tot. Bewusstlos. Scho...« Die Nase tauchte ab. Sie kreischte und packte das Steuerruder mit einem Todesgriff, und alles Blut sackte aus ihrem Kopf. »Scheiße!«

»Locker bleiben.« Die Stimme des Piloten drang ruhig und leise zu ihr durch. Aber sie hielt Lilys Herz nicht davon ab, fast den Dienst zu quittieren. Ihr Haaransatz war schweißgebadet, der Schweiß lief zwischen ihren Brüsten hinunter, klebte sie am Sitz fest. Wenn das Steuer ein Genick gewesen wäre, sie hätte es erwürgt, so hart umklammerte sie es. Jedes knochenweiße Fingergelenk schmerzte. Je fester sie klammerte, desto größer war die Chance, dieses verdammte Flugzeug hier oben zu halten.

Warum war keine verdammte Luft in diesem Ding?

»*Drücken* ist für abwärts.«, sagte er ihr ins Ohr, während sie nach Sauerstoff schnappte wie ein gestrandeter Fisch. »*Ziehen* für aufwärts. Es ist empfindlich, also ziehen Sie langsa ...«

Biep-biep-biepbiepbiepbiep.

Mit rutschigen Handflächen und hämmerndem Herz spürte Lily, wie sich das Blut aus ihrem Kopf verzog. »O Gott! Was passiert hier? Was passiert hier!«

»Sie ziehen zu schnell hoch«, sagte er ruhig als Gegengewicht zu ihrer Aufregung. »Locker bleiben. Sie kriegen es hin. In Ordnung. Ich dirigiere Sie schön langsam runter. Tun Sie einfach nur, was ich sage, und in fünfzehn Minuten werden Sie sicher und gesund landen.«

Gut. Sehr gut. »Das würde mir gefallen. *Sehr* sogar!«

»Sie sind in null Komma nichts unten. Sie machen das großartig.«

Kein Atem, aber auch kein Unfall. Bis jetzt.

Ja, großartig.

»Ich nehme Kontakt zum Tower auf und sage denen, was hier los ist«, sagte er. »Mayday, Mayday, Mayday, Nome Tower, hier ist Bell, November vier-eins-zwei-Hotel, Long Range, erbitte Notlandung, Feuerwehr und Rettung bereithalten, over.«

Lilys Muskeln erschlafften vor Schreck. Feuerwehr und Rettung? O Gott - *bittebittebittebitte. Hol mich hier raus. Jetzt.*

»Roger, Bell, November vier-eins-zwei-Hotel, over.«

Als sie den beiden ruhigen Männerstimmen zuhörte, platzte es aus Lily heraus: »Wo zum Teufel warst du vor ein paar Minuten, Fliegerass? Ein verfluchtes Buch auf dem Klo gelesen?«

»Jetzt reicht's, Schätzchen«, warf Mr. Helikopter sanft ein.

»Bringen wir Sie runter auf *terra firma* und Derek ins Krankenhaus. Dann können Sie mir noch einen einschenken, okay?«

»Okay, ja, sicher. Bestens«, sagte Lily mit trockenen Lippen. Bitte, oh, bitte, ich möchte jetzt auf der Erde sein.

Er hatte Recht. Alles, was zählte, war, heil herunterzukommen und Derek ins Krankenhaus zu schaffen.

»Hier ist Bell, November vier-eins-zwei-Hotel, wir haben einen Notruf aufgefangen und geben Geleitschutz mit der Haviland, Oskar eins-neun-drei, Biber. Pilot ausgefallen, Zivilistin am Steuer. Nome VORTAC, steuern eins-eins-null an, VFR, Höhe zwei-vier-sieben-fünf, zwei-fünf Minuten raus, over.«

»Bell, wie wollen Sie vorgehen? Over.«

Ja, dachte Lily, die zu verängstigt war, um irgendetwas anderes anzusehen als ihre weißen Knöchel am Steuerruder. *Sag's mir. Wie zum Teufel werden wir vorgehen?* Sie hatte keinen Tropfen Spucke im Mund, ihre Augen waren staubtrocken, und der Schweiß rann ihr die Schläfen herunter.

»Wir haben Sichtkontakt, Flugzeug auf Ihrer Wellenlänge, Insassin am Kopfhörer, dirigiere sie nach unten. Over.«

»Bell, Notdienst unterwegs, Landebahn siebenundzwanzig, überwachen Nachrichtenübertragung. Over.«

»Hi, Lily.« Sie sah auf die abgedunkelten Helikopterfenster. Der Mann da drin war nichts weiter als eine dunkle Gestalt an den Kontrollpaneelen. »Huntington St. John - Freund von Derek. Ich werde heute Nachmittag Ihr Führer sein.«

Ihr halbes Lachen klang mehr wie ein Schluchzen. Humor und Horror zu gleichen Teilen. Gott sei Dank schien er zu wissen, was er tat, was sie glauben ließ, dass sie, Derek und die Hunde vielleicht heil hier herauskommen könnten. Sie schluckte ihre Angst hinunter und fragte: »Was nun?«

»Lassen Sie mich erklären, was ist, und wir kriegen die Show auf die Straße.« Er führte sie ruhig durch Bedienung und Funktionen des Kontrollpaneels, der Pedale und des Steuerruders. »Bereit?«

»Wie noch nie«, teilte ihm Lily mit einem merklichen Zittern in der Stimme mit. »L-los geht's.«

»Schön. Wir fangen mit dem Landeanflug an. Drosseln Sie jetzt - sanft - das Gas. Reduzieren Sie die Fluggeschwindigkeit um etwa ein Viertel. Sehen Sie die Nase absinken? Keine Angst. Sie sollte ungefähr eine Handbreit unter dem Horizont liegen. Gut gemacht.«

Wenn *gut* schweißnasse Hände bedeutete und heftiges Herzklopfen und verzweifelten Brechreiz, dann war sie besser als gut. Sie warf einen Blick auf Derek. Immer noch bewusstlos. *Wag es ja nicht zu sterben.*

»Sehen Sie den Flughafen links unter Ihnen?«

Er lag weit, weit, *weiiit* unter ihr. Ihr Mund war so trocken, dass es das »Ja« nicht über die Lippen schaffte.

»Ich möchte, dass sie einmal die Landebahn überfliegen. Nur überfliegen. Sie haben jede Menge Treibstoff. Machen Sie eine Runde, damit ich denen ansagen kann, dass wir reinkommen und ich Sie in Position bringe.«

Die Maschine sackte mit einem nervtötenden Stoß ab. Lily kreischte. Ihr wurde schwarz vor Augen. Vor Übelkeit schoss ihr Speichel in den Mund. *Ogottogottogott.*

»Alles in Ordnung. Sie sind in Ordnung. Halten Sie sie im Gleichgewicht.«

Ich *bin* nicht in *Ordnung*. Sie versuchte, zu schlucken, aber ihre Kehle war vom schieren, puren Schrecken zugeschnürt. »R-runde?«

»Einmal, Sie können es.«

»Sie kennen mich nicht. Woher zum Teufel wollen Sie wissen, ob ich es kann oder nicht?«, fragte Lily aufgebracht. Sie *wollte* nicht die Verantwortliche sein, verdammt noch mal.

»Weil«, sagte er gelassen, »nichts anderes akzeptabel ist. Konzentrieren Sie sich jetzt.«

Reinkommen, dachte Lily wütend. Auf die eine oder andere Art würde die Maschine auf die Erde kommen. Sie betete nur, dass sie die zahlreichen Feuerwehrwagen, die an der Landebahn so weit unten aufgereiht waren, nicht brauchten. Mit weißen Knöcheln befolgte Lily die Anweisung. Jeder Fluch, den sie je gelernt hatte, ging ihr durch den Kopf, während sie eine Runde über dem Flughafen drehte. Sie folgte St. John aufs Wort.

Biep-biep-biepbiepbiep. »Nein!« Lily passte den Steuergriff an. Das ärgerliche und erschreckende Piepen hörte auf. Aber das Geräusch hallte in ihrem Kopf nach und brachte sie noch mehr in Schwitzen. Als der Wind das Flugzeug durchrüttelte und es wie ein Schlauchboot auf See anhob und fallen ließ, stieg ihr noch mal Galle in den Schlund. »Ich k-kann das nicht.«

»Sicher können Sie«, sagte St. John. »Sie machen sich gut. Schauen Sie nach dem Höhenmesser, die rote Skala in der Mitte des Instrumentenbretts. Sehen Sie ihn?«

»J-ja.«

»Die kleine Hand zeigt in Tausend-Fuß-Einheiten an, wie hoch Sie über dem Meeresspiegel liegen, die große Hand in Hunderter-Schritten.«

Lily fuhr mit trockener Zunge über ihre ausgedörrten Lippen. »K«

»Setzen Sie zur Landung an, wenn der Höhenmesser eintausend Fuß anzeigt ..., was in etwa ... jetzt ... der Fall sein sollte.« Seine Stimme schien Lily unheimlich ruhig. Sie zitterte, dass ihr das Bild vor Augen verschwamm und hüpfte. »Sehen Sie den Flughafen da unten bei Ihrer rechten Flügelspitze?«

Nein. Sie musste ihm einfach glauben, dass er zur Hölle dort war. Sie musste zu viel hinkriegen, um sich irgendetwas anzusehen.

»Reduzieren Sie den Schub, indem sie das Gas drosseln - nein, zu viel. In Ordnung. Sachte, sachte. Gut gemacht.

Lassen Sie die Nase nicht mehr als zwanzig Zentimeter
unter den Horizont sinken - gutes Mädchen. Okay. Fast auf
dem Boden.«

O Gott, er war zum *Anfassen* nah. Lily zog am
Steuerruder, und die Nase hob an.

»Andersrum, Schätzchen. Zurückziehen. Nur die Ruhe,
wenn sie etwas hören - das ist der Sinkflug. Das gehört sich
so. Ziehen sie das Ruder ganz zu Ihrer Magengrube, bis Sie
auf dem Boden sind. Ganz sanft.«

Das Flugzeug hüpfte und rüttelte, als die Kufen auf das
Hallenvorfeld trafen. Rechte Kufe. Dann linke Kufe. Die
Maschine kam ins Trudeln ...

»Leicht zum Körper manövrieren - festhalten. Es
pendelt sich von selbst ein.«

»Wie bringe ich dieses Ding zum Stehen? Gibt es keine
Bremsen?«

»Doch, aber ich will nicht, dass Sie sie benutzen. Lassen
Sie es einfach ausrollen. Sie haben jede Menge freie Bahn.
Langsam das Gas drosseln, und der Motor bleibt stehen.«

Die Hunde hinter ihr jaulten. Es klang fast so erstickt,
als wären sie unter Wasser. Lily starrte benommen auf das
Steuerruder, während St. John sie über die Landebahn
dirigierte.

Bis die Maschine stotternd zum Stillstand kam,
schmerzte Lilys Kiefer vom Zähnezusammenbeißen, ihre
Finger waren für alle Ewigkeit mit dem Steuerruder
verschmolzen, und der Schweiß hatte ihr das Hemd an den
Rücken geklebt. Der Hubschrauber landete leicht wie eine
Libelle neben ihr. Ein dunkelhaariger, hoch gewachsener
Mann mit Pferdeschwanz sprang auf das Vorfeld. Die
Rotorblätter drehten sich noch über seinem Kopf, als er auf
sie zustapfte.

Ein paar hundert Meter weiter weg riss jemand die Tür
zum Terminal auf, und eine Menschenherde trampelte
heraus wie die Rinder auf der Flucht vor dem Leibhaftigen.

Ein Sanitätswagen raste mit heulenden Sirenen die Landebahn herauf, das Blaulicht zuckte über den verschneiten Boden. Personal rannte emsig wie Ameisen herum und stellte Gott weiß was mit Schläuchen und Schaum an. Das Gelände war das reinste Bienenhaus. Aber nichts davon galt Lily.

Sie wandte sich Derek zu, wiegte seinen Kopf an ihrer Schulter und hielt ihn im Arm. »Wir sind sicher gelandet. Du kannst jetzt die Augen öffnen«, sagte sie mit zittriger Stimme. Aber er rührte sich nicht.

Sie tastete nach seiner Halsschlagader. Dünn und schwach. Seine Haut fühlte sich klamm und kalt an, und als sie ein Lid anhob, waren seine Pupillen weit und starr. Alles, was sie über Medizin wusste, sagte ihr, dass er unverzüglich Hilfe brauchte, *jetzt*. Alles, was sie über ihn wusste, sagte ihr, dass er zu stur zum Sterben war. Um sicherzugehen, flüsterte sie ihm ins Ohr: »Du verlässt mich nicht, Derek. Wenn du mich verlässt, ich schwöre es dir, dann finde ich einen Weg, dir eine *elende* Ewigkeit zu bereiten.«

Die Sirene kam immer näher. Im Sanitätswagen würde es Ärzte, Arznei, Decken und Versorgung geben. Sie hob den Kopf und sah wütend aus dem Fenster. »Beeilt euch, verdammt noch mal!«

Der Mann aus dem Hubschrauber klopfte ans Fenster und Lily mühte sich ab, ihm die Tür zu öffnen. Sie wäre ihm fast mitsamt Derek in die Arme gefallen, als er sie aufriss.

»Derek braucht sofort Hilfe«, drängte sie. Sie wollte den Mann, an den sie sich verzweifelt klammerte, nicht loslassen. »Mir geht es gut, aber Derek braucht Hilfe. Er wurde angeschossen und ...«

»Alles wird gut.« St. John reichte ihr die Hand. »Sachte, meine Liebe. Sie haben einen spektakulären Job gemacht. Hüpfen Sie raus, ich nehme ihn. Nehmen sie meine Hand.«

Die nächste halbe Stunde huschte schattenhaft vorbei, indem die Ärzte Lily in den Sanitätswagen verfrachteten, der Derek transportierte. Sie wurden von einem Konvoi die Stra-ße hinunter bis zu dem kleinen Krankenhaus verfolgt.

Es schien Lily unwirklich, als sie Derek in die Chirurgie brachten und sie alles aus den Augen verlor, während sie selbst zur ärztlichen Untersuchung weggerollt wurde.

Sie erzählte jedem, der es hören wollte, dass das Blut auf ihren Kleidern Dereks war und sie selbst völlig in Ordnung sei.

Zehn Minuten später lag ihr fast unbeschädigtes Selbst auf dem Operationstisch. Sie hatte das Hemdchen ausgezogen, und ein seriös aussehender Medizinstudent in seinem praktischen Jahr nähte die Wunde an ihrer Schulter. Er brauchte nicht lang für die drei Stiche und den Verband, dann konnte Lily sich anziehen und rausgehen.

Sie stapfte durch den OP und durch den dicht bevölkerten Gang, dann verharrte sie einen Moment unbeobachtet an der Tür des Wartezimmers. Der Mann, der sie gerettet hatte, stand am Fenster und plauderte mit einer kleinen, dunkelhaarigen Frau. Er war ein gut aussehender Typ in einem Raum voller Muskelprotze. Die Wright-Brüder waren angekommen, dachte Lily beeindruckt. Der Raum war aufgeladen mit Muskeln und Testosteron.

»Lily.« Geoffrey Wright, Dereks Vater, kam mit weit geöffneten Armen zu ihr herüber. Sie hatte Dereks Vater zuvor nur zweimal gesehen, aber sie warf sich direkt in seine Arme, während ihr die Gefühle zu Kopf stiegen. Geoff gab ihr einen festen Kuss, der ihr aus irgendeinem Grund das Wasser in die Augen trieb. Sie verweilte mit ihren Händen auf seinen Schultern und hätte ewig so stehen können, ehe seine Arme weich wurden und sie sich löste.

Sie spürte, wie ihr die Röte ins Gesicht stieg, als jede Konversation erstarb und alle auf sie starrten. Geoff hielt den Arm um ihre Schulter und schob sie weiter in die Mitte des Raums.

»Darf ich vorstellen«, sagte er, und seine Stimme war der dumpfe Donner, der die Familie in Schach hielt, »das ist Dr. Lily Munroe. Wie geht's der Schulter?«

Sie zuckte die Achseln. »Ich habe es nicht mal gemerkt, als es passiert ist.«

Geoff lächelte. »Es tut mir Leid, dass Sie verletzt wurden, und ich bin froh, dass es nichts Ernstes ist. Und da ich weiß, dass die erste Frage die nach Derek sein wird, gleich die Antwort: Er ist fertig operiert, auf dem Weg der Besserung und wird bald vollständig gesund sein. Während er seinen Schönheitsschlaf hält, lassen Sie mich Ihnen den Rest der Familie vorstellen.«

Gesund.

Sicher.

Lebendig.

Lily spürte ein Lächeln um ihren Mund herum, als ihr Herz wieder regelmäßig zu schlagen anfing. Normalerweise nicht schüchtern, war sie doch beeindruckt von der physischen Präsenz von Dereks Vater neben ihr. Sie begrüßte Dereks Zwillingsbruder Kane und seine außerordentlich schöne rothaarige Frau A.J. Und obwohl die Brüder gleich aussahen, hatte Kane nicht annähernd die gebieterische Präsenz von Derek.

Marnie schob sich durch die Reihe ihrer viel größeren Brüder. »Schenkt ihr eine Pause, Jungs!« Sie schnappte sich Lily praktisch aus dem Arm ihres Vaters und schlang selbst den Arm um sie. »Sie ist eben durch die Hölle gegangen. Lasst sie sich wenigstens hinsetzen.«

»Ich muss mich nicht se...«

»Michael.« Ein großer Bruder mit einer Augenklappe stellte sich mit einem Handkuss vor. »Vielen Dank, dass sie den Hintern meines Bruders gerettet haben. Wir stehen in Ihrer Schuld.«

»Keine Ur...«

»Hey, ich bin dran.« Die kleine Frau an seiner Seite stieß ihm in die Rippen. Sie gab Lily einen mächtigen Schmatz, was ihr schwer fiel, weil sie aussah, als sei sie seit mindestens 18 Monaten schwanger. »Vielen, vielen Dank. Oh, ich bin Michaels bessere Hälfte, Tally.« Sie strich sich über den enormen Bauch. »Und diese beiden sind Sarah und Jason. Sie wirken nur wie voll ausgewachsen«, bemerkte sie trocken und trat einen Schritt zurück. »Sie brauchen noch vier Monate, bevor es so weit ist. Und sie kommen keinen Moment zu früh, sag ich mal.«

»Das ist ...«

»Huntington St. John, kurz Hunt«, sagte ihr Held der Stunde sanft, der jetzt hervortrat. Der Hubschrauberpilot war so groß wie die Wrights, mit einem strengen Gesicht und klaren, hellen Augen, die alles zu sehen schienen. O je, noch ein Gedankenleser. »Sie haben das erstaunlich gut gemacht«, sagte er ihr, seine Augen eine strahlende Versicherung. »Und Sie haben ihre beiden Köpfe gerettet. Derek ist ein glücklicher Mann.«

Lily spürte einen Stich hinter ihren Augen und verlor den Faden. »Danke ...«

Noch ein Bruder trat an, sie zu begrüßen. Lily brachte ein wackliges Grinsen zusammen, als Hunts Blick sie traf und er ihr zublinzelte. Der nächste Bruder, den sie nie zuvor gesehen hatte, der aber einfach als Wright zu identifizieren war, drückte sie mit einer zuvorkommenden Umarmung. So viele Umarmungen hatte sie ihr ganzes Leben nicht erhalten.

»Kyle«, stellte er sich lächelnd vor. »Und das ist meine Braut Delanie.« Er schob seine blonde, hübsche Frau vor, die ebenfalls schwanger war.

»Ich kann Ihnen gar nicht sagen, wie beeindruckt ich davon bin, dass Sie das Flugzeug gelandet haben, ohne zu wissen, wie man fliegt. Sie sind meine neue Heldin.« Delanie drückte sie begeistert an sich und schenkte ihr ein breites Lächeln. Sie klopfte auf die kleine runde Kugel unter ihrem roten Pullover: »Fee und Fo, noch namenlos. »Sie lächelte verbindlich. »Gerade mal drei Monate, und wir wissen schon, das es Giganten werden. Ja, ja, ich geh ja schon.«

Lily hatte ein wachsendes Gefühl von Unwirklichkeit, und es fiel ihr schwer, sich auf die Stimmen um sie herum zu konzentrieren. Sie spürte, wie ihr das Blut aus dem Kopf wich, und musste schlucken. Sie betete, dass sie nicht ohnmächtig wurde und diesen netten Menschen vor die Füße fiel.

Der Nächste umarmte sie. Lily spürte schmierigen, kalten Schweiß an ihrem Haaransatz. Die Übelkeit überkam sie in Wellen, ließ ihre Haut prickeln und die Lichter im Raum verschwimmen.

Es schienen eine Million Leute im Raum zu sein, die sie alle umarmen, küssten und hätscheln wollten. Lily fühlte sich wie ein Stück Kaugummi, an dem man zog und zerrte und zupfte.

»Wunderbar«, beantwortete sie automatisch jemandes Frage, zum hundertsten Mal, wie ihr schien, und kämpfte eine ernste Übelkeit nieder. »Ja. *Wirklich*. Entschuldigen Sie mich einen Moment, ich muss zur ...« Sie gestikulierte vage den Gang hinunter. Dann lächelte sie unverbindlich ins Zimmer und flüchtete zur Tür, ehe sie noch irgendwer umarmen konnte.

Mit steifen Schultern eilte sie den Gang hinunter, an einer und noch einer Toilette vorbei, an der Schwesternstation vorbei. Ihr Verstand raste, ihr Herz hämmerte, und ihr Magen tat einen langsame Drehung, die mit einem unerträglichen Würgen endete. Sie war weit vom Wartezimmer mit seinen schwangeren Frauen und starken Männern entfernt, aber nicht weit genug. Das Adrenalin, das sie am Laufen gehalten hatte, sie ein Flugzeug hatte landen lassen, war nicht mehr da. Und ohne das berauschende Gefühl hielt sie hier nichts mehr.

Ihr Knie wackelten, während sie immer weiterhetzte. Ihre Füße bewegten sich im Takt mit dem nervösen Herzschlag. Ihr Verstand raste, ihr Atem beschleunigte sich, und ihr Magen überschlug sich aufs Neue.

Sie hatte das Flugzeug überlebt.

Sie hatte ihre älteste Angst besiegt.

Aber da war eine neue Angst, die in ihr atmete, lebte.

Derek war in Sicherheit.

Das Abenteuer war vorbei.

Genau wie die besondere Zeit mit ihm.

Lily befand sich praktisch am anderen Ende des Krankenhauses, entdeckte ein Toilettenzeichen und musste sich erst auf die Schilder konzentrieren, bevor sie eine der beiden Türen öffnen konnte.

Die Toilettentür hing in hydraulischen Angeln. Lily drückte den riesigen Griff mit beiden Händen. Die Tür schloss sich hinter ihr, aber seltsam langsam. Sie stemmte mit voller Kraft die Handflächen dagegen, Panik überkam sie.

Ihr Atem stockte, sie würgte.

Ihr Magen stülpte sich um, und sie stolperte durch den Raum, erreichte rechtzeitig eine Toilette, fiel auf die Knie und erbrach sich auf der Stelle.

Sie hätte es gerne auf die Erschöpfung geschoben. Aber die war sicher nicht das Problem. Schlafmangel gehörte zum Rennen und genauso zu ihrem Beruf.

Das Rennen. Es erschien ihr ein Lebensalter her zu sein. Sie war eine andere geworden, eine Person, die sie nicht mehr kannte. Und nicht mehr fühlte.

Sie war nach Alaska gekommen, um zu sich selbst zu finden, und war verwirrter als jemals zuvor. Sie hatte keine Ahnung, was als Nächstes kommen würde. Sollte sie einfach wieder als Tierärztin arbeiten, den Heckenschützen, die Leichen, die Bombe vergessen?

Derek vergessen?

Der Gedanke legte sich ihr wie ein Zementumhang um. War es das?

Vielleicht konnte sie das aufregende Abenteuer vergessen. Nein. Sie hätte hundert Jahre leben können, den Ansturm des Adrenalins, das sie durch diese letzten paar Stunden getragen hatte, würde sie nie vergessen.

Sie schüttelte den Kopf und hoffte, dass ihre zerstückelten Überlegungen wie Billardkugeln in die dazugehörigen Taschen fielen. Es half nicht. Sie war ein Wirrwarr aus widerstreitenden Gefühlen. Ihr ganzes Leben war in Schieflage.

Nur Tage zuvor hatte sie noch gedacht, alles, was sie wolle, sei Frieden und Gelassenheit. Aber dann hatte sie das Leben mit Derek gekostet, und jetzt gierte sie nach mehr.

Aber ›mehr‹ war keine Option, und weniger wollte sie schreien machen. Ihr ganzer Körper bebte, während sie sich an das kalte Porzellan klammerte, und als sie mit dem Erbrechen fertig war, rollte sie sich kraftlos auf dem Boden zusammen. Es war kalt und roch nach Desinfektionsmittel. Aber es war ihr egal. Ein Schluchzer brach sich Bahn, dann noch einer und noch einer.

Sie presste die Faust vor den Mund, um das Schluchzen zu ersticken, und hörte nicht, wie hinter ihr die Tür aufschwebte.

»Ach, Liebes. Natürlich musst du weinen«, sagte eine sanfte Frauenstimme dicht bei ihr. »Nein. Versuch nicht, es meinetwegen aufzuhalten. Wein dich aus, Kleines, wein dich aus.«

Sie hätte nicht einmal zu weinen aufhören können, wenn jemand sie mit der Pistole bedroht und Ruhe verlangt hätte. Nichts konnte sie aufhalten, jetzt, wo sie einmal damit angefangen hatte. Lily hatte sich noch nie so allein gefühlt. So leer. So...

Irgendwie hatte sie sich aufgesetzt und sich an eine mütterliche Brust gedrückt, ohne es selbst zu bemerken. Sie erkannte die Frau vage als Sunny wieder, Geoffrey Wrights künftige Ehefrau. Und sie war unendlich dankbar für die warme Umarmung und den tröstenden Klang ihrer Stimme.

»So ist es gut.« Sunny wiegte Lily hin und her und streichelte ihren Rücken. »Wein dich aus, Kleines, wein dich einfach nur aus. Ich bin hier.«

Lilys Kehle fühlte sich rau an, ihre Brust schmerzte, und ihr Kopf tat weh. Herzzerreißende, zermürbende

Schluchzer stiegen aus einer schier unerschöpflichen Quelle hoch und überrollten sie in Wellen. Sie schlang die Arme um Sunny, grub ihr nasses Gesicht an die Schulter der Frau und blubberte wie ein Baby. Und die ganze Zeit über saß Sunny auf dem Boden, streichelte und wiegte sie.

Derek war in Sicherheit.

Sie hatten überlebt, weil sie zusammengearbeitet hatten.

Sie hatte im Schutz seiner Arme mehr gefunden, als sie je erwartet hatte. Und jetzt musste sie all das zurückgeben.

Und in ihr eigenes Leben zurückkehren. Allein.

Wenn Derek ihr zuvor schon unerreichbar erschienen war, hatte sein Doppelleben dieses Gefühl nur verstärkt. Was hatte sie einem Mann zu bieten, dessen Leben von solchen Abenteuern bestimmt war?

Sie hatte sich nie Illusionen gemacht. Dass Derek wirklich an ihr zu liegen schien, war der einzige Trost, den sie jetzt mitnehmen konnte. Aber er *liebte* sie nicht, was immer er auf der nervenaufreibenden Hatz nach den Terroristen über die Lippen gebracht hatte. Nein. Sie verstand, woher diese Worte gekommen waren. Nicht aus dem Herzen, sondern aus der Hitze des Augenblicks.

Sie hatte verstanden. Sie hatte wirklich verstanden.

Aber das ließ den Druck auf ihrem Herzen nicht gerade leichter werden.

Wie konnte sie ohne ihn leben?

»Besser?«, fragte Sunny, als Lily sich von ihr löste. Sie streckte die Hand aus, riss einen langen Streifen Toilettenpapier ab und reichte ihn ihr.

»Besser nicht, aber ruhiger, hoffe ich. Ich komme mir wie eine Idiotin vor«, murmelte Lily mit belegter Stimme und wischte sich das wunde Gesicht.

»Putz dir die Nase, Kleines.« Lily gehorchte, und Sunny lächelte. »Und noch mal, braves Mädchen. Du brauchst dich nicht zu schämen. Du hast ein paar aufreibende Tage hinter dir. Nach allem, was du durchgemacht hast, würde jeder weinen.«

Sunny erhob sich. Sie war eine leicht übergewichtige
Frau mittleren Alters. Sie hatte die schönste Haut, die Lily
je gesehen hatte, und ein Lächeln, das so verständnisvoll
und fröhlich war wie ihr Name. »Sehen wir zu, dass du dich
wohler fühlst.« Sie spülte die Toilette und drehte den
Wasserhahn auf.

Dann holte sie am Wasserspender einen kleinen
Plastikbecher und reichte ihn Lily. »Du musst die
Flüssigkeit auffüllen, die du verloren hast. Füll gleich
wieder nach, ich gehe und suche nach einem Waschlappen.
Ich bin gleich wieder da.«

»De...« Lilys Stimme versagte, aber Sunny schien zu
verstehen.

»Ich frage nach ihm und sage es dir gleich. Trink.« Die
Tür schwebte hinter ihr zu.

Lily lehnte an der Wand neben dem Waschbecken und
ließ das Wasser laufen. Sie trank den Becher leer und füllte
nach. Wieder und wieder. Sie war ausgedörrt. Ihre Kehle
fühlte sich an, als hätte sie tagelang nur geschrien. Ihre
Augen waren schmerzhaft geschwollen. Sie beugte sich
über das Becken, spritze sich kaltes Wasser ins Gesicht und
fühlte sich nicht im Mindesten besser.

»Armselige Idiotin«, krächzte sie heiser. Sie hatte nicht
einmal mehr die Kraft, über sich selbst zu lachen.

Es gab absolut nichts, weswegen sie hätte heulen
müssen. Derek war in Sicherheit. Und sie hatte kaum einen
Kratzer abbekommen.

Die Tür schwebte auf. »Oh, Liebes...« Sunny nahm sie
fest um die Schultern und eilte mit ihr aus der Toilette und
ein kurzes Stück den Gang hinunter. Das Nächste, woran
Lily sich erinnern konnte war, dass sie im Bett lag und
Sunny die Decke über sie zog.

»Jetzt legen wir dir diesen schönen kalten Lappen auf
die Augen, und ich erzähle dir etwas über deinen
dickköpfigen Mann.«

»Wie geht es ihr?« Marnie steckte den Kopf zur Tür herein.

Derek winkte seine Schwester herein. »Sie schläft immer noch«, flüsterte er.

»Der Doktor hat dir nur erlaubt, in dieses Zimmer umzuziehen, weil du versprochen hast, dich in dem anderen Bett hinzulegen. Derek saß in einem unbequemen Plastikstuhl an Lilys Bett, anstatt flach auf dem Rücken zu liegen. Marnie schüttelte den Kopf.

»Unser Flugzeug ist startklar«, sagte sie leise. »Dad bringt alle rüber zum Flughafen. Er schickt dir einen Wagen ... Warte eine Sekunde.« Sie ging auf den Gang hinaus, und Derek konnte hören, wie sie mit seinen Brüdern flüsterte.

Sie steckte den Kopf herein. »Michael fragt, ob du einen Rollstuhl haben willst. Verdreh jetzt nicht die Augen, Freundchen! Ich bin nur die Botin ... Warte mal.« Sie zog den Kopf weg und schob ihn wieder herein. Für *Lily*, meinte er. »Ihr Jungs redet besser selber miteinander. Wir sehen uns im Flugzeug.«

Huntington, Michael, Kane und sein Schwager Jake drängten ins Zimmer. »Wo habt ihr eure Frauen gelassen?«, fragte Derek lachend und beugte sich vor, um Lily eine Strähne von der Wange zu streicheln. Sogar nach Stunden war ihr Gesicht noch vom Weinen gerötet. Nachdem Sunny zu ihm gekommen war und ihm die Situation geschildert hatte, war er so schnell wie möglich an Lilys Seite geeilt.

»Dad und Sunny sind mit ihnen ins Hotel, um unsere Sachen zu packen«, sagte Michael und sah ihn mit einem Auge an. Er hatte, vermutlich wegen der Kälte, auf seine Augenprothese verzichtet.

Er studierte Dereks Gesicht. »Ich weiß, dass du mich schon immer um meine Augenklappe beneidet hast. Wolltest es mir nachmachen, oder? Was hast du angestellt? Dich mit einem Drei-Meter-Mann angelegt?«

Derek grinste. »Das war Lily. Mit dem Gewehrkolben. Ich kann froh sein, dass sie mich nicht erschossen hat.«

Die Männer betrachteten die Frau auf dem Bett mit noch größerem Respekt. »Oh, ich mag sie jetzt schon«, sagte Kyle mit lachenden Augen. »Und wir hier dachten, du verdienst dir ein paar Dollars, indem du das Rennen gewinnst. Du hattest sicher ein paar herrliche Tage - oder?«

»Du kennst nicht mal die Hälfte«, erwiderte Derek nüchtern.

»So schnell es ging, waren wir auch schon unterwegs«, erklärte ihm Hunt. »Wir trafen uns in der Luft, wir hin, ihr zurück. So fing ich Lily ab und verfluchte dich. Du hast deinen Schönheitsschlaf gehalten, und ich musste umdrehen. Du schuldest mir eine gute Erklärung, bald, alter Halunke.«

»War es nicht aufregend genug, eine schöne Frau vom Himmel herunterzudirigieren? «, gab Derek zurück.

Hunt spitzte die Lippen und lächelte fast. »Nicht, wenn ich nicht der Typ bin, der dann am Boden bei der Lady landet.«

»Was ist der Punkt an unserem Ziel? »Derek schaute von einem auf den anderen. »Alles ausgehoben? Haben wir die Welt gerettet?«

»Zum Teufel ja«, erklärte ihm Jake. »Du hast nicht viele böse Jungs übrig gelassen, egoistisch, wie du bist.«

»Mit ein bisschen Hilfe von einem Freund«, warf Lily vom Bett aus ein.

Alle drehten sich nach ihr um.

Derek warf einen wohlwollenden Blick in die Runde und befahl sanft: »Verschwindet!«

Sekunden später waren alle rausgegangen, die Tür schloss sich hinter ihnen.

»Wie geht's deinem Arm?«, fragte Lily krächzend.

»Gut.« Er barg ihre glühende Wange in der Hand. »Es tut mir so Leid, dass ich dich zum Heulen gebracht habe.«

Sie wiegelte ab, seinen Blick vermeidend. »Zu viel Stress, ein Adrenalinüberschuss. Ich bin Arzt und kenne diese

Dinge.« Was passierte in diesem fieberhaft arbeitenden Gehirn? Keine frohen Gedanken, das spürte Derek mit einem schmerzvollen Stich im Herzen. *Oh, Lily.*

Er bog einen Finger unter ihren Kopf, um ihr Gesicht zu sich zu drehen, aber sie verweigerte es, ihm in die Augen zu schauen, stellte tatsächlich eine Wand zwischen sie beide. Dereks Herz ächzte wirklich. Nach alldem, was sie geteilt hatten, weigerte sie sich noch immer, die Magie zwischen ihnen beiden anzunehmen. Wie konnte sie behaupten, das nicht zu sehen? Zu fühlen? Er wusste mit jeder Faser seines Seins, dass sie zusammengehörten. Und er war sicher, dass sie das ebenso fühlte. Jetzt musste er nur noch erreichen, dass sie das auch zugab.

»Schau mich an, Lily.« Ihre Augen flatterten auf und fokussierten sein Gesicht. »Es tut mir so Leid, dass du am Ende durch all das durch musstest. Aber alles, was davor passierte, tut mir überhaupt nicht Leid.«

»Mir auch nicht«, stimmte sie plötzlich viel zu fröhlich zu. »Der Alltag ist nun mal ganz sicher verdammt langweilig, wenn man gerade eine Bombe entschärft und ein Flugzeug geflogen hat.« Sein Arm schmerzte wie Feuer, und er rutschte auf dem harten Plastikstuhl herum. Sie drehte sich im Bett, so dass seine Hand ihr Gesicht nicht mehr erreichen konnte. Er lehnte sich zurück, vermisste den Kontakt und spürte, wie die Kluft zwischen ihnen wuchs. »Das hatte ich nicht gemeint.«

Sie runzelte die Stirn. »Oh, du meinst den Sex? Der war auch spektakulär.«

Derek schloss die Augen und fühlte sich, als hätte ihm jemand in den Solarplexus geschlagen. »Mein Gott, Lily.«

»Aber das war er doch.«

»Soll das alles gewesen sein: spekatulärer Sex?«

»Ich würde das nicht so abwerten. Spektakulärer Sex ist nichts, worüber man die Nase rümpfen müsste.«

»Sei still«, sagte er wütend. »Sei verdammt noch mal still.« Er stand auf und funkelte sie an. Klein, streitsüchtig und so verängstigt, dass sie ihm kaum in die Augen sehen konnte. »Himmel, Lily, was zur Hölle soll ich mit dir anfangen?«

Er ging zur Tür. Sie sagte nichts, doch er konnte hören, wie sie die Luft anhielt. Er drehte sich, die Hand an der Klinke, noch einmal um. »Alle sagen, wie tapfer du gewesen bist. Aber weißt du was, Lily? Du benimmst dich wie ein verdammter Feigling, weil du mir nicht glauben willst. Und deinem Herzen erst recht nicht. Und anstatt auszuprobieren, ob das, was wir fühlen, ein Leben lang hält, gehst du auf Nummer Sicher. Du wirst nie wissen, wie lange es mit uns gehen könnte, weil du in Sachen Glück nichts riskierst.«

Er riss die Tür auf. »Vielleicht, nur vielleicht verlässt dich am Ende nicht jeder, den du liebst.«

Stirnrunzelnd meinte sie: »Niemand hat mich verlassen. Wovon sprichst ...«

»Deine Mutter ...«

»Ist gestorben«, sagte Lily mit schwacher Stimme.

»Hat dich *verlassen*, indem sie gestorben ist«, fuhr er gnadenlos fort. »Und dein Vater hat dich durch seine Wiederheirat und die Konzentration auf seine neue Familie *verlassen*.«

Ihr fiel die Kinnlade herunter, während ihr die Augen nass wurden. »So fühlt es sich nicht an, wenn ich an sie denke.«

»Nein?«

»Nein. Ich liebe meinen Vater, und ich bewundere Matt.«

»Schön zu hören. Aber du siehst den Treuebruch deines Vaters noch immer als Verlassenwerden. Lily, ich kenne dich.«

»Tust du nicht.«

»Sean hat dich verlassen, indem er dich betrogen hat. Soll ich weitermachen?«

»Ich will, dass du gehst und dir meinetwegen ein Firmenschild besorgst und als Therapeut anfängst zu praktizieren. *Du*scheinst den Unsinn zu glauben, den du mir da erzählst.«

»Hast du dich nicht gefragt, warum du dich weigerst zu glauben, wie sehr ich mich um dich sorge?« Er schüttelte den Kopf, als sie nicht antwortete, Wut und Frust zum ersten Mal im Wettstreit. Halsstarrige Furie. »Du wirst doch nicht alles riskieren, was wir haben könnten, weil du denkst, dass ich wie jeder andere in deinem Leben irgendwann gehen könnte. Oder?«

Sie drehte ihren Kopf zum Fenster und schloss die Augen. Schloss ihn aus.

Wie gern wollte er zu ihr gehen, sie hochheben und Verstand in sie hineinschütteln. Sie im Arm halten und ihr versichern, dass sie beide in den gemeinsamen Hafen eingelaufen waren. Der harte eiserne Türknauf biss in seine Finger, und er krallte die Finger um ihn.

Doch das war etwas, was Lily allein herausfinden musste. Diesmal reichte die reine Kraft seines Willens nicht aus. Er schluckte den Schmerz hinunter und spürte, wie der Stachel der Enttäuschung seine Vision verdarb.

Kampf verscherzt.

Aber er hatte den Krieg nicht verloren. »Ich schicke jemanden, dich zu holen, wenn wir bereit zum Aufbruch sind.« Er schloss die Tür ruhig hinter sich. *Zur Hölle.*

ein Problem ist, dass du Sean seine Lügen abgekauft hast, anstatt Derek zu vertrauen«, sagte Matt zu Lily und stellte zwei Becher seines wirklich schrecklichen Kaffees auf den Küchentisch. Es war ein trostloser Freitagabend.

Es war jetzt länger als eine Woche her, dass sie nach Hause zurückgekehrt war, und Lily fühlte sich, als sei sie mit einem stumpfen Löffel am offenen Herzen operiert worden. Und das Zunähen hatten sie auch vergessen.

»Was soll das? Ist das der lahme Versuch, die Theorien in die Praxis umzusetzen, die du in deinem Psychologiekurs gelernt hast?« Sie nahm einen Schluck brühheißen Kaffees und verzog das Gesicht. »Uh! Wie kann man es sich derart mit einer Kaffeemaschine verderben?«

»Wie kann eine Frau es sich derart mit einem guten Typen verderben, der sie liebt?«

»Ich weiß, dass er mich will.« Sie drehte den Becher in dem nassen Ring auf dem Resopaltisch. Dann sah sie finster zu ihrem Stiefbruder auf. »Und als deine ältere Schwester kann ich dir sagen, dass das nicht annähernd ›lieben‹ ist.«

Matt setzte sich ihr gegenüber und schüttelte den Kopf. »Hör auf dich selbst, um Gottes willen, Lily. Du spaltest nicht existierende Haare. Der Mann ist ganz offensichtlich verrückt nach dir. Verdammt, es macht mich noch wahnsinnig, dass ich nicht zu dir durchdringe. Ich bin ein Mann. Wenn ich das sehen kann, warum kannst du es dann nicht sehen?«

»Weil du ein Mann bist«, sagte Lily trocken. »Es ist dieses ganze Mars-Venus-Ding.«

»Es ist dieses ganze Sean-Ding. Dieser Schwachkopf hat sein miserables Leben lang nicht einmal die Wahrheit gesagt. Ich kann nicht glauben, dass du ihm glaubst und nicht Derek.«

»Das tue ich auch nicht«, sagte Lily leise und fühlte sich elend bis in die Zehenspitzen. »Ich glaube nicht an die Dinge, die Sean mir über Derek erzählt hat, aber wenn ich mich von der Illusion trenne ...«

»Was? Was würde passieren, wenn du dir das Glück gestatten würdest, das Derek dir so offensichtlich geben will?«

»Ich ...«

»Verdammt, du bist so durchsichtig«, sagte ihr Bruder sichtlich verärgert. »Und eine Nervensäge dazu. Du fragst dich die ganze Zeit, ob er dich fallen lassen wird. Ich sagte, *ob* und nicht etwa *wann*. Richtig?«

Er schüttelte den Kopf, trank von seinem Kaffee und zog eine Grimasse, als er den Becher auf den Tisch knallen ließ. »Du glaubst, er wird das Gleiche mit dir machen wie Sean und dich betrügen. Wenn du ihm alles gegeben hast, was du zu geben hast, dann wird er weggehen und dich ohne alles zurücklassen, das glaubst du doch? Gib es zu.«

Lily starrte ihren Bruder im Herzen an. »Ja«, flüsterte sie mit schmerzender Brust. »Das ist genau das, was ich denke.« Sie rieb gegen den Schmerz hinter den Augen an. »Nein ... okay. Nein. Das ist nicht das, was ... verdammt. Ich weiß nicht mehr, was ich noch denken soll.«

»Gut, dann fang einfach neu zu denken an«, sagte er mit brüderlicher Aufrichtigkeit. »Wir haben beide ein fragiles Ego. Wir ertragen es nicht, allzu oft ein Nein zu hören. Da machen wir lieber auf der Stelle kehrt und rennen wie verrückt davon.«

»Genau das wollte ich auch sagen.«

Matt verdrehte die Augen und stemmte sich mit beiden Händen vom Tisch hoch.

»Trinken wir darauf einen Brandy?«

»Nein.«

»Gut. Ich habe nämlich keinen.« Er fiel auf seinen Stuhl zurück. »Du könntest einen Heiligen zum Säufer machen.«

»Entschuldigung.« Lilys Kehle schmerzte, und ihr war eng um die Brust. »Wie kriege ich meinen Kopf dazu, dass er meinem Herzen glaubt, Matt?«, fragte sie. »Wie kriege ich mich dazu, blind darauf zu vertrauen, dass er mir nicht das Herz bricht?

»Wie fühlt sich dein Herz denn jetzt gerade an?«

»Der Punkt geht an dich.«

Ihr Handy läutete. Sie zog es so schnell aus der Brusttasche, dass sie es beinahe fallen ließ. *Derek …*

»Derek?«, fragte Matt, während Lily die SMS las.

Sie schüttelte den Kopf. Im Flugzeug der Wrights, auf dem Nachhauseflug, hatte sie Derek gesagt, dass sie Platz brauche. Zeit zum Nachdenken. Es war die Hölle, das zu bekommen, worum sie gebeten hatte. »Joe. Er braucht Hilfe, weil eine Kuh eine Frühgeburt hat. Das ganz normale Leben eben.« Sie erhob sich vom Tisch, trug den Becher zur Spüle und schüttete den Kaffe weg. »Danke für das Essen und das Gespräch.« Sie ging zurück, beugte sich vor und küsste Matt auf die Stirn. »Du bist ein guter Bruder.«

»Wenn ich das wäre, würdest du auf mich hören.« Er stand auf und umarmte sie. »Gib nicht alles auf, nur weil du Angst hast, Lily. Manche Dinge sind es wert, um sie zu kämpfen. Und manche Dinge sind schlicht eine Frage des Vertrauens.«

Schicksal, dachte Lily und parkte ihren Truck vor der Scheune. Ihr Herz, ihr Körper und ihre Seele hatten Vertrauen zu Derek. Es war ihr verdammter Verstand, der die Probleme machte. Und sogar der sehnte sich nach einer Auszeit. Unglücklicherweise gab es einen letzten winzigen Teil an ihr, der sie zurückhielt.

Sie zog die Strickmütze über die Ohren, öffnete den Sicherheitsgurt und starrte in die Dunkelheit. Wie konnte sich ein gebrochenes Herz schlimmer anfühlen als ihres? Wie konnte sie Derek noch mehr vermissen, als sie es bereits tat? Wie konnte der Schmerz, ihn zu haben und dann zu verlieren, noch größer sein als der Schmerz, ihn gar nicht zu haben?

»Und wann«, sagte sie laut, wütend auf sich selbst, »werde ich das wissen? Woher soll ich es wissen?« Sie griff sich die Arzttasche vom Beifahrersitz. Als sich diese Tür im Krankenhaus von Nome hinter ihm geschlossen hatte, hatte sie gedacht, ihr Herz müsse aufhören zu schlagen. Ganze fünf Minuten lang hatte sie die geschlossene Tür angestarrt und gebetet, dass sie sich öffnete. Sie hatte sich gefühlt, als sei alle Luft aus dem Raum gesaugt worden. Aus ihrem Leben gesaugt worden.

Die Tür des Trucks knarrte beim Öffnen. Hier im Wagen zu sitzen, würde ihre Probleme nicht lösen. Sie trat auf den schneeverkrusteten Boden. Eine Patientin wartete auf sie. Alles der Reihe nach.

Das ganz normale Leben eben. Aber nichts fühlte sich normal an. Genau genommen, fühlte es sich sonderbar an, wieder zu Hause zu sein. Die Reise nach Alaska, die Erfahrungen, die sie dort gemacht hatte, hatten ihr Leben aus den Angeln gehoben. Ihr Leben schien einfach nicht mehr richtig zu *passen*. Sie schlug die Tür des Trucks zu und lief durch das Schneegestöber zur Scheune. Vor einer Woche hätte sie die Kälte noch gespürt, aber jetzt nicht mehr. Jetzt wusste sie, wie echte Kälte sich anfühlte.

Sie ignorierte das Rechteck aus Licht, das aus der Küche des Haupthauses fiel.

Sogar von hier aus konnte sie noch die Stimmen und das Gelächter hören. Dereks Freunde und Verwandte saßen vermutlich um den Küchentisch, tranken Kaffee und genossen Annies vorzügliches Essen.

Sie musste fairerweise zugeben, dass sie eingeladen gewesen war. Sie war schon die ganze Woche über zu den verschiedensten Gelegenheiten eingeladen gewesen. Sie war zu beschäftigt gewesen, um nur einmal hinzugehen. Auch wenn es sie fast umgebracht hatte abzusagen, es war besser so. Ein sauberer Schnitt war leichter zu nähen und verheilte besser.

Am besten, sie kehrte so schnell wie möglich zum normalen Leben zurück. Vielleicht fühlte es sich eines Tages nicht mehr sonderbar an. Vielleicht würden andere Erinnerungen die Erinnerung an dieses Iditarod verdrängen.

Es war besser, mit dem zufrieden zu sein, was man hatte, als zu vermissen, was man nicht hatte. Aber, o Gott, sie vermisste Derek.

Lily zog mit beiden Händen an der Stalltür. Die Tür war versperrt. »Joe!« Sie pochte ein paarmal an die Tür. Keine Antwort. Sie stellte den Kragen hoch, lief an die andere Seite des enormen Baus und wünschte, sie hätte ihre Taschenlampe aus dem Handschuhfach mitgenommen.

In ein paar Tagen würde die Hochzeit von Dereks Vater stattfinden. Es wäre unhöflich gewesen, nicht hinzugehen. Aber sie würde dafür sorgen, dass sie nicht zu nah bei Derek stand. Ihm nicht in die Augen sah. Nicht seinen Ich-erkennedich-im-Dunkeln-Duft roch. Sie würde ihm zuhören, wenn er sprach, aber nicht auf sein Timbre lauschen. Und sie würde ihn nicht anfassen. Unter keinen Umständen. Lily schwor sich, dass sie ihn absolut und definitiv nicht anfassen würde. Sie durfte ihm nicht zu nahe kommen, denn eine Berührung reichte, sie wie Schnee in der Mikrowelle schmelzen zu lassen. Und nach der Hochzeit? Sie war sich nicht sicher.

So vieles war in letzter Zeit geschehen. Sogar das Rennen war anders gewesen als sonst. Es fühlte sich sonderbar an, es nicht zu Ende gefahren zu haben. Sonderbar, in der falschen Richtung durch Nome zu fahren und im Rückspiegel die Menge zu sehen, die auf das erste Gespann wartete.

Dennoch war die Reise atemberaubend aufregend gewesen. Derek hatte sie geküsst. Derek hatte mit ihr geschlafen. Derek hatte sich einen Schlafsack mit ihr geteilt. Sie hatte Meile für Meile seine Stimme im Ohr gehabt. Eine Bombe zu entschärfen und ein Flugzeug zu landen war nur noch das Sahnehäubchen gewesen. Die Zeit mit Derek hatte sie etwas gelehrt. Nicht nur, dass sie ihn liebte, womit sie wirklich nicht gerechnet hatte, sondern dass sie *furchtloser* war, als sie es sich je hatte vorstellen können.

Sie hatte eine Bombe entschärft.

Sie hatte ein Flugzeug gelandet.

Und sie hatte sich in einen Mann verliebt, der ihr das Herz brechen konnte, ohne es überhaupt darauf anzulegen.

Sie schüttelte über sich selbst den Kopf, während sie das große Stalltor aufzog und nach drinnen schlüpfte. Sie sog den vertrauten Duft ein, der sie niemals enttäuschte. Tiere und Stroh. Das war es, was sie vermisst hätte, hätte sie Montana verlassen. Sie machte eine Arbeit, die sie liebte, was mehr war, als die meisten Leute von sich sagen konnten. Sicher, beruhigte sie ihr wehes Herz, würde das eines Tages genug sein.

Sie zog Jacke, Mütze und Schal aus und rief: »Joe? Ich bin da! Die Vordertür ist zugesperrt.«

»Hier hinten«, rief er und hörte sich besorgt an.

Lily beschleunigte die Schritte, und ihre Stiefel raschelten über das Stroh, während sie seiner Stimme in den hinteren Teil des Stalls folgte. »Was ist los? - Don?«

Sie sprach Joe schlicht deshalb an, weil er der Einzige war, den sie kannte. Lily sah sich verständnislos um. Im Augenwinkel entdeckte sie Joe, der an der hinteren Wand bäuchlings auf dem Boden lag. Tot oder lebendig? *Er* hatte jedenfalls nicht nach ihr gerufen. »Lauf, um Himmels willen!«, schrie Don, und wand sich im Griff eines Mannes, der so groß wie ein Sumo-Ringer war.

Der Stall war voller Männer. »Was in aller Welt ...« Ihre Worte endeten in einem Schrei, als ein fleischiger Arm, der aus dem Nirgendwo kam, sich von hinten um ihre Kehle legte und sie halb von den Füßen zog.

Der Arm zog fester zu, und Lily prallte hart an den Mann hinter ihr. Sie gab einen katzenhaften Laut von sich und packte den fleischigen Unterarm mit beiden Händen, versuchte, ihn wegzureißen. Doch anstatt locker zu lassen, packte der Kerl sie noch fester und schnitt ihr die Luft ab.

Ein anderer Mann trat aus den Schatten. »Lass der lieben Frau Doktor ein bisschen mehr Luft, Serg.« Der Arm lockerte sich, und Lily schnappte schwindlig nach Sauerstoff. »Guten Abend, Dr. Munroe.«

Sie hatte keine Ahnung, wer er war. Sie hatte ihn nie zuvor gesehen. Er war mittelgroß, breit gebaut und hatte einen osteuropäischen Akzent. Und was am wichtigsten war: Er hatte eine Pistole. Eine *große* Pistole, die direkt auf sie zielte.

Lilys Blut stockte. Gott, das Ding sah von Sekunde zu Sekunde größer aus. Ein Schuss, und sie war nur noch ein blutiger Fleck auf dem Stroh zu seinen Füßen. Sie glaubte nicht, dass ihr Zeit genug bleiben würde, den Schmerz zu fühlen. Ein kleiner Trost.

Sie kämpfte gegen den Würgegriff um ihren Hals. »Lassen Sie mich sofort gehen. Was, zur Hölle, machen Sie - oh, mein Gott!« Der Mann mit der Pistole nickte, und der Sumo-Ringer, der hinter Don stand, hob die Hand und schnitt Don gelassen die Kehle durch. Entsetzt und ungläubig musste Lily zusehen, wie Don auf dem Stroh zusammenbrach. Aus der entsetzlichen Wunde an seinem Hals pumpte das Blut. Sie richtete den Blick auf den Mann, der das zu verantworten hatte. Der Mann, dessen Pistole nicht eine Spur wankte. In kalten Schweiß gebadet, beobachtete Lily, wie er näher kam.

»Er hat seine Schuldigkeit getan, und uns hergeführt. Jetzt habe ich einen kleine Bitte an Sie, Dr. Munroe.

»Ich werde Ihnen keinen Gefallen tun, wenn das die Art ist, wie Sie sich revanchieren.« Lilys Mund war trocken. Sie schob die Hand in ihre Hosentasche.

Die Pistole zuckte, als er ungeduldig sagte: »Bitte nehmen Sie die Hand aus der Hosentasche, Dr. Munroe.«

»Entschuldigung«, murmelte sie, um Zeit zu schinden. Sie befolgte seinen Befehl nicht sofort, sondern drückte die flachen kleinen Tasten ihres Handys. »Ich tue genau, was Sie von mir verlangen. Ich habe Angst.« Sie hatte Angst. Angst konnte tatsächlich den Verstand schärfen. Und abgesehen davon: Wenn man einmal in den Schlund einer Bombe gesehen hatte, machte der Lauf einer Pistole keinen so übermächtigen Eindruck mehr.

Sie drückte im Kurzwahlverzeichnis eine Taste, die hoffentlich die Eins war. »Schauen Sie, ich leere meine Taschen aus, damit Sie sehen können, dass ich nur Kaugummi dabeihabe.« Sie zog die Hand heraus und drehte die Handfläche mit dem Kaugummipäckchen in einer Geste nach vorne, die hoffentlich beschwichtigend wirkte.

»Sehen Sie, wie kooperativ ich bin? Es ist nicht nötig, weiteres Blut zu vergießen. Wollen Sie einen?« Sie hielt ihm einen Streifen hin. Sie versuchte, ihn am Reden zu halten, und hoffte, dass Derek mitten im Abendessen mit seiner Familie ans Telefon ging. Hoffentlich hatte er sein Handy nicht oben gelassen oder im Auto ...

Der Mann zuckte mit der Pistole nach oben, und bedeutete ihr, vorauszugehen. Lily nahm sich die Zeit, einen Kaugummi auszupacken und in den Mund zu schieben. »Wer seid ihr Jungs, und was wollt ihr hier?«

»Mein Name ist Milos Pekovic.« Er kam näher. Er stand zu nahe bei ihr, und Lily roch viel zu süßes Rasierwasser und alten Schweiß. »Ich bin ein alter Freund von Mr. Wright«, sagte er aalglatt. Sein braunes Haar war aus dem Gesicht gegelt. Seine Augen waren böse und seine Zähne schrecklich. Heroin oder schlechte Mundhygiene, dachte Lily. Als würde sie je die Chance bekommen, ihn bei einer Gegenüberstellung zu identifizieren.

Es bedurfte keines Gehirnchirurgen, um zu begreifen, dass diese Männer in einer Scheune im winterlichen Montana völlig fehl am Platz waren. Aus ihrem Akzent zu schließen waren sie Slawen - Dereks Terroristen? Konnte das sein? Ihr Körper wurde abwechselnd heiß und kalt. Konnte sein.

»Ich möchte Sie bitten, doch Mr. Wright für mich zu kontaktieren und ihn aufzufordern, hier in den Stall zu kommen.«

Die Angst wich einem hitzigeren, zornigerem Gefühl. Nein. Niemals! »Er ist nicht in der Stadt.«

»Nein, Doktor. Er ist im Haus. Gib ihr das Telefon«, befahl er einem der Schattenmänner am Rande ihres Sichtfeldes. Er hielt ihr ein Handy hin. »Rufen Sie an«, befahl Pekovic kalt.

Lily ignorierte den Mann neben sich und griff nicht nach dem Gerät. Sie setzte darauf, dass Derek mithörte und gewarnt war. »Ich weiß die Nummer nicht.«

»Sie ist einprogrammiert. Halte du das Telefon für die gute Frau Doktor, Dimitri.«

Jake blieb im Haus am Telefon und war bereit, Lilys Anruf weiterzuleiten. Doch er würde es eine Weile läuten lassen. Derek hatte das Headset auf, um zu hören, was vorging, und rannte leichtfüßig zum Stall hinüber.

Sie hatten sich getrennt. Derek, Kane, Kyle und Hunt zur Scheune; Jake am Telefon; sein Vater, Michael und eine paar von den Gästen, die meisten von ihnen T-FLAC-Agenten, brachten alle aus dem Haus und in Sicherheit. Keine einfache Aufgabe bei einem Haus voller Frauen, von denen einige schwanger waren, und einem halben Dutzend kleiner Kinder. Wie zur Hölle hatte Pekovic ihn gefunden, fragte sich Derek, als er sich der südlichen Stalltür näherte und die anderen um das Gebäude herum verschwinden sah, wie sie es geplant hatten. Er war jemandem vom Rennen nach Montana gefolgt. Dafür kamen nur vier Personen in Frage: er selbst, Lily, Matt und Don Singleton.

Doch das war im Augenblick unwichtig. Die Vorstellung, dass Lily dem Butcher näher als tausend Meilen war, ließ ihm das Mark gefrieren. Das Einzige, was ihn noch einigermaßen bei Vernunft hielt war, dass Pekovic sie längst hätte töten können. Aber das war nicht seine Art. Er würde Katz und Maus mit ihr spielen. Und auf die Person warten, die er wirklich haben wollte.

Er hatte die ganze Woche über verzweifelt auf einen Anruf von Lily gewartet. Aber das war nicht die freudige Wiedervereinigung, die er sich ausgemalt hatte.

»Da nimmt keiner ab«, sagte Lily mit nur leicht erstickter Stimme.

»Er wird abnehmen«, sagte Pekovics Stimme. Stroh raschelte. Derek hörte Lily atmen. Ein wenig zu schnell. *Ich bin unterwegs, Liebes.* Halte durch.

»Sie müssen ziemliche Angst vor Derek haben, dass Sie … wie viele? … zwölf Männer mitbringen.« Provozier ihn nicht, Süße, dachte Derek und war dankbar für die Information. Er wusste, dass seine Brüder, die das Gebäude eingekreist hatten, es gehört hatten. Sie hatten draußen schon sieben Männer eliminiert.

Irgendwo mussten noch welche sein. Pekovic reiste nie ohne eine ganze Armee. Er ließ die anderen die schmutzige Arbeit machen und konzentrierte sich ganz auf sich.

Das Stroh war so laut, als liefe man über Glasscherben. Derek war froh, nicht seine schweren Arbeitsstiefel anzuhaben. Er bewegte sich so lautlos wie möglich, hielt sich an der Zwischenwand im Schatten. Die Schwellung in seinem Gesicht hatte sich gelegt. Aber er hatte mit dem Sehen immer noch Schwierigkeiten, und die Scheune war dunkel bis auf das Licht vorne im Stall.

»Ich kriege keine Luft. Sagen Sie diesem Kerl, dass er mich loslassen soll«, verlangte Lily. Derek war stolz, dass sie trotz allem Haltung bewahrte. Er hörte ein schwaches Klopfen in seinem Ohr. Kyle war drin. Kane und Hunt würden draußen bleiben, bis sie gebraucht wurden.

Er hörte Lily: »Es antwortet immer noch niemand.«

»Er wird ans Telefon gehen. Bring sie zu mir.« Pekovic.

Derek bewegte sich schneller.

Lily sagte entrüstet: »Hey!« Dann kam eine leises: »Oh, mein Gott. Nicht schneiden, bitte, nicht schneiden.«

Der Butcher hatte sein Messer gezückt.

Derek klopfte einen schnellen Code, um den anderen mitzuteilen, dass er reinging. *Jetzt.*

Er sprang über die zwei Meter hohe Mauer, die ihn vom Schauplatz des Geschehens trennte. Er registrierte noch in der Luft, wo die einzelnen Männer standen und landete in einer flüssigen Bewegung vor der Wand. Er trat dem Kerl neben sich gekonnt mit dem Fuß ans Kinn und riss ihn um. Eine Sekunde später feuerte er schnell hintereinander zwei Schüsse, die beide trafen.

»Nicht schießen!«, schrie Pekovic im Durcheinander seinen Leuten zu. Er hielt Lily unter sein Kinn gepresst und benutzte sie als Schild. Er drückte ihr eine kleine rasiermesserscharfe Klinge an den durchgebogenen Hals. Eine dünne Linie hob sich rot von ihrer blassen Haut ab. Derek blockte den Anblick ihrer angstgeweiteten Augen ab.

»Hören Sie auch auf zu schießen«, verlangte Pekovic und presste Lily fester an sich. »Oder ich bringe den Doc um.«

Seine Männer stellten widerwillig das Feuer ein, hielten ihre Waffen aber weiter auf Derek gerichtet.

»Wenn Sie ihr wehtun«, drohte Derek seinem Erzfeind, »werden Sie selber mit diesem verdammten Messer Bekanntschaft machen.«

»Auge um Auge, mein Freund. Auge um Auge. Sie haben meine Irena getötet, und ich akzeptiere Dr. Munroes Leben als Ausgleich.«

Irena? Die Frau in der Anlage? »Nicht akzeptabel.« Derek hielt die Augen auf den Serben gerichtet, wusste aber genau, wo seine Männer standen und kannte ihre Feuerstärke. Der Oslukivati-Chef wollte, dass Derek mit ansah, wie er Lily abschlachtete. Und wenn er dafür gesorgt hatte, dass Derek vor Schmerz und Wut wahnsinnig war, würde er auch ihn töten. Langsam.

Würde aber nicht passieren. Derek stellte sich breitbeinig auf das Stroh. »Irena war Teil unseres Krieges«, teilte er dem anderen Mann kalt mit. »Dr. Munroe ist das nicht. Ich bin es, den Sie wollen. Lassen Sie sie gehen.«

Pekovic lachte. »Sie sind die Fliege in der Suppe meines Lebens, Mr. Wright. Immer tauchen Sie gerade da auf, wo man Sie am wenigsten haben will. Aber heute nicht. Lasst die Waffen sinken. Es ist vorbei.«

Um ihn herum klickten ein Dutzend Pistolen.

Derek hielt Augenkontakt mit Pekovic und hob beide Arme, als wolle er die Walther und die Baer fallen lassen. Der Serbe hielt Lily zwischen sie. Doch der Serbe war mindestens einen Kopf größer als Lily, blitzschnell hob Derek die Baer und schoss Pekovic direkt zwischen die Augen. Lily schrie. Eine Nanosekunde später schoss er dem nebenstehenden Mann eine Kugel aus der Walther durch den Wangenknochen. Lily fiel zu Boden, immer noch in den Armen des Serben. Derek wusste nicht, ob sie getroffen worden war, konnte jetzt aber nicht aufhören. Zwei Männer gingen gleichzeitig auf ihn los, einer feuerte einen Schuss, der um Haaresbreite seinen Kopf verfehlte. Er ignorierte das Zischen des Todes, feuerte mit beiden Händen und erwischte beide.

Der Nächste griff an, noch bevor der Staub sich gelegt hatte. Derek senkte die Schulter, stieß den Kerl zur Seite und schlug ihn mit der Baer so heftig nieder, dass er die Waffe fallen ließ. Der nächste Mann griff ihn wie ein Preisboxer mit erhobenen Fäusten an. Derek grätschte ihm mit dem rechten Fuß zwischen die Beine und gab ihm eine Drehung. Bevor der Serbe auf die Füße kam, hatte Derek ihn schon am Haar gepackt und gegen die hintere Wand geschleudert. Ein Knacken zeigte ihm, dass der Kerl endgültig außer Gefecht war.

Er hörte Geschrei und Schüsse vor der Scheune. Seine Verstärkung war mit ihren eigenen Problemen beschäftigt. Die nächste Kugel pfiff mit heißem Atem an seiner Stirn vorbei. Er stürzte sich auf den Mann und riss ihn mit sich zu Boden. Stroh und Heu flogen auf, als sie über den Boden rollten.

Lily schrie. Derek ließ seinen Gegner für einen Sekundenbruchteil aus den Augen. War Pekovic noch am Leben? Gütiger Himmel ...

Ein mächtiger Schlag mit einem Pistolengriff an seine Schläfe warf seinen Kopf zur Seite. Helle Lichter tanzten vor Dereks Augen. Er wirbelte den Gegner herum und drückte ihm den Unterarm auf die fleischige Kehle.

Die Augen des Mannes weiteten sich. Er keuchte, rang um Luft. Derek drückte fester zu. Die Augen seines Gegners traten hervor, und sein Gesicht färbte sich dunkelrot. Der nächste gewaltsame Druck, und es war vorbei.

Derek raste zu der Stelle hinüber, wo Lily und Pekovic wie zwei Liebende ineinander verschlungen lagen. Keiner von beiden bewegte sich. Er schubste den Oslukivati-Chef von ihr herunter. Der Mann war reichlich tot; wie auch nicht, da das halbe Gesicht fehlte.

Derek fasste Lily am Arm und zog sie hoch. Sie zitterte wie Espenlaub und klammerte sich mit beiden Händen in sein Hemd. Sie grub das Gesicht an seine Brust. Er schloss sie fest in die Arme und legte die Hand auf ihren Hinterkopf. Knapp. Viel zu knapp.

»Ist es vorbei?«, fragte sie mit zitternder Stimme.

Draußen hatte sich die Schießerei etwas beruhigt. Hin und wieder war noch ein Knall zu hören. Pekovic hätte sich für seinen Besuch keinen schlechteren Zeitpunkt aussuchen können. Die Ranch wimmelte von T-FLAC-Agenten, die zur Hochzeit angereist waren.

Er löste sich ein wenig von Lily, um ihr Gesicht zu begutachten. »Bist du verletzt?«

Sie sah ein wenig benommen zu ihm auf, ihr Mund zitterte. »Nein, mir geht es gu-gut.«

Sie war voller Blut, Pekovics Blut. Derek hob sie auf seine Arme. Auch wenn sie jetzt zu streiten begann, er wollte sie so nah wie möglich bei sich haben.

Unberechenbarer kleiner Igel. Ihr Kopf fiel an seine Brust, und sie schlang die Arme um seinen Hals. Ihr feuchter Atem kitzelte seine Kehle. Er drückte sie immer wieder. Jesus. Nah, so nah.

»Okay, Musketiere«, rief er seinen Brüdern durch den Sprechfunk zu, »bewegt eure Hintern her. Alles klar am Haus?«, kläffte er an Jake gewandt ins Mikrofon.

»Alles klar«, erwiderte sein Schwager mit der üblichen Gelassenheit.

Plötzlich war die Scheune von Licht und Lärm erfüllt. Die Verstärkung war da.

»Ich kann selber laufen«, sagte Lily mit rauer Stimme. Sie versuchte erst gar nicht, sich zu bewegen.

Er küsste ihr Haar und umschlang sie fester. »Mir gefällst du ganz gut, da wo du bist. Bringt den Müll raus«, wies Derek Hunt und Kyle an, als sie in den Stall gelaufen kamen.

»Wie kommt es, dass du immer den ganzen Spaß abkriegst?«, beschwerte sich Hunt, während er den Kerlen die Waffen abnahm. Böse Jungs waren dafür bekannt, dass sie zu den unpassendsten Zeiten wieder zum Leben erwachten.

»Habe nur versucht, mein Mädchen zu beeindrucken«, ulkte Derek und drückte Lily an sein Herz. »Kane? Frag Joe und Singleton, wie es bei ihnen aussieht.«

Er marschierte durch das Chaos in der Scheune, während die Männer kamen und gingen. Eine Sirene ertönte. Die örtliche Polizei. Jetzt erst kamen die Behörden ins Spiel, aber die Dinge waren unter Kontrolle. Er marschierte über das breite Stück zwischen der Scheune und dem Haus, Kies und Schnee knirschten unter seinen Füßen.

Im Haus brannten sämtliche Lichter, als er die Vordertreppe hinauflief, die breite Veranda überquerte und mit dem Fuß die Küchentür aufstieß.

»Marnie«, rief er nach seiner Schwester. Er entdeckte sie nirgends, wusste aber, dass sie irgendwo in der Nähe war. »Mach die Augen zu, und lass sie zu.«

Seine Schwester tauchte auf. »Warum? O je!« Sie ließ sich auf einen Küchenstuhl fallen und bedeckte mit beiden Händen das blasse Gesicht.

Jake ging neben seiner Frau in die Hocke und legte einen Arm um ihre Schultern, die Aufmerksamkeit auf Derek und Lily gerichtet.

»Schussverletzung? Wo ist Kane?«

»Sie braucht keinen Arzt, das ganze Rot ist von Pekovic«, versicherte Derek, lief durch die große überfüllte Küche und ging zur Treppe neben der Speisekammer.

»Lasst es euch von den Jungs erzählen.«

»Kann ich irgendwas tun?«, fragte Tally und watschelte, die Hand auf den Bauch gelegt, hinter ihm her.

»Halt mir bis morgen alle vom Hals.« Er lächelte seine Schwägerin an, und sie lächelte zurück.

Er rannte die Treppe hinauf, den langen oberen Gang zu seinem Schlafzimmer entlang und stieß die Tür hinter sich zu.

»Als ob die nicht wüssten, was sich hier oben abspielt«, grummelte Lily mit hochrotem Gesicht an seiner Brust.

Er betrat das riesige Badezimmer. »Dass wir duschen, meinst du? Öffnest du den Hahn bitte?« Er drehte sie so, dass sie das Wasser anstellen konnte.

»Das dauert nicht einmal mit viel Fantasie bis morgen«, sagte Lily, während sie an ihm hinunterglitt. Sie hielt sich an seinem Hals fest, und streifte ihm einen Kuss auf den Mund. »Ich weiß nicht. Vielleicht aber schon«, sagte er zu ihr, zerrte sich die Jacke vom Leib und warf sie auf den Boden. »Du bist ziemlich schmutzig.« Er riss die Knöpfe ihres Hemds auf und zog es ihr aus, bevor sie noch irgendetwas sagen konnte. Ihre seidige blasse Haut war voller obszöner roter Flecken.

Aus der zimmergroßen Duschkabine drang schon der Dampf, als sie gleichzeitig die Stiefel auszog und den Rest ihrer Kleider abwarf. »Wird das eine Show zum Zuschauen«, fragte sie höflich, »oder kommst du mit rein?«

»Oh, ich komme. Mit dir. Hinein«, sagte er, riss sich in Lichtgeschwindigkeit die Kleider herunter und ließ sie aufgehäuft auf dem Marmorboden liegen.

Lily betrat die glänzend schwarze Duschkabine und stellte die Temperatur ein. Dann hob sie das Gesicht in den prasselnden Strahl. Derek trat hinter sie und schloss die Tür. Lilys Haar verdunkelte sich und legte sich wie eine zweite Haut auf ihren Rücken.

»Du führst ein gefährliches Leben«, sagte sie und kniff wohlig die Augen zu, als sie den Kopf wieder unter den Strahl neigte.

Derek goss Shampoo in seine Hand. »Aber nicht die ganze Zeit.« Er schäumte das Shampoo zwischen den Händen auf und massiertes es in ihre langen Haarfluten. »Es war verdammt clever von dir, das Handy zu benutzen.«

»Ich weiß.« Sie lachte durch die Wasserfluten zu ihm auf.

»Du hast anscheinend neun Leben«, sagte er, fand die Seife und wusch das Blut von ihrem kostbaren Körper. Er tat es so klinisch und unpersönlich wie möglich. Fürs Erste.

»Hm ...«

Er seifte ihre Brüste ein, die Nippel blitzten vorwitzig zwischen den seidigen langen Strähnen heraus. Okay. Es fühlte sich nicht so unpersönlich an, wie er es für den Augenblick haben wollte. Er strich ihre Haare zurück, um ihre perfekten Brüste zu entblößen. »Du bist sehr tapfer gewesen.« Er rieb den seifigen Daumen auf den hellrosa Knospen hin und her. So schön.

Sie schlug die Augen auf und warf ihm einen wenig liebevollen Blick zu. »Warte, bist du nicht derjenige, der mich einen Feigling genannt hat?« Sie stützte sich mit einer Hand auf seine Hüfte, um nicht aus der Balance zu geraten.

»Nein.« Er konnte ihrer empörten Schnute nicht widerstehen und küsste ihr das Wasser von den Lippen. Das Manöver nahm einige Minuten in Anspruch, da er sie noch intensiver kosten musste, um seine Erinnerung aufzufrischen. Ihre Zungen rangen ein klein wenig um die

Oberhoheit. Er ließ sie obsiegen, damit sie beide gewannen. »Ich meinte, du*benimmst* dich wie ein Feigling«, flüsterte er an ihren Mund. »Nicht, dass du einer bist.«

Sie verdrehte die Augen, rührte sich aber nicht von der Stelle, als er die Hände flach über ihren Brustkorb gleiten ließ. Sie hob den Kopf und zupfte mit den Zähnen an seiner Unterlippe. Gott, sie liebte es, gefährlich zu leben. Er vertiefte ihren Kuss, während seine Hände sich zwischen die Löckchen in ihrem Schritt graben wollten. Sie ließ ihn nicht ein. »Das machst du immer, wenn du mich glauben machen willst, dass dir nichts an mir liegt«, sagte er.

»Mir liegt viel an dir.« Sie legte die nassen Arme um seinen Hals und drückte sich an ihn.

Das reichte aus, ihm den Verstand zu trüben. Er kämpfte schwer darum, beim Thema zu bleiben. »Nicht genug«, sagte er und wollte trotz des ernsten Themas lachen. Kein Wunder, dass er diese Frau liebte. Sie würde bis zum bitteren Ende gegen ihn kämpfen, bis sie schließlich *alles* hatte. »Nicht so, wie ich es gerne hätte.«

Sie lehnte sich etwas zurück. »Ich hatte mehrere Male wilden, verrückten Sex mit dir. Und das im Schnee. Was willst du denn noch?« Wie konnte eine Frau mit so viel Courage in der Stimme eine solche Verletzlichkeit in den Augen haben? Er schob die triefenden Strähnen über ihre Schultern, nahm ihr Gesicht in die Hände und hob es, um ihr in die Augen zu sehen. »Ich will dein Herz, Lily. Ich will Liebe. Verdammt, ich will alles.«

»O Gott...« Sie schüttelte den Kopf.

»Nein?«, fragte Derek. Er ließ die Stirn an ihre sinken, die Stimme tief. »Warum nicht?«

Lilys Kehle fühlte sich eng und rau an. Sie räusperte sich, und es fühlte sich an, als hätte sie gemahlenes Glas geschluckt. »Ich - ich kann einfach nicht.« Ich kann dieses letzte kleine Stück von mir, das mich einigermaßen bei Verstand hält, nicht aufgeben.

»Ich glaube das nicht, und du glaubst es genauso wenig. Du hättest nicht all diesen wilden, verrückten Sex mit mir gehabt, wenn du mich nicht lieben würdest. Du liebst mich, Lily. Du liebst mich mit allem, was du hast. Deinem Herzen, deinem Körper und deiner Seele. Gib es zu.«

Sie schaute ihm in die Augen. Ihr Mund war trocken, ihr Herz pochte. Hier nackt neben Derek zu stehen, während ihre Haut sich berührte - sie hätte nicht verletzlicher sein können. »Ich habe Angst«, gab sie leise zu und zwang sich, den Blickkontakt zu halten, auch wenn sie sich lieber im Dunkeln unter einer Decke versteckt hätte.

Sein ganzer Körper erstarrte. »Vor *mir*?«

Seine Stimme klang bei der Vorstellung so mitgenommen, so verletzt, so ängstlich, dass sie rasch den Kopf schüttelte. »Nein, Himmel, nein. Du hattest Recht, ich habe diese schreckliche Angst, verlassen zu werden. Als du das gesagt hast, dachte ich, es sei verrückt, das nur zu denken, geschweige denn, es laut auszusprechen. Aber seit Nome denke ich ständig darüber nach. Lasse es mir durch den Kopf gehen. Ich denke, nein, ich weiß, du hast Recht. Die Menschen, die ich liebe, verlassen mich. Auch wenn der rationale, erwachsene Teil meines Verstandes mir sagt, dass das unlogisch ist. Aber ein Stück von mir glaubt, dass auch du mich ... verlässt, wenn ich mir gestatte, dich zu lieben.

»*Dich* verlassen? Lily, ich habe ein Leben lang darauf gewartet, mit dir zusammen sein zu dürfen. Das habe ich dir doch gesagt.«

»Nein, das hast du nicht.«

Derek fasste mit der großen nassen Hand nach ihrem Kinn. Lily wich nicht zurück. Er kam näher, zwang sie, den Kopf in den Nacken zu legen, um ihm ins Gesicht zu sehen.

»Was, zur Hölle, habe ich dir *dann* gesagt?«

»Jede Menge.«

»Ich habe dir gesagt, dass ich dich will.« Er nahm ihr Gesicht in die Hände. »Ich habe dir gesagt, dass ich dich brauche.« Er streichelte sie mit den Fingern, und ein Schauder durchlief ihren Körper. Sie hielt seinem Blick stand.

»Das ist nicht genug, Derek.«

»Verdammt richtig, das ist es nicht«, sagte er mit belegter Stimme. »Aber ich habe dir auch gesagt, dass ich dich liebe.« Seine Hand schob sich unter ihr Haar und in ihren Nacken.

Sie zappelte im Geiste wie ein Fisch am Haken - und wehrte sich gegen die Erkenntnis. Sie war so dicht dran. Ihr Herz sagte ihr die Wahrheit, aber würde sie es wagen, ihm zu glauben? Sie wollte weinen. Sie wollte schreien. »Aber das hast du nicht ernst gemeint.«

»Aber natürlich«, sagte er mit leicht verzweifeltem Nachdruck. »Und ob ich das ernst gemeint habe!« Er streifte den Mund über ihren. »Ich liebe dich seit dem Tag, an dem ich dich das erste Mal gesehen habe, Lily. Von dieser Minute vor sechs Jahren an, haben wir zusammengehört. Ich habe dich damals schon geliebt, heute liebe ich dich noch mehr. Ich habe nie damit aufgehört. Keine Sekunde lang. Du bist die erste Frau, zu der ich diese Worte je gesagt habe.«

Er offerierte ihr alles, was sie je gewollt hatte. Ihr Herz pochte ohrenbetäubend. »Ich rede nicht nur von einem Augenblick«, sagte er mit belegter Stimme und fixierte sie eindringlich. »Oder von einer Weile. Ich meine für *immer*, Lily. Für immer.«

»Für immer?«, keuchte sie atemlos. Ihr gesamter Körper stand unter Spannung.

»Für immer und ewig«, murmelte er und stolperte einen Schritt zurück, als Lily sich ihm an den Hals warf und die Beine um seine Hüften schlang. »Was tust du da?«, fragte er an ihrem Mund. »Ich schenke dir mein Vertrauen«, sagte sie. All die Zweifel und Ängste schmolzen dahin, als sie in seine Augen sah. Er war ihr Zuhause. Er war Liebe und Zuversicht.

Er war ihr Herzenswunsch.

Er grinste jenes verführerische, charmante Grinsen, das sie so an ihm liebte und das ihr Herz zum Lächeln brachte.

Und dann gab er ihr einen süßen betörenden Kuss, der sie schwach und gleichermaßen lebendig werden ließ.

»Du bist mein Abenteuer.« Er umfing ihr Hinterteil und drückte sich an sie. »Du bist meine Ruhe.« Er schob sie an die kühle Marmorwand. »Du bist mein Zuhause.« Er stieß sich in ihre feuchte Hitze und verharrte reglos, so überwältigend war das Gefühl. »Ich will abends mit dir schlafen gehen und morgens neben dir erwachen.« Er bewegte sich langsam in ihr. »Ich will Kinder mit dir haben und Hunde und Chaos und alles, was eine Familie so mit sich bringt. Ich will es alles, Lily. Sag ja.«

Lily umfasste sein Gesicht. Seine Augen waren dunkel und leuchteten vor Gefühl. »Du hast eine Menge gesagt, aber eine Frage war nicht dabei.«

Sein Lächeln war spitzbübisch und absolut wundervoll. »Willst du mich heiraten, Lily?«

Sie schaute in die Augen des Mannes, den sie liebte, sah darin Liebe, Hoffnung und eine lange glückliche Zukunft. »Ja, Mr. Wright«, sagte sie atemlos. »Ich glaube, das will ich.«

Über Cherry Adair

New York Times Bestseller-Autor Cherry Adair Das innovative Aktion-Abenteuer-Romane wurden auf zahlreiche Bestseller-Listen erschienen, gewann Dutzende von Auszeichnungen und erhielt Lob von Kritikern und Fans gleichermaßen. Mit der Schaffung von ihr kick butt Antiterror-Gruppe, T-FLAC, Jahre vor dem Aktion-Abenteuer-Romanzen waren beliebt. Cherry hat eine Nische für sich selbst geschnitzt mit ihren sexy, freche, rasante Romane. Sie liebt es, von Lesern zu hören.

Besuchen Sie Cherry auf Visit Cherry on Facebook, Twitter, Pinterest, cherryadair.com, oder shop.cherryadair.com.

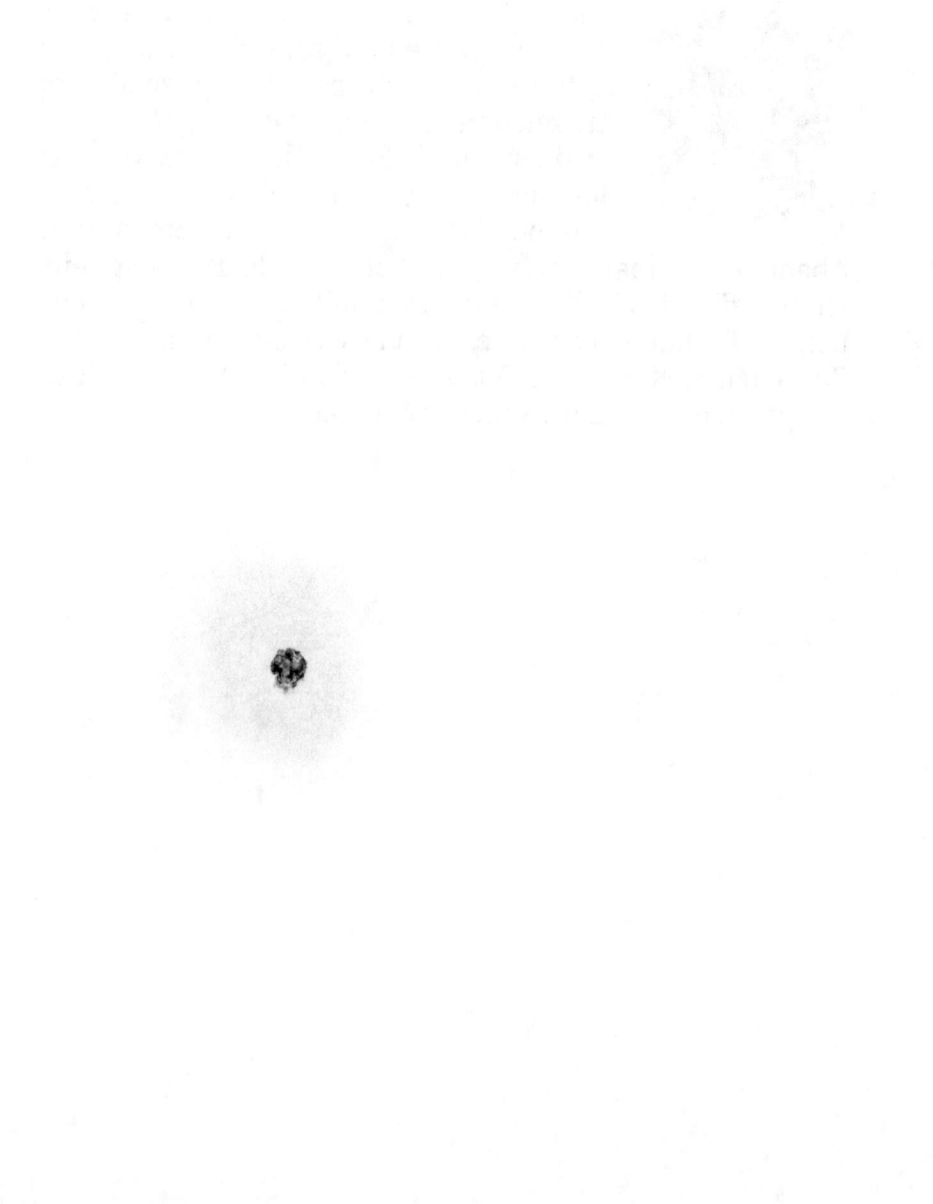